Das Landstädtchen Stockton ist der durchschnittlichste aller Orte auf dieser Welt: Niemand Berühmtes wurde hier geboren, nichts erfunden, keine berühmten Schlachten sind hier geschlagen worden. Genau das, was die Kugels gesucht haben. Einen Neuanfang. Nochmal von vorne beginnen. Doch schon kurz nach dem Umzug geht einiges schief: Kugels sture Mutter zieht ein und treibt alle in den Wahnsinn. Dann zündet ein Unbekannter in der Nachbarschaft Farmhäuser an, genau so eines wie das, das Kugel gerade gekauft hat. Und dann, eines Nachts, hört Kugel das komische Tappen vom Dachboden. Schlaflos, angsterfüllt steigt er hinauf. Und dieses kleine Überbleibsel der Vergangenheit, das er dort entdeckt, diese fiese sarkastische Spitze der Geschichte, macht alles nur noch viel, viel schlimmer.
Hoffnung: eine Tragödie ist bitterböse und unendlich komisch, ein galoppierendes Gespenst der Geschichte, eine Abhandlung über die conditio humana und eine Komödie zugleich.

Shalom Auslander, geboren 1970, wuchs in einer jüdisch-orthodoxen Familie in Monsey, New York, auf. *Hoffnung: eine Tragödie* wurde 2012 von der *New York Times* zu einem der 100 besten Bücher gewählt. Shalom Auslander lebt in Woodstock.

Shalom Auslander im Berlin Verlag:

Eine Vorhaut klagt an (978-3-8333-0645-7)
Vorsicht, bissiger Gott (978-3-8333-0831-4)

SHALOM
AUSLANDER

HOFFNUNG

EINE TRAGÖDIE

ROMAN

Aus dem Englischen von Eike Schönfeld

Berlin Verlag Taschenbuch

MIX
Papier aus verantwortungsvollen Quellen
FSC® C019821
FSC
www.fsc.org

Juli 2014
Die Originalausgabe erschien 2012 unter dem Titel *Hope: A Tragedy*
bei Riverhead Books, Published by the Penguin Group, New York

Umschlaggestaltung: ZERO Werbeagentur, München
unter Verwendung eines Motivs von © gettyimages®/
Photodisc/Hype Photography
Gesetzt aus der Garamond von Greiner & Reichel, Köln
Druck und Bindung: C. H. Beck, Nördlingen
Printed in Germany
ISBN 978-3-8333-0958-8

www.berlinverlag.de

Wir waren vom Tod befreit,
von der Todesfurcht;
aber dann begann die Furcht vor dem Leben.
H. Rosensaft, Yesterday: My Story

Hide in the sky,
hide in the sky,
who wants to come with me
and hide in the sky?
Serj Tankian

1.

Komisch: man stirbt nicht durchs Feuer, sondern durch den Rauch.

Da hämmert man also gegen die Fenster, rennt immer weiter nach oben in dem brennenden Haus, will weg, will raus, hofft, dass man, wenn man nur nicht in die Flammen gerät, das Feuer überlebt, aber die ganze Zeit über erstickt man langsam, füllen sich die Lungen mit Rauch. Da wartet man also darauf, dass der Horror von einem *Dort* kommt, einem *Anderen*, von außerhalb, und dabei stirbt man doch schon, Stück für stickiges Stück, von innen.

Man kauft eine Waffe – zum Schutz, sagt man –, und noch in derselben Nacht hat man einen Herzinfarkt und ist tot.

Man hängt Schlösser an die Tür. Man setzt Gitter vor Türen und Fenster. Man baut eine Mauer um sein Haus. Der Arzt ruft an: Es ist Krebs, sagt er.

Man schwimmt hektisch an die Oberfläche, um dem Hai zu entkommen, bekommt die Taucherkrankheit und ertrinkt.

Es ist ein sonniger Neujahrstag und man beschließt, sich wieder in Form zu bringen. In diesem Jahr wird's was, sagt man beharrlich. Ein Neuanfang. Ein Neustart. Stärker werden, zäher. Im Fitness-Club am folgenden Morgen, man fängt gerade mit der dritten Runde Bankdrücken an, kriegt man einen Muskelkrampf, die Langhantel kracht einem auf den Hals und quetscht die Luftröhre ab. Man kann nicht schreien. Das Gesicht wird blau. Die Arme werden schwach. Auf einem Poster an der Wand neben einem stehen die letzten Worte, die man sieht, bevor die Augen zugehen und die Dunkelheit einen für alle Ewigkeit umhüllt:

Es muss brennen.

Komisch.

2.

Solomon Kugel lag im Bett und stellte sich vor, wie er bei einem Hausbrand erstickte, denn er war Optimist. Das jedenfalls meinte sein zuverlässiger Ratgeber, Professor Jove, sein Leitbild. So sehr wolle Kugel, dass sich alles zum Besten kehre, erklärte Professor Jove, dass er immerzu Angst vor dem Schlimmsten habe. Die Hoffnung, sagte Professor Jove, sei Solomon Kugels größte Schwäche.

Kugel versuchte, sich zu ändern. Es würde nicht leicht werden. Er hoffte, er könnte es.

Kugel starrte stumm an die Decke über seinem Bett und horchte.

Er hörte etwas.

Er war sich ganz sicher.

Da oben.

Auf dem Dachboden.

Was ist das?, überlegte er.

Ein Kratzen?

Ein Scharren?

Ein Tapp-tapp-Tappen.

Der andere Grund, weswegen Kugel im Bett lag und sich vorstellte, wie er bei einem Hausbrand erstickte, war der, dass jemand Farmhäuser anzündete, genau solche wie das, das er und seine Frau unlängst erworben hatten. Die Brandserie begann bald, nachdem die Kugels eingezogen waren; in den sechs Wochen seither waren drei Farmhäuser abgefackelt worden. Der Polizeichef von Stockton schwor, er werde den Verantwortlichen schnappen, wer es auch sei. Kugel hoffte es, hatte aber, seit das erste Farmhaus in Flammen aufging und niederbrannte, nicht mehr geschlafen.

Da war es wieder.

Das Geräusch.

Vielleicht waren es Mäuse.

Wahrscheinlich waren es Mäuse.

Hier stehen hundert Farmhäuser, du Blödmann. Warum sollte er es auf dich abgesehen haben? Wir sind hier auf dem *Land.*

Du machst dir selber Angst.

Du quälst dich.

Es ist narzisstisch.

Es ist Größenwahn.

Es ist Optimismus.

Es sind Mäuse.

Klingt aber nicht nach Mäusen.

Kugel dachte häufig an den Tod und sogar noch häufiger ans Sterben. Tat er das wirklich, so fragte er sich, weil er Optimist war? Genau deshalb, hatte Professor Jove erklärt. Kugel liebe das Leben, bemerkte Professor Jove, daher erwarte er viel zu viel davon; wild versessen aufs Leben, habe er eine Heidenangst, dass jemand durch Gewalt oder Zufall seinen vorzeitigen Tod verursachen könnte. Kugel verwies zu seiner Verteidigung darauf, dass er ja nicht glaube, jemand wollte ihn umbringen, er finde es nur einfach durchaus im Bereich des Möglichen, dass jemand, ihm unbekannt und aus noch zu erhellenden Gründen, es tun könnte; es gebe einen Unterschied, führte er an, wie klein auch immer, zwischen Paranoia und Pragmatismus.

Kugels Mutter wiederum ängstigte sich weniger vor dem Tod als vor dem Leben. Ihr Leben war bedauerlicherweise zu gut, zu glatt verlaufen, überdurchschnittlich in puncto

Komfort und Sicherheit, unterdurchschnittlich in puncto Leiden und Schmerzen, besser, als man mit Recht erwarten, und herzloserweise viel länger, als man mit Recht verlangen konnte. Am Leben und glücklich, rief sie.

Insbesondere dachte Kugel an das Sterben selbst. Er dachte an den Schmerz, an die Angst. Am meisten aber dachte er daran, was er im letzten Augenblick wohl sagen würde, an seine *ultima verba*, seine letzten Worte. Sie sollten weise sein, fand er, was aber nicht missmutig oder stumpf hieße; einfach, dass sie etwas bedeuteten, etwas Besonderes sein sollten. Sie sollten offenbaren, erhellen. Er wollte nicht überrascht werden, sprachlos, ächzend, im allerletzten Augenblick nicht wissen, was er sagen sollte.

Nein, halt, ich *uff*.

Darüber habe ich eigentlich nicht weiter *klatsch*.

Könnte ich doch nur *peng*.

Wir, die ganze Menschheit, sind eine Geschichte, kollektiv wie individuell, und Kugel wollte nicht, dass seine individuelle Geschichte mit einer Ellipse endete. Ein Punkt, klar, wenn man Glück hat. Ein Ausrufezeichen, okay. Ein Fragezeichen, möglicherweise; das waren doch die Satzzeichen, mit denen alle Geschichten enden sollten, die kollektiven wie die individuellen.

Aber nicht mit einer Ellipse.

Alles, nur keine Ellipse.

Lass es nicht so enden, sagte Pancho Villa, um Worte verlegen, nachdem man ihm neunmal in Brust und Kopf geschossen hatte. Sag ihnen, sagte er, bevor er starb, dass ich etwas gesagt habe.

Für solche Gedanken hatte Kugel ständig ein kleines Notizbuch samt Stift dabei, und ab und zu, wenn ihm ein passender letzter Gedanke oder eine finale Wendung einfielen, schrieb er sie schnell hinein. Mit den Jahren hatte er so manches Notizbuch gefüllt, doch die präzise, die richtige Idee, die stand noch aus. Der Unterschied zwischen dem richtigen Wort und dem falschen Wort, schrieb Mark Twain, ist der Unterschied zwischen Blitz und Glühwürmchen.

Twains letzte Worte, an seine Tochter, waren: Wenn wir uns wieder …

Dann starb er.

Also ist auch das Timing wichtig.

Kugel hoffte, dass alles, was er sagte, wenn es einmal so weit sein würde, eines Tages noch einmal gesagt, dass es gehört und weitererzählt würde, über alle Generationen hinweg, die es bis zum großen *Ende* eben noch gebe. Er hoffte, es werde etwas sein, was sein geliebter Sohn Jonah noch in Erinnerung behalten werde, etwas, woran sich der Junge in schwierigen Zeiten, lange nachdem sein Vater verstorben wäre, orientieren und in diesen sorgfältig gewählten Worten ein Licht, eine Weisheit finden könne (vorausgesetzt natürlich, dass Jonah nicht vor ihm starb oder dass sie, Vater und Sohn, bei einem tragischen Unfall zusammen starben; sollte das der Fall sein, dann wusste Kugel schon genau, was er Jonah sagen würde, beispielsweise in einem Flugzeug, das auf die Erde stürzt. Er würde sagen: Es tut mir leid, es tut mir leid, aber wenigstens ist es vorbei. Oder etwas wie: Tja, mein Sohn, das war der harte Teil. Das Leben ist vorbei. Danach, mein Junge, ist alles super …).

Letztlich erhoffte Kugel sich dies: dass seine letzten Worte das alles sinnvoll erscheinen ließen, alles … dieses Leben, diese Anstrengungen, diese schreckliche Plackerei immerzu. Diese ungewollte, unerbittliche Existenz. Dass es nicht nur eine Bühne war, dass wir nicht lediglich Schauspieler waren. Kugel konnte nie an Gott glauben, aber er konnte auch nie nicht an ihn glauben; es sollte einen Gott geben, fand Kugel, auch wenn es ihn wahrscheinlich nicht gab.

Lukas zufolge, dem Autor des gleichnamigen Evangeliums, sagte Jesus, als er am Kreuz starb, Folgendes: Vater, ich befehle meinen Geist in deine Hände.

Hm.

Ein bisschen durchsichtig. Ein bisschen selbstgefällig. Ein bisschen blasiert. Wo sollte der Geist denn sonst hin, wenn nicht zu Gott? Der Augenblick, bevor man vor seinen Schöpfer tritt, ist wahrscheinlich nicht der richtige Moment, um so zu tun, als erweise man Ihm einen großen Gefallen, indem man Ihm seine Seele befiehlt.

Kugel ging auf die vierzig zu, und obwohl er sich noch nicht ganz entschieden hatte, was seine letzten Worte sein sollten, wusste er doch schon lange mit Sicherheit, was sie nicht sein sollten: Sie sollten nicht flehentlich sein. Mehr als alles andere wollte er nicht flehen. Kein Bitte. Kein Nein. Kein Halt. Kein Bitte, nein; kein Nein, halt; kein Halt, bitte. Kein Nein, nein, nein. Kein Bitte, bitte, bitte. Kein Halt, halt, halt.

Bitte tut mir nicht weh, flehte die Mätresse Ludwigs XV. ihren Scharfrichter an, als er sie zur Guillotine führte.

Er tat ihr weh.

Nun mal ganz ruhig, sagte Malcolm X zu seinen Mördern.

Sie erschossen ihn mit sechzehn Kugeln.

Vielleicht waren sie ja ganz ruhig, dachte Kugel. Vielleicht hatten sie vorgehabt, ihn mit zwanzig Kugeln zu durchlöchern. In diesen Dingen geziemt es sich für das Opfer, präzise zu sein.

Kugels Abneigung gegen das Flehen entstammte weder Stolz noch einem Übermaß an Mut; er hoffte nur, nicht in eine Situation zu kommen, in der Flehen helfen könnte. Bei Altersschwäche hilft kein Flehen. Bei Krebs hilft kein Flehen. Mit diesen Toden konnte er leben. Man kann kein Auto anflehen, dass es einen nicht überfährt, kein Klavier, dass es einem nicht auf den Kopf fällt. Man kann nur Menschen anflehen. Jede Situation, in der Flehen hilfreich sein konnte, war zwangsläufig eine, in der das eigene Leben in der Hand eines Anderen lag, ein bestürzend prekärer Ort für das eigene Leben. Kugel war entschlossen, nicht von der Hand eines anderen zu sterben, wenn auch nur, um seine Mutter zu widerlegen, die darauf beharrte, dass ihre letzten Worte wie auch die ihres Sohnes und des Sohnes ihres Sohnes, egal welche, in einer Gaskammer gesprochen werden würden.

Oder in einem Ofen.

Oder ganz unten in einem Massengrab.

Oder ganz oben in einem Massengrab.

Da war es wieder. Das Tappgeräusch.

Die Verbringung in ein Massengrab war nur dann von Belang, vermutete Kugel, wenn man noch am Leben war, wenn sie einem irgendwie ins Bein oder den Arm geschossen hatten und die Wunden nicht tödlich waren. In dem Fall wäre es weit, weit besser, ganz unten in einem Massengrab zu liegen, wo das Gewicht der Leichen darüber einen totquetschen und das Leben gnädigerweise schnell beenden würden, statt dass man langsam und qualvoll ganz oben auf dem Leichenhaufen starb und vielleicht sogar noch lebte, wenn sie einen begruben.

Tapp. Tapp-tapp-tapp.

Er war sich sicher.

Auf dem Dachboden.

Außer sie schossen noch ein zweites Mal in den Leichenhaufen. Dann wäre es ganz oben natürlich besser.

Folgendes sagte Samuel Becketts Vater, kurz bevor er starb: Was für ein Morgen.

Ein bisschen ironisch, das, dachte Kugel. Ein Lächeln. Das Lachen, das über das Unglückliche lacht.

Oder übers Sterben.

Vielleicht ginge das:

Was für ein Tag.

Sieht nach Regen aus, ihr Trottel.

Kugel überlegte, was wohl die letzten Worte seines Vaters gewesen waren oder ob er letzte Worte gesprochen hatte oder ob er tot war oder lebte.

Es wurden Fehler gemacht?

Kugel hatte eine Theorie. Kugel war überzeugt, dass jeder, egal welche letzten *Worte* er in seinem letzten Augenblick auch sprechen mochte, doch eigentlich nur einen *Gedanken* hatte, mehr nicht: die verwirrte, entgeisterte Enttäuschung über die Todesursache.

Ein Hai?

Ein Zug? Wirklich? Ich werde von einem *Zug* überfahren?

Malaria? Ach, komm. *Malaria*?

Ungeachtet dessen, was *gesagt* wurde, war doch das und nur das der letzte *Gedanke* eines Menschen, die letzte reine Erkenntnis, die einem Menschen, jedem Menschen, durchs Gehirn fuhr, bevor dieses Gehirn für immer aufhörte zu arbeiten. Nicht *Shema yisroel adonai elohainu adonai echad*. Nicht Vergib mir, Vater, denn ich habe gesündigt. Nur die lächerliche, lachhafte Ursache des eigenen unergründlichen, unbegreiflichen Ablebens.

Krebs?

Tuberkulose?

Benito Mussolinis letzte Worte, als er seinem Henker gegenüberstand, waren folgende:

Schieß mir in die Brust!

Sein letzter *Gedanke* dagegen, da war sich Kugel sicher, war der:

In die Brust geschossen?

Da war es wieder – dieses Geräusch.
So eine Art Trippeln. Ein Schleifen.
Kugel setzte sich auf.
Da war doch was.
Da oben war was.
Denn schließlich wird kein Tod einem Leben jemals gerecht. Unser Ende ist immer eine Enttäuschung, eine Beleidigung, eine Überraschung, blöder, als wir dachten, und weniger, als wir erhofft hatten.
Kreuzigung?, dachte Jesus. Hör auf.
Schierling?, dachte Sokrates.
In eine Thora-Rolle eingewickelt und lebendig verbrannt?, dachte Rabbi Akiba. Du verarschst mich doch.
Wieder dieses Geräusch.
Wie klang ein Brandstifter überhaupt?
Kugel horchte.
Neben sich hörte er seine Brianna, seine Bree, seine Heldin, seine Liebe, tief in ihrem wunderbaren Prozac-Schlummer. Er hörte Jonah auf der anderen Seite des Flurs, die Bettfedern ächzten, als er sich im Tiefschlaf wälzte. Seinem paracetamolschen.
Hart, hier überhaupt Schlaf zu finden.
Hier auf der Erde nämlich.
Natürlich schossen sie nicht immer ein zweites Mal in ein Massengrab. So ist das Leben halt: ein kolossaler, unentrinnbarer Leichenhaufen – und ein zweites Mal wird nicht geschossen.
Kugel kroch leise aus dem Bett und kniete sich auf den Fußboden neben der Heizungsklappe beim Nachttisch. Der Holzboden drückte hart gegen seine Knie, dennoch legte er die Hände zu beiden Seiten der Klappe, beugte sich vor und hielt ein Ohr an das kalte Metallgitter.
Durch die Klappe hörte er den Mieter unter ihnen in sei-

nem Zimmer herumlaufen (er war zwei Wochen zuvor eingezogen, und Kugel konnte sich seinen Namen noch immer nicht merken; Isaac, Ishmael, Esau – irgendwas Biblisches). Er hörte das Rauschen von Applaus und Gelächter aus dem Fernseher des Mieters, den der Mieter die ganze Nacht laufen ließ. Dazwischen hörte er Mutter in ihrem Schlafzimmer neben dem des Mieters, ihr gequältes, schmerzgeplagtes Stöhnen. Wenn Mutter sich anhörte, als läge sie im Sterben, lebte sie; klang es, als schliefe sie friedlich, war sie wahrscheinlich tot.

Und dann hörte er noch ein eindeutiges Tappen.

Oben.

Auf dem Dachboden.

Ein Ticken?

Ein Tappen.

Als würde eine Maus sachte kacken, auf seinen Dachboden kacken.

Wie kleine Mäusefüße.

Fast wie ein Tippen.

Assel Proust, scherzte er. Johann Wolfgang Kröte. Franz Kacka.

Wahrscheinlich waren es bloß Mäuse.

Leise, um Bree nicht zu wecken, richtete Kugel sich auf, zog seinen Morgenmantel an, nahm die lange, metallene Taschenlampe, die neben dem Bett stand, ging so leise wie möglich auf Zehenspitzen über die alten, knarrenden Dielen und trat in die Kühle des dunklen Flurs hinaus.

Würde ein Brandstifter sein Feuer denn auf dem Dachboden legen?

Machen die das nicht draußen? Irgendwo am Fundament?

Das ist kein Brandstifter.

Du machst dich lächerlich.

Er packte den Strick, der von der Dachbodentür herunterhing, und zog langsam daran in der Hoffnung, keinen Brandstifter vorzufinden, in der Hoffnung, eine Maus vorzufinden, allermindestens Mäuseköttel; würde er Mäuseköttel vorfinden, dann wüsste er, dass eine Maus das Geräusch gemacht hatte, und dann würde er vielleicht doch noch schlafen können.

So ist das Leben, dachte er, als er die hölzerne Dachbodentreppe auseinanderfaltete: Eines Tages kommt man an einen Punkt, wo man hofft, Kacke zu finden. Wo die beste aller Möglichkeiten die Entdeckung, gelobt sei Christus, eines Haufens Scheiße ist.

Kugel erklomm die knarrenden Stufen, so leise er konnte.

Vielleicht war es ja eine Maus.

Er kam oben an der Treppe an. Auf dem Dachboden war es warm, wärmer als im übrigen Haus. Das Tappen brach jäh ab.

Hallo?, flüsterte Kugel.

Wahrscheinlich nur eine Maus.

Hallo?

Und als keine Antwort kam, kroch Kugel in das feuchte, scheußliche Dunkel über ihm.

3.

Das Landstädtchen Stockton, zweitausendvierhundert Einwohner, war für nichts berühmt. Niemand Berühmtes hatte dort gelebt, keine berühmten Schlachten waren geschlagen worden, keine berühmten Bewegungen waren dort entstanden, keine berühmten Konzerte hatten dort stattgefunden. Ein beliebter lokaler Autoaufkleber in der Gegend lautete: »Hier hat niemand übernachtet«. »Geburtsort von nichts«, ein anderer. Unlängst hatte ein ansässiger Künstler pseudohistorische Schildchen im Ort verteilt. »An dieser Stelle«, lautete eines, »haben sich die Urheber der Verfassung der Vereinigten Staaten von Amerika nie getroffen.« »Dies ist nicht die Stelle«, lautete ein anderes, »wo George Washington gegen die Briten kämpfte. Diese Stelle ist anderswo.«

Stocktons Nichtgeschichte gereichte seinen Einwohnern zum Stolz und hatte in letzter Zeit zahlreiche Städter mit gehobenen Berufen angezogen, Familien und junge Paare, die nach einem Zuhause suchten, das von der Vergangenheit unbeladen, von der Geschichte unbelastet war.

Wie viele andere Neuankömmlinge hatten sich auch die Kugels für Stockton entschieden, weil die Geschichte es nicht getan hatte. Sie erwarben ein altes Farmhaus aus Holz, in dem keine Gründungsväter ihre Kindheit verbracht hatten, auf acht unverfälschten Hektar Land, die der Herr niemandem verheißen hatte, mit Blick auf ein sanft geschwungenes, gänzlich unberühmtes Tal, wo noch niemand etwas mit größeren Folgen für irgendjemand getan hatte. Die Kugels wollten einen Neuanfang, füreinander, für sich selbst, für Jonah. Nach dem letzten Jahr hatten sie das alle nötig.

Drei Jahre davor, als Jonah geboren wurde, hatte die Hebamme ihn genommen, in eine Decke gewickelt und ihn Kugel überreicht. Kugel hielt das Kind in den Armen, blickte ihm in die tiefblauen Augen und flüsterte:

Es tut mir leid.

Süß, hatte Bree gesagt.

Jonah war schön, unschuldig und rein, daher hatte Kugel schreckliche Schuldgefühle, dass er ihn in diese Welt gesetzt hatte. Ein Kind zu zeugen war eine furchtbar egoistische Handlung, ja ein Verbrechen – jeder hier auf der Welt ist ein Entführungsopfer, entführt von einem besseren Ort oder von gar keinem, und Jonah war von Kugel und Bree gegen seinen Willen, ohne jedes Zutun, ohne seine Zustimmung, ohne auch nur einen verdammten guten Grund außer ihren egoistischen Wünschen hergezerrt worden.

Kugel blickte auf den winzigen Menschen in seinen Armen, rosig, kalt und wütend, und schüttelte den Kopf.

Er sollte mich verklagen, sagte Kugel.

Das ist ein freudiger Augenblick für uns alle, sagte Bree. Wenn er älter wird, erzähle ich ihm davon.

Falls, sagte Kugel. *Falls* er älter wird.

Und dann, letztes Jahr, hatten sie ihn beinahe verloren.

Jonah war schon immer ein kränkliches Kind gewesen; geistig entwickelte er sich fantastisch, körperlich war er eine Katastrophe. Freundlich, großzügig und neidlos, niesend, hustend und diarrhöisch. Er war blond wie Bree und dünn wie Kugel. Kugel gab ihm Multivitamintabletten, zusätzliches C, Zink-Kautabletten, Probiotika, Antibiotika und etwas namens Liquid Garden, ein übles Nahrungsergänzungsmittel, bei dem jedes Glas ein Schlachtfeld voll mit den geschundenen Resten von dreißig Gemüsesorten und »über siebzehn Früchten« war (die fehlende Genauigkeit des Herstellers diesbezüglich weckte in Kugel Bedenken, ob er es Jonah überhaupt geben sollte – die sollten doch eigentlich genau wissen, wie viele Früchte es sind –, machte ihm aber nicht so große Sorgen wie die Vorstellung, dass Jonah an Unterernährung starb, wenn er es ihm nicht gab).

Bree hatte nicht so viel Hoffnung wie Kugel, dass diese kostspieligen Pillen und teuren Präparate viel Positives bewirkten.

Dieses Kind, sagte sie, wird das teuerste Pipi im gesamten Nordosten machen.

Trotz aller Vorsichtsmaßnahmen Kugels wurde Jonah im letzten Winter dann furchtbar krank. In einer kalten Dezembernacht schoss Jonahs Temperatur plötzlich in die Höhe, obwohl er außer einem leichten Husten keine weiteren Symptome zeigte. Da Krankheiten oder erhöhte Temperatur bei Jonah nichts Ungewöhnliches waren, beachteten Kugel und Bree es nicht weiter, aber im Lauf der folgenden zwei Tage füllten sich Jonahs Lungen still und leise mit Flüssigkeit, er nahm ab und musste, nachdem er mitten in der Nacht ins nächste Krankenhaus gebracht worden war, fast drei Wochen auf der Isolierstation bleiben.

Siehst du's jetzt?, hatte Kugel zu Bree gesagt.

Ich?

Siehst du's?

Siehst *du*'s?

Ich?

Eine abschließende Diagnose hatte es nicht gegeben. Wahrscheinlich, sagte man ihnen, war es nur ein Erreger, aber neuerdings wurden Erreger kräftiger, widerstandsfähiger. Eine Erkältung ist heute, sagte die Schwester, wie eine Grippe vor zehn Jahren, eine Grippe ist heute wie eine Lungenentzündung vor zwanzig Jahren.

Und wie ist eine Lungenentzündung heute?, fragte Kugel.

So, sagte sie und zeigte auf Jonah in seinem Bettchen, eine Sauerstoffmaske auf dem Gesicht, inmitten von kontrollierenden Kontrollgeräten, piepsenden Piepsern, Schläuchen, die von den Schläuchen abgingen, die von seinen skelettartigen Ärmchen abgingen.

Da hätten wir dich fast verloren, mein Kleiner, flüsterte Kugel Jonah am Morgen seiner Entlassung zu und strich dem Jungen sanft die Haare glatt. Fast hätten wir dich verloren.

Mich wo verloren?, hatte Jonah Kugel gefragt.

Das bedeutet, du wärst fast gestorben, hatte Bree geantwortet. Das sagt man so.

Jonah konzentrierte sich auf den Fernseher, wo SpongeBob, so gut er konnte, versuchte, einen wütenden Thaddäus zu beruhigen. Endlich brachte die Schwester ihre Papiere, und Bree schaltete den Fernseher aus.

Ich wäre lieber tot als verloren, sagte Jonah zu Bree.

Warum?, fragte Bree.

Weil wenn ich tot bin, weiß ich es ja nicht.

Na, jedenfalls bist du keins von beiden, sagte Bree. Und jetzt weg hier.

Dieses Erlebnis hatte ihre Ehe belastet. Kugel spürte, dass zwischen ihm und Bree etwas Böses gewachsen war oder, schlimmer noch, dass zwischen ihnen etwas Gutes geschrumpft war. Er ärgerte sich über sich selbst: Warum hatte er die Kinderärztin nicht energischer gedrängt? Warum hatte er Jonah nicht früher in die Klinik gebracht? Warum hatte er seinem Instinkt nicht getraut? Und auch über sie ärgerte er sich – warum hatte sie denn nicht gesehen, wie krank Jonah war? Wo war ihr Mutterinstinkt? Warum hatte sie ihn nicht früher immunisieren lassen (wogegen? gegen alles, verdammt)? –, und er vermutete, dass sie sich ebenso über ihn ärgerte, dass sie beide von der Unfähigkeit des anderen, ihren Sohn zu retten, ihn zu schützen, die Monster von ihrem Heim fernzuhalten, enttäuscht waren. Die Arche ihrer Ehe, zu dem Zweck erbaut, Jonah durch den tosenden Sturm des Lebens zu bringen, hatte sich als klapprig, kränklich, schwächlich erwiesen; fast wäre sie vom winzigsten aller Erreger versenkt worden. Und so kamen sie überein, umzuziehen, zu fliehen. Die Stadt schien voller Gefahren und Krankheiten, und jedes Zimmer ihrer Wohnung barg die Erinnerung an ein Zerwürfnis, einen Streit zwischen ihnen oder, schlimmer noch, die Erinnerung an Jonahs Krankheit – das Sofa, auf dem er reglos lag, die Decke, in die sie ihn gewickelt hatten, als sie ins Krankenhaus hetzten. Zu Beginn des nächsten Frühjahrs hatte ihnen ein Freund von Stockton erzählt. Sie fuhren hin, blieben eine Weile dort, und eines schönen Frühlingsmorgens gingen sie zu einer Maklerin namens Eve, die ihnen ein Bauernhaus nur acht Kilometer außerhalb der Stadt zeigte, das zum Verkauf stand. Kugel hoffte, auf dem Land würde es sicherer sein. Bree hoffte, dort würden sich einfach nur die Nerven ihres Mannes beruhigen. Beide hofften, es wäre für sie alle ein Neubeginn.

Es war ein kleines, aber reizendes Farmhaus, erbaut um die Mitte des neunzehnten Jahrhunderts. Ursprünglich hatte es auf einem über achtzig Hektar großen Grundstück gestanden, aber in den letzten Jahren waren Teile des Landes an Baufirmen und Wohnungsgesellschaften verkauft worden. Doch immerhin gehörten zu dem Bauernhaus noch stolze acht Hektar dichten Waldlands, und für ein Haus seines Alters war es in einem hervorragenden baulichen Zustand. Ungefähr zwanzig Jahre davor war es in einigen kleineren Bereichen modernisiert worden – am bedeutsamsten waren die Installation einer modernen Warmluftheizung und der Einbau von vier Dachfenstern in der Mansarde –, ansonsten aber war es im Originalzustand, von den antiken silbernen Türknöpfen bis zu den antiken Eichenverkleidungen. Vorn führten zwei große Bluestone-Platten auf eine hübsche Veranda mit breiten Holzdielen, gedrehten Säulen und einem kleinen metallenen Glockenspiel, dem ständig eine sanfte Brise sein zartes Lied entlockte. Es gab zwei originale Steinkamine, einen im Wohnzimmer und einen im einen der beiden Zimmer im Erdgeschoss, die jetzt Schlafzimmer waren; beide Kamine waren beim Einbau der Warmluftheizung versiegelt worden, aber obwohl sie nicht mehr benutzbar waren, hatten sie Charme. Oben gab es zwei weitere Schlafzimmer. Ursprünglich war die Südhälfte des Erdgeschosses ein Esszimmer gewesen, aber im Zuge des Umbaus waren zwei Schlafzimmer daraus geworden, die die Kugels zu vermieten beschlossen, um so ihren Baukredit abzubezahlen. Nach dem Einzug konnte Bree die Mansarde als Arbeitszimmer nutzen; sie war nicht sauber, wie sie anmerkte, aber doch einigermaßen hell. Das Beste aber war, wie Eve ihnen mitteilte, dass Mr Messerschmidt, der alte Besitzer, der mit seinem Sohn mittleren Alters darin lebte, einen Preis weit unter Marktwert verlangte.

Warum?, hatte Kugel gefragt. Stimmt was nicht damit?

Natürlich stimmt was nicht damit, hatte Eve gesagt. Ich will Ihnen auch sagen, was, Mr Kugel. Die Stufen knarren, wenn man darauftritt. Im Sommer gibt es Fliegen und im Winter Mäuse. Einige Fenster klemmen, andere lassen sich gar nicht öffnen, und im Frühling gibt es einen üblen Geruch, der im Herbst durch einen noch übleren ersetzt wird.

Es ist alt, Mr Kugel, das stimmt damit nicht, genauso wie ich alt bin und auch Sie alt sein werden. In einer Welt, die Vollkommenheit verlangt, ist es unvollkommen, sein Mangel ist, dass es Mängel hat. Ganz offen, Mr Kugel: Es ist echt. Wenn Sie ein Fake wollen, kann ich Ihnen auch ein Fake zeigen. Fünf Kilometer weiter habe ich eine Fake-Version dieses Farmhauses, das kostet zehnmal so viel. Die Treppe ist neu, die Fenster sind doppelverglast, und das natürliche Badeloch wurde abgelassen, trocken gelegt, erweitert und in einen unnatürlichen Swimmingpool verwandelt – beheizt, gechlort, mit einer Rückspülung und einem Skimmer versehen. Das Erdreich im Garten kam per Laster aus dem Norden, das Gras in großen grünen Rollen auf einem Sattelschlepper aus dem Süden. Die Veranda ist aus Beton, der aussehen soll wie Stein, die Bohlen darauf sind aus Plastik, das aussehen soll wie Holz. Es gibt eine Profiküche, die nie benutzt wurde, weil das Paar, das sie gebaut hat, nie kocht. Es ist so gut isoliert, dass man nicht weiß, ob es Winter oder Sommer ist, wenn man nicht aus dem Fenster schaut, was man ja nicht tut, weil das Haus genau dagegen isoliert ist, was vor dem Fenster liegt: die Wirklichkeit. Fake kostet heutzutage, Mr Kugel. Die Wirklichkeit kriegt man nachgeschmissen.

Kugel sah Bree an, drückte ihre Hand und lächelte.

Und was ist mit dem Geruch?, fragte Bree.

Welchem Geruch?, fragte Eve.

Riechen Sie denn nichts?, fragte Bree.

Kugel schnüffelte.

Ich rieche was, sagte Kugel.

Es riecht, sagte Bree, nach was Totem.

Eve lächelte.

Das, sagte Eve, ist der Geruch der Ehrlichkeit, Mrs Kugel. Das ist der Geruch von einem, der nicht versucht, Ihnen das Fell über die Ohren zu ziehen. So riecht die Wahrheit, Leute, deshalb erkennen Sie sie nicht. Saugen Sie sie ein, Mrs Kugel, füllen Sie Ihre Lungen damit. So wie es mit der Welt läuft, könnte es das letzte Mal sein, dass Sie sie riechen.

M-hm, sagte Bree.

Kugel sah Bree an, drückte erneut ihre Hand und lächelte. Vier Wochen später zogen sie ein. Kugels alte Mutter zog bald hinterher.

Das soll wohl ein Scherz sein, sagte Bree.

Sie stirbt doch bald, sagte Kugel.

Das können wir uns nicht leisten, sagte Bree und schwankte zwischen Schock und Wut. Wir brauchen die Mieteinnahmen für den Kredit. Welchen Sinn hat es, in ein Haus ohne Vergangenheit zu ziehen, wenn du deine Mutter mitbringst?

Sie haben ihr zwei Wochen gegeben, sagte Kugel.

Aber das war, wie sie beide wussten, schon vor über einem halben Jahr gewesen.

4.

Es war heiß auf dem Dachboden, als Kugel hinaufstieg, erstickend heiß.

Kugel mochte Dachböden nicht, das war schon immer so gewesen. Die Pappnägel über ihm wie Fänge, die nur darauf warteten, sich ihm in den Schädel zu bohren; die Pappkartons und Plastikkisten und Lederkoffer – Gräber, Sarkophage – voller Gespenster und Bedauern, Sehnsucht und Verlust. Noch schlimmer war, dass dieses ganze emotionale Horten implizierte, die Vergangenheit sei der Gegenwart vorzuziehen, das Vorangegangene übertreffe jedes Nächste, also drückt man es sich trauernd und furchtsam an die Brust, wenn man in die Zukunft strebt, die man zwar nicht kennt, die aber vermutlich beschissen ist. Alte Hüte, verformte Pullis (jetzt immer zu klein, nie zu groß), veraltete Elektrogeräte, die zu ihrer Zeit so eindrucksvoll waren und jetzt so schwach und nutzlos wirken (haben wir denn nichts Besseres geschaffen?), Geschenkpapier für Geschenke, die nie geschenkt wurden, schmutzige Magazine, die die schmutzigen Männer überlebten, die sie gekauft hatten, Fotos von Leuten, an deren Namen man sich nicht mehr erinnert, Briefe von schon längst Toten, herrenlose Schlüssel zu längst vergessenen Schlössern, Schlösser, deren Schlüssel schon längst verloren waren, Dinge, die einst als so wichtig erachtet wurden, dass sie geschützt werden mussten, und an die sich nun kein Mensch mehr erinnert.

Kugel war ein Wegschmeißer.

Kugel schmiss weg.

Mutter war eine Horterin.

Sie hob alles auf.

Seit dem Krieg, sagte sie seufzend, während sie für den Umzug in Kugels neues Haus packte und immer noch einen weiteren zerrissenen, verblichenen Fetzen Papier in einen platzenden, übervollen Karton nach dem anderen legte.

Die meisten von Kugels Kartons waren voller Bücher. Wissenschaft, Philosophie, Kunst, Literatur; die Philosophie der Wissenschaft, die Wissenschaft der Literatur, die Kunst der Philosophie, die Wissenschaft der Kunst, Bücher über andere Bücher und die Bücher über diese Bücher über andere Bücher; Gogol über Puschkin, Nabokov über Gogol, Wilson über Nabokov über Gogol. Joyce über die *Odyssee*, Beckett über Joyce, alle über Beckett. Kugel war sie leid geworden, schämte sich ihrer gar – der Hoffnung, die er in sie gesetzt, der Antworten, die er in ihnen gesucht hatte –, aber dennoch brachte er es nicht über sich, sie wegzuwerfen, wie alte Arzneifläschchen voller Mittel, die nie gewirkt hatten, die man aber trotzdem nicht zu entsorgen wagte, falls sie doch noch einmal das taten, was sie versprachen, falls man zufällig doch einmal mit der Krankheit geschlagen war, die nur sie heilen konnten, zwei Wochen nachdem sie vom Markt genommen worden waren. Kugel hatte nach dem Einzug eine Woche Urlaub genommen und die Tage damit verbracht, Karton um Karton auf den Dachboden zu schleppen, wo er sie doch lieber alle auf den Müll geworfen hätte. Es heißt ja, man kann nicht mit den Dingen leben, aber auch nicht ohne sie.

Etwas stank. Kugel verzog das Gesicht, hielt den Atem an.

Der Gestank im Haus war schlimmer geworden, seit Eve

es ihnen gezeigt hatte. Gleich nach Unterzeichnung des Baukredits und noch bevor er die Umzugsfirma angerufen hatte, hatte Kugel tausende von Dollar für eine professionelle Reinigung der Luftkanäle ausgegeben, doch der muffige Geruch war fast unmittelbar nach ihrem Einzug zurückgekehrt. Hier oben auf dem Dachboden roch es schlimmer als unten. Wie Abwasser. Wie etwas Verfaultes.

Gott, wie er Dachböden hasste.

Er zog an der weißen Schnur, die von der Deckenbirne herabhing.

Hallo?, flüsterte er, als das Licht anging.

Bestimmt war Mutter irgendwann hier oben gewesen oder vielleicht auch Bree, damit die Sache mit ihrem Büro endlich in Gang kam, denn die Kartons, die er Wochen zuvor so wahllos abgeladen hatte, säumten nun drei Seiten des Dachbodens als ordentliche, einförmige Mauern, vier Kartons hoch, an manchen Stellen fünf. Die Mauern waren zu einem breiten, eckigen U angeordnet, dessen unteres Ende an der Südwand stand und deren beide Beine jeweils die halbe Länge der West- und Ostseite des Dachbodens entlangliefen, wobei sie zwei der vier Fenster verstellten, sodass auf den beiden Seiten des Dachbodens nur je ein freies blieb. Ein alter Stuhl, ein Paar alter Beistelltische und ein aufgerollter Teppich waren säuberlich am hinteren Ende des Dachbodens gestapelt, wo eine kopflose Schneiderpuppe stumm gegen mögliche Eindringlinge Wache hielt.

Kugel – Neuanfänger, Wiederbeginner – ging auf seinem Dachboden auf alle viere und machte sich hoffnungsfroh auf die Suche nach Scheiße. Er hatte nicht vor, hinter diese Kartonmauern zu kriechen, allerdings schaute er unter den beiden Dachfenstern nach und auch an der nördlichen Giebelseite des Hauses. Hier und da stieß er auf ein paar Köttel, aber die waren alt.

Er wischte sich die Hände ab und hockte sich auf die Fersen.

So ist das Leben, dachte Kugel. Überall Scheiße, aber wenn du welche brauchst, ist keine da.

Letzte Worte?

Nicht schlecht.

Er musste sich daran erinnern, sie aufzuschreiben, wenn er wieder im Bett war.

Kugel wischte sich über die Stirn. Von der drückenden Hitze und dem würgenden Gestank wurde ihm schwummrig.

Kugel stand, so gut er konnte, auf, um wieder zu gehen, aber dabei fiel ihm eine orangefarbene Verlängerungsschnur auf, die vom zweiten Anschluss der Lampeninstallation an der Decke abging. Er folgte ihr den Balken entlang, an den sie getackert war, bis dahin, wo sie das Dach verließ und zum Ende der westlichsten Kartonmauer abfiel und in einer gefährlich überlasteten Mehrfachsteckdose endete, die auf dem Fußboden lag. In jedem Ausgang der Dose steckte ein Doppelstecker, in manchen sogar ein Dreifachstecker, und jeder dieser Stecker war seinerseits vollgesteckt, und das Ganze quoll zu einem eingeweideartigen Durcheinander aus gelben, schwarzen und orangefarbenen Kabeln auf, die sich hinter die Kartonmauer schlängelten. Elektrische Anlagen in alten Häusern waren bekanntermaßen gefährlich, und schon ein kleiner Funke in einem Haus, das so gebaut war wie dieses, aus trockenem, jahrhundertealtem Holz, konnte sehr schnell zu einem Inferno werden.

Bei so was braucht man gar keinen Brandstifter, brummelte Kugel.

Kugel ging zu der Kartonmauer und zog vom mittleren Stapel einen Pappkarton mit der Aufschrift JONAH-KLEIDER-WINTER heraus sowie einen weiteren, den darunter, der mit FOTOS/MUTTER/1 von 6 beschriftet war. Er beugte sich vor und schaute hinter die Mauer und hatte plötzlich das Gefühl, als wäre das Blut aus seinem Körper gewichen, als wäre es durch Löcher ausgelaufen, die in seine Fußsohlen gebohrt waren. Sein ganzer Körper war wie aus Blei, steif, festgenagelt. Er wollte schreien, aber er konnte nicht einmal atmen.

Endlich zwang er sich einen Schritt zurück und fiel dabei zu Boden. Er tastete nach seiner Taschenlampe, rappelte sich hoch und trat vorsichtig Richtung Mauer. Mit zitternden Händen und hämmerndem Herzen richtete er den Lichtstrahl in das Dunkel dahinter.

Nein, er hatte es sich nicht eingebildet.

Er hatte es gehofft, aber es war nicht so.

Dort auf dem Fußboden hinter den Kartons lag hingekauert, in eine Decke gewickelt, der Körper einer älteren Frau. Er klopfte mit der Taschenlampe an den Balken über ihr, versuchte, sie zu wecken.

He, flüsterte er.

Nichts.

Er stellte sich auf die Zehen, beugte sich weiter über die Mauer. Sie stank nach Verwesung, nach Tod. War sie denn tot?

He, sagte er.

War sie tot? Wer war sie? War sie die Brandstifterin? War sie tot? Wie sollte er hier eine Leiche wegschaffen, ohne dass Jonah es merkte?

Mit einer Hand das Licht auf sie richtend, zog Kugel mit der anderen weitere zwei Kartons aus der Mauer, und obwohl die Kartons schwer auf den Boden knallten, regte sie sich nicht. Sie lag auf der Seite, eingerollt wie ein Fötus auf einem kleinen Hügel aus abgewetzten Quilts und zerschlissenen Decken. Ihr Gesicht war in den Armen vergraben, aber Kugel konnte ihre spärlichen, zerzausten silbrigen Haare sehen, die blauen knittrigen Adern auf den Unterarmen, die schwieligen Knochen ihrer welken Skeletthände.

Je mehr Kartons Kugel aus der Mauer räumte, desto schlimmer wurde der Gestank der Frau, und Kugel musste gegen den Drang ankämpfen, den Kopf abzuwenden. Der Geruch schien ihn einzuhüllen, durch ihn hindurchzugehen, übel und faulig, und da würgte es ihn. Mit der freien Hand hielt er sich Nase und Mund zu, doch bei der Vorstellung, dass er die Frau einatmete, sie in sich hineinsog, würgte es ihn erneut.

Er trat zurück, schwenkte den Lichtstrahl über den Dachboden in der Hoffnung, eine Decke oder Plane zu finden; vielleicht konnte er die Leiche ja darin einwickeln und die Treppe hinunterziehen, ohne dass Jonah wach wurde, vielleicht würde das ja den Gestank verringern.

Und was dann, du Genie? Sie im Wagen lassen? Du willst eine Leiche in deinem Wagen lassen?

Er hatte keine Ahnung, wie viel Zeit vergangen war, seit er aufgestanden war. Eine Stunde? Mehr? Er ging zurück zur Mauer und beugte sich diesmal noch weiter hinüber, und sein Herz hämmerte so wild, dass er sich fragte, ob Bree es unten hören könnte. Eine Schweißperle lief ihm über die Stirn, eine andere rann ihm in den Nacken, als er den Arm nach der alten Frau ausstreckte, mit der Taschenlampe langsam, ganz langsam näher hinging und sie damit endlich an die Schulter stupste.

Nichts.

Er stupste sie erneut an.

Tot. Sie war tot.

Okay, das war besser als lebendig.

Vielleicht aber auch schlechter.

Er ging noch einmal hin, aber in dem Moment schlug die

alte Knochenhand, als stiege sie ungebeten aus dem Grab auf, zornig gegen die Taschenlampe.

O Gott, zischte Kugel, prallte von den Kartons zurück und holte mit der Taschenlampe aus, als wollte er zuschlagen.

Gott verflucht noch mal, sagte er.

Die alte Frau hustete – ein krankes, schreckliches Husten – und zog die zerschlissene Decke über die entblößte Schulter.

Zu, murmelte sie.

Ihre Stimme war ein trockenes Krächzen, und als sie sich aufrichtete, hustete sie erneut.

Sie leben ja, sagte Kugel.

Sie wischte sich Spucke vom Mund.

Ich sag's niemand, wenn Sie auch nichts sagen, antwortete sie.

Wer sind Sie?, fragte Kugel und richtete den Lichtschein auf ihr Gesicht. Was wollen Sie? Sind Sie die Brandstifterin? Wie lange sind Sie schon hier? Brauchen Sie Hilfe? Soll ich den Notarzt rufen? Sind Sie die Brandstifterin? Ist alles in Ordnung? Wer sind Sie?

Wieder hustete sie und räusperte sich dann.

Ich bin Anne Frank, brummte sie.

Sie ist wahnsinnig, dachte Kugel. Sie lebt, ja, das ist wohl eine Erleichterung, lebendig ist besser als tot, es muss besser als tot sein, und dennoch ist sie ganz offensichtlich wahnsinnig. Soll ich weglaufen? Soll ich die Dachbodentür abschließen? Aber wie? Ich könnte ein langes Kantholz holen, das könnte ich drunterklemmen, zwischen Flurboden und Dachbodentür, ja, damit sie sie nicht aufkriegt, damit sie nicht rauskann. Wer sagt überhaupt, dass sie rauswill? Und wo soll ich ein langes Kantholz herkriegen? Aus der Scheune? Dem Keller? Ich müsste doch ein Kantholz haben, als Mann sollte man ein Kantholz im Haus haben, doch, als Mann sollte, hätte man das.

Sie drehte ihm den Rücken zu, schirmte die Augen gegen das Licht ab und kroch tiefer in die dunkle Nische, doch bevor sie ganz verschwand, konnte er noch sehen, dass sie hässlich war, furchtbar entstellt und schrecklich alt – Kugel glaubte, noch nie jemanden so Altes gesehen zu haben –, das Weiß des rechten Auges schon gelb, das linke vom grauen Star getrübt, tot, nicht blind. Ihre Haut, fahl und grau, war fein, fast transparent, die Haare auf ihrem Kopf, was davon übrig war, an manchen Stellen dünn, an anderen nicht vorhanden. Ihre Schultern waren bis über die Ohren hochgezogen, und ein gewaltiger Buckel auf ihrem Rücken drückte ihren Schädel nach vorn, sodass sie, den Kopf gebeugt, auf den Boden blickte, selbst wenn sie geradeaus schaute.

Was machen Sie hier?, flüsterte Kugel, und sein Entsetzen wich allmählich Zorn. Was wollen Sie?

Ich will, krächzte sie, dass Sie das verdammte Licht ausmachen.

Wer sind Sie?, erwiderte er schnell und richtete die Taschenlampe auf sie. Wie sind Sie hier reingekommen?

Sie drängte noch tiefer in die Nische, hielt eine Hand hoch, versuchte, dem harten Lichtstrahl auszuweichen.

Hab ich doch schon gesagt, knurrte sie. Ich bin Anne Frank. Und jetzt machen Sie das verdammte Licht aus.

Angst ist kein Endzustand, sie ist ein Vorläufer, ein Katalysator, sie wird zu etwas – manchmal zu Unterwerfung, häufiger zu Gewalt und Wut. Kugel zerrte einen weiteren Karton aus der Mauer und ließ ihn krachend auf den Boden fallen, dann einen weiteren und danach noch einen.

Wer sind Sie?, fragte er, und seine Stimme wurde lauter, während er die Kartonmauer einriss, und dabei vergaß er

Bree, Jonah und seine Mutter unten. Was machen Sie hier? Wer hat Sie reingelassen? Wie sind Sie in mein Haus gekommen?

Als er damit aufhörte, lagen ein halbes Dutzend Kartons verstreut, umgekippt, ihr Inhalt auf den Boden geleert. Erneut richtete Kugel, schwer atmend, den Lichtschein auf sie.

Wer sind Sie?, fragte er.

Er wollte Furcht sehen, wollte sehen, wie sie sich vor ihm duckte, stattdessen aber zog die alte Frau mit unbekümmerter, verärgerter Miene mit einer Hand die Strickjacke fester um sich und ordnete sich mit der anderen die Haare.

Ach, sagte sie und seufzte spöttisch, wie ich mich immer freue, die Hausbesitzer kennenzulernen.

Kugel zerrte einen weiteren Karton aus der Mauer. Alte Lehrbücher fielen heraus, Postkarten, irgendein Abzeichen aus erfolgreichen Kindheitstagen. Vier weitere Kartons folgten dem ersten auf den Fußboden, und als es vorbei war, hatte Kugel hinter den verbliebenen Kartons und links von ihrer Bettstatt eine Art kleinen Tisch freigelegt – ein halbmeterlanges Stück gesplitterter Diele lag quer über zwei von Brees alten Schuhkartons –, auf dem ein Lämpchen, ein Laptop und ein kleiner Laserdrucker standen.

Er richtete die Taschenlampe auf das improvisierte Büro.

Was ist das denn?, sagte er leise und streckte die Hand nach dem Stapel säuberlich aufgeschichteter Papiere aus, der mit der beschriebenen Seite nach unten neben dem Drucker lag.

Doch die alte Frau war sehr schnell, viel schneller, als er vermutet hätte, brüllte Nein! und knallte die Hand auf den Papierstapel.

Kugel prallte zurück.

Das können Sie lesen, brummte sie, wenn ich fertig bin.

Kugel sah sie an, suchte nach Anzeichen, ob sie echt war oder ob es etwas anderes war, ein Traum, ein Albtraum, vielleicht eine Halluzination. Er hatte länger nicht mehr gut geschlafen. Doch der Gestank überzeugte ihn, dass alles echt war.

Ich rufe die Polizei, sagte er.

Er knipste die Taschenlampe aus und ging rückwärts zur Treppe aus Angst, sich umzudrehen. Wieder wedelte sie verärgert mit der Hand nach ihm, schlurfte aus der Nische heraus, hockte sich vor den Computer und begann, als wäre nichts Ungewöhnliches geschehen, zu tippen.

Das war das Geräusch. Das Klackern der Tastatur. Seit Tagen hatte er es schon gehört.

Kugel blieb an der Dachbodentreppe stehen.

Und dann möchte ich Ihnen noch etwas sagen, sagte er.

Sie tippte weiter, ohne ihn zu beachten.

Ich weiß nicht, wer Sie sind, sagte er, oder wie Sie hier raufgekommen sind. Aber ich sage Ihnen, was ich weiß: Ich weiß, dass Anne Frank in Auschwitz gestorben ist. Und ich weiß, dass sie mit vielen anderen gestorben ist, von denen einige meine Verwandten waren. Und ich weiß, wenn man das verharmlost, indem man behauptet, Anne Frank zu sein, dann ist das nicht nur nicht lustig, sondern abscheulich und auch eine Beleidigung des Andenkens von Millionen von Opfern des Nazi-Terrors.

Die alte Frau hörte auf zu tippen und wandte sich ihm zu, fixierte ihn mit ihrem scheußlichen gelben Auge.

Das war in Bergen-Belsen, Sie Esel, sagte sie.

Kugel funkelte sie weiter an, noch während er merkte, wie eine Welle der Scham sein Gesicht erröten ließ. Er drehte sich um und stieg die Treppe hinunter.

Und was diese Verwandten betrifft, die Sie im Holocaust verloren haben, fuhr sie fort.

Kugel blieb stehen und sah zu ihr hin, worauf sie den Ärmel zurückschob und die verblasste blauschwarze KZ-Nummer entblößte, die innen auf ihren fahlen Unterarm tätowiert war.

Die können mich mal, sagte Anne Frank.

5.

Wenn man aufs Land zieht, erwartet man gewisse Dinge. Das ist so. Man erwartet sie, weil man die Filme, die Fernsehserien gesehen hat. Man erwartet unehrliche Schreiner und gruselige Einheimische. Man erwartet, dass Rehe einem die Petunien abfressen und Waschbären die Mülltonnen umschmeißen. Man erwartet Giftefeu, Stromausfälle, schräge Nachbarn und Mäuse.

Brandstiftung erwartet man nicht.

Und schon gar nicht Anne Frank.

Kugel saß auf der Bettkante und starrte auf das Telefon in seiner Hand. Hinter ihm schnarchte Bree leise in ihrem gesegneten, weltvergessenen Schlaf.

Die Zahlen auf ihrem Arm.

Die waren ein Problem.

Ein großes Scheißproblem.

Hätte sie keine Zahlen auf dem Arm gehabt, dann hätte er sofort die Polizei gerufen. Vielleicht nicht sofort, er hätte bis zum Morgen gewartet, bis Bree Jonah in die Kita gebracht hätte – unnötig, das Kind zu ängstigen –, und dann, wenn sie weg gewesen wären, unverzüglich die Polizei gerufen. Aber sie hatte ja Zahlen, nicht wahr, er hatte sie gesehen, diese verdammten Zahlen, und die Zahlen bedeuteten, dass die alte Frau, Anne Frank oder nicht, vom Wahnsinn verzehrt oder nicht, halbtot oder nicht, wie eine hundert Jahre alte Leiche modernd oder nicht, dass diese alte Frau eine verdammte Holocaust-Überlebende war.

Was ein Problem war.

Würde er tatsächlich eine alte, halb wahnsinnige Holocaust-Überlebende aus dem Haus werfen? Was heißt hier überhaupt Wahnsinn! Er könnte es nie tun, das wusste er, selbst wenn sie alt und geistig lädiert genug war, um sich für Anne Frank zu halten. Mitleid war was Komisches: Es wäre einfacher, die echte Anne Frank rauszuschmeißen als eine Holocaust-Überlebende, die vom Holocaust so kaputt war, dass sie sich für Anne Frank hielt. Kann man sich die Schlagzeilen vorstellen? Kann man sich die Empörung vorstellen?

Einheimischer setzt Anne Frank vor die Tür.

Jude verpfeift Holocaust-Überlebende.

Von den Nazis gequält, von einem Juden hinausgeworfen: Die tragische Geschichte einer Überlebenden von irgendwas.

Hätte er von der Geschichte nur gehört, er würde in den Aufschrei mit einstimmen. Würde er eines Abends fernsehen und es würde mit routiniertem Schock und Abscheu berichtet, ein Mann habe eine alte, gebrochene Holocaust-Überlebende aus dem Haus geworfen, würde er dann nicht an der Empörung teilhaben? Und hätte er nicht recht damit?

Die Geschichte wird noch bizarrer, würde die lächelnde Sprecherin sagen: *Der Hausbesitzer ist selbst Jude.*

Mannomann, würde der lächelnde Sprecher hinzufügen. *Mehr muss ich nicht hören. Mehr muss ich wirklich nicht hören.*

Das war ja wohl nichts mit dem Neubeginn. Von seiner Mutter hatte er nie Liebe erfahren; und es wäre ja ganz nett gewesen, von der neuen Gemeinde akzeptiert zu werden, wenn auch nur für eine Weile. Aber wenn er die Alte anzeigte, würden sie ihm das nie verzeihen. Und warum auch? Hi, wir sind vom örtlichen Begrüßungskomitee, hier, ein Beutel Hundescheiße. Dann könnten sie gleich wieder umziehen.

Aber was konnte er denn tun? Die verrückte Alte auf seinem Dachboden wohnen lassen? Das war absurd. Und wie lange? Eine Woche? Einen Monat? Ein Jahr? Bis dieser Holocaust, vor dem sie sich da versteckte, so, wie sie es erwartete, zu Ende ging? Bis sie tot umfiel?

Und wenn sie tatsächlich Anne Frank war? Das war nicht unmöglich – man hatte doch auch ehemalige Nazi-Offiziere in Rio entdeckt, ehemalige Lagerkommandanten in New Jersey. Warum nicht auch eine berühmte Überlebende in Stockton? Konnte er das riskieren? Wenn er nun die Polizei rief und sie kam und sie in Handschellen aus dem Haus zerrte und man herausfand, meine Güte, mein Gott, das ist ja wirklich Anne Frank. Sie lebt. Dann wäre er für alle auf immer derjenige – der *Jude* –, der Anne Frank bei den Behörden gemeldet hat. Selbst wenn er die Scham überleben, selbst wenn er die Schmach all dessen überstehen würde, Mutters Gesichtsausdruck, wenn sie es herausbekam, würde er niemals überleben. Da hätte er bessere Chancen, den Holocaust selbst zu überleben.

Mein eigener Sohn, würde sie sagen, verpfeift Anne Frank.

Klar, du musstest ja die Polizei rufen, würde sie sagen. Was ist, hattest du nicht Dr. Mengeles Nummer? Macht der keine Hausbesuche?

Willst du Elie Wiesels Adresse? Vielleicht kannst du den ja auch anzeigen?

Nein. Nein, nein. Verdammt. Keine Polizei, so viel stand für Kugel fest. Er würde einen anderen Weg finden. Die alte Frau würde bald sterben, so wie sie aussah, vielleicht konnte er ja so lange warten. Aber was dann? *Hallo, Polizei? Auf meinem Dachboden ist eine tote Frau. Ihr Name? Tja, hm, komische Geschichte …*

Kugel legte den Hörer wieder sachte auf die Gabel, glitt leise aus dem Bett und kniete sich vor die Klappe auf dem Boden.

Er horchte.

Vielleicht hatte er es ja geträumt.

Vielleicht war sie ja schon wieder weg.

Die Warmluftheizung, die die Messerschmidts nachträglich in dem Farmhaus hatten einbauen lassen, entsprach dem Standard ihrer Zeit, nicht aber dem der Bautechnik. Die Anlage sog durch einen langen Kanal, der vom Dachboden bis zur Heizung im Keller ging, Frischluft an. Von dort aus führte ein Netz aus Sekundärkanälen die erwärmte Luft durch die Wände in jedes Zimmer im Haus, wo sie durch Metallklappen im Fußboden herauskam. Bei den besseren Systemen leiteten mit Fiberglas ausgekleidete Kanäle die Warmluft durch die Wände; die Messerschmidts hatten sich mit billigerem Stahlmaterial begnügt, und das Ergebnis war, dass die Kanäle Töne ebenso gut leiteten wie Wärme. Schon bald nach dem Einzug ins neue Heim merkte Kugel, dass er jeden Ton aus jedem Zimmer auf jedem Stock des Hauses durch die Kanäle im Fußboden glasklar hören konnte, eine gespenstische Sprechanlage, die er nie gewollt hatte und nie zum Schweigen bringen konnte.

Erneut presste er das Ohr an die Klappe.

Mutter stöhnte.

Der Fernseher lachte.

Und das Tippen.

Vom Dachboden.

Unaufhörlich.

Zum Verzweifeln.

Hätte ich doch bloß Scheiße gefunden, dachte Kugel. Hätte ich doch bloß einen Brandstifter entdeckt.

Kugel dämmerte, als er auf dem kalten Fußboden in seinem Schlafzimmer kniete, dass genau das, was er während der vergangenen sechs Wochen am meisten gefürchtet hatte – ein Hausbrand –, womöglich das Beste gewesen wäre, was hätte passieren können. Die Polizei würde die schwelenden Trümmer durchkämmen und die Leiche einer alten Frau finden, aber wenigstens wäre sie dann weg, er hätte sie vom Hals, und die Versicherung des Hauses würde ordentlich was bringen.

Bree regte sich, drehte sich auf die Seite und murmelte etwas im Schlaf.

Das wird ihr nicht gefallen, dachte Kugel, während er sie beobachtete. Das wird ihr gar nicht gefallen. Er hatte schon eine verrückte alte Frau – seine Mutter – ins Haus gelassen, und sie warteten noch immer darauf, dass sie starb.

Ein Arzt, sagte Professor Jove, ist nichts als ein Dealer des Narkotikums Hoffnung.

Kugel erhob sich und glitt leise wieder ins Bett.

Kugel hatte Professor Jove erstmals im Jahr davor aufgesucht, kurz nach Jonahs Krankheit. Kugel hatte Schlafstörungen gehabt; die Angst und Wut, die sich in ihm seit einiger Zeit aufgebaut hatten, drohten ihn zu übermannen, und er war entschlossen, alles Notwendige zu tun, um der Ehemann zu sein, den Bree verdiente, und der Vater, den Jonah brauchte. Er war auch davor schon bei Analytikern gewesen, aber Psychiatrie war für ihn zu einem zu engen Feld geworden. Professor Jove dagegen war Universalgelehrter, nicht nur Jungianer oder Freudianer, nicht nur Kantianer oder Kartesianer. Er hatte die Klassiker und die Moderne studiert, die Realisten und die Impressionisten, er hatte jeden von Aristoteles bis Zarathustra, von Demokrit bis Heraklit und, wie er immer gern sagte, alle Iten dazwischen studiert. Er war in gewissem Sinn das Destillat allen westlichen und östlichen Denkens der vergangenen zweitausend

Jahre, und es war Professor Joves Meinung, da er, wie es nur heute, im einundzwanzigsten Jahrhundert, jemand konnte, auf dem Gipfel aller Geschichte als Erbe aller Erfahrung, Weisheit und des Wissens der ganzen Menschheit stand, dass die größte Quelle des Elends auf der Welt, die größte Ursache von Schmerz und Hass, Trauer und Tod weder Krankheit noch Rasse noch Religion waren.

Sondern Hoffnung.

Hoffnung?, fragte Kugel.

Pessimisten, erwiderte Professor Jove, fangen keinen Krieg an. Professor Jove zufolge war es Hoffnung, die Kugel die ganze Nacht lang wach hielt. Hoffnung, die ihn zornig machte.

Gib auf, stand auf dem Schild an der Wand hinter Joves mit Büchern vollgestelltem Schreibtisch, dann lebst du länger.

Aber Sie waren doch in Yale, Harvard, Cambridge, sagte Kugel.

Deshalb weiß ich es ja, sagte Professor Jove.

Kugel hatte Wochen auf einen Termin gewartet.

Wir sind rationale Wesen, erklärte Professor Jove. Und Hoffnung ist irrational. Daher lassen wir uns auf einen entmutigenden Fall nach dem anderen ein. Wut und Depression sind keine Krankheiten, Dysfunktionen oder Anomalien, es sind vollkommen rationale Reaktionen auf die Myriaden vermeidbarer Enttäuschungen, die ihren Anfang in einer absolut irrationalen Hoffnung nehmen.

Kugel war sich nicht sicher, ob er das verstand. Professor Jove lächelte warm.

Sagen Sie, sagte er. Hitler war der größte *was* des letzten Jahrhunderts?

Kugel zuckte die Achseln.

Verbrecher?

Optimist, sagte Professor Jove. Hitler war der dreisteste rehäugige Optimist der letzten hundert Jahre. Deshalb *war* er ja der größte Verbrecher. Haben Sie einmal von etwas so unerhört Hoffnungsvollem wie der Endlösung gehört? Nicht dass es eine Lösung gäbe – für irgendetwas, wohlgemerkt, wo selbst noch die Heilung einer gewöhnlichen Erkältung aussteht –, noch dazu eine endgültige, nichts weniger! Voller Hoffnung war der Führer. Ein Träumer! Gar ein Romantiker, oder nicht? Wenn ich nur den da töte, den dort vergase, dann wird alles gut. Ich sage Ihnen das mit absoluter Gewissheit: Jeden Morgen wachte Hitler auf, machte sich eine Tasse Kaffee und fragte sich, wie er die Welt besser machen könnte. Wir alle kennen die Antwort, doch die Antwort ist nicht annähernd so wichtig wie die Frage. Das Einzige, was in seiner Hoffnung noch naiver ist als die Endlösung selbst, ist das lächerliche Diktum, das sie gebar: Nie wieder. Wie oft seit Nie wieder ist es wieder passiert? Dreimal? Viermal? Wovon wir wissen, wohlgemerkt. Mao? Optimist. Stalin? Optimist. Pol Pot? Optimist. Folgendes ist eine gute Lebensregel, Kugel, egal wo Sie leben oder wann Sie geboren wurden: Wenn jemand aufsteht und verspricht, dass alles besser wird, nehmen Sie die Beine in die Hand. Pessimisten bauen keine Gaskammern.

Ich will ja nur, dass meine Familie sicher ist, sagte Kugel. Ich will nur, dass die Welt uns in Ruhe lässt. Ist das denn zu viel verlangt?

Was, fragte Professor Jove, sagte Jesus, als sie ihn ans Kreuz nagelten?

Keine Ahnung, sagte Kugel. Was sagte Jesus, als sie ihn ans Kreuz nagelten?

Er sagte Aua, sagte Professor Jove.

Das kapiere ich nicht, sagte Kugel.

Da gibt's nichts zu kapieren, sagte Professor Jove. Es tat

weh. Erst haben sie ihn halbtot gepeitscht, dann haben sie ihn festgehalten und ihm Eisenstifte durch die Handgelenke getrieben. Wenn er Glück hatte, machten sie es auch bei den Füßen. Das Gewicht seines Körpers, das auf seiner Brust lastete, machte das Atmen schwer, und er starb langsam und qualvoll an Atemnot.

Ich kapiere es noch immer nicht, sagte Kugel.

Auf dieser Welt gibt es Schmerzen, sagte Professor Jove. Es gibt Qualen. Die Hoffnung, dass es keine gibt, macht es nur noch schlimmer.

Kugel zog sich die Decke unters Kinn und rückte näher an Bree heran. Sie drehte sich um und legte ihm den Arm über die Brust, vergrub das Gesicht in seiner Schulter.

Zwar ist nie eine gute Zeit dafür, Anne Frank auf dem Dachboden zu finden, aber das war jetzt gerade eine besonders schlechte. Selbst bei dem niedrigen Kaufpreis des Farmhauses mussten sie noch beide Zimmer im Erdgeschoss vermieten, um ihren Baukredit abzahlen zu können; dass Kugel seiner Mutter das zweite Zimmer gegeben hatte, diese Entscheidung ärgerte Bree noch immer. Sie war erzürnt gewesen, als Kugel es vorschlug, und hatte ihm bittere Vorwürfe gemacht, Vorwürfe, die er bestritt, noch während er vermutete, dass sie berechtigt waren: dass er seine Vergangenheit vor seine Zukunft stelle, dass seine alte Familie vor seiner jetzigen komme. Und sie hatte recht gehabt. Seit der Unterzeichnung des Baukredits waren erst zwei Monate vergangen, und schon waren sie mit den Zahlungen im Rückstand. In dem Bemühen, einen Weg zu finden, auf dem sie über die Runden kamen, hatte Bree unlängst vorgeschlagen, den Dachboden zu vermieten, um den Mietverlust für Mutters Zimmer auszugleichen. Aber wo wollte Bree dann schreiben? Und was sollte Kugel jetzt tun, wo diese alte Frau da oben war, was sollte Kugel tun?

Wie viele Zimmer würde er denn noch kostenlos abtreten? Schlimmer wurde alles noch dadurch, dass ihr einziger Mieter – Haman oder Pharaoh oder Nebukadnezar – Kugel schon seit seinem Einzug wegen einer Ecke auf dem Dachboden, wo er etwas von seinen Sachen unterstellen könnte, in den Ohren lag. Kugel hatte Angst davor, es ihm abzuschlagen und seinen Auszug zu riskieren. So hatte er anfangs um ein wenig Geduld seitens des Mieters gebeten und angeführt, der Dachboden sei noch nicht eingeteilt oder vom Umzug gereinigt, sobald dies geschehen sei, hatte Kugel versprochen, werde er dem Mieter seinen Raum zuweisen. Aber das war auch schon einige Zeit her, und wo diese alte Frau nun da oben war, konnte er nicht zulassen, dass der Mieter rein- und rauslatschte. Was würde er denn von ihr denken? Was sollte er davon halten, dass sie gratis dort wohnte, von ihrem Schmutz, ihrem Gestank, dass sie seinen Abstellraum in Beschlag hielt? Und wenn der Mieter, sei es im Zorn oder aus Ekel, plötzlich auszog, dann konnte Bree, so Kugels Furcht, es ihm gleichtun.

Anne Frank, dachte Kugel und fuhr sich mit der Hand durch die Haare. Diese Scheiße hat mir gerade noch gefehlt.

Die Sonne ging auf.

Herrgott, es war schon Morgen. Sonnenlicht kroch zum hinteren Fenster ins Schlafzimmer herein und ergoss sich langsam über den Fußboden. Auf einmal brach das Tippgeräusch ab.

Bree schmiegte sich an Kugel und stöhnte leise.

Es war nicht nötig, ihr von der Frau auf dem Dachboden zu erzählen, wirklich nicht. Warum sie beunruhigen? Er würde allein damit fertigwerden. Wie schwierig konnte es schon sein, eine alte Holocaust-Überlebende aus dem Haus zu bekommen? Er würde Wagner spielen. Er würde sich einen Deutschen Schäferhund zulegen. Wenn der UPS-Mann weg wäre, würde er ihr sagen, der Mann sei von der Gestapo gewesen und habe viele Fragen gestellt. *Viele* Fragen.

Hast du schon ge*duscht*, Schatz?, würde er dann zu Bree hinunterrufen. Denn wenn du schon ge*duscht* hast, würde ich jetzt *duschen*.

Ein Tag, und sie wäre draußen.

Ein Klacks.

Und selbst wenn sie nicht ginge, na und? Wer würde schon erfahren, dass sie da ist? Schließlich versteckte sie sich ja oder glaubte es zumindest. Mehr als Klappehalten war gar nicht nötig.

Die Vögel, die auf den Ästen des Baums vor dem Fenster umherhuschten, begannen nun zu trällern und zu rufen, und ihr zartes Lied beruhigte seine Nerven. Die Welt konnte doch nicht vollkommen schlecht sein, nicht, wenn Vögel trällern und rufen? Vielleicht war das ja das Geheimnis – die wenigen Dinge zu finden, die das Leben nur um einen Bruchteil besser machten, und sich auf sie zu konzentrieren. Vogelgeträller. Pfirsichflaum. Welpen, die bellten, als wären sie ausgewachsene Hunde. Nichts Großartiges, gewiss nichts, womit man das Übrige rechtfertigen konnte, aber genug, dass es weitergehen konnte. Jetzt hörte er die Eichhörnchen, die baumauf, baumab sausten, die Vögel jagten, sie verscheuchten.

Eichhörnchen, dachte Kugel, sind Arschlöcher. Dass solche arschigen Geschöpfe körperlich so bezaubernd sein konnten, deutete auf einen schweren Fehler im Schema der Natur hin.

Er schaffte das schon. Da war er sich ganz sicher. Es wäre eine Sache gewesen, Anne Frank vor den Nazis zu schützen; er war sich ziemlich sicher, dass er das nicht gekonnt hätte. Aber seine Familie vor Anne Frank schützen? Wie schwierig konnte das schon sein?

Er blickte zur Decke hinauf.

Er fragte sich, was sie gerade tat. Sie tippte nicht. Schlief sie?

Er fragte sich, ob sie Hunger hatte.

Sie musste doch Hunger haben.

Vielleicht sollte ich ihr mal was zu essen bringen.

Unten schrie Mutter nun. Es war ein lauter, durchdringender Schrei, ein Schrei des Entsetzens und der Qualen, und er schallte durchs ganze Haus.

Kugel seufzte.

Mutter schrie jeden Morgen. Das tat sie, seit sie gelesen hatte, dass es bei Überlebenden des Holocaust so üblich war.

Bree stöhnte, rollte sich auf den Rücken und schlug die Augen auf.

Ah, sagte sie. Die Laute eines Morgens auf dem Land.

Kugel küsste sie sanft auf den Kopf.

Gut geschlafen?, murmelte sie.

Geht so, sagte Kugel. Du?

Bree nickte.

Wieder schrie Mutter. Jonah begann zu weinen.

Ich gehe zu ihr, sagte Kugel.

Ich gehe zu ihm, sagte Bree.

Kugel stieg aus dem Bett, zog den Morgenmantel an und ging hinunter zum Zimmer seiner Mutter. Obwohl sie schon vor über einem Monat eingezogen war, hatte Mutter noch nicht ausgepackt und hatte es auch nicht vor. Es sei ihr lieber, hatte sie gesagt, aus den Koffern zu leben, wovon einige an der Wand standen und einige offen auf dem Fußboden lagen.

Nur für den Fall, sagte sie.

Nur für welchen Fall?, hatte Kugel gefragt.

Nur für den Fall, hatte sie erwidert.

Der einzige Gegenstand, den sie ausgepackt hatte, war ihre goldgerahmte, einen Meter mal sechzig Zentimeter große Fotografie des berühmten Harvard-Anwalts Alan Dershowitz, die sie wie bisher überall überm Bett aufgehängt hatte.

Mutter saß im Bett, als Kugel hereinkam. Sie saß schluchzend da, das Gesicht in den zitternden Händen vergraben.

Es tut mir leid, flüsterte sie.

Schon gut, sagte Kugel.

Er setzte sich neben sie aufs Bett und legte ihr den Arm um die Schultern.

Seit dem Krieg, sagte sie.

Ich weiß, sagte er.

Diese Hundesöhne, sagte Mutter.

Ich weiß, sagte Kugel.

Sie holte tief Luft und sah ihm in die Augen.

Ich habe Hunger, sagte sie.

6.

Während Bree eilig Jonah anzog und Mutter sich langsam selbst anzog, ging Kugel in die Küche und füllte eine Stofftasche mit Gemüse aus Speisekammer und Kühlschrank. Er entriegelte die Gartentür, die nach hinten hinausführte – seit Beginn der Brände hatte er sie jeden Abend sorgfältig verschlossen und darauf geachtet, dass Bree nichts davon mitbekam –, und ging zu Mutters Gemüsegarten, in dem nie etwas wuchs.

Ein großes Rechteck trockener, staubiger Erde mitten im Garten, weiter unterteilt in viele kleinere, erhöhte rechteckige Beete und an allen Seiten mit einem hohen Rehzaun aus Draht umgrenzt, war Mutters Gemüsegarten die einzige Fläche im Garten, auf der nichts wuchs, die vollkommen bar jedes irgendwie gearteten Lebens war. Überall sonst im Garten schoben sich Gras, Unkraut und Wildblumen in solch erstaunlicher Zahl aus der Erde, dass es fast schon lästig war und beständiges Stutzen und Mähen erforderte, Kugels verhassteste Arbeit. Er versuchte, Mutter zu überreden, das Erdreich in ihrem Garten zu düngen, Kompost darauf zu tun, es regelmäßiger zu gießen, doch sie wollte nicht hören. Stattdessen machte sie störrisch das, was sie immer gemacht hatte, sie harkte die leblose Erde jeden Morgen stundenlang von Ost nach West, dann von West nach Ost, von Nord nach Süd, dann von Süd nach Nord, wonach sie einen Moment lang innehielt und sich die Stirn wischte, sich mit ihrem Hut Luft zufächelte und von vorn anfing.

Kugel trat in den Garten, wobei er sich, so gut es ging, bemühte, die Angeln des alten Gartentors nicht quietschen zu lassen, griff in seine Gemüsetasche und ließ, auf der trockenen, lehmigen Erde hin und her laufend, die gekauften Waren wahllos auf die erhöhten, voneinander abgegrenzten Beete fallen. Er ließ Rettiche, Tomaten, grüne Bohnen, sogar geschälte Maiskolben fallen. Später ging dann Mutter hinaus und freute sich darüber, wie sehr sich ihre harte Gartenarbeit gelohnt hatte. Kugel wusste nicht genau, ob er das jeden Morgen für seine Mutter oder für sich selbst machte, aber er ertrug es nicht, dass sie Tag für Tag draußen war und nichts dabei herauskam, ertrug es nicht, wie sie, bevor er angefangen hatte, ihren Garten mit Gemüse zu bestücken, den ganzen Tag mit Jammermiene und tiefen Seufzern im Haus herumschlich. Die einzigen Sämlinge, die sie tatsächlich gepflanzt hatte, waren Bohnen, Kräuter und Tomaten (Kugel brach es das Herz, wenn er die todgeweihten Sämlinge sah, die sie in den Garten brachte und die nie wiederkehren sollten), aber kein Mal stutzte sie angesichts der vielen anderen Gemüsearten, die sie dort fand – den Kürbis, die Gurken, die Salatköpfe. Im Gegenteil, sie marschierte in die Küche, die Arme voller Supermarktwaren, die Nase in der Luft, brüstete sich mit ihrem grünen Daumen und überlegte laut, ob Kugel seine törichten Ratschläge nicht vielleicht doch lieber für sich behalten wolle. An manchen Tagen (obwohl er danach ein schlechtes Gewissen hatte) legte Kugel auch Obst hin – Orangen, Äpfel, Honigmelonen, sogar gewürfelte Kantalupmelonen im Plastikbecher –, und auch bei deren doch eigentlich wundersamem Erscheinen stutzte Mutter, ihrer gärtnerischen Fähigkeiten gewiss, nie. Ihr Zimmer hatte ein Fenster mit Blick auf den Garten, so wie die Küche, aber falls sie wusste, was Kugel jeden Morgen dort machte, verlor sie nie ein Wort darüber, wobei er allerdings argwöhnte, dass sie es auch gar nicht wissen wollte.

Dabei war es eigentlich auch keine unangenehme Arbeit, und Kugel hatte das friedvolle Alleinsein im Lauf der Wochen durchaus schätzen gelernt. Es zwang ihn frühmorgens, wenn die Welt noch ganz still war, aus dem Haus, und er spürte den kalten Tau an den nackten Beinen, füllte die Lungen mit der knackigen Morgenluft, und alles war reine Gelassenheit und Ruhe. Die Sonne, um diese Zeit noch tief am Himmel, brach milde durch die Kiefern und Ahorne und wärmte ihm das Gesicht, während die Vögel in dem kühlen Baldachin der Zweige über ihm umhertanzten.

Heute Morgen aber fühlte er sich beobachtet. Ihm war, als machte er etwas Falsches.

Er schaute zum Haus zurück; beobachtete ihn Mutter?

Nein, er sah sie nicht an ihrem Fenster.

Bree?

Bree gefiel es nicht, dass er Geld für Mutters Gemüse verschwendete, das wusste er, oder dass er sie (wie Bree meinte) ermunterte zu bleiben, aber bis jetzt hatte sie ihn darauf nicht angesprochen. Beobachtete sie ihn heute? Hatte sie nun endlich genug davon?

Nein, er sah sie nicht.

Und dann, weiter oben, unmittelbar unter der aufgehenden Sonne, sah er die verdunkelten Dachfenster.

Beobachtete sie ihn, fragte er sich, diese verrückte alte Hexe? Erlaubte Sie sich ein Urteil über ihn?

Die konnte ihn mal.

Was war ihr Problem? Dass er seine Mutter täuschte? Dass er Gemüse verschwendete? Ja, ich weiß, auf der Welt hungern Leute, na und? Ein paar Rüben werden sie nicht retten. Oder steckt mehr dahinter, meine Liebe – ist es, dass ich an diesem schönen Morgen draußen bin, während du drinnen festsitzt? Also, du sitzt nicht drinnen *fest*, du *lebst* da drin, das ist ein Unterschied. Ich bin nun schon eine Viertelstunde hier und war auch gestern den ganzen Tag draußen, und ich habe noch keine Gaskammer gesehen.

Also, du kannst mich mal.

Dass sie sich ein Urteil über ihn erlaubt, ein Witz! Sie ist ein Eindringling, sie lügt, sie stiehlt, und sie riecht wie ein Klo – wic cin Klo, auf das andere Klos gehen, wenn sie aufs Klo müssen –, und sie beurteilt mich.

Dass ich nicht lache.

Die Sonne war ein Stück höher gestiegen, und Kugel beschirmte mit der Hand die Augen, während er hinaufschaute, ob er sie vielleicht durch die Dachfenster sah. Er sah sie nicht, aber trotzdem reckte er den Mittelfinger, falls sie ihn doch beobachtete, und wandte sich dann wieder seiner Arbeit zu.

Das verdarb alles, so beobachtet zu werden.

Was wusste sie überhaupt?

Sie ging ihm auf den Sack.

Sie bestimmte hier nicht, was er tat oder wann er es tat. Sie hatte hier nicht das Sagen.

Das ist *mein* Haus, verdammt, dachte er.

Er sollte sie einfach rausschmeißen. Scheiß auf alle anderen und ihr Urteil, er sollte jetzt einfach reingehen und ihren schlaffen Arsch vor die Tür setzen.

Er machte noch eine Runde durch den Garten, ließ das verbliebene Obst und Gemüse aus seinem Beutel fallen, außer dem letzten Apfel, den er in die Jackentasche steckte, bevor er wieder ins Haus ging.

Wahrscheinlich hat sie Hunger, dachte er.

7.

Wo warst du?, fragte Bree, als Kugel in die Küche kam.
Was?, fragte er, den Gemüsebeutel hinterm Rücken.
Wo warst du?
Wo ich war?
Ich habe dich gerufen.
Du hast …
Pscht!, sagte sie. Hör mal.
Sie machte gerade Rühreier für Jonah und den Mieter, die beide schon am Küchentisch saßen. Sie hielt einen Finger an den Mund und streckte den Rührlöffel hoch.
Da, sagte sie endlich. Hörst du das?
Er hörte es. Ein metallisches Tappen, das aus der Bodenklappe kam.
Er schüttelte den Kopf.
Nein, sagte er. Ich höre nichts.
Warte, sagte Bree, warte.
Tapp, tapp-tapp.
Da, sagte sie.
Sie klopft auf die Klappe, dachte Kugel. Diese verrückte alte Kuh klopft da oben auf die Klappe – tapp, tapp-tapp, tapp, tapp-tapp –, versucht, ihm Zeichen zu geben, ihn auf sich aufmerksam zu machen.
Das?, fragte Kugel.
Hörst du es?, fragte Bree.
Ich glaube, ja, sagte er. Es ist sehr … Das?
Bree nickte.

Das, sagte sie.

Der Mieter stand auf.

Mr Kugel, sagte er fest.

Kugel mochte den Mieter nicht. Er war groß und dunkelhäutig, er hatte etwas Arrogantes, und es verging kein Tag, an dem er sich nicht über etwas beschwerte: das Haus roch, das Zimmer war zu kalt, der Schrank zu klein. Bree tat ihr Bestes, ihn zufriedenzustellen, und Kugel tat sein Bestes, ihm aus dem Weg zu gehen. In den letzten Jahren war etwas geschehen, dachte Kugel, etwas hatte sich verändert. Er erinnerte sich an seine Kindheit, wie sein Vater verschwand und sie aus dem gemütlichen weißen Haus in dem gediegenen Vorort in eine ungemütliche braunfarbige Wohnung in der öden Stadt ziehen mussten, daran, wie ehrerbietig Mutter gegenüber ihrem neuen Vermieter war, wie sehr sie darauf achtete, ihn in keiner Weise aufzuregen. Ja, Mr Rosner, tut mir leid, Mr Rosner, das ist doch kein Problem, Mr Rosner. Es ärgerte Kugel, dass seine Mutter sich vor so einem Mann so sehr duckte, also schlich er sich manchmal im Dunkeln die Treppe hinunter auf den Gehweg und kippte die Mülltonnen um, die Mr Rosner säuberlich am Bordstein aufgereiht hatte, rannte dann schnell wieder nach oben und sah vom Wohnzimmerfenster aus zu, wie Mr Rosner fluchend, mit hochrotem Gesicht, Mutters Müll aufkehrte. Aber heutzutage hatten sich die Verhältnisse umgekehrt: jetzt rutschte der Vermieter auf den Knien, rechtfertigte sich bei jeder Beschwerde, erhörte jeden Ruf. Daher war er heute Morgen, so sauer er auch auf die alte Frau war, dass sie auf seine Klappe klopfte, ganz froh über die Ablenkung.

Das ist wahrscheinlich die Heizung, sagte Kugel.

Die Heizung?, fragte Bree.

Kugel wusste so gut wie nichts über mechanische Dinge, Bree noch weniger.

Der Gebläseventilator, sagte Kugel.

Ist das schlimm?

Mr Kugel, warf der Mieter ein. Mr Kugel, es ist wirklich wichtig, dass wir einmal reden.

Leute, sagte Kugel aufrichtig, ich hatte eine beschissene Nacht, und ich weiß nicht, ob –

Da!, sagte Bree. Ich hab's wieder gehört.

Alle werden bemitleidet, nur ich nicht, dachte Kugel. Ich sollte mir ein paar verdammte Zahlen auf den Arm machen.

Die Flügel, sagte Kugel, danach klingt mir das. Ventilatorflügel. Wahrscheinlich schleifen die am Austrittsflansch.

Mr Kugel, unterbrach der Mieter erneut, nun mit erhobener Stimme, wird Ihre Mutter nun jeden Morgen so schreien?

Im Zimmer wurde es still.

Kugel seufzte und schüttelte den Kopf.

Seit dem Krieg, sagte Kugel leise.

Mutter war nie im Krieg gewesen. Sie war nicht einmal in der Nähe eines Krieges gewesen, es sei denn, man rechnete den Schlussverkauf bei Bamberger's am Morgen nach Thanksgiving dazu.

Ich bin zunehmend …, begann der Mieter, aber genau in dem Moment trat Mutter durch die Gartentür, die Arme voller leuchtendem Obst und schimmerndem Gemüse. Sie strahlte.

Draußen ist noch mehr, sagte sie atemlos zu Kugel, ein triumphierendes Lächeln im Gesicht. Sogar die Kantalupen sind gekommen!

Sie legte die Ausbeute, noch immer strahlend, auf die Arbeitsplatte, bis sie sich umdrehte und den Mieter sah, worauf sich ihre Miene verdüsterte.

Mutter mochte den Mieter noch weniger als Kugel und das aus weit weniger gegebenem Anlass. Sie verdächtigte ihn schändlicher Gedanken, verschlagener Intrigen, sexueller Perversionen. Sie hielt ihn abwechselnd für einen Muslimen, einen Neger, einen Sizilianer; jedes Mal, wenn sie ihn sah, hielt sie sich mit einer Hand den Blusenkragen zu und zog sich mit der anderen den Rocksaum herunter. Und sehr zu Brees Bestürzung zeigte sie dem Mieter offene Feindseligkeit, von Anfang an.

Das, sagte sie und funkelte den Mieter, sich den Blusenkragen zuhaltend, an, ist für die *Familie*.

Tapp.

Tapp-tapp.

Da, sagte Bree zu Kugel. Das musst du doch gehört haben.

Die Tapps wurden nun lauter.

Austrittsflansch, sagte Kugel. Wird auch noch schlimmer.

TAPP, TAPP-TAPP.

Mr Kugel, sagte der Mieter fest, ging um den Tisch herum und stellte sich, die Arme vor der Brust verschränkt, in die Küchentür. Ich habe mit Ihnen einen Mietvertrag über zwölf Monate unterschrieben, aber angesichts der Situation hier fiele es mir, glaube ich, nicht schwer, einen Richter zu finden, der mit gestatten würde, diesen Vertrag zu brechen – und meine Anzahlung sowie alle bisher gezahlten Beträge zurückzufordern.

Jetzt ist er auch noch Anwalt, sagte Mutter zu Bree.

Mutter, sagte Bree. Dann sagte sie zum Mieter: Es tut mir furchtbar leid.

So wie vor langer Zeit bei Mutter und Mr Rosner ärgerte es Kugel jetzt, dass Bree diesen undankbaren Menschen beschwichtigte – anscheinend wiederholt sich die Geschichte, und sie schert sich herzlich wenig darum, ob wir etwas daraus lernen oder nicht –, aber Bree und Kugel wussten, dass sie sich einen Auszug des Mieters nur schwer leisten konnten. Derweil aber war Mutter einen Schritt auf den Mieter zugegangen und zeigte mit dem Finger auf seine Brust.

So würden Sie nicht reden, sagte Mutter zu ihm, wenn Mr Alan Morton Dershowitz hier wäre, das kann ich Ihnen sagen.

Mutter, sagte Kugel.

TAPP.

TAPP-TAPP.

Entschuldigen Sie, sagte Kugel, drückte sich am Mieter vorbei und lief zur Küchentür hinaus. Wir reden später weiter, sagte er dabei.

Mr Kugel, rief der Mieter ihm hinterher, Mr Kugel, Sie haben mir Stellfläche auf dem Dachboden versprochen – Fläche, für die ich *bezahle*, Mr Kugel.

Es tut mir leid, hörte Kugel Bree sagen, und dann, während das Klopfen weiterging und er die Treppe hinaufeilte, hörte er, wie Mutter erneut den Mieter verhöhnte: Nein, Sir, sagte sie, nein, Sir. So würden Sie uns nicht herumkommandieren, wenn der Felix Frankfurter Professor of Law an der Universität Harvard hier wäre. Dann würden Sie sich wohl nicht so schlau vorkommen.

Hätte ich doch bloß Mäusedreck gefunden, dachte Kugel, als er die Treppe hinaufstapfte. Hätte ich bloß einen Brandstifter entdeckt.

Vielleicht könnte ich sie ja einfach umbringen? Wer würde das schon erfahren? Und wenn sie tatsächlich Anne Frank ist, dann glaubt eh jeder, dass sie tot ist.

Am Flurschrank blieb er stehen und holte seinen Werkzeugkasten heraus. Wenn es überhaupt etwas gab, was er aus den ganzen verdammten Büchern in seinem Leben gelernt hatte – und er wurde immer überzeugter, dass das gar nicht sehr viel war –, dann das, dass man das Monster nicht davonkommen ließ. Egal was man macht, man hat *kein* Mitleid mit dem Monster. Und auch wenn es kein Monster sein sollte – nehmen wir an, es ist keines, nehmen wir an, das Monster ist, so lachhaft es auch sein mag, doch Anne Frank. Was dann? Es am Leben lassen? Was hatte es diesen blöden Samsas gebracht, dass sie so lange gewartet hatten, bis sie den riesigen Schädling töteten, den sie bei sich zu Hause entdeckt hatten? Okay, klar, es war ihr Sohn, oder war es gewesen, und das hier war Anne Frank oder konnte es sein, aber vielleicht denkt man auch mal ein wenig an die Lebenden, ja? Wie lange genau mussten die armen Samsas diese arthropodische Nervensäge bei sich im Haus dulden? Ein Jahr? Zwei? Zehn? Sechzig? Sollten sie ihm etwa eine riesige Käferfrau beschaffen, die dann riesige Käferkinder bekam, bis sie endlich, ohne sich ein Urteil zu erlauben, mit ihrem ohnehin schon erbärmlichen Leben fortfahren konnten? Oder sollten sie das gar nicht? Sollten sie sich Bilder von Ungeziefer und Läusen an die Wände hängen und ihre Enkel warnen, dass auch sie eines Tages zu großen Käfern werden könnten?

Kugel zog die Dachbodentür herunter.

Wenn man mal darüber nachdachte, sprach ja einiges dafür, wenn man es sich mal überlegte, dass eine Familie, die ihren Sohn wahrhaft liebte, die zutiefst um sein Wohlergehen besorgt war, ihn, wenn sie ihn eines Morgens in einen scheußlichen Käfer verwandelt vorfand, auf der Stelle getötet hätte; einfach rausgegangen, irgendwo einen Riesenstiefel geholt, über ihn gehoben und ihn aus seinem Elend zertreten hätte. Gregors Schwester hätte der ganzen Familie – nicht zuletzt auch Gregor selbst – eine Menge Leid und Ärger ersparen können, wenn sie gleich am ersten Tag mit einer Riesendose Raid zu ihm ins Zimmer gegangen wäre und der Sache ein Ende gemacht hätte.

Fusch. Aaaah. Ende.

Und das Leben geht weiter.

Kugel klappte die Treppe auseinander und holte tief Luft, um sich zu beruhigen.

Er konnte sie schon riechen.

Er würde ihr vernünftig zureden, das würde er tun. Es gibt nichts Höheres als die Vernunft, hat Kant gesagt.

Oder Spinoza.

Oder Pascal.

Pascals letzte Worte waren: Möge Gott mich nie verlassen.

Einen Moment später tat Gott genau das.

Sie war angeschlagen, na klar, wer wäre das nicht? Aber das hieß nicht, dass sie eine Irre war, das hieß nicht, dass man die Sache nicht gelassen, mit wenigstens einem gewissen Maß an Klarheit besprechen konnte. Halb verrückt hieß doch auch halb normal, oder? Schließlich konnte sie nicht von ihm erwarten, dass er sie unendlich lange auf dem Dachboden leben ließ. Ein, zwei Tage gern, so lange eben, bis sie ihren Kram zusammenhatte, mehr aber nicht. Drei, allerhöchstens. Er musste ja auch an Jonah denken. Bestimmt würde sie, die ja auch mal ein Kind gewesen war, das verstehen.

Kugel fragte sich, während er die Treppe hinaufstieg, wie Jonah es finden würde, wenn er sich eines Tages auf dem Dachboden verstecken müsste.

Falls was passiert, du Irrer?

Falls irgendwas passiert.

Würde Jonah weinen? Natürlich, wer würde da nicht weinen? Was würde Kugel ihm sagen? Wie erklärt man so etwas, Hass, Völkermord? *Es liegt nicht an dir, sondern an denen? Das wird schon*, wenn man genau weiß, dass es nicht wird? Bringt man ihm Spielsachen? Alle seine Spielsachen machten großen, unberechenbaren Lärm – Glocken, Sirenen, Maschinen, Musik. Die Spielsachen, befand Kugel, müssten zurückbleiben. Den iPod samt Kopfhörer könnte er vermutlich mitnehmen; vorausgesetzt, das WLAN lief noch, könnte Jonah Filme und Spiele downloaden. Liefe das WLAN bei einem Völkermord noch? Wäre das wichtig? Wer würde sie verraten? Er kannte die Nachbarn nicht sehr gut – vielleicht sollte er das ja ändern. Vielleicht aber auch nicht. Vielleicht war es verdammt nochmal das Beste, für sich zu bleiben.

Kugel würde nicht überleben, das wusste er. Er würde es eine Woche auf dem Dachboden aushalten und sich dann umbringen. Freddie Prinze hatte sich umgebracht. In seinem Abschiedsbrief hatte er geschrieben:

Ich werde Frieden haben.

Professor Jove war gegen Selbstmord. Es war nicht so, dass er ihn als Akt der Feigheit ansah, vielmehr betrachtete er die Vorstellung, nach dieser gebe es auf einer unbenannten, unbekannten, unbewiesenen Existenzebene eine bessere Welt, als unverantwortlich hoffnungsvoll. So töricht die Annahme sei, dies sei die beste aller möglichen Welten, sagte Professor Jove, sei es doch tausendmal törichter, an ein bestmögliches Jenseits zu glauben.

In George Eastmans Abschiedsbrief stand: Warum warten?

Tja, hm.

Klar.

Das blieb dann immer noch.

Hallo?, flüsterte Kugel, als er auf den Dachboden stieg.

Vielleicht, dachte Kugel, sollte ich mir eine Waffe besorgen. Eine kleine. Alle anderen haben auch eine. Es wäre dumm, es nicht zu tun.

Kugel stand da, und obwohl er diesmal auf die Hitze und den Gestank vorbereitet war, haute es ihn fast um.

Hallo?, flüsterte er.

Vielleicht hatte er sich ja alles eingebildet.

Vielleicht waren es doch Mäuse gewesen.

Die Kartons, die er in der Nacht davor umgeworfen hatte, lagen noch auf dem Fußboden, ihr Inhalt verstreut, und er stieg über sie und näherte sich langsam den Überresten der Westmauer aus Kartons und Kisten. Er spähte darüber hinweg.

Ihr Bett.

Leer.

Also kein Traum.

Keine Mäuse.

Wo aber war sie, verdammt?

War sie gegangen?

Kugel schüttelte lächelnd den Kopf. Ja. Natürlich. Sie war »entdeckt« worden, die verrückte alte Schachtel. Wahrscheinlich war sie, gleich nachdem er wieder ins Bett gegangen war, herausgekrochen, war die ganze Nacht vor eingebildeten Verfolgern geflohen, vor Geisterhunden und stummem Gewehrfeuer, durch die Wälder, die Straßen meidend, Scheinwerfern ausweichend. Heute Morgen wird sie hinter einer Buschreihe warten, bis ihr ein anderes armes Schwein den Rücken zudreht, zur Arbeit fährt oder seine Kinder zur Schule bringt, um sich dann auf seinen Dachboden zu schleichen, sich wieder in eine dieser dunklen, klammen Ecken zu kauern, in denen sie sich so wohlfühlt, und auf das Ende von Gräueln warten, die niemals enden konnten. Sie tat ihm leid, aber jetzt war sie das Problem eines anderen, und darüber war er um seiner Familie willen erleichtert.

Es war nun Tag, und in dem Sonnenschein, der durch die Dachfenster flutete und durch die Giebelluken schoss, konnte Kugel deutlicher als in der vergangenen Nacht erkennen, was sich ihm dort hinter den Mauern aus Kisten und Krypten darbot: es war ein beachtlich eingerichteter, gründlich verborgener Wohnraum.

Wer sie auch war, sie hatte eindeutig schon vorher auf Dachböden gelebt.

Jemand – sagen wir, Himmler –, der über die Dachbodentreppe hereinkam, hätte rein gar nichts bemerkt; die U-förmigen Mauern aus Pappkartons und Staukisten, die sie an den Wänden des Dachbodens entlang aufgestellt hatte, waren rund einen Meter von Giebel und Dachschräge entfernt gestapelt, wodurch ein verborgener schmaler Gang entstanden war, der zudem Ausblicke in drei Richtungen ermöglichte. Hinter der westlichsten Mauer waren ihr Bett und Arbeitsplatz, wo sie seiner Vermutung nach die meiste Zeit verbracht hatte. Durch das Dachfenster hinter ihr hatte sie einen Blick wie der Wachposten auf einem Turm und konnte Straße, Einfahrt und vorderen Garten einsehen. Sie hatte jederzeit gewusst, wer kam und wer ging, wer zu Hause war, wer unterwegs.

Gut, dass sie weg ist, dachte er.

Er stand vor der westlichsten Mauer, und nun folgte er ihr und dem Kabelstrang nach links, um die Ecke zur südlichen Giebelseite des Hauses, wo sie hinter der Mauer offenbar so etwas wie eine Küche aufgebaut hatte. Bei ihrer hastigen Flucht hatte sie ihre Gerätschaften zurückgelassen, als da waren: eine kleine, eingedellte Heizplatte, ein rostiger Wasserkessel, eine Lötlampe, ein paar alte, rostige Töpfe und Pfannen. Ein viergeteiltes Fenster in der Giebelwand – klein und alterstrüb, an manchen Stellen aber klar genug, um hindurchzusehen – hatte ihr einen Blick auf den zweiten Parkplatz am Ende der Einfahrt und den kleinen Kiesweg, der hinters Haus führte, gewährt.

Hier endete der Kabelstrang, doch Kugel folgte der Mauer weiter nach links, um die Ecke wieder zur Ostseite des

Hauses, wo die Dachfenster einen vollen Blick auf den Garten boten: auf Mutters Gemüsegarten, die Schaukel, den Sandkasten, bis hin zum Rand des dunklen, tiefen Walds, an dem der Rasen endete. Er fragte sich, wofür sie diesen Teil des Verstecks wohl noch genutzt hatte, und da bemerkte er, als er weiter über die Mauer hinwegspähte, ihr trübes gelbes Auge, wie es ihn aus den dunklen Tiefen der Giebelnische heraus beobachtete.

Gott, zischte er und sprang zurück. O Gott.

In dem Sonnenlicht, so schwach es auch war, war sie noch hässlicher, als er bei Nacht geglaubt hatte. Ihre Haare, drahtig und ungepflegt, hingen ihr ins Gesicht, ihre knorrigen Hände waren mit vergilbten, krallenartigen Fingernägeln gekrönt. Die Dielen hinter den Kartons waren, wie ihm jetzt auffiel, von langen Kratzern und tiefen Rillen durchzogen, wo sie sich mit ebenjenen Fingernägeln vor- und zurückgezogen haben musste.

Ihre Stimme war, als sie ertönte, ein leises Knurren.

Mir ist die Matze ausgegangen, sagte sie.

Haben Sie auf meine Klappen gehauen?, fragte Kugel.

Mir ist die Matze ausgegangen.

Hauen Sie nicht auf meine Klappen.

Mir ist die Matze ausgegangen. Ohne Matze kann ich nicht arbeiten.

Hauen Sie nicht auf meine Scheißklappen.

Kugel ging zurück zur westlichen Kartonmauer und betrachtete ihr Bett und ihren Arbeitsplatz. Mit dem Rücken zu der alten Frau zog er den Apfel aus der Tasche und legte ihn auf die Kartons.

Wie lange sind Sie schon hier?, fragte er.

Eine Weile.

Was ist eine Weile?

Eine Weile.

Eine Woche? Zehn Tage?

Dreißig Jahre, sagte sie.

Dreißig *Jahre*?

Kugel war rechtzeitig wieder bei der Ostmauer, um zu sehen, wie sie insektengleich über den Fußboden um die Ecke krabbelte.

Oder vierzig, brummte sie in dem Dunkel. Plus/minus.

Durch die Abluftklappe in der Mitte des Fußbodens hörte Kugel, wie in der Küche das Frühstück weggeräumt wurde: wie Bree unter laufendem Wasser die Teller spülte, wie Geschirr klapperte, wie Jonah greinend in der Küche herumstapfte. Da unten, dachte Kugel, ist alles eitel Sonnenschein und Schönheit und Leben und voller Möglichkeiten, er aber stand hier auf diesem Dachboden, in Finsternis und erstickender Trübnis, umgeben von Elend und Tod. Es war, als hätte sich der Kosmos auf den Kopf gestellt, oder vielleicht hatten wir es auch die ganze Zeit schon falsch gesehen, die Verzückung des Himmels unten, die Qualen der Hölle oben. Die Straßen des Jenseits, dachte er, sollten doch deutlicher gekennzeichnet sein.

Es wird Sie freuen zu hören, sagte Kugel laut, dass ich beschlossen habe, nicht die Polizei hinzuzuziehen.

Sie war jetzt hinter der Westmauer, atmete mühsam, als sie da im Dunkel herumschlurfte. Sie blieb stehen, und er sah, wie sie mit der Hand den Apfel nahm und ihn einen Augenblick später durch einen zusammengefalteten Zettel ersetzte.

Was ist das?, fragte er.

Eine Einkaufsliste, sagte sie.

Da dachte er wieder, vielleicht ist sie ja wirklich verrückt.

Wissen Sie, warum?, fuhr er fort, ohne die Einkaufsliste zu beachten.

Warum was?

Warum ich nicht die Polizei rufe.

Weil Sie Deutscher sind, sagte sie, und ein schlechtes Gewissen haben, weil Sie Gräuel begangen haben.

Ich bin kein Deutscher, sagte Kugel.

Da trat sie am offenen Ende der Westmauer hinter den Kartons hervor, eine schwarze Masse, klumpig und staubbedeckt, an Rücken und Haaren schleifte sie Spinnweben mit. Kugel wich zurück. Als kleiner Junge hatte er beim Anblick von geistig Behinderten vor Angst immer geheult, weil er genau zu wissen glaubte, dass er sich bei ihnen anstecken würde, was immer sie auch hatten.

Langsam, unter offensichtlich großer Anstrengung, stellte die alte Frau erst einen Fuß auf, dann den anderen, bis sie sich so weit aufrichten konnte, wie es Kugels Vorstellung nach überhaupt nur ging. Vielleicht hatte sie die letzten vierzig Jahre ja tatsächlich hier auf dem Dachboden verbracht, denn sie glich ihm unübersehbar; ihr Körper hatte sich einer Form angepasst, zu ihr entwickelt oder zurückentwickelt, die für ein Dachbodenleben bestens geeignet war: ihre Knie schienen dauerhaft in genau dem richtigen Winkel gebeugt, dass sie nicht mit dem Kopf gegen die Balken schlug, und Rückgrat und Hüfte waren in fast demselben Winkel geneigt wie das Dach.

Sie verharrte einen Augenblick, außer Atem von der großen Anstrengung, in die Vertikale zu gelangen, legte dann den Kopf schief und richtete ihr scheußliches gelbes Auge auf Kugel, der sich plötzlich für das Weiß seiner Augen schämte. Sie musterte ihn von oben bis unten.

Weil Sie Jude sind, sagte sie, und ein schlechtes Gewissen haben, weil Sie *keine* Gräuel erlitten haben.

Etwas an ihr kommt mir bekannt vor, dachte Kugel, und als er erkannte, was es war, fragte er sich, ob er vielleicht ebenfalls verrückt war – es lag in der Form der Augen, die groß und neugierig waren, dem hohen Haaransatz, den Wangen, dem kräftigen Kinn; es war etwas, wenn man das fortgeschrittene Alter berücksichtigte, Jahrzehnte der Leiden, Mehrfachmangel verschiedenster Vitamine und generelle Verfallserscheinungen, etwas unbestreitbar, verstörend … Anne-Frank'sches.

Kugel wich erneut zurück, als sie auf ihrem Weg zu den umgekippten Kartons in der Mitte des Dachbodens an ihm vorbeiging.

Und die Messerschmidts?, fragte er. Wussten die, dass Sie hier sind?

Sie kniete sich vor einem der Kartons nieder, wiederholte dabei in umgekehrter Richtung denselben langsamen, mühsamen Vorgang, mit dem sie sich aufgerichtet hatte, und nickte.

Das war es ja kaum wert, dachte Kugel, diese ganze Anstrengung nur für ein paar Schritte. Aber dann fiel ihm ein, dass er gelesen hatte, wie Häftlinge, die in winzigen Zellen eingesperrt waren, häufig stundenlang im Kreis liefen, weil sie entweder versuchten, nicht gebrechlich zu werden, oder – das war die größere Herausforderung – um normal, um menschlich zu bleiben.

Die Messerschmidts, sagte sie, waren gute Leute. Wohlgemerkt Deutsche, aber voller Selbsthass. Das sind die Besten. Die mit Selbsthass sind mir lieber. Deutsche mit Selbsthass, Juden mit Selbsthass, Franzosen mit Selbsthass, Amerikaner mit Selbsthass. Wir hätten viel weniger Probleme auf der Welt, wenn mehr Menschen den Mut hätten, sich selbst zu hassen.

Sol?, hörte Kugel Bree rufen.

Er wandte den Kopf zum Schacht der offen stehenden Dachbodentür; dem Klang nach zu urteilen stand sie am Fuß der Treppe.

Es ist halb neun, rief sie herauf. Du kommst noch zu spät zur Arbeit.

In den folgenden Wochen sollte Kugel darüber nachdenken, dass alles, wenn er sie nur hätte nach oben kommen und die alte Frau sehen lassen, gleich am Anfang, vielleicht viel einfacher hätte beendet werden können. Wäre Bree nur heraufgekommen und hätte sie gesehen, dann hätte sie sie rausgeworfen, und alles wäre vorbei gewesen, bevor es überhaupt angefangen hätte.

Hätte Grete Gregor nur zertreten.

Hätte Kugel nur Scheiße gefunden.

Doch Bree kam nicht herauf, nicht gleich, und Kugel wandte sich wieder der alten Frau zu, die in dem ungeschützten offenen Raum mitten auf dem Dachboden hockte – aus der Sicherheit ihres Verstecks hervorgeholt, von ihm, um die Kartons, die er heruntergeschmissen hatte, wieder zurückzustellen –, und er rief Bree zu: Moment, Moment, ich komme gleich.

Kugel stieg die Treppe hinab und erklärte dabei, angesichts des verschlechterten Zustands der inneren Klappen der Heizflansche der Austrittsröhren werde er sich schlicht den Tag freinehmen müssen.

Schon wieder?, fragte sie.

Sie fürchtete, seine Firma werde das nicht gern sehen – Kugel hatte sich schon beim Einzug eine Woche freigenommen –, aber Kugel beharrte darauf, dass ihm da schlicht keine Wahl bleibe, es sei eines dieser Probleme, die man leicht übersehe, die aber schnell sehr teuer würden.

Besser, man wird es gleich los, sagte er.

Man wird es los?

Repariert es.

Bree bat ihn, so schnell wie möglich im Büro anzurufen, und sagte, er solle nicht den ganzen Tag arbeiten – vielleicht könnten sie sich ja einen schönen Abend zusammen machen?, fragte sie. Ja sicher, sagte Kugel. Wenn Jonah eingeschlafen ist, sagte sie, könnten wir ja da hinaufschleichen und ein wenig für uns sein, und zeigte auf den Dachboden. Ja sicher, sagte Kugel – und mit einem schnellen Kuss ging sie, um Jonah zur Kita zu fahren.

Kugel stieg wieder auf den Dachboden und stellte sich neben das Dachfenster, von dem aus man einen Blick auf vordere Veranda und Einfahrt hatte. Die alte Frau hatte schon damit begonnen, die Sachen wieder in die Kartons zu packen. Kugel hörte, wie die Haustür zuging, und gleich darauf erschien Bree in der Einfahrt, Jonah auf dem Arm, und ging zum Wagen.

Wie klein sie von hier oben aussahen. Wie zerbrechlich. Wie verletzlich. Wie sterblich.

Wie *unglaublich*.

Dass sie da waren. Weiterhin da waren.

Es hatte etwas Nettes, dieses Verstecktsein. Diese Unsichtbarkeit. Dieses Sein und Nichtsein. Dieses Nichts.

Jean-Paul Sartres letzte Worte: Ich bin gescheitert.

Wer ist das nicht?

Er schaute zu der alten Frau hin, wie sie auf dem Fußboden kniete und seine Bücher und Sachen in die Kartons zurücklegte.

Sie hatte eindeutig etwas Anne-Frank'sches.

Ich werde nicht die Polizei rufen, sagte er und sah wieder aus dem Fenster, weil Sie freiwillig gehen werden.

Das hoffe ich doch, erwiderte sie.

Fantastisch. Ich helfe Ihnen beim Packen.

Toll, sagte sie. Sobald ich fertig bin.

Bree hatte Jonah auf dem Kindersitz festgeschnallt und setzte sich ans Steuer. Es kam ihm vor wie der Gipfel der Verantwortungslosigkeit, ein Kind in ein Auto zu setzen, es wie einen Kampfpiloten in eine drei Tonnen schwere Kiste aus Stahl und Glas zu schnallen. Ihr Wagen hatte vorn und an den Seiten Airbags, zweifellos überall da, wo der andere Wagen nicht aufprallen würde. Man konnte das verdammte Ding an allen Seiten mit Airbags bestücken – Türen, Fenster, Träger, Räder –, und dann fiel ein Baum aufs Dach und zerquetschte sie, löschte sie aus wie eine Bö ein Streichholz. Kugel hatte an allen Küchenschrankgriffen Sicherheitsschlösser angebracht, an allen scharfen Kanten Schaumstoff, an allen Steckdosen einen Kinderschutz. Vielleicht sollte er ein wenig entspannter werden. Vielleicht vermittelte er Jonah ja die falsche Botschaft; er wollte nicht, dass er einmal so furchtsam wie sein Vater wurde.

Sobald Sie womit fertig sind?, fragte er sie.

Mit meinem Buch.

Natürlich, sagte Kugel. Selbstverständlich. Weil Sie ja Anne Frank sind.

Weil ich, sagte sie, Schriftstellerin bin.

Bree setzte den Wagen zurück, und Kugel sah ihr nach, wie sie davonfuhr, Staub hinter sich aufwirbelnd.

Wir sollten uns einen größeren Wagen anschaffen. Vielleicht ein SUV. Alle anderen haben einen. Yukon, Hummer, Tahoe. Es ging nicht mehr darum, mit den Nachbarn mitzuhalten, sondern darum, von ihnen nicht zerquetscht zu werden.

Arbeiten Sie schon lange daran?, fragte Kugel.

Seit sechzig Jahren, sagte sie. Plus/minus.

Also, Sie, sagte Kugel, da sind Sie ja richtig in was reingewachsen, das muss ich Ihnen lassen.

Er trat an das Fenster, das auf den Garten ging, und blickte hinaus. Mutter war in ihrem Gemüsegarten. Er sah ihr zu, wie sie einige Augenblicke am Zaun zerrte, dann innehielt, etwas weiterging und auch dort zerrte.

Sie saß wieder fest.

Nie fand sie das Tor, und wenn doch, drückte sie, statt zu ziehen, und folgerte daraus, dass das Tor anderswo sein musste. Langsam steigerte sie sich dann in eine Panik hinein. Kugel war überzeugt, dass sie diese ganze tragikomische Burleske absichtlich aufführte, dass sie sich gern eingesperrt fühlte, dass sie gern Hilfe brauchte, dass sie gern litt, dass sie glaubte, es zu verdienen. Agonie war Ekstase, Ekstase Agonie.

Da ziehen wir ja wieder eine ganz schöne Show ab, dachte Kugel. Vergiss nicht das Trinkgeld für deinen Schöpfer.

Also, *Anne*, sagte er, während er seiner Mutter zusah. Warum glaubt wohl jeder, dass Sie in Auschwitz gestorben sind?

Bergen-Belsen.

Ist doch egal.

Es ist um einiges leichter, in dieser Welt am Leben zu bleiben, sagte die alte Frau, wenn jeder einen für tot hält.

M-hm, sagte Kugel.

Jetzt stand Mutter am Tor. Wenn sie drückte, war sie draußen. Sie zog und zog wieder, wischte sich über die Stirn und ging weiter, wie immer, von Rettung zu Sklaverei.

Natürlich gab es, fuhr die alte Frau fort, auch eine Reihe finanzieller Erwägungen.

Mutter fächelte sich mit ihrem Hut Luft zu.

Sol!, rief sie. Solly, ich sitze fest!

Finanzielle Erwägungen, sagte Kugel.

Ich war allein, Mr Kugel. Ich war achtzehn und versteckte mich auf dem Dachboden eines alten Bauernhauses irgendwo zwischen Belsen und Hannover. Der Mann hieß Franz Sowieso, ich weiß es nicht mehr. Er war der Sohn eines ehemaligen mittleren SS-Offiziers und voller Abscheu vor sich selbst. Franz versteckte mich, dieses kränkliche, angstvolle jüdische Mädchen, auf seinem Dachboden, einfach so, obwohl der Krieg schon vorbei war; vermutlich hoffte er, die unvorstellbaren Sünden des Vaters könnten durch die zweitklassigen guten Taten des Sohnes die Absolution erhalten. Hat sich zehn Jahre später das Gehirn weggeblasen, das arme Schwein. *Die Sünden des Vaters sollen auf die Söhne übergehen.* Ein abscheulicher Gedanke. Wer hat das gesagt?

Gott, sagte Kugel, und schaute zu Mutter hinab, die sich in ihrem Garten abmühte. Wieder rief sie nach ihm – Sol! – und blickte am Haus hoch, beschattete die Augen gegen die Sonne. Instinktiv rückte Kugel vom Fenster weg, obwohl er wusste, dass sie ihn aus der Entfernung niemals sehen konnte.

Eines Tages, fuhr sie fort, kam Franz auf den Dachboden, eine Zeitung in der Hand. Er hielt sie mir mit Tränen in den Augen hin. Bist du das?, fragte er. Anscheinend lasen tausende von Menschen mein Tagebuch. Ehrlich gesagt hatte ich es da schon vergessen; das war ein paar Jahre danach, und ich arbeitete schon an meinem ersten Roman. Fürchterliches Ding, scheußlich konstruiert, etwas über einen sprechenden, schamerfüllten Affen oder einen ähnlich lächerlichen Einfall. Ich bete zu Gott, dass es nicht irgendwann mal gefunden wird wie mein Tagebuch. Jedenfalls überredete ich Franz, mich zu dem Verleger in Amsterdam zu bringen. Da kam ich dann zum ersten Mal nach Kriegsende aus dem Dachboden und zum ersten Mal seit Ausbruch des Krieges wieder nach Amsterdam. Das Herz pochte mir bis zum Hals, als ich an der Tür des Verlegers klopfte. Kann ich Ihnen helfen, fragte er. Ich bin Anne Frank, sagte ich.

Wieder zog Mutter am Tor.

Und was hat er gesagt?, fragte Kugel.

Nach einer Weile erwiderte sie: Er sagte, hau bloß ab.

Kugel wandte sich ihr zu. Sie hatte alle Kartons gepackt und schob sie nun mit dem Rücken in Richtung Wand.

Ich war verdattert, fuhr sie fort, wie Sie sich wohl denken können, also sagte ich es in der Annahme, er habe mich falsch verstanden, noch einmal. Ich bin Anne Frank, sagte ich. Wer ist das nicht?, erwiderte er. Wie sich herausstellte, hatte es seit der Veröffentlichung des Tagebuchs bei dem Verleger einen steten Strom von Mädchen gegeben, tagein, tagaus, die alle behaupteten, ich zu sein, und die alle einen Anteil der Tantiemen haben wollten. Als er das sagte, erinnerte ich mich, einige Mädchen meines Alters im Warteraum vor seinem Büro gesehen zu haben – manche groß, manche klein, manche dick, manche dünn –, aber alle trugen, so gut sie es konnten, eine niedergeschlagene und weinerliche Miene zur Schau, so wie sie es sich bei dem traurigen Mädchen vom Dachboden vorstellten. Der Verleger dachte natürlich, dass auch ich eine Betrügerin sei, aber als ich ihm von den Teilen des Tagebuchs erzählte, die mein Vater herausredigiert hatte – Teile, von denen damals nur ich wissen konnte –, erkannte er, dass ich tatsächlich die war, als die ich mich ausgab. Und wissen Sie, was er dann zu mir sagte?

Hau bloß ab?, riet Kugel.

Wieder fixierte sie ihn mit dem Auge.

Er schloss seine Bürotür, sagte sie, bot mir einen Stuhl an und sagte: Bleiben Sie tot.

Als sie alle Kartons wieder aufgestellt hatte, schleppte sich die alte Frau über den Fußboden zurück zur Westmauer und krabbelte dahinter. Als sie nicht mehr zu sehen war, ging Kugel zu den Kartons und wuchtete sie nacheinander wieder an ihren Platz.

Er sagte, Mr Kugel, und der Zorn in ihrer Stimme schwoll

an, dass kein Mensch eine lebendige Anne Frank will. Sie wollen eine Märtyrerin, sie wollen wissen, dass wir den Tiefpunkt erreicht haben. Dass es besser wird, weil es nicht mehr schlechter werden kann. Sie wollen wissen, dass wir uns wie ein Phönix aus unserer eigenen glühenden Asche erheben können. Aber sagen Sie mir, Mr Kugel, welchen Sinn hat es, dass sich ein Phönix erhebt, wenn er immer nur mit einer schon perversen Sehnsucht auf seine eigenen verbrannten Reliquien hinabblickt? Bleib unten, du jämmerlicher Scheißvogel, bleib unten! Der Glanz liegt im Erheben, du Trottel, nicht im Gebrannthaben! Wir alle brennen, jeder brennt. Brennen macht einen nicht besonders!

Sie schrie jetzt, und Kugel trat von der Wand zurück.

Er ging zu seinem Schreibtisch, Mr Kugel, hielt ein Exemplar des verdammten Tagebuchs hoch, auf dem verdammten Umschlag das verdammte lächelnde Kind, und sagte: Die wollen nicht Sie. Die wollen *sie*.

Wieder rief Mutter nach ihm.

Sol, bitte, ich habe Angst!

Kugel nahm die Einkaufsliste, steckte sie in die Tasche und ging zur Treppe.

Ich habe ihm gesagt, dass ich an einem Roman arbeite, rief Anne Frank ihm nach. Wissen Sie, was der Verleger dann gemacht hat, Mr Kugel? Gelacht hat er! Bleiben Sie tot, wiederholte er, bleiben Sie tot! Ich bin Schriftstellerin, Mr Kugel! Ich bin kein Kind! Ich bin nicht so eine verdammte Memoirenschreiberin! Ich bin Schriftstellerin! Zweiunddreißig Millionen verkaufte Bücher, Mr Kugel, das ist kein Pappenstiel! Ich werde diesen Dachboden verlassen, wenn ich mit dem Buch fertig bin, und keinen Augenblick früher! Keinen Augenblick früher! Ich bin Schriftstellerin, Mr Kugel, hören Sie! Schriftstellerin!

Kugel stieg die Treppe hinunter.

Matze!, schrie Anne Frank ihm hinterher. Bringen Sie mir meine Matze!

Kugel klappte die Treppe ein und ließ die Dachbodentür zuknallen.

Er genoss die Stille, die darauf folgte.

Wieder rief Mutter.

Sol, bitte! Ich habe Angst!

Anne Frank, murmelte Kugel vor sich hin, als er nach draußen ging, um Mutter aus ihrem Garten zu retten.

Scheiße, die hat mir gerade noch gefehlt.

8.

Die Sonne stand am Himmel wie ein Irgendwas. Der Wind wehte wie ein Sonstwas.

Ich hatte ja solche Angst, sagte Mutter.

Das Tor ist doch da, sagte Kugel. Du musst nur drücken.

Er demonstrierte ihr beim Weg aus dem Garten die richtige Technik.

Siehst du? So, Mutter, es ist nicht kompliziert. Ich habe letzte Nacht kein Auge zugetan, Mutter, und ich muss mich mit einer sehr komplizierten Sache befassen, ja, sehr heikel, eine Menge hochsensibler … du verstehst? Ich kann nicht ständig hier rausrennen und …

Ziehen zum Reingehen, drücken zum Rausgehen, sagte Mutter mit einem Kopfschütteln. Überall sonst ist es drücken zum Reingehen und ziehen zum Rausgehen. Das haben sie mit Absicht gemacht, diese Deutschen, um mich zu quälen, um mich verrückt zu machen.

Den Garten habe ich dir angelegt, Mutter, nicht die Deutschen.

Seit dem Krieg, sagte sie leise.

Er legte ihr den Arm um die Schultern, dann gingen sie zum Haus.

Ich weiß ja, sagte Kugel.

Kugel war ein kleiner Junge, nicht älter als sechs Jahre, als er eines Morgens aufwachte und sein Vater fort war. In den darauffolgenden Tagen und Monaten hatte Mutter immer wieder andere Erklärungen für die Abwesenheit seines Vaters gefunden. Mal sagte sie Kugel, er sei einfach verschwunden, mal sagte sie ihm, er sei gestorben, mal sagte sie ihm, er sei ermordet worden. Am falschen Ort zur falschen Zeit, sagte sie. Sicher wusste Kugel, damals wie heute, lediglich, dass er fort war. Das Leben war gut, und dann, eines Tages, war es schlecht. Es war Abend, es war Morgen, es war beschissen. Manchmal fragte sich Kugel, ob es nicht besser gewesen wäre, wenn sein Vater früher gegangen wäre, wenn er ihn gar nicht erst gekannt, diese glücklichere Zeit gar nicht erlebt hätte. Professor Jove zufolge war es das Wissen, dass es eine glücklichere Zeit gegeben hatte, einen Ort der Freude, des Friedens und der Sicherheit, was das plötzliche Fehlen all dessen für den jungen Kugel so quälend machte. Nicht die Qual, dass etwas war, sondern dass etwas nicht mehr da war, das war der Ursprung aller Schmerzen im Leben – nicht die Furcht vor der kommenden Hölle, vielmehr das Wissen um ein Eden, das es nicht mehr gibt. Nicht die Hölle ist die Strafe, sagte Professor Jove. Sondern Eden.

Was mit Vater auch geschehen war, Mutter hasste ihn deswegen, zutiefst und vollkommen, und sie wollte, dass auch Kugel ihn hasste, also hasste Kugel ihn. Mutter war verletzt und traurig und litt einen Schmerz, den der junge Kugel nicht lindern konnte. Plötzlich war sie alleinerziehende Mutter mit zwei kleinen Kindern – Kugel war sechs und Hannah, seine jüngere Schwester, noch keine zwei –, und da es keine Leiche, keinen Tod gab, gab es auch kein Geld von der Lebensversicherung. Über Nacht, so schien es dem jungen Kugel, war Mutter älter, verhärmter geworden, und sosehr er auch versuchte, sie aufzuheitern – gleich wie viele Hausarbeiten er erledigte, gleich wie gut er in der Schule war –, nichts half. Vater zu hassen war das Mindeste, was Kugel tun konnte. Es war auch das Äußerste, was er tun konnte. Hass war das Einzige, was er ihr bieten konnte. Und so hasste er eben.

Bald danach begann Mutter, vom Krieg zu reden. Das erste Mal war, so Kugels Erinnerung, am Tag nach ihrem Einzug in die kleine Stadtwohnung. Mutter hatte einige der Pappkartons im Treppenhaus gelassen, und dann hämmerte Mr Rosner an die Wohnungstür, zählte alle erdenklichen Verstöße auf und stieß alle erdenklichen Drohungen aus. Mutter öffnete die Tür, schüttelte den Kopf, entschuldigte sich und sagte mit leiser Stimme, als Mr Rosners Tirade sich schließlich dem Ende näherte: Seit dem Krieg.

Das schien das Feuer in Mr Rosners Herz zu ersticken. Er stützte die Hände in die Hüften und schüttelte den Kopf.

Ist ja gut, sagte Mr Rosner.

Diese Hundesöhne, sagte Mutter.

Ist ja gut, sagte er.

Mutter war jetzt Kugels ganze Welt, und er liebte sie sehr. Er bewunderte ihre Kraft, ihre Widerstandsfähigkeit und wie schnell sie dieses Schwein Rosner zum Schweigen gebracht hatte. Daher überraschte es Kugel nicht zu erfahren, dass seine Mutter eine Kriegsheldin war; für ihn war sie schon immer eine Heldin gewesen.

Kugel fragte Mutter nie, welchen Krieg sie meinte oder warum Mr Rosner das so beeindruckt hatte. Und ihre Andeutungen waren vage: Diese Hundesöhne, sagte sie, oder So eine Grausamkeit oder Ganze Familien vernichtet oder Nie wieder. An manchen Abenden kam Mutter in sein Zimmer, setzte sich zu ihm auf die Bettkante und erzählte ihm brutale Geschichten von Aufständen, Folter und Pogromen.

Was sind Pogrome?, fragte der junge Kugel.

Eines Abends, Kugel war nun acht Jahre alt, kam Mutter in sein Zimmer, strich ihm die Haare aus der Stirn und sagte, es sei nun an der Zeit, dass er von einem schrecklichen Ort namens Buchenwald erfuhr. Sie hatte ein großes Buch mit dem Titel *Der Holocaust* dabei, und sie zeigte ihm die Fotos darin: Massengräber, verhungerte Häftlinge, Berge nackter Leichen.

Das ist dein Onkel, sagte sie.

Das ist die Schwester deines Großvaters.

Das ist der Vater deines Vetters.

Was ist das?, fragte Kugel und zeigte auf den Lampenschirm, den sie neben ihn aufs Bett gelegt hatte.

Das, sagte sie und seufzte. Das ist dein Großvater.

Dann vergrub sie das Gesicht in den Händen und weinte.

Ich bin ja so allein, schluchzte sie. Ich habe solche Angst. Wie konnte er mich verlassen, wie konnte er nur?

Sie weinte nun hemmungslos und schüttelte den Kopf.

Dieser Hundesohn, sagte sie.

Kugel nahm den Lampenschirm und drehte ihn herum.

Das ist Sejde?, fragte er.

Mutter nickte und fasste sich wieder.

Siehst du, was sie uns antun?, sagte sie. Es gibt keinen Frieden, keinen Frieden. Wohin wir auch gehen, wo wir uns auch verstecken. Terror, mehr Terror und noch mehr Terror.

Da steht Made in Taiwan, sagte Kugel.

Mutter sah ihn an, Enttäuschung und Zorn in den tränennassen Augen.

Na, sie werden ja wohl nicht Made in Buchenwald draufschreiben, blaffte sie.

Nein, sagte Kugel.

Wenn sie mit der Schenkung des Lampenschirms beabsichtigt hatte, Kugel Angst vor Menschen einzuflößen, so hatte das eher gegenteiligen Effekt. Er fürchtete sich nun vor unbelebten Gegenständen. Wenn der Lampenschirm sein Großvater sein konnte, war dann das Sofa sein Vetter? War die Ottomane seine Tante? Der Kleiderschrank warf ihm, davon war er überzeugt, finstere Blicke zu. Wochenlang schlich er sich nach draußen und pinkelte gegen die Hauswand, voller Sorge, die Toilette könnte vielleicht sein Onkel sein, der Badezimmerspiegel ein unbekannter, aber allsehender Verwandter, den seine geheimsten Rituale anwiderten. Bis zum heutigen Tag war Kugel ein verbissener Anthropomorphisierer, der sich um die Qualen der Holzscheite sorgte, die er zum Kamin verurteilte, das Entsetzen der Unterwäsche, die er in die Waschmaschine sperrte, das Leid und den Kummer der Familien jener unschuldigen Geschöpfe – der Heuschrecken, der Ameisen, der Frösche –, die so grausig unter der Klinge seines Rasenmähers umkamen.

Nie wieder, flüsterten die Spinnen.

Nie wieder, antworteten die Grillen.

Erst zwei Jahre später, als er in die sechste Klasse kam, entdeckte der junge Kugel die Wahrheit. Mrs Rosengarten, seine Geschichtslehrerin, arrangierte für die Klasse einen Besuch des nahegelegenen Holocaust-Museums. Die Kinder stünden kurz vor dem Eintritt in die weiterführende Schule, erklärte Mrs Rosengarten, und seien daher alt genug, um etwas über die Fähigkeit des Menschen zur Unmenschlichkeit gegenüber seinen Mitmenschen zu erfahren. An die Stelle des nervösen Kicherns der Schüler beim Betreten des Museums trat bald ein furchtsames, ehrfürchtiges Schweigen. Die Augen der Mädchen füllten sich mit Tränen, schniefend wischten sie sich die schwarzen Eyeliner-Schlieren von den Wangen. Die Jungen gaben sich natürlich unberührt, doch ihr unnatürliches Schweigen, als sie von einem Exponat zum nächsten wanderten, offenbarte die Wahrheit. Als sie einen Raum mit der Bezeichnung Die Transporte betraten, fesselte eine Abbildung die jungen Schüler offenbar besonders und ließ sie innehalten. Es war die Fotografie der Außenseite eines Viehwaggons, die so stark vergrößert war, dass sie die gesamte Wand bedeckte. Vier junge Frauen winkten dem Fotografen durch die Gitterstäbe des kleinen Fensters in der Seitenwand des Waggons zu; vielleicht berührte es die Schüler, dass sie so jung waren, in den Zwanzigern, vielleicht auch, dass sie attraktiv waren und lange blonde Haare hatten und viel menschlicher wirkten als die Häftlinge mit den glattrasierten Schädeln, die auf so vielen der anderen Fotos zu sehen waren, vielleicht auch, dass sie lächelten und winkten, dass sie gar nicht wussten, was auf sie zukam, dass ihnen nicht klar war, wie schlimm alles schon geworden war, dass sie nicht ahnten, dass sie wahrscheinlich tot sein würden, bevor der Zug sein Ziel überhaupt erreicht hatte. Was es auch war, die Schüler blieben allesamt stehen und standen entsetzt vor diesem gewaltigen Bild. Eine Weile rührte sich keiner, sagte keiner ein Wort, und dann trat der junge Kugel vor, zeigte auf die Frau ganz rechts im Fenster und sagte mit vor Bewegung brechender Stimme: Das ... das ist meine Mutter.

Er vergrub das Gesicht in den Händen und weinte.

Die Schüler ächzten.

Diese Hundesöhne, weinte der junge Kugel.

Ellen, das hübsche, dunkelhaarige Mädchen, das in Mathe neben ihm saß, sah ihn mit Traurigkeit in den schimmernden blauen Augen an. Kevin, der beliebte Star des Football-Teams, klopfte ihm beruhigend auf die Schulter.

Deine Mutter?, sagte Mrs Rosengarten. Das ist nicht deine Mutter.

Doch, sagte Kugel. Sie hat es mir gesagt.

Deine Mutter ist in meinem Alter, Solomon, sagte Mrs Rosengarten. Als das Foto gemacht wurde, war sie noch gar nicht geboren. Und sie ist in Brooklyn geboren.

Woher wollen Sie das denn wissen?, fragte Kugel. Sie wissen doch gar nichts!

Ich kenne deine Mutter, sagte Mrs Rosengarten. Wir waren zusammen im Camp Sackamanoff. In den Catskills. Das Essen war grauenhaft, junger Mann, aber es war himmelweit entfernt von Auschwitz.

Sie schüttelte den Kopf und bedeutete den Kindern, ihr zu folgen.

Gehen wir, Kinder, sagte sie.

Ellen verdrehte die Augen, als sie an Kugel vorbeidrängte. Kevin versetzte ihm einen kräftigen Schubser.

Du bist tot, sagte Kevin.

Im Lauf der Jahre wurde Kugel, vielleicht als Folge dieses Vorfalls, vielleicht, um einer unerreichbaren Wahrheit auf die Spur zu kommen, zu einem besessenen Leser, hungrig nach Fakten und Wissen, und er tat sich in allen Schulfächern hervor (wenn er schon Mutters Vergangenheit nicht wiedergutmachen konnte, dachte er, vielleicht konnte er ihr ja eine bessere Zukunft bieten). Bücher enthielten offenbar alle Antworten – auf die Fragen nach dem Leben, auf das Glück –, wenn man nur genug lesen konnte. Mrs Rosengarten hatte, wie er erfuhr, recht gehabt; Mutter war in Brooklyn geboren worden, 1945, dem Jahr, in dem die Kämpfe zwischen den Alliierten und den Achsenmächten offiziell endeten. Sie muss ihn, vermutete Kugel, vor einem noch größeren Horror geschützt haben wollen als dem, den sie erlebt hatte. Er fragte sich, ob sie vielleicht einen anderen Krieg gemeint hatte – hatte sie in Vietnam gedient, war sie in Korea stationiert gewesen? –, und so fuhr er eines Nachmittags mit der U-Bahn zu seiner Großmutter, die ihm ein Fotoalbum voller alter Bilder aus Mutters heiterer Jugend in Brooklyn zeigte, aus ihrer munteren, unbeschwerten Pubertätszeit in den Catskills und später von Mutters Leben als zufriedene junge Ehefrau in einer nordöstlichen Vorstadt.

Die hat keinen einzigen Tag im Leben gelitten, sagte Großmutter kopfschüttelnd.

Geknickt schlug Kugel das Album mit einem dumpfen Schlag zu.

Großmutter erschrak. Sie vergrub das Gesicht in den Händen.

Seit dem Krieg, sagte sie.

Kugel brauchte nicht lange zu forschen, um zu entdecken, dass auch Großmutter nicht im Krieg gewesen war. Die Kugels waren Amerikaner in der fünften Generation; keiner von ihnen war im Krieg gewesen. Natürlich hatten sie Angehörige im Holocaust verloren, aber die meisten waren Cousins und Cousinen gewesen und die meisten davon ziemlich entfernte. Einige Monate später verstarb Großmutter, und einige Monate danach, am Abend von Kugels Abschlussfeier in der Achten, kam Mutter in sein Zimmer, setzte sich auf die Bettkante, strich ihm die Haare aus der Stirn und reichte ihm ein glänzendes schwarzes Kästchen. Das Kästchen war innen mit lila Samt ausgeschlagen und der Boden mit lila Satin, auf dem ein glattes weißes Stück Seife lag.

Was ist das?, fragte er.

Deine Urgroßmutter, sagte sie.

Dann vergrub sie das Gesicht in den Händen.

Diese Hundesöhne, sagte sie.

Mit seinen dreizehn Jahren verspürte Kugel zunehmend das Bedürfnis nach einer eigenen Identität, danach, flügge zu werden. Er hatte immer weniger Geduld mit Mutters Lügen – Märchen? Übertreibungen? Mythen? – und wagte es nun erneut, sie in Frage zu stellen. Er griff hinein, nahm die Seife heraus und drehte sie um.

Sie hieß Ivory?, fragte er.

Mutter runzelte die Stirn und nahm ihm die Seife weg. Tränen traten ihr in die Augen.

Na, sie werden ja wohl nicht Auschwitz draufgeschrieben haben, sagte sie.

Von da an hatte er sie nicht mehr nach ihrer Vergangenheit oder über den Krieg befragt. Er fasste den Entschluss, ihr nun nichts als Mitleid und Unterstützung zu bezeigen. Anscheinend brauchte sie den Krieg, und er freute sich, dass er ihn ihr geben konnte. Endlich gab es noch etwas anderes als Hass, was der junge Kugel der Mutter geben konnte, die er so sehr liebte: Er konnte ihr Leiden geben.

Vorsicht, sagte Kugel, als er Mutter durchs Gartentor half.

Er führte sie durch den Flur zu ihrem Zimmer und hob sie ins Bett.

Ruh dich aus, sagte er.

Diese Hundesöhne, sagte Mutter.

Ich weiß ja, sagte Kugel. Ich weiß.

9.

Kugel ging hinauf ins Schlafzimmer, setzte sich auf den kleinen Holzstuhl neben dem kleinen Holzschreibtisch, holte tief Luft und rief in seinem Büro an. Er bat um ein Gespräch mit seinem Vorgesetzten und kam sogleich in die Warteschleife.

Post-it-Zettel, sagte die aufgezeichnete Bandansage. Tierhaare. Teebeutel.

Beim Verkaufen, hatte Kugels allererster Verkaufsleiter gesagt, *geht es nicht darum, andere zu überzeugen – sondern sich selbst.* Als Verkäufer erwies sich diese unabdingbar erforderliche moralische Geschmeidigkeit als Kugels größte Herausforderung; er konnte sich einfach nicht davon überzeugen, dass ein Honda besser als ein Chevy war, Prozac besser als ein Placebo (oder bloß ein langer, ruhiger Waldspaziergang). Und als er und Bree dann anfingen, darüber nachzudenken, ein Kind in diese Welt zu setzen, nahm Kugel eine Stelle als Verkäufer bei der örtlichen Filiale von EnviroSolutions an, dem führenden Unternehmen für Eigenkompostierung in der Region, da er hoffte, indem er etwas Positives verkaufte, etwas, woran er auch wirklich glauben konnte, bei seinem eigenen Schicksal und der Zukunft der Welt etwas entscheidend verändern zu können.

Eierschalen, fuhr die Warteansage fort, Käse. Latexkondome.

Sein Plan war aufgegangen. Kugel schaffte es, den schlichten Vorgang des Kompostierens wie die kühnste Tat des selbstlosesten Superhelden klingen zu lassen, und er schloss Dutzende von Verträgen ab. Und bedenken Sie, sagte er immer am Schluss seiner Verkaufstelefonate, Müll entsorgen ist wunderbar. Das wurde bald auch zum Slogan der Firma, und seine Idee war es auch gewesen, die übliche Musik auf der Warteschleife der Telefonanlage durch eine Endlosschleife mit den vielen kompostierbaren Materialien zu ersetzen, die ihre besorgten Kunden in nährstoffreiche Erde verwandeln konnten.

In letzter Zeit jedoch war die grüne Industrie, als die sie bekannt wurde, explodiert; jeder Tag brachte neue Technologien und neue Firmen, und der Konkurrenzkampf um Abschlüsse war heftig geworden. EnviroSolutions erweiterte seine Angebotspalette um Recycling-Pick-ups, und Kugel erwies sich dabei als ebenso versierter Verkäufer, wie er es beim Kompost war. Die Firma berechnete ihre Lieferungen pro Gallone; je mehr Leute recycelten, desto mehr Geld verdiente EnviroSolutions.

Wie sehr lieben Sie die Erde?, fragte Kugel seine Kunden bei einer bestimmten Verkaufstaktik, die sein Kollege schon bald übernahm. Fünfundsiebzig Gallonen oder fünfundneunzig?

Aber ich brauche doch nur fünfundsiebzig, sagten die Kunden.

Wenn Sie die Erde wirklich liebten, entgegnete Kugel, dann würden Sie auch mehr verwerten.

Bald wurde es zu einer Frage der Ehre, so viele Recyclingbeutel wie nur möglich vor dem Haus stehen zu haben, ein Trend, den Kugel praktisch im Alleingang initiiert hatte.

Zehennagelschnipsel, fuhr die Stimme im Telefon fort. Verbrannter Toast. Ziegendung.

Wäre er doch nur mit der Wahrheit ebenso gut, dachte er, wie mit dem Schwachsinn.

Endlich meldete sich sein Vorgesetzter.

Ja, sagte Kugel zu seinem Vorgesetzten, ja, ich weiß ... Selbstverständlich, ja ... nein, ich ... also, es hat mich irgendwie erst gestern spätabends erwischt, Sir ... eine Erkältung, glaube ich, bloß ein kleiner Virus ... Ja ... Das verstehe ich, ja, doch ... Heiserkeit, Husten ... Ja, ich wollte nicht riskieren, die anderen im Büro anzustecken ... Ja, natürlich.

Jetzt ging das Tappen wieder los.

In der Klappe.

Tapp. Tapp-tapp.

Erst leise, wurde es im Lauf des Gesprächs immer lauter. Kugel stand auf und ging zur Klappe.

Sehe ich auch so, ja, ja, sagte er und stampfte wütend auf das metallene Gitter. Ja, ja, viel Flüssigkeit, *hust, hust*, ja, ich weiß ... Es tut mir wirklich sehr leid, Sir, sicher ist sicher ... Ja, Sir, glaube ich auch, nur einen Tag, mehr nicht ...

Tapp-tapp.

Vielleicht auch zwei Tage, falls es doch was Schlimmeres ist, zwei, drei Tage, höchstens ... Selbstverständlich ... Ich ... ja ... ja. Danke, Sir. Ja, Sir, das mache ich. Danke.

Tapp-tapp.

Kugel beendete das Gespräch, knallte den Hörer auf die Gabel und ging neben der Klappe auf alle viere.

Ruhe jetzt, ja?, flüsterte er wütend hinein. Was habe ich Ihnen gerade gesagt? Was habe ich Ihnen erst vor zwei Scheißminuten gesagt, verflucht? Nicht auf die Klappen tappen! Werden Sie fertig mit Ihrem Buch! Essen Sie Ihren Scheißapfel! Geben Sie Ruhe! Ruhe, verdammt!

Er stand auf, lief im Zimmer herum, schaute aus dem Fenster, ging zur Klappe zurück und kniete sich hin.

Geben Sie bloß *Ruhe*, knurrte er.

Er stand auf, ging zum Fenster, fuhr sich mit der Hand durch die Haare und fragte sich, was Bree wohl täte.

Sie würde ruhig bleiben, das wusste er. Sie wäre rational. Als Erstes würde sie sagen, finden wir mal heraus, wer dieser Mensch überhaupt ist.

Ja, dachte Kugel. Ja, natürlich.

Er setzte sich an den Schreibtisch, ging online, fand die Nummer, die er suchte, und nahm das Telefon.

Wir werden ja sehen, sagte er und blickte höhnisch an die Decke, wer hier lebt und wer tot ist.

Kugel durchschritt das Zimmer, schob die Schranktür auf, stieg hinein, schloss die Tür und genoss einen Augenblick die klappenfreie Einsamkeit darin. Er hockte sich auf den Boden unter seine hängenden Hemden, Mäntel und Hosen, schaltete das Telefon an und wählte die Nummer.

Wie Kugel so im Dunkeln saß, beneidete er die Kleider um ihre Einsamkeit, ihre Sicherheit, aber er fürchtete auch, sie könnten den Schrank womöglich hassen, sich im Dunkeln fürchten – vielleicht wollten sie ja nichts lieber, als wie Bett und Kommode unter den beruhigenden Strahlen der Sonne zu leben, neben offenen Fenstern und nie mehr hinter Türen. Diese beunruhigenden Gedanken hatte er häufig; manchmal trug er sogar ein Hemd, das er gar nicht mochte, weil er befürchtete, es könne ihm schlecht gehen, wenn es Tag um Tag wegen eines neueren, schickeren, saubereren übergangen wurde. Den ganzen Tag war ihm dann unbehaglich zumute, er fand sich hässlich, und abends ärgerte er sich über dieses Hemd, das er am Morgen noch so bedauert hatte, hängte es wieder in den Schrank und schwor sich, es nie wieder anzuziehen.

Einen schönen Nachmittag wünsche ich, sagte die Frau am anderen Ende munter. Simon Wiesenthal Center, was kann ich für Sie tun?

War denn schon Nachmittag? Sollte die Rezeptionistin des Simon Wiesenthal Center denn so fröhlich sein?

Ja, sagte Kugel leise, hallo. Ich dachte, ob Sie mir vielleicht …

Entschuldigen Sie, Sir, Sie müssten schon etwas lauter sprechen, ich kann Sie ja kaum hören.

Hallo, ja, sagte Kugel lauter. Ich wollte gern herausfinden, ob jemand im Holocaust gestorben ist, und da dachte ich, ob Sie mir da helfen könnten.

Selbstverständlich, sagte die Frau. Ihr Ton war sogleich düsterer geworden. Wir haben, fuhr sie fort, eine umfangreiche suchfähige Datenbank all der Millionen Opfer des Nazi-Terrors. Natürlich sind auch viele außerhalb der Lager gestorben oder auf dem Weg dahin, Sie werden daher verstehen, dass nicht jede ermordete Person aufgeführt ist.

Das verstehe ich, sagte Kugel.

Viele sind auf der Straße gestorben.

Bestimmt, sagte er.

Wie die Hunde.

Natürlich.

Im Angesicht ihrer Frauen.

Ich weiß.

Und Kinder.

Schrecklich.

Nachname?, fragte sie.

Frank.

Vorname?

Kugel schluckte.

Anne, sagte er.

Klick.

Verdammt, dachte Kugel.

Er stieg aus dem Schrank und lief im Zimmer auf und ab. Was nun? Sollte er im Museum of Tolerance anrufen? Sollte er das Anne-Frank-Haus kontaktieren? Er konnte sich nicht vorstellen, dass die Anfragen dort erfolgreicher sein würden. Und wenn diese Wiesenthal-Frau nun die Anti-Defamation League anrief?, überlegte er. Und wenn sie denen sagte, ein Holocaust-Leugner habe angerufen, und wenn sie seinen Anruf rückverfolgt hatte? Kugel stellte sich vor, wie die ADL an die Haustür hämmerte, ihn um sich schlagend und schreiend aus dem Haus zerrte. Schon sah er den untröstlichen Blick auf Mutters Gesicht, die Enttäuschung. Sie ist auf dem Dachboden, das schwöre ich!, würde er schreien, wenn sie ihn hinten in den ADL-Transporter stießen und die Tür verschlossen. Sie ist auf dem Dachboden!

Sag's allen, na los!, würde Mutter sagen.

Wieder begann das Tappen.

Verdammt, dachte Kugel.

Kugel rief Professor Jove an.

Jove war nicht da.

Kugel hinterließ eine Nachricht.

10.

Matze – 12 Schachteln
Hering – 1 Glas
Borschtsch
Gefilte Fisch
Druckerpapier – 3 Packen (ungelocht)
Minikühlschrank

Minikühlschrank?, dachte Kugel, als er den Einkaufswagen durch die automatischen Türen von Mother Earth's Bounty Natural Food Market schob. Was denn *noch*?

Wo zum Teufel sollte er denn in Stockton gefilte Fisch herkriegen? Und wer braucht schon ein Dutzend Schachteln Matze, verflucht? Allein schon das Wort zu sagen widerte ihn an – *Matze*. Die Kugels waren nie sonderlich religiös gewesen, aber als Kugel klein war, beging Mutter als einziges Fest im Jahr Pessach.

Es sei, sagte sie, eine Feier der Freiheit.

Das allerdings hatte Kugel ein wenig anders gesehen. Es erschien ihm eher als eine Feier des Leidens, der Sklaverei, ein Sakrament von Entbehrungen und Missbrauch. Kugel, Mutter und Hannah saßen stundenlang am Seder-Tisch, und Mutter las ihnen Geschichten vor, wie ihre Vorfahren gestorben waren, wie Babys ermordet, wie Rabbis bei lebendigem Leib verbrannt wurden.

Pessach machte den jungen Kugel wütend. Hatten nicht auch er, Mutter und Hannah gelitten? Okay, die Römer hatten sie nicht in Thorarollen gewickelt und verbrannt, aber ein Picknick war es auch nicht gerade gewesen. Vielleicht kam Mutter ja besser mit ihrem Leid klar, wenn sie immer wieder von dem anderer erzählte, aber für Kugel erschien das nur wie ein sinnloser Wettstreit, eine Olympiade des Elends, bei der er gar nicht antreten wollte, da die Loser jeden Anspruch auf ihr legitimes Leiden verloren und dem Sieger nichts als Mitleid winkte. Mutter, so schien es dem jungen Kugel, wollte immer nur Gold.

Das, sagte Mutter, als sie ihm ein Stück trockene, geschmacklose Matze reichte, ist das Brot unseres Elends.

Wo, fragte sich der junge Kugel, ist die siebenlagige Torte unserer Erlösung? Wo der Muffin unserer Fröhlichkeit? Wo unser Doughnut, der nicht immer nur weggeputzt wird?

Iss einfach, sagte Mutter.

Die letzten Worte Rabbi Akibas – desjenigen, den die Römer in eine Thora wickelten und anzündeten – waren folgende:

Höre, o Israel, der Herr ist unser Gott, der Herr ist Einer.

Scheiß drauf, dachte Kugel, als er in die Lebensmittelabteilung ging. Montaigne hat über Menschen geschrieben, die ihrer Hinrichtung mit Humor entgegensahen – nicht mit unserer begrenzten und tragischen Sicht auf die Dinge, sondern mit der alles sehenden, humorvollen Gottes. Sagte einer am Galgen auf die Frage, ob er noch ein letztes Wort sagen wolle: Dass mir das nicht einreißt! Sagte ein anderer, als der Priester ihn drängte, seine Seele Gott zu befehlen: Wer geht denn hin, es ihm auszurichten?

Voltaire wurde auf dem Sterbebett aufgefordert, dem Teufel abzuschwören. Ist das, fragte Voltaire, der richtige Moment, sich Feinde zu machen?

Meine Herren, sagte ein gewisser George Appel, als sie

ihn auf den elektrischen Stuhl schnallten: Gleich werden Sie einen Bratapfel sehen.

Lustig.

Verbrannter Kugel.

Aber in eine Thora gewickelt? Angezündet?

Wie wär's mal mit Wut gewesen, Akiba? Wie wär's gewesen, das Gebet an Gott im Himmel zu überspringen und ein paar Worte an Seine barbarischen Gläubigen auf der Erde zu richten?

Zum Beispiel: Fickt euch?

Zum Beispiel: Fickt euch, ihr Arschlöcher?

Kugel parkte seinen Wagen an der Seite des Gemüsegangs, zog sein Letzte-Worte-Notizbuch heraus und schrieb es hinein:

Fickt euch, ihr Arschlöcher.

Er unterstrich es.

Nicht schlecht.

Kugel hatte unlängst herausgefunden, dass er eine Gluten-Unverträglichkeit hatte; das kleinste bisschen Weizen im Essen, und er bekam Spasmen im Magen, Krämpfe in den Eingeweiden, und die Raserei, mit der sein Darm gleich darauf versuchte, das verfluchte Korn loszuwerden, war so heftig, dass er sich oft fragte – im Zug, im Auto, in der Mall –, ob er es noch rechtzeitig zur Toilette schaffte. Es war schwierig, Weizen zu vermeiden, und glutenfreie Nahrung war schrecklich teuer, aber Kugel fand es wunderbar passend, dass er nun als Erwachsener ausgerechnet gegen Matze – das verhassteste Essen seiner Jugend – allergisch war, dass sein Körper ausgerechnet Matze nicht verarbeiten konnte und seine Magenschleimhaut es als Gift identifizierte.

Sein Bauch war ein Antisemit.

Seine Gedärme hatten sich assimiliert.

Sein Rektum zeigte Selbsthass.

Anne Frank würde sich freuen.

Mutter wäre enttäuscht.

In letzter Zeit war offenbar alles giftig geworden. Von Weizen bekam er Durchfall. Von Zucker schwitzte er stark. Von Koffein bekam er sogar noch schlimmeren Durchfall als von Weizen und außerdem heftige Angstzustände, sodass ihn, auf der Kloschüssel gekrümmt, die Panik überfiel, etwas in ihm laufe furchtbar schief, dass er sich von innen heraus zersetze und aller Wahrscheinlichkeit nach nur noch Augenblicke vom Tod entfernt sei.

Und dass die Toilette verständlicherweise eine Stinkwut auf ihn hatte.

Gott, sagte die Toilette.

Das ist der Weizen, sagte Kugel zur Toilette.

Versuch's mal mit Salat, erwiderte die Toilette.

Jonah war allergisch gegen Bienen. Und Pollen. Und Katzen.

Wie sollten sie sich denn bei Jonahs Bienenallergie auf einem Dachboden verstecken? Im Winter ginge es ja, aber im Frühling, wo seine ständige Nieserei sie verraten würde, das wäre ausgeschlossen. Bloß kein *Hatschi*. Sommer wäre noch schlimmer. Und wenn die Bienen sich nun in den Dachboden verirrten, was dann? Er musste daran denken, Autoinjektoren zu besorgen.

iPod und Autoinjektoren; er würde sich eine Notiz machen.

Und Zyrtec, gegen Heuschnupfen und Niesen.

iPod (Kopfhörer/Ladegerät)
Autoinjektoren
Zyrtec

Eine Liste. Jedenfalls der Anfang von einer. Kugel ging es besser. Er traf Vorkehrungen. Er schlug zurück. Er ließ sich nicht überrumpeln. *Wie Schafe zur Schlachtbank.* So beschrieb Mutter die Häftlinge in den Todeslagern. Er fragte sich, was Anne Frank wohl zu dieser Beschreibung sagte.

Und ob die Schafe wohl wussten, was los war.

Fickt euch, ihr Arschlöcher.

Schon gut, würde er sagen, Jonah in den Armen, wenn sie sich in der Nische ihres Dachbodens in Stockton versteckten, im Flur unter ihnen Soldaten in schweren Stiefeln, brüllend, fluchend, schießend. Er würde versuchen, Jonah zu beruhigen, damit sein Körper nicht mehr vor Angst, vor Entsetzen zitterte, oder zitterte Kugel etwa selbst, war das seine eigene Angst, sein eigenes Entsetzen?

Entschuldigen Sie, sagte ein anderer Kunde, der vorbeiwollte.

Scheiß Anne Frank, Mann.

Er holte ihre Liste heraus.

Borschtsch? Hatten die hier Borschtsch?

Bree hatte eine Farballergie. Ein bestimmter Farbton – welcher, wusste sie allerdings nicht –, und die Ärzte konnten ihr nicht mehr helfen. Unlängst hatte sie sich eine Packung M&M gekauft und eine Woche lang jeden Tag eine andere Farbe gegessen, um auszuprobieren, ob sie selbst die Farbe identifizieren konnte – Sonntag Braun, Montag Gelb, Dienstag Grün, Mittwoch Rot, Donnerstag Orange, Freitag Blau. Am Samstag ruhte sie. Aber von jeder Farbe bekam sie denselben Ausschlag, also nahm sie an, dass sie gegen alle Farben allergisch war. Jetzt mied sie Farbstoffe ebenso wie Milchprodukte. Und Weizen. Und Zucker.

Die Lebensmittel bei Mother Earth waren rein, natürlich und außerordentlich teuer. Heutzutage bezahlte man vor allem für die Dinge, die man nicht bekam – kein Natrium, keine Fruktose, kein Maissirup, kein Glutamat, fettfrei, kohlehydratfrei, farbstofffrei, weizenlos, mehllos, zuckerlos –, und mit jedem Bestandteil, der nicht enthalten war, stieg der Preis. Eine Schachtel nichts – frei von Giften, Toxinen, Pestiziden, eine Schachtel, die keines Warnaufklebers bedurfte, keiner Liste möglicher Risiken und Nebenwirkungen und schädlicher Reaktionen, eine Schachtel, die keine ungeborenen Kinder schädigte oder vor dem Öffnen einen Besuch beim Arzt erforderte, eine beschissene Schachtel Luft – dafür bräuchte man einen zweiten Baukredit.

Am Leben zu bleiben kostete sie ein Vermögen.

Was ist das für ein Monster, das ein Kind zur Welt bringt?

Jesus sagte Aua.

Hitler war Optimist.

Haben Sie Matze?, fragte Kugel einen der Verkäufer bei Mother Earth.

Matze?

Sie wissen schon, sagte Kugel. Wie für Pessach.

Trotzdem, irgendwas in dem Laden gab Kugel Hoffnung. Diese ganzen Mittelchen – Pflanzen, Düfte, Vitamine, Lotions –, die versuchten es immerhin. Auch sie schlugen zurück. Mit Holunder, klar, und Haifischknorpel. Aber zurückschlagen war zurückschlagen, oder?

Der junge Mann kratzte sich am Kinn.

Kugel fasste es nicht, dass er tatsächlich etwas für die alte Frau kaufte, doch er hatte die Hoffnung, dass sie ihr verdammtes Buch in Ruhe beendete und dann einfach ging, dass er eines Morgens aufwachte und auf den Dachboden ging und Anne Frank weg war und er, Anne-frei, weiterleben konnte.

Hundert Prozent Frank-Los.

Jetzt mit weniger Völkermord.

Matze, wiederholte der junge Mann.

Matze, sagte Kugel.

Ich glaube, das führen wir nicht, sagte er. Dann schnippte er in seinem besten Bemühen, behilflich zu sein, mit den Fingern und sagte in der Hoffnung, hilfreich zu sein: Aber wir haben Hesekielbrot.

Was ist denn Hesekielbrot?

Weiß ich nicht so genau. Klingt aber irgendwie religiös. Biblisch halt.

Das nehm ich, sagte Kugel.

Trotzdem verrückt, dass ich diesen Scheiß für eine Irre auf meinem Dachboden kaufe. Vielleicht kotzt es sie ja so an, wenn ich ihr das Falsche mitbringe, dass sie geht. Und selbst wenn sie wie Anne Frank aussah, na und? Alle alten Frauen sehen wie Anne Frank aus. Das ist eben ihr Schicksal.

Darf's noch was sein?, fragte der Verkäufer.

Vielleicht sollte er ihr noch was Alkoholisches kaufen. Bei anderen Schriftstellern schien es ja zu funktionieren. Und auch Bücher – Wie ich einen Roman in einem Monat schreibe. Einer Woche. Einer Stunde.

Haben Sie Multivitas?, fragte Kugel. Was für Senioren?

Er bezahlte – diese sechsunddreißig Dollar würde er nie wiedersehen, 32 Millionen Auflage, und sie kann nicht mal ihr Scheißhesekielbrot selbst bezahlen – und ging auf den Parkplatz; an der Tür holte er sich noch ein lokales Anzeigenblatt. Wenn er sie schon nicht einfach vor die Tür setzen konnte, dann konnte er ihr ja vielleicht irgendwo anders einen Dachboden mieten. Ein kleines Panik-Loft, wo sie sich in die Ecken drücken konnte, bis es mit der Welt zu Ende ging und es endlich sicher war, wieder rauszukommen.

Auf dem Weg zu seinem Wagen sah Kugel Wilbur Messerschmidt jr., den etwa vierzig Jahre alten Sohn von Wilbur

Messerschmidt sen., von dem die Kugels ihr Haus erworben hatten.

Will, den alle aus dieser Kleinstadt Wilbur Junior nannten, war ein großer, athletischer Mann mit rotem Haarschopf und meistens mit einem einnehmenden Lächeln im Gesicht, ein beliebter Typ: Mitglied des Gemeinderats, Teilzeit-Ehrenamtlicher beim Rettungsdienst und Vollzeit-Ehrenamtlicher bei der Stocktoner Feuerwehr. Und jeder kannte seinen weißen Pick-up; im Winter sah man ihn, wie er Autos aus Schneewehen zog oder Nachbarn die Einfahrt frei pflügte; im Sommer sah man ihn häufig, wie er älteren Leuten den Einkauf zum Wagen trug oder dankbaren liegengebliebenen Autofahrern den Reifen wechselte.

Will lehnte am Dach eines örtlichen Streifenwagens und plauderte und scherzte mit den Polizisten darin. Kugel ging hin, und Will begrüßte ihn mit einem kernigen Hieb auf die Schultern.

Hey, Mr K, sagte Will. Gestern Abend haben die Jungs hier ihn beinahe gekriegt.

Wen gekriegt?, fragte Kugel.

Diesen Mistkerl, der die Häuser anzündet, sagte Will. Mr Kugel hier hat vor zwei Monaten Paps Haus gekauft.

Der Polizist auf dem Beifahrersitz nickte.

Hat versucht, eins in der Tanglewood abzufackeln, sagte der Polizist.

Farmhaus?, fragte Kugel.

Der Polizist nickte.

Kugel schüttelte den Kopf.

Aber er ist nicht sehr weit damit gekommen, sagte Will, dem lieben Gott sei Dank. Unsere Jungs hier sind aufgekreuzt und haben ihn ordentlich durch den Wald gejagt. Vielleicht macht der Boss ja jetzt ein paar Scheinchen mehr für euch locker, hm?

Mehr *Geld*?, lachte der Polizist. Der Arsch war total stinkig, dass wir ihn nicht geschnappt haben.

Glück gehabt, dass er uns nicht gefeuert hat, setzte der Polizist auf dem Fahrersitz hinzu. Gut, dass er ein Bier intus hatte.

Alle lachten. Will schlug aufs Dach des Streifenwagens, die Polizisten fuhren los, und Will und Kugel winkten ihnen nach.

Gute Jungs, sagte Will, gute Jungs. Kevin kenn ich seit der Grundschule. Hätte aber nicht gedacht, dass der mal Cop wird, ehrlich gesagt – Scheiße, als Junge hat der mal fast das eigene Haus in Brand gesteckt, als er mal nachts heimlich eine rauchen wollte. Wie geht's der Familie im neuen Heim?

Tja, sagte Kugel, wo Sie gerade davon sprechen.

Kugel schaute sich um und sagte, als er sah, dass sie allein waren, mit leiser Stimme: Ich hab was gefunden.

M-hm, sagte Will.

Etwas, was Ihr Vater vielleicht dagelassen hat.

Will nickte.

Was Sie nicht sagen, sagte Will.

Etwas, was er auf dem Dachboden gelassen hat. Auf dem *Dachboden*.

Er musterte Wills Gesicht, suchte nach Anzeichen von Unruhe oder Überraschung, entdeckte aber nur Verwirrung.

Eine Schachtel oder so was?, fragte Will.

Kugel nickte.

Ja, sagte Kugel, eine Schachtel. Eine *alte* Schachtel. Und ich hab mir gedacht, vielleicht will Ihr Vater ja die *alte Schachtel* zurückhaben.

Will kratzte sich am Kinn.

Hmm, sagte er und schüttelte den Kopf. Eine alte Schachtel. Davon wüsste ich nichts. Ehrlich gesagt hat Dad das meiste allein gepackt. Wo, sagten Sie, haben Sie die gefunden?

Wieder schaute sich Kugel um.

Auf dem Dachboden, sagte er. Da hat sich die alte Schachtel *versteckt*. Auf dem *Dachboden*.

Will verschränkte die Arme und schüttelte den Kopf.

Eine alte Schachtel auf dem Dachboden, sagte er, ein wenig lauter, als es Kugel lieb war. Und dann schnippte er wie der junge Mann im Supermarkt mit den Fingern und sagte: Ob die wohl Anne Frank gehört?

Kugel starrte Will eine Weile an, sicher, dass er sich verhört hatte.

Dann nickte Will, sicher, dass es das war.

Genau, sagte er. Ich wette, das ist es. Ich wette, es ist die von Anne Frank.

Das war nun unmissverständlich. Will hatte ganz eindeutig die Worte *Anne Frank* gesagt. Der Schock, ihren Namen ausgesprochen zu hören, erschütterte und erleichterte Kugel zugleich. Er war nicht verrückt, das war schon mal was. Das war die gute Nachricht. Die schlechte war: Jemand – ein geachtetes Mitglied der Gemeinde, nichts weniger – glaubte, dass sie tatsächlich Anne Frank war.

Verdammt, dachte Kugel.

Er *wusste* es, dass sie wie Anne Frank aussah.

Vielleicht konnte er die Matze ja online bestellen. Wahrscheinlich gab es Matze bei Amazon, wahrscheinlich auch Borschtsch.

Haben Sie sie gefragt?, fragte Will.

Kugel, dem gerade die Worte fehlten, schüttelte den Kopf.

Also, sagte Will, vielleicht fangen Sie ja mal da an. Ich glaube, wenn Sie auf dem Dachboden eine alte Schachtel gefunden haben, dann gehört sie wahrscheinlich ihr. Wenn nicht, könnten Sie ja vielleicht Dad Bescheid sagen.

Will reichte Kugel eine seiner Schneepflug-Visitenkarten und deutete auf die unterste Nummer.

Das ist die Nummer im neuen Haus, sagte er. Wie geht's ihr übrigens?

Wem?

Anne.

Kugel sah ihn einen Augenblick an, unsicher, wie er darauf am besten antwortete.

Sie ist ein bisschen sehr pflegeintensiv, sagte Kugel.

Na ja, nach dem, was die alles durchgemacht hat, sagte Will und schüttelte ernst den Kopf.

Unvorstellbares Grauen, fügte er hinzu.

Diese Hundesöhne, sagte Kugel.

Eine ältere Frau, die Arme voller Lebensmitteltüten, drückte sich an ihnen vorbei.

Mrs Lesko, rief Will lächelnd, was habe ich Ihnen gesagt, was ich tu, wenn ich Sie das nächste Mal wieder Tüten tragen seh?

Sie lachte, als er ihr die Tüten abnahm und mit ihr zu ihrem Wagen ging.

Ich ruf bei Dr. Zisman an, sagte Will. Ich hab Sie gewarnt.

Unterstehen Sie sich, sagte Mrs Lesko lachend.

O doch.

Wilbur Junior, wenn Sie meinen Arzt anrufen, rufe ich Ihren Vater an.

Da fallen mir ein paar Sachen ein, die Sie ihm sagen können, die ihm sowieso mal jemand sagen sollte, sagte Will, und wieder lachten beide.

Kugel stieg in seinen Wagen und knallte die Tür hinter sich zu.

Er war nicht verrückt.

Das war doch schon mal was.

11.

Als er noch unsicher war, ob ein Umzug denn so klug wäre, hatte Kugel sich mit Professor Jove beraten. Er beschrieb das reizende Haus, das Waldgrundstück, das idyllische Städtchen Stockton. Er verlieh seiner Hoffnung auf einen Neustart, einen frischen Anfang Ausdruck. Der Professor seufzte tief und schüttelte den Kopf.

Warum hat das Huhn die Straße überquert?, hatte Professor Jove ihn gefragt.

Das weiß ich nicht, sagte Kugel. Warum hat das Huhn die Straße überquert?

Weil es ein Trottel war, sagte Professor Jove.

Das kapier ich nicht, sagte Kugel.

Das Huhn hat die Straße überquert, sagte Professor Jove, aus demselben Grund, aus dem wir alle die Straße überqueren – weil es dachte, auf der anderen Seite könnte es besser sein. Sagen Sie mir, Mr Huhn: auf der anderen Straßenseite gibt es keine Kriege? Kein Leiden, keine Scheidungen, kein Scheitern? Keinen Hunger, keine Krankheiten, keine Tränen, keinen Schmerz? Auf der anderen Straßenseite begraben keine Eltern ihre Kinder, bekommen Söhne und Töchter immer die Liebe, die sie brauchen, werden Männer und Frauen nicht alt und verbittert und sterben voller Gram?

Kugel betrachtete seine Schuhe.

Väter verschwinden, sagte Professor Jove, die Stimme sanft und mitfühlend. Auf beiden Seiten der Straße.

Kann aber doch nicht schaden, es mal auszuprobieren, sagte Kugel. Die andere Seite, meine ich.

Ganz im Gegenteil, sagte Professor Jove. Niemand hat gesagt, dass das Huhn es auf die andere Seite geschafft hat. Straßen sind kein Ort für naive Hühner, die vom Nirwana träumen. Auf der Straße sind Autos. Laster. Und eine Menge plattgefahrener Hühner. Nur wenige schaffen es. Und wenn doch eines rüberkommt und einen Kentucky Fried Chicken sieht und sagt: Zum Teufel damit, ich geh wieder nach Hause, dann ist die Wahrscheinlichkeit noch größer, dass es nicht zurückkommt. Hühner würden eben länger leben, wenn sie auf der Straßenseite blieben, auf der sie sind. Und sie würden glücklicher leben, wenn sie nur aufhören würden zu hoffen, auf der anderen Seite gebe es etwas Besseres. Kugel, ich frage Sie noch einmal – warum hat das Huhn die Straße überquert?

Weil es ein Trottel war, sagte Kugel.

Exakt.

Dann meinen Sie also, ich soll das Haus nicht kaufen.

Professor Jove nickte.

Allerdings, sagte er.

Das Stocktoner Büro des Immobilienmaklers »Promised Land« lag im Stadtzentrum, in einem prachtvollen alten viktorianischen Wohnhaus, dessen Inneres in Büroräume umgewandelt war. Als Kugel die breiten Stufen zur Holzveranda hinaufstieg, fragte er sich, wie das Haus diese Umwandlung wohl fand. Wahrscheinlich vermisste es den Klang von Lachen und Leben und den Geruch von Abendessen, die kaltherzig durch die toten Töne von Faxgeräten, Druckern und klingelnden Telefonen ersetzt worden waren. Und obendrein noch benutzt werden, um andere Wohnhäuser an ebenjene Familien zu verkaufen, die es so gern in sich wohnen hätte? Das war der Gipfel.

Kugel wollte die Tür öffnen.

Abgesperrt.

Verdammt.

Er klopfte.

Nichts.

Sie kann weglaufen, dachte Kugel, aber sie kann sich nicht ewig verstecken.

Er setzte sich auf die Bank neben der Haustür, stellte die Einkaufstüte neben sich ab, legte die Beine übereinander und verschränkte die Arme vor der Brust.

Ich kann warten.

Dann war es also Anne Frank. Vielleicht. Genauer gesagt, der Mann, der in diesem Haus aufgewachsen war, wusste durchaus um ihre Existenz – hatte sogar sein ganzes Leben dort mit ihr verbracht, und wenn Will Junior von ihr wusste, dann wusste auch Eve von ihr, und sie war gesetzlich verpflichtet, Kugel alles zu sagen – umfassende Offenlegung, lautete der Begriff, wie er sich erinnerte –, und das hatte sie eindeutig nicht getan. Sie hatte ihn belogen, und jetzt hatte Kugel den Beweis dafür. Die verwarzte, groteske Gestalt auf seinem Dachboden war jetzt Eves Problem, und wenn sie keine Klage am Hals haben wollte, schaffte sie Anne Frank schön von seinem Dachboden herunter, und zwar plötzlich.

Die Nachmittagssonne stand direkt über ihm, sogar im Schatten der Veranda von »Promised Land« war es brutal heiß.

Ich kann den ganzen verdammten Tag warten.

Es ist wegen des Hauses, würde er zu ihr sagen. *Wir müssen darüber sprechen.* Ihr würde das Gesicht runterfallen, das Herz würde ihr in der Brust hämmern, und ihre scheußliche Lüge wäre endlich aufgedeckt. *Es ist wegen des Hauses*, würde er wiederholen. Sie würde schluchzen, um ihre Stelle, ihre Karriere, ihre Familie fürchten. Sie würde sich ihm zu Füßen werfen, ihn anflehen, sie nicht anzuzeigen, sie nicht zu verklagen, sie würde schwören, es wiedergutzumachen, es in Ordnung zu bringen, ihm alles zu ersetzen. Vielleicht aber auch nicht – vielleicht wäre sie aggressiv, kampfeslustig, würde es bis zuletzt abstreiten. *Sie lassen mir keine Wahl*, würde er dann sagen und auf dem Absatz kehrtmachen. *Sie werden von meinem Anwalt hören.*

Kugel stand auf, setzte sich und stand wieder auf, schritt auf der Veranda auf und ab, wollte das Thema unbedingt jetzt klären. Er wollte nicht, dass die alte Frau auch nur eine Minute länger in seinem Haus verbrachte, und wenn Eve bald kam, könnten sie sie hinausbefördern, noch bevor Mutter aus ihrem Schläfchen erwachte, bevor Bree mit Jonah von der Kita zurückkam. Niemand würde erfahren, dass diese scheußliche Missgeburt je da oben gewesen war. Und selbst wenn sie Anne Frank wäre, na und? Hinausgeworfen zu werden wäre nicht das Schlimmste, was ihr im Leben widerfahren war; ja, dachte Kugel, es war fast *besser*, wenn sie Anne Frank war. Sie hatte Schlimmeres durchgemacht als einen simplen Umzug, Herrgott.

Kugel blieb vor dem Fenster stehen, um die Immobilienanzeigen zu betrachten, die dort aushingen.

Idyllisch im Irgendwo gelegen.

Genießen Sie Ihr privates Sonstwas.

Ungehinderter Blick auf irgendein verdammtes Ding.

Hätte er doch nur ein anderes Haus genommen. Ein Nichtfarmhaus. Ein Haus ohne Dachboden. Ein absolutes Highlight der modernen Baukunst, ein absolutes Muss mit hochragenden Decken, jeder Menge Licht und keinen Überlebenden.

Bei näherer Überlegung, sagte das erste Schweinchen, das nun obdachlos war und bei seinem Bruder wohnen musste, *hätte ich vielleicht doch Backstein nehmen sollen.*

Kugel sah sein Spiegelbild im Fenster von »Promised Land«, gespenstisch und verwahrlost über einem perfekten modernen Haus mit fünf Zimmern, eingelassenem Swimmingpool auf zwei herrlichen Hektar Hügelland mit fantastischem Blick, das bei diesem Preis nicht lange auf dem Markt bleiben würde.

Über zehn Hektar mit Spitzenaussicht auf Irgendwas.

Willkommen in Irgendwo.

Brechen Sie zu Sonstwas auf.

Er sah aus wie ein Zombie. Er brauchte Schlaf.

Er setzte sich wieder auf die Bank neben der Tür. Das Stocktoner Café mit Bäckerei lag genau gegenüber, und Kugel wurde von seinem Anblick daran erinnert, wie hungrig er war. Er hatte den ganzen Tag noch nichts gegessen. Ihm knurrte der Magen, aber er hatte nicht vor, seinen Posten an der Tür zu verlassen. Womöglich war Eve drinnen und wartete darauf, dass er ging, damit sie rausrennen und flüchten konnte.

Erbärmlich.

Oder sie war draußen und wartete darauf, reinzurennen.

Menschen waren das Schlimmste.

Was war Hesekielbrot überhaupt?

Kugel war am Verhungern. Auf normales Brot würde sein Magen heftig reagieren, aber er brauchte dringend etwas, und er hoffte, dass das Hesekielbrot kein Gluten enthielt. Alles andere in dem Lebensmittelladen war glutenfrei, dachte er, warum sollte ausgerechnet das Hesekielbrot da eine Ausnahme machen? Er riss ein Stück vom Brot ab und kaute es ausgehungert. Er stöhnte vor Behagen und lehnte sich an die Hauswand. Er riss ein zweites Stück ab.

Dieser Scheiß-Hesekiel, dachte er. Wie schwer war es überhaupt, ein Prophet zu sein? Man sagt die absolut schlimmsten anzunehmenden Katastrophen voraus – Verfolgung, Gewalttaten, Feuersbrünste, Überschwemmungen, Hungersnot –, und die Chancen stehen nicht schlecht, dass sie auch eintreten.

Ich sehe Elend und Leiden. Ich sehe Schmerzen und Qualen. Ich sehe Zähneknirschen und verzweifeltes Beten, doch es kommt keine Hilfe.

Wirklich?

Glaubst du?

Jesaja, Jeremia, Hesekiel – jeder sah noch größeres Elend voraus als der vor ihm, und was brachte ihnen dieser erbärmliche Pessimismus, dieser überirdische, leidvolle, erstickende Zynismus ein? Ein eigenes Buch in der Bibel. Und zwar kein kleines – jeweils fünfzig, sechzig Kapitel. Und wer bekam nicht sein eigenes Buch in der Bibel? Der Typ, der sagte: *Das wird schon wieder, Leute, ehrlich, ich glaube, das geht schon gut.* Nostradamus war kein Idiot – hätte er Friede, Freude, Eierkuchen vorausgesagt, würden wir heute seinen Namen nicht mehr kennen.

Von der Kombination aus Mittagshitze und seinem nun vollen Magen wurde Kugel schläfrig, und er gähnte, lehnte den Kopf gegen das Haus, schloss die Augen und schlief ein.

Als er etwas später wieder erwachte, war sein Gesicht von einem feinen Schweißfilm überzogen. Er hatte keine Ahnung, wie lange er geschlafen hatte, aber seine Eingeweide brannten wie die Sonne über ihm. Schmerz fuhr ihm durch den Unterleib und stach ihn in den Bauch. Er stöhnte, ächzte und krümmte sich vor unerträglichen Schmerzen.

Scheißgluten, presste er durch zusammengebissene Zähne hervor. Verfluchte Anne Frank.

Er setzte sich wieder auf und bemerkte ein junges Paar auf der Veranda neben ihm, sie standen vor den Immobilienanzeigen.

Sie sahen ihn merkwürdig an.

Sie waren ziemlich groß.

Gluten, stöhnte Kugel erneut und zwang sich zu grinsen.

Der Mann legte der Frau schützend den Arm um die Schultern.

Kugel, wieder vorgebeugt, gab seine beste Adenoid-Hynkel-Parodie: Ah, Gluten, sagte er und schüttelte die Faust. Gluten, Gluten.

Das Paar wandte sich stirnrunzelnd wieder den Anzeigen zu. Kugel mochte große Menschen nicht, und die hier waren auch noch braun, was noch schlimmer war, so braun, wie man es nur durch sehr bewusstes Bräunen wird. Die waren nicht an der frischen Luft gewesen, hatten nicht im Garten gearbeitet oder auch nur irgendeinen sinnlosen Sport im Freien getrieben, nein, die beiden waren mit zielstrebiger Entschlossenheit losgezogen, um braun zu werden. Los, wir werden braun, waren sie übereingekommen, und nach viel Mühen, Opfern und Aloe hatten sie ihr Ziel erreicht.

Arschlöcher.

Es war, als wühlte sich ein wütender Nager durch sein Inneres, zerfetzte seine Eingeweide in dem verzweifelten Versuch hinauszugelangen, krallte sich in sein Fleisch: eine Schmerzexplosion, erst hier, dann da, die immer nur für einen kurzen Augenblick nachließ, um sich dann anderswo langsam wieder aufzubauen.

Der Arm der Frau lag um die Taille des Mannes, sein Arm um ihre Schultern, und jedes Mal, wenn einer den anderen auf eine Hausanzeige hinwies, lasen sie sie zusammen und umarmten und küssten sich.

Hätte Kugel sie nicht gleich so unangenehm gefunden, dann hätte er ihnen vielleicht von dem Brandstifter erzählt, hätte sie vielleicht vor Eves Doppelzüngigkeit gewarnt. Doch er fand sie unangenehm, also ließ er sie weiter hoffen. Außerdem musste er dringend aufs Klo und konzentrierte sich nach Kräften darauf zu verhindern, dass sich sein Darm von selbst entleerte; er konnte seinem Körper nicht vorwerfen, so heftig auf das vermeintliche Gift zu reagieren, doch dieser Überlebensinstinkt setzte sich über jedwede Botschaft hinweg, die sein Gehirn dem Dickdarm zu übermitteln suchte, und Kugel wusste aus Erfahrung, dass er in solchen Situationen nur eingeschränkte Kontrolle über diese besondere Körperfunktion hatte. Dennoch, er konnte doch jetzt nicht weg. Dafür hatte er nun zu lange gewartet.

Entschuldigen Sie, stöhnte er das Paar an. Wissen Sie, wie spät es ist?

Der Mann blickte zu Kugel herab, der sich nun schrecklich klein vorkam.

Nein, sagte der Mann und zog die Frau noch fester an sich, doch Kugel sah deutlich die silberne Taucheruhr an seinem Handgelenk.

Große Menschen schienen es immer leicht zu haben, das war es, was Kugel so ärgerte. Als würde ihnen alles einfach so zufallen. Kaufen wir uns ein Haus! Holen wir uns teure Taucheruhren! Warum nicht, wir sind doch groß! Was soll schon schiefgehen? Die Frau war nicht ganz so groß wie der Mann, aber sie heiratete in seine Größe ein, hoffte auf ein Stück von diesem stets perfekt hohen Kuchen, und deswegen hasste Kugel sie noch mehr als den Mann.

Das Tier in Kugels Gedärmen schlug schon wieder zu; ein anhaltender Stoß brennenden Schmerzes; es war entschlossen, auszubrechen, die Freiheit zu finden.

In Auschwitz würde ich nie überleben, dachte Kugel. Keine Woche. Keinen Tag. Dort aßen sie doch nur Brot, oder? Suppe, wenn sie Glück hatten. Er würde sterben, das wusste er, und zwar noch nicht einmal in einer Gaskammer oder einem Krematorium – nein, er nicht, nicht Solomon

Kugel. Solomon Kugel würde auf der Latrine sterben. Auf der Toilette würde er sterben. Seine Nachkommen würden traurig von ihm sprechen – Diese Hundesöhne, würden sie sagen –, und sie würden Urgroßvater Kugel zu einer Art Märtyrer erklären, einer Art Held, aber nie würden sie offen darüber sprechen, wie er wirklich gestorben war: zusammengekrümmt auf dem Scheißhaus, an Dehydrierung gestorben. An Gluten. An der Scheißeritis.

Die Frau zeigte auf eine Anzeige für ein großes, weißes viktorianisches Haus, vor dem eine hohe Eiche mit flammend orangerotem Herbstlaub stand. Der Mann zeigte auf die Reifenschaukel, die an einem Ast des Baums hing. Die Frau umarmte den Mann, und er küsste sie aufs Haar.

Kugel könnte einen Völkermord niemals überleben, nicht mit diesem Magen. Und Bree mit ihrer Farballergie. Entschuldigen Sie, Herr Kommandant, aber haben Sie auch *klare* Suppe? Ich bin bei Farbstoffen sehr empfindlich.

Jemand müsste sie verstecken, so viel stand fest.

Wenn was?

Wenn was passierte.

Wenn was passierte?

Etwas.

Was?

Irgendwas.

Aber wer? Von den rund 2400 Einwohnern von Stockton kannte Kugel ungefähr zwanzig mit Namen. Von diesen zwanzig würden vermutlich insgesamt sieben einwilligen, ihn und seine Familie auf ihrem Dachboden zu verstecken (immer vorausgesetzt, dass diese sieben ihren Dachboden nicht schon anderen Juden, Schwarzen, Homosexuellen, Asiaten, Muslimen, Einwanderern usw. versprochen hatte, was man bei mindestens zweien oder dreien annehmen musste; wer zuerst kommt, mahlt zuerst). Bei den verbleibenden fünf Dachböden waren die Kugels allerdings deutlich im Nachteil: Zusammen mit Bree und Jonah waren sie zu dritt, und wenn Mutter weiter so durchhielt wie bisher, waren sie vier (und Anne Frank kommt *nicht* mit, beschloss Kugel). Realistisch gesehen bräuchten sie wahrscheinlich einen ganzen Dachboden für sich allein. Er und Bree würden sich ein Bett teilen, aber Jonah wäre bald zu alt, um eins mit jemandem zu teilen, und auch Mutter würde eines brauchen (niemand würde sich bereiterklären, ein Bett mit Mutter zu teilen, und Kugel würde Jonah eher in einen Viehwaggon setzen und eigenhändig die Tür verschließen, als ihn zu zwingen, ein Bett mit seiner Großmutter zu teilen). Das hatte nichts mit Gier zu tun, sondern war einfach nur pragmatisch gedacht. Und zweifellos natürlich. Wenn der Dachboden, auf dem sie sich dann verstecken würden, groß genug war, würde Kugel ihn gern mit einem anderen jungen Paar teilen oder vielleicht auch mit ein paar Kindern, deren Eltern von den Behörden verhaftet worden wären (die müssten allerdings andauernd beruhigt werden, was er in den ersten Tagen auch bereitwillig täte, aber wenn der Völkermord sich hinzöge, würden sie ihm auf die Nerven gehen, das wusste er schon jetzt. Reißt euch mal zusammen, Kinder, das ist für keinen von uns einfach). Eines stand jedenfalls fest: Bei den diversen Nahrungsbeschränkungen der Kugels müssten alle, die mit ihnen den Dachboden teilten, gleich wissen, dass sie nicht ihr Essen teilen würden, und es war ihm egal, wie bitter die Lage schließlich würde. Er würde ein zusätzliches Glas Erdnussbutter oder so was mitbringen, ein paar zusätzliche Dosen Mais, davon könnten sie etwas abhaben (allerdings wusste er auch genau, dass er, sollten sie den Dachboden tatsächlich mit zwei kleinen Kindern teilen, deren Eltern von den Behörden verhaftet worden waren, seine Meinung wahrscheinlich ändern und das Essen doch mit ihnen teilen würde, auch wenn er jetzt auf dem Gegenteil beharrte. Und, ja, wahrscheinlich würde er in letzter Minute auch noch Anne Frank mitnehmen, was dann schon fünf Personen machte, und das ohne die Waisen [machen wir uns nichts vor, ihre Eltern waren wahrscheinlich tot]). Es wäre schön, wenn der Dachboden irgendwo in der Nähe ihres Hauses gelegen wäre, nicht bloß, damit er hinkonnte, falls er etwas vergessen hatte (bestimmt würde er den iPod vergessen, den vergaß er immer, und an den Mais würde er wahrscheinlich auch nicht denken), sondern auch, damit sie, wenn der Völkermord vorbei wäre, nicht zu weit nach Hause fahren müssten. Weswegen von denjenigen der fünf Familien, die Kugel und seine Familie eventuell auf ihrem Dachboden verstecken würden, wenn die ihren Dachboden nicht schon anderweitig versprochen hatten, seine erste Wahl auf seine Nachbarn fallen würde, die Ambersons, die sich leider gerade als Ersatz für ihre verschwundene Katze einen Welpen zugelegt hatten. Selbst wenn das verdammte Vieh nicht den ganzen Tag im Flur stehen und zum Dachboden hinaufbellen würde, würde es doch Jonah an seine Gefangenschaft erinnern, wenn er es im Garten herumrennen und Eichhörnchen jagen sähe. Die anderen Möglichkeiten waren auch nicht besser: die Millers etwas weiter die Straße runter waren ebenfalls Juden, das konnte man also vergessen (sich vor dem Völkermord auf dem Dachboden eines Juden zu verstecken, dachte Kugel, ist ungefähr so, als würde man sich vor einem Löwen im Bauch einer Gazelle verstecken), und die Dooners am Ende der Straße waren zwar die einzigen anderen in der Nachbarschaft, die Kugel kannte, allerdings hatte Kugel sich bei ihnen einmal den Rasenmäher ausgeliehen, und erst nachdem er ihn zurückgegeben hatte, war ihm eingefallen, dass er es versäumt hatte, das Benzin aufzufüllen. Es war ihm zu peinlich gewesen, noch einmal hinzugehen und sich zu entschuldigen und es zu sagen, also hatte er gar nichts mehr gesagt. Er hatte sich sogar einen eigenen neuen Mäher gekauft, nicht nur, damit er nie mehr Dooner bitten musste, seinen ausleihen zu dürfen, sondern auch in der Hoffnung, dass Dooner seinen neuen Mäher sehen und auf einer bestimmten Ebene verstehen würde, dass Kugel ihn als eine Art Eingeständnis seines damaligen Fehlers gekauft hatte.

Toller Planet, dachte Kugel. Er und seine Familie würden in einem Konzentrationslager sterben und das nur wegen eines blöden Rasenmähers, den aufzufüllen er vergessen hatte. Das ist also die Erde: Der Unterschied zwischen Leben und Tod auf diesem bekackten Planeten ist ein halber Liter Benzin.

Letzte Worte?, überlegte er.

Könnte sein.

Er hatte zu große Schmerzen, um es aufzuschreiben, nahm sich aber vor, es später zu tun.

Egal, selbst wenn Dooner die Mähergeschichte vergäße und sie aufnähme, steckten die Dooners doch gerade mitten in einer hässlichen Scheidung. Die Frau könnte sie anzeigen, nur um ihren Mann bei den Behörden anzuschwärzen.

Die Kugels, das musste Kugel sich eingestehen, müssten sich eben im Falle eines Völkermords auf die Freundlichkeit von Fremden verlassen.

Mutter sagte immer: Ich kann sechs Millionen Menschen benennen, die sich auf die Freundlichkeit von Fremden verließen.

Als Kugel ans College ging, nahm sie ihn beiseite, fasste sein Gesicht mit beiden Händen und sagte: Gleich, wohin du gehst, du wirst immer ein Kugel sein.

Sie meinte Jude, das hörte er an ihrem Ton. Es war nicht als Ermunterung, sondern als Warnung gedacht. Sie hatte gemeint, dass er eines Tages von Leuten ermordet würde, die er für Freunde gehalten hatte.

Entschuldigen Sie, sagte Kugel und stand auf. Er spürte, wie sich in seinen Eingeweiden ein weiterer Darmangriff aufbaute. Ein wenig Gehen half.

Ja?, fragte der Mann.

Würde es Ihnen etwas ausmachen, ein Auge auf meine Tüte zu haben? Ich muss ganz dringend auf die Toilette.

Wir gehen aber bald, sagte der Mann.

Es dauert nur kurz.

Wir gehen jetzt.

Kugel verzog das Gesicht vor Schmerzen.

Haben Sie einen Dachboden?, fragte er.

Wie bitte?

Ich dachte nur, sagte Kugel. Was soll's.

Sie haben nur gedacht, ob ich einen Dachboden habe?

Ich habe gedacht, falls Sie einen Dachboden haben, aua, ob ich mich dort verstecken könnte.

Was?

Mit meiner Familie.

Sind Sie wahnsinnig?, fragte der Mann. Ist es das?

Kugel verzog vor Schmerzen das Gesicht.

Nicht *jetzt*, sagte er, machen Sie sich nicht lächerlich. Aua. Aah. Ich meine, also, falls etwas passiert.

Falls was passiert?

Etwas, sagte Kugel.

Finden Sie das lustig?, fragte die Frau.

Aua, sagte Kugel. Lustig?

Ich habe Verwandte im Holocaust verloren, sagte sie.

Und?, fragte Kugel.

Und ich finde das beleidigend.

Auch ich habe Angehörige im Holocaust verloren, sagte Kugel. O Gott.

Ach wirklich, sagte sie.

Wirklich, sagte Kugel und verzog erneut das Gesicht. O Gott.

Sie verschränkte die Arme vor der Brust.

Wie viele?, fragte sie.

Wie viele was?, fragte Kugel.

Wie viele Verwandte, sagte sie.

Kugel krümmte sich vor Schmerzen.

Genug, sagte er und setzte sich wieder auf die Bank. Vergessen Sie's.

Genug?, fragte sie. Wie viele?

Genug, sagte er.

Wie viele?

Wie viele haben Sie verloren?, fragte Kugel.

Sie machte ein höhnisches Geräusch.

Jedenfalls mehr als Sie, sagte sie.

Der Schmerz, der sich aufgebaut hatte, explodierte nun wieder in ihm. Kugel kniff die Augen zusammen und befahl seinen Organen und Körperöffnungen weiterzukämpfen, Widerstand zu leisten. Doch es war vergebens.

O Gott, schrie er.

Was haben Sie denn?, fragte der Mann.

Kugel lief, vornübergebeugt, die Hände auf dem Magen, die Verandastufen hinunter.

Passen Sie auf meine Tasche auf, auf meine Tasche …

Die Zeit reichte nicht mehr, das wusste er, nicht einmal, um auf die andere Straßenseite zu kommen, und Kugel – Neuanfänger, Wiederbeginner – blieb nichts anderes übrig, als um das Haus herumzurennen, sich durch die Pflanzen und Büsche, die am Fundament entlang arrangiert waren, zu drängen und sich dort zu erleichtern.

Ich würde es keine zehn Minuten machen, dachte er dabei. Nicht mal bis zur Kopfrasur.

Nick, Sharon, hörte er eine Frau rufen, da sind Sie ja. Haben Sie lange gewartet?

Es war Eve.

Ich sehe Demütigung und Scham voraus.

Ich sehe gequälte Innereien und vergeudete Tage und …

Kein Problem, sagte nun eine männliche Stimme. Schön, Sie zu sehen.

Der große Mann. Nick.

Eve war vor dem Haus. Da ist er mal eine verdammte Minute weg …

Das ist es, sagte die Frau. Das mit der Reifenschaukel. Ist das innen genauso nett wie außen?

Kugel brachte, so schnell er konnte, seine Kleider in Ordnung und stolperte zwischen den Rhododendren heraus.

Noch netter, hörte er Eve sagen. Ist auch gerade erst auf den Markt gekommen. Wollen wir's uns ansehen?

Kugel blieb am Rand des Rasens stehen, richtete sich die Haare, stopfte das Hemd hinein, holte tief Luft und ging zielstrebig, den Kopf erhoben, um die Ecke des Hauses.

Mr Kugel, sagte Eve.

Sie kennen den?, fragte Nick Eve.

Kugel verschränkte die Hände hinterm Rücken und schaute Eve in die Augen.

Es ist wegen des Hauses, sagte er.

Natürlich, sagte Eve.

Eve bat Nick und Sharon, neben ihrem Wagen zu warten, es werde nicht lange dauern.

Sie sehen müde aus, Mr Kugel, sagte Eve, als sie weg waren. Ein Umzug kann ja so anstrengend sein.

Es ist wegen des Hauses, sagte Kugel.

Stimmt was nicht damit?, sagte Eve, holte eine Zigarette heraus und tippte das Ende aufs Handgelenk.

Nicht da*mit*, sagte Kugel. Da*rin*.

Mäuse?

Keine Mäuse.

Fledermäuse?

Ich meine, sagte er und senkte die Stimme, ein bestimmtes Holocaust-Opfer.

Zur Unterstreichung dessen beugte er sich vor.

Auf meinem *Dachboden*, sagte er.

Ein Holocaust-Überlebender?, fragte Eve. Auf Ihrem Dachboden?

Nick und Sharon drehten sich zu ihr um.

Sprechen Sie doch leise, sagte Kugel.

Eve zündete die Zigarette an und blies den Rauch aus dem Mundwinkel, einen Blick echter Besorgnis im Gesicht.

Ist es Elie Wiesel?, fragte sie.

Machen Sie sich nicht lächerlich, sagte Kugel.

Ist es Dr. Ruth?

Dr. Ruth ist keine Holocaust-Überlebende.

Ach, nicht?

Ich glaube, sie war schon draußen, bevor es losgegangen ist.

Sind Sie da sicher?

Nick und Sharon kamen heran und fragten, ob sie die Bürotoilette benutzen dürften. Eve gab ihnen den Hausschlüssel und forderte sie auf, sich, wenn sie schon drin seien, bei den Keksen am Empfang zu bedienen.

Eve wartete, bis sie drin waren, dann wandte sie sich wieder Kugel zu. Kugel verschränkte die Arme vor der Brust.

Ist es Simon Wiesenthal?, fragte Eve.

Auf meinem Dachboden, blaffte Kugel, ist Anne Frank, und das wissen Sie ganz genau.

Tja, sagte Eve, ich verstehe, dass das wohl ein Problem ist. Aber ich versichere Ihnen, dass ich das jetzt zum ersten Mal höre.

Und warum genau sollte ich Ihnen das glauben?

Ich bin Immobilienmaklerin, Mr Kugel. In aller Regel sollten Sie mir nicht glauben. Aber in diesem Fall sage ich die Wahrheit.

Sie will nicht gehen, sagte Kugel.

Kann ich mir denken, sagte Eve. Sie haben eine sanfte Dachneigung und einen hohen Kniestock.

Sehr überrascht klingen Sie ja nicht, sagte Kugel.

Käuferreue, sagte Eve, ist ein interessantes Phänomen, Mr Kugel. Es ist dieses vage, schleichende Gefühl, dass man übers Ohr gehauen worden ist, dass man zu viel Geld bezahlt hat, dass das, was man bekommen hat, nicht das wert ist, was man gegeben hat. Also beschließt der Käufer, dass mit dem Haus etwas nicht stimmt, etwas Spezielles, etwas Strukturelles, und dann kommt er damit zu mir – der Boiler ist im Eimer, das Fundament ein bisschen schief, die Elektrik müsste überholt werden. Kleine, aber reale Probleme. Vielleicht kann man sie ja ersetzt bekommen, noch ein bisschen handeln, vielleicht bekommt man ja etwas Geld zurück, dann vergeht die Reue wieder. Meistens ist es so. Die *Schuldgefühle* des Käufers dagegen funktionieren anders. Der Hausbesitzer kommt her, erzählt mir von einem Problem, etwas stimmt nicht. Aber etwas Spezielles, etwas Fassbares kann er nicht benennen. Und da kann ich nichts machen. Sie sagen, sie sind unglücklich, aber das stimmt nicht. Sie sind glücklich. Und das ist das Problem. Sie sind sehr glücklich, und das macht sie krank. Und wissen Sie auch, warum? Weil sie glauben, dass sie es nicht verdient haben. Sie sind egoistisch, sie sind untreu, sie hinterziehen Steuern. Sie sind unaufmerksam der Gattin gegenüber, grausam zu ihren Eltern, nie für ihre Kinder da. Sie machen es sich leicht. Sie sind dem Geld gefolgt statt dem Herzen. Sie masturbieren zu Gewaltpornografie. Woran sie auch Gefallen finden, sie sind überzeugt, es nimmt ihnen das Recht auf Glück: Sie verdienen den Steinplattenweg nicht, das große Badezimmer, die begehbaren Schränke, den nächtlichen Sex vor dem Specksteinkamin, die langen Spaziergänge in ihrem zwanzig Hektar großen Wald, die sternklaren Nächte über ihrem eingelassenen Pool, das Herbstlaub, das hinter ihrem weißen Audi-Cabrio mit Allradantrieb und cremefarbener Lederausstattung aufwirbelt. In Afrika hungern die Menschen, und hier haben sie einen fünfzehntausend Dollar teuren Profiherd von Wolf, den sie nie benutzen. In Treblinka haben die Leute zu dritt auf einer Holzpritsche geschlafen, und ihr Schlafzimmer ist so groß, dass es außer ihrem California-Kingsizebett noch Platz für ein Ledersofa und einen kleinen zusätzlichen Sitzbereich neben den Verandatüren gibt. Eine Ölquelle kotzt schwarzen Tod in den Golf, Kinder haben Leukämie, alles geht vor die Hunde, warum sollten sie da eine verkleidete Veranda mit Schieferboden und Deckenventilator haben, der achthundert Dollar gekostet hat? Das verdienen sie nicht. Und wissen Sie, was ich ihnen sage?

Nein, sagte Kugel. Was sagen Sie ihnen?

Ich sage ihnen, dass sie recht haben. Ich sage ihnen, dass sie es nicht verdienen. Ich sage ihnen, dass niemand es verdient. Abraham war ein Ehebrecher. Mose war ein Mörder. Jesus hat gewichst, da wette ich. Deshalb hat er auch geweint. Die Welt ist nicht hässlich, weil Sie ein Teil davon sind, sage ich ihnen. Ich sage ihnen, Sie sind hässlich, weil Sie auf dieser Welt sind. Wissen Sie, wer Strahlungsheizung, Marmorböden, gläserne Duschkabinen und Jacuzzi-Bäder verdient? Niemand. Kein einziger gottverdammter Mensch auf der ganzen Welt. Ich jedenfalls nicht. Ich verkaufe riesige Häuser an Leute, die sie nicht brauchen. Ich stelle die Karriere vor meine Kinder. Ich habe meinen Mann betrogen und dann unter Eid gelogen, dass er mich geschlagen hat. Jetzt habe ich zwei Kinder, keinen Mann, sieben Zimmer und sechs Hektar Land. Ich habe ein Pferd. Ich habe einen Stall. Ich schlafe mit einem verheirateten Angestellten von mir, den ich nicht liebe und den ich feure, wenn der Sex langweilig wird. Und ich bin glücklich. Nicht jubilierend, ekstatisch, aber glücklicher, als ich es verdiene. Ich sage ihnen Folgendes: Es gibt bessere Menschen als Sie, die weniger haben, und schlechtere, die mehr haben. Gäbe es eine ordentliche Abrechnung, sage ich ihnen, bekäme jeder wirklich das, was er auch wirklich verdient, dann würden die meisten von uns mit dem Gesicht nach unten, blutig geprügelt, in einem fliegenverseuchten Teich aus dampfender Kuhscheiße liegen.

Und was sagen sie darauf?, fragte Kugel.

Sie sagen, auf meinem Dachboden ist Anne Frank, sagte Eve. Sie sagen, aus den Heizungsklappen riecht es schlecht, sie sagen, das Haus neigt sich oder die Fenster klemmen, und niemand hat ihnen gesagt, wie der Winter wird. Sie wollen weg. Nicht weg vom Haus – weg vom Glück. Manche kriegen es einfach nicht gebacken. Und wissen Sie, was ich ihnen dann sage?

Nein. Was sagen Sie ihnen dann?

Sie ließ die Zigarette auf die Erde fallen und trat sie mit der Stöckelspitze aus.

Ich sage ihnen, sie sollen sich verpissen, sagte Eve. Ich sage ihnen, deshalb hat es die Inspektion durch die Haftpflichtversicherung gegeben, und ich sage ihnen, dass ich ihre Unterschrift auf einem Rechtsdokument habe, das die Immobilienfirma »Promised Land« bei jeglichen Problemen mit dem Haus, die der Besitzer uns wissentlich vorenthalten hat oder die der Käufer im Zuge der Verkaufstransaktion dem Verkäufer und/oder dem Vertreter des Verkäufers mitzuteilen versäumt hat, von jeder Haftung befreit ist. Ich sage ihnen, wenn sie ein Problem mit dem Glücklichsein haben, sollen sie zum Psychiater gehen. Ich sage ihnen, wenn sie ein Problem mit dem Haus haben, sollen sie zum Vorbesitzer gehen. Und dann knalle ich die Tür zu.

Aus den Heizungsklappen riecht es schlecht, sagte Kugel.

Und Eve knallte die Tür zu.

12.

Als Kugel endlich wieder nach Hause kam, stand der Wagen seiner Schwester Hannah in der Einfahrt.

Na, großartig, dachte Kugel.

Hannah konnte mit Mutters bevorstehendem Tod nicht sonderlich gut umgehen. Als Kugel nach Stockton umzog und Mutter später nachkam, beschloss Hannah, ein Häuschen ein paar Dörfer weiter anzumieten – um in der Nähe zu sein, wie sie sagte. Nur für den Fall.

Nur für welchen Fall?, fragte Kugel.

Nur für den Fall, sagte Hannah.

Hannah war mit einem Evolutionsbiologen namens Pinkus Stephenor verheiratet. Pinkus hatte eine Lehrstelle an der nahegelegenen hiesigen Universität. Hannah besuchte Mutter oft, und oft, wenn sie Mutter besuchte, weinte Hannah. Dann hielt Mutter sie in den Armen und sagte: Komm, lass das doch jetzt.

Dann nickte Hannah und fasste sich.

Hast ja recht, sagte sie dann, hast ja recht. Nichts geschieht ohne einen Grund.

Dann setzte Mutter noch hinzu: Verbringen wir unsere letzten Stunden doch nicht damit, zu weinen wie die Kinder – worauf Hannah gleich wieder losweinte.

Hallo?, rief Kugel, als er durch die Haustür schritt.

Er hörte Stimmen.

Oben.

Mutter und Hannah.

Was machten die denn da oben, verdammt?

Er stellte die »Mother Earth«-Tüte auf den kleinen Tisch neben der Tür, ließ sich neben der Klappe im Flurboden niederfallen und presste ein Ohr ans Gitter. Das Gebläse lief; das machte es nicht nur schwieriger, Stimmen zu hören, auch wehte der Gestank, der langsam zurückgekehrt war, aus der Klappe und hüllte Kugel in einen üblen, erstickenden Dunst.

Kugel hielt die Luft an und versuchte, etwas durch das Brummen der Anlage hindurch zu verstehen.

HANNAH (*schluchzend*): Ach, Mama.

Den Rest verstand er nicht. Er richtete sich auf, holte Luft und bückte sich wieder zur Klappe.

MUTTER: Lass das doch, Hannah.

HANNAH: Hast ja recht.

MUTTER: Also, wo in aller Welt habe ich nur diese Fotos hingetan? Ich weiß, ich hatte hier irgendwo noch einen anderen Karton.

Sie sind auf dem Dachboden, dachte Kugel und erschauerte. Wenn Mutter Anne Frank entdeckte, war er erledigt. Sie würde niemals zulassen, dass er Anne Frank hinauswarf. Kein Sohn von mir, würde sie sagen, wirft Anne Frank aus dem Haus. Die Konkurrenz um sein Mitleid würde ihr aber auch nicht besonders gefallen, und das würde eine schlechte Lage nur noch weiter verschlechtern.

Ich sehe Tage der Finsternis.

Ich sehe tiefe Schuldgefühle.

Zieh mal den Karton da runter, Hannah, hörte er Mutter sagen. Vielleicht versteckt er sich ja dahinter.

Kugel packte die »Mother Earth«-Tüte und rannte die Treppe hinauf.

Es bestand noch eine kleine Chance, dass es anders lief; Mutter musste schließlich immer die größte Leidende im Raum sein, und vielleicht war ihr eine echte Holocaust-Überlebende im Haus gar nicht so recht. Wir sind beim 500-m-Lauf der Leidenden bei der Sommer-Elend-Olympiade, und gerade hat sich Carl Lewis neben dir aufgestellt. Vielleicht würde Mutter geradezu darauf *bestehen*, dass er Anne Frank rauswarf, es von ihm verlangen.

Die Hoffnung blüht ewig, hatte Kugel einmal zu Professor Jove gesagt.

Das muss sie nicht, hatte Professor Jove entgegnet.

Obwohl er, so schnell er konnte, nach oben rannte, hatte Hannah, als er den Dachboden erreichte, schon fast die Hälfte der Kartons aus der unlängst wiederaufgebauten Westmauer herausgezogen. Jetzt lehnte sie sich über die verbliebenen Kisten und Truhen und spähte in das Dunkel dahinter. Mutter saß auf dem Fußboden daneben und kramte in einem geöffneten Karton.

Nix, sagte Hannah, da sind keine Kisten mehr, bloß ein paar alte Decken auf dem Fußboden. Und so ein alter Computer. Aber der ist an, komisch.

Was ist an?, fragte Mutter.

Der Computer.

Der Computer ist an?, fragte Mutter.

Kugel betrat in dem Versuch, sie abzulenken, polternd den Dachboden und rief Mutter laut zu, sie solle diese Kartons doch wirklich nicht selbst heben, und verlangte von Hannah, sie solle auf der Stelle von der Mauer herkommen und ihn begrüßen.

Es fiel noch Tageslicht durch die Fenster; aus dem kurzen Abschnitt ihres Tagebuchs, den er gelesen hatte, wusste Kugel, dass Anne Frank tagsüber schlief und nachts arbeitete. Sie mussten sie geweckt haben, aber wo war sie hin?

Kugel musste zu seiner Schande gestehen, dass er nie das ganze Tagebuch gelesen hatte. Als seine Mutter es ihm im Alter von dreizehn Jahren gegeben hatte, hatte er schon Elie Wiesels *Nacht, Morgendämmerung* und *Tag* sowie Primo Levis *Ist das ein Mensch?* lesen und sich alle drei Stunden von Stanley Kramers *Das Urteil von Nürnberg*, alle siebeneinhalb Stunden von *Holocaust* auf NBC und alle neun Stunden von Claude Lanzmanns *Shoah* ansehen müssen. Dann hatte sie ihm *Das Tagebuch der Anne Frank* gegeben.

Ich hab diese Holocaust-Scheiße so satt, hatte Kugel gesagt.

So entsetzt war seine Mutter, dass sie ihn nicht einmal anschrie; sie machte ihm keine Vorhaltungen; sie machte einfach auf dem Absatz kehrt und verschwand. Später ging er zu ihr und entschuldigte sich.

Es tut mir leid, sagte er.

Sie stellte ihn vor die Wahl: *Das Tagebuch der Anne Frank* oder *Das Haus nebenan – Chronik einer französischen Stadt im Kriege*.

Er nahm seiner Mutter das Tagebuch aus der Hand und drehte es um. Das herzzerreißende Irgendwas, las er, eines tragischen Sonstwas.

Er sah sich die Dokumentation an, alle fünf Stunden. Immerhin konnte er vorspulen, wenn seine Mutter nicht hersah, und er wusste ja mehr oder weniger im Groben, wie es ausging.

Kugel schloss Hannah lange und innig in die Arme und hielt sie fest, wobei er über ihre Schulter hinweg nach Anne Frank schaute.

Er sah sie nicht. Dafür sah er, dass der Fußboden mit Fotos, Zeitungsausschnitten und einer Schere übersät war.

Mutter, sagte Kugel und ließ seine Schwester los. Was habe ich dir dazu gesagt?

Seit einiger Zeit stellte Mutter ein Familienalbum für Jonah zusammen. Kugel hatte sie gebeten, es nicht zu tun, doch ihr Gedächtnis wurde schlechter und die Zeit lief ihr davon, daher war sie nicht davon abzubringen, ihrem einzigen Enkelsohn eine Familiengeschichte zu hinterlassen. Sie hatte ihre Kinder, Cousinen, Tanten und Onkel um Hilfe in Form jedweder alter Familienfotos gebeten, und alle waren dieser Bitte rasch nachgekommen. Zu ihrer Bestürzung erzählten diese Fotos jedoch eine ganz andere Geschichte als die, die sie in Erinnerung hatte oder erzählen wollte oder wollte, dass man sie Jonah erzählte: verblasste Schwarzweißfotos von Familien, die am Strand spielten, strahlende Bräute und stolze Bräutigame, sepiafarbene Familien, die sich in einem wohlgepflegten Catskill-Städtchen mit einer Runde Federball vergnügten, junge Pärchen, die auf der Strandpromenade in Coney Island Händchen hielten und von neidlos anerkennenden Passanten sehnsuchtsvoll angelächelt wurden.

Zwecklos.

Und so begann sie, hier und da ein Pressefoto von Häftlingen in Buchenwald einzufügen, Zeitungsausschnitte von Pogromen in der Sowjetunion, eine Collage der Reichspogromnacht, Leichenberge in Dachau, Massengräber in Auschwitz, bis die schrecklichen Bilder der tragischen Opfer der Geschichte den Fotos von wirklichen Kugels an Zahl gleichkamen und sie gar bald übertrafen.

Zelig höchstselbst wäre stolz, dachte Kugel. Und würde dann zu einem Lampenschirm werden.

Mutter hatte mit dem Projekt im letzten Jahr begonnen, als Jonah krank war. Von Anfang an hatte Kugel Mutter gebeten, nicht ihre eigene Version der Geschichte darzustellen; Mutter hatte darauf beharrt, sie ordne das Ganze nur im richtigen Kontext ein und lasse die Geschichte so lebendig werden. Kugel fand es gut, dass sie seinem Kind etwas hinterlassen wollte, aber es gebe doch, betonte er, eine bessere, eine wahrere Geschichte: ihre Geschichte. Mutters Geschichte. Eine des Weitermachens, sagte er, die einer Frau, die alleingelassen wurde und wider Erwarten doch noch zwei halbwegs normale, gelegentlich funktionierende Kinder mit nur geringen sexuellen Dysfunktionen großzog.

Er soll etwas über die Vergangenheit erfahren, sagte Mutter.

Du bist doch seine Vergangenheit, sagte Kugel.

Mutter schüttelte den Kopf.

Ich hatte es leicht, sagte sie. Wenn du einem Jungen etwas über einen Wirbelsturm beibringst und ihm nur erzählst, wie es im Auge des Sturms ist, wird er nie wissen, was er zu tun hat, wenn der Wind das Dach wegreißt und der Regen alles zerstört, was er besitzt.

Kugel starrte sie einen Augenblick lang an.

Was redest du denn da?, fragte er.

Ich rede vom Leben, sagte Mutter.

Du redest vom Tod, sagte Kugel.

Wo ist da der Unterschied?, fragte Mutter.

Die Vernunft fruchtete bei Mutter selten, daher hatte Kugel wie so oft an ihre Gefühle appelliert. Denn so destruktiv ihre Art, sie zu zeigen, auch gewesen sein mochte, glaubte Kugel dennoch, dass sie Jonah zutiefst liebte und ihr zuallererst sein Wohlergehen am Herzen lag.

Du machst ihm doch nur Angst, sagte Kugel und schaute ihr tief in die Augen.

Einer muss es ja, hatte Mutter erwidert.

Hannah ging zu Mutter und half ihr, die verstreuten Fotos vom Fußboden aufzusammeln. Und da erblickte Kugel in einer Lücke zwischen den Kartons an der Wand hinter Hannah das trübe gelbe Auge Anne Franks.

Wir sollten uns langsam mal ans Abendessen machen, sagte Kugel.

Mutter seufzte laut und schüttelte den Kopf über den Zeitungsausschnitt in ihrer Hand; er zeigte das inzwischen berühmte Foto männlicher Häftlinge im Konzentrationslager Buchenwald, die auf den hölzernen Etagenpritschen, die dort eine Art Bett darstellten, dicht übereinanderlagen.

Dein Vetter Alex, sagte sie.

Solange Kugel sich erinnern konnte, hatte Mutter einen großen Abzug dieses Fotos an der Wohnzimmerwand in ihrer alten Stadtwohnung gehabt. Immer mal wieder zeigte sie auf einen der Häftlinge – den jungen, den mit den schrecklich eingesunkenen Waschbärenaugen –, schüttelte den Kopf und sagte: armer Vetter Alex. Oder: Ach, lieber Onkel Morris. Oder: Wie ich deinen Großvater Solomon vermisse – du heißt nach ihm, Sol.

Kugel blickte zu Anne Frank hin.

Wir sollten jetzt wirklich mal Abendessen machen, sagte er.

Kugel erinnerte sich an das Foto, es suchte ihn in seinen Gedanken immer wieder heim, aber weniger der vermeintlichen Familienangehörigen wegen, sondern mehr wegen eines der Häftlinge, des nackten, der ganz rechts am Rand stand. Er war ausgemergelt, die blasse geschrumpfte Haut hatte sich zusammengezogen und spannte straff über seinen müden, verdrehten Knochen, und er bedeckte sich mit einem letzten Rest von Schamgefühl und Selbstachtung mit einem Hemd oder dergleichen. Und aus irgendeinem Grund lächelte er. Dessen war sich Kugel sicher, seit Mutter es ihm zum ersten Mal gezeigt hatte. Es war kein breites Lächeln, eher ein Grienen, wie bei Mona Lisa, aber gleichwohl ein Lächeln.

Warum lächelt der Mann?, hatte er Mutter einmal gefragt.

Er lächelt nicht, hatte sie voller Abscheu gesagt.

Aber er lächelte sehr wohl, daran bestand kein Zweifel. Noch jetzt, als Kugel zu Mutter trat, um ihr aufzuhelfen, sah er das Foto und sah ihn, noch immer nackt, noch immer ausgemergelt, noch immer lächelnd. Was war denn da so lustig? Und, wichtiger, am wichtigsten: wie? Wie kann man in dieser Welt voller Elend und Tod lächeln? Und überhaupt, warum machte er bei Mutters Spiel überhaupt noch mit? Warum stellte er sie deswegen nicht einfach mal zur Rede, ließ sie die unschreckliche Wahrheit endlich zugeben: dass das Leben tragischerweise leider, leider gar nicht so schlecht gewesen war? Dass sie, relativ gesprochen, unglücklicherweise doch einiges Glück gehabt hatten?

Gehen wir, Mutter, sagte er. Wir sollten jetzt doch mal Abendessen machen.

Diese Hundesöhne, sagte Mutter.

Ist ja gut, sagte Kugel.

Kugel half Mutter hoch, worauf sie protestierte – es ist nicht mehr viel Zeit, sagte sie –, bis Kugel ihr versprach, ihr die Fotokästen später herunterzubringen, damit sie die Arbeit in ihrem Zimmer fortsetzen konnte. Kugel legte äußersten Wert darauf, dass Jonah nicht entdeckte, was Mutter zusammengestellt hatte, und dafür war ihr Zimmer der sicherste Ort (seit ihrem Einzug hatte Jonah keinen Fuß hineingesetzt).

Derweil kniete Hannah neben der Fotokiste, ein kleines Schwarzweißfoto in der Hand, das sie wie einen verletzten Vogel beschirmte. Sie schüttelte den Kopf und seufzte. Es war ein Foto von Vater.

Dieser Hundesohn, sagte sie. Hass verhärtete ihre Stimme. Eine Frau, ein Haus, zwei schöne Kinder. Was bringt sich dieser Feigling um?

Bringt sich um?, fragte Kugel. An Mutter gewandt sagte

er: Du hast mir doch gesagt, er ist verschwunden. Du hast gesagt, er wurde ermordet.

Wo ist da der Unterschied?, fragte Mutter.

Wo der *Unterschied* ist?, fragte Kugel.

Wo ist da der Unterschied?, schnauzte Hannah, Mutter verteidigend. Nichts geschieht ohne Grund, wo also ist der Unterschied?

Und warum bist du dann so sauer auf ihn?, fragte Kugel.

Auf wen?

Auf Vater.

Bloß weil es einen Grund dafür gibt, dass er das getan hat, sagte Hannah und schmiss das Foto auf den Boden, heißt das nicht, dass ich nicht sauer sein kann. Und bloß weil ich sauer bin, heißt das nicht, dass es keinen Grund gibt. Es gibt für alles einen Grund.

Nein, es gibt überhaupt keinen Grund, das zu glauben, sagte Kugel.

Das war ein verbreiteter Glaube – Grundismus, nannte Kugel ihn. Eine sprunghafte Bande war das, die Grundisten; beispielsweise sind alle Christen Grundisten, aber nicht alle Grundisten sind Christen. Hannah war eine eher allgemeine Grundistin, sie legte sich nicht allzu sehr darauf fest, was der Grund sein konnte, war sich aber vor allen Dingen sicher, dass es einen gab – und auch das hätte Kugel nicht so geärgert, wenn sie ehrlicher gewesen wäre, wenn sie wenigstens zugegeben hätte, und sei es nur ein Mal, dass es, wenn es tatsächlich für alles einen Grund gibt, ebenso gut ein schlechter Grund wie ein guter sein konnte. Doch für die Grundisten war der Grund immer ein positiver: damit er uns X lehrt, oder damit wir Y lernen, damit wir Z näher kommen. Der Grund war nie, weil das Leben eben beschissen ist oder weil das Schicksal, der Grund für alles, egal wer oder was das ist, unser Elend immer irgendwie lustig findet.

Hannahs Gesicht war rot vor Zorn geworden, und eine Familienfehde wurde nur knapp abgewendet, da in dem Moment der Mieter auf der Dachbodentreppe erschien.

Kein Platz, Mr Kugel?, sagte der Mieter und schaute sich auf dem Dachboden um. Mir scheint doch, dass Sie sogar jede Menge Platz haben.

Wir haben eben erst aufgeräumt, sagte Kugel.

Sehr schön, sagte der Mieter. Dann kann ich also endlich meine Sachen heraufbringen?

Ja, sagte Kugel, natürlich. Ich würde nur gern überlegen, wann die Zeit dafür ...

Wann die Zeit dafür die richtige ist?, fragte der Mieter. Warum nicht gleich jetzt?

Es ist schon spät, sagte Kugel. Mein Sohn geht bald zu Bett, und ich befürchte, der Lärm über ihm könnte ihn wach halten.

Ich hoffe wirklich, dass wir das nicht vor Gericht austragen müssen, Mr Kugel, sagte der Mieter.

Maulheld, sagte Mutter.

Wie bitte?, fragte der Mieter.

Glaubst du wirklich, sagte Mutter zu Hannah, er hätte so ein loses Mundwerk, wenn Alan Dershowitz da wäre?

Mutter, sagte Kugel und bugsierte sie zur Treppe. Gehen wir einfach runter.

Du hast deine Einkaufstüte noch hier, sagte Hannah.

Die hole ich später, sagte Kugel.

Mutter drohte dem Mieter mit dem Finger.

Der wischt den Fußboden mit Ihnen, sagte sie, glauben Sie's nur. Ein kleiner Anruf, ein kleines Schreiben von Alan Dershowitz, und Sie würden mit eingezogenem Schwanz davonlaufen.

Gehen wir, Mutter, sagte Kugel.

Verlassen Sie sich drauf, fuhr Mutter fort, obwohl der Mieter da schon gegangen war. Wäre Alan Dershowitz hier, junger Mann, Ihnen ginge der Arsch auf Grundeis.

13.

Mutter ging früh zu Bett, was ein Glück war, denn während des gesamten Essens wollte das Tappen in den Klappen nicht aufhören. Manchmal schien es Kugel, als klopfte Anne Frank mit ihren arthritischen, knorrigen Knöcheln auf das Metallgitter, dann wiederum klang es, als machte sie es mit ihren krallenartigen Fingernägeln, manchmal, wie mit etwas Metallenem – einem Löffel oder Messer.

Tapp, tapp-tapp.

Nein, dachte er.

Tapp. Tapp-tapp.

Nein.

Fick dich doch.

Er weigerte sich, auf sie zu reagieren, sie auch noch zu ermutigen.

Sechs Millionen bringt er um, dachte Kugel, und die kommt davon.

Das hätte ich nicht denken sollen, dachte er.

Wenigstens habe ich es nicht ge*sagt.*

Aber du hast es gedacht.

Das ist nicht so schlimm.

Es ist trotzdem schlimm.

Ich wünschte bloß, sie würde aufhören. Ich wünschte einfach bloß, sie ginge weg.

Es war anstrengend. Jedes Mal, wenn das Tappen begann, machte Kugel etwas, um es zu übertönen – klapperte mit dem Geschirr, rutschte mit seinem Stuhl herum, hustete.

Alles in Ordnung?, fragte Bree.

Verschluckt, sagte Kugel und klopfte sich auf die Brust.

Bree hatte das Tappen womöglich sowieso nicht gehört, dachte Kugel, da sie ja so vertieft in die Diskussion mit Hannah über Brooklyn war.

Bree redete leidenschaftlich gern über Brooklyn. Als Mutter bei ihnen einzog, hatten Hannah und Pinkus ihre alte Wohnung in Williamsburg übernommen, und Bree konnte gar nicht genug darüber hören.

Bree wollte schon immer gern Schriftstellerin sein, und obwohl sie jetzt schon eine Weile schrieb und sich mit wilder Entschlossenheit dem Erlernen ihres erwählten Handwerks widmete, hatte sie ihren Weg in der Verlagswelt noch nicht gefunden. In den dunkelsten Momenten ihrer Enttäuschung, wenn sie sich schwor, sie werde nie wieder schreiben, und einen Augenblick später schwor, sie würde nie etwas anderes tun können, versuchte Kugel sie zu überzeugen, dass ihre Texte besser würden, tiefer, und nur das zähle ja. Aber jeder braucht Bestätigung von außen, und bei Bree war das nicht anders. Sie empfand nun zunehmend Reue, zweifelte. Sie fragte sich, ob sie nicht an eine andere Universität hätte gehen, mehr Workshops besuchen, mehr Bücher hätte lesen sollen. Und neuerdings fragte sie sich, ob sie nicht in Brooklyn leben sollte.

Weißt du, wen ich neulich gesehen habe?, sagte Hannah zu Bree und fuhr, ohne eine Antwort abzuwarten, fort: Philip Roth.

Brooklyn schien neuerdings das Zentrum der literarischen Welt zu sein, und Bree fragte sich unwillkürlich, ob es ihrer Karriere dienlich wäre, sie inspirieren würde, in einer kunstsinnigeren, urbaneren Umgebung zu leben. Was wären Joyce ohne Dublin, Miller ohne Paris, Kafka ohne Prag gewesen?

Echt?, sagte Bree. Lebt der in Brooklyn?

Klar, sagte Hannah. Philip Roth?

Tapp, tapp-tapp.

Ich dachte, der ist tot, sagte Bree.

Tapp, tapp-tapp.

Kugel stand auf, ging zum Sideboard und stellte die Musik an.

Dann war es ja vielleicht der andere, sagte Hannah. Wie heißt der noch gleich?

Könntest du das leiser stellen?, bat Bree Kugel.

Entschuldige, sagte Kugel.

Was ist das überhaupt?, fragte sie.

Wagner, sagte Kugel.

Das macht ja depressiv, sagte Bree.

Kugel stellte die Musik ab.

Tapp, tapp-tapp.

Er ließ das Wasser in der Spüle laufen.

Er betätigte die Klospülung.

Bree sagte: Was ist denn mit dir? Setz dich und iss.

Kugel sagte: Ich habe keinen Hunger.

Als Bree dann später neben ihm im Bett lag, den Kopf auf seiner Brust, und ihren warmen Körper an ihn schmiegte, starrte Kugel an die Decke und überlegte, was Anne wohl brauchte. Das Tappen hatte vor einiger Zeit aufgehört. War sie tot? Sie hatte ihr Brot, sie hatte ihre Vitamine. Wasser? Hatte er ihr Wasser gegeben?

Bree strich Kugel über den Arm und schaute zu ihm hoch.

Ich mache mir Sorgen um dich, sagte sie.

Seit einiger Zeit schlafe er schlecht, erklärte sie, und nun esse er auch nicht.

Machst du dir, fragte sie, wegen dieses blöden Brandstifters wirklich solche Sorgen?

Kugel zuckte die Achseln.

Er verheimlichte ihr ungern etwas, hasste die bodenlose Kluft, die schon die kleinste Lüge zwischen ihnen schuf.

Ach, was soll's, sagte Bree lächelnd, legte ein Bein über seins und kuschelte sich eng an ihn. Soll er es doch abbrennen, die Versicherung ist eh mehr wert als das Haus.

Sie schaute wieder zu ihm hinauf.

Dann gehen wir nach Brooklyn, sagte sie und grinste.

Kugel küsste sie und lächelte. Er versicherte ihr, dass alles in Ordnung sei, dass es nur der Stress vom Umzug sei. Bree fuhr ihm sanft mit den Fingern durch die Haare, sagte ihm, der Sturm sei ja vorbei, jetzt könnten sie sich einfach zurücklehnen und das Leben genießen. Leicht strich sie ihm mit den Fingerspitzen über die Lippen.

Das Tappen aus den Klappen setzte wieder ein.

Tapp, tapp-tapp.

Bree küsste ihn auf die Wange, das Kinn, den Mund.

Kugel drehte den Kopf von ihr weg. Sie küsste ihn auf den Hals, und er starrte auf die Heizungsklappe im Fußboden.

Ich kann nicht, sagte er.

Tapp, tapp-tapp.

Bree fuhr ihm mit der Hand über die Brust und flüsterte ihm ins Ohr: Natürlich kannst du. Es ist schon so lange her.

Ich weiß.

Was ist?

Ich kann eben nicht.

Warum denn nicht?

Es sind …

Wieder schüttelte er den Kopf.

Es sind einfach viel zu viele Leute im Haus, sagte er.

Bree stemmte sich hoch und sah ihn an.

Es ist deine Mutter, stimmt's?, sagte sie.

Kugel seufzte. Er wusste, dass das schon seit längerem anstand. Sie hatten nie so richtig über Mutters Einzug gesprochen, auch nicht über die Auswirkungen, die das auf sie haben würde. Brees Zorn, das wusste er, hatte sich schon seit einer Weile aufgebaut.

Bree stand auf, zog wütend den Bademantel an – tapp, tapp-tapp – und band ihn fest zu, wobei sie eine heftige Tirade gegen Kugels Mutter und gegen Kugel selbst vom Stapel ließ, ihn mit denselben Vorwürfen überschüttete wie damals, als er ihr eröffnet hatte, dass Mutter einziehen werde: dass es ihm immer nur um seine Mutter gehe, dass er ein Mamasöhnchen sei, dass er Abraham-gleich den Isaak ihrer Zukunft auf dem Altar seiner erbärmlichen Vergangenheit opfere. Dass sie es allmählich satthabe. Dass sie irgendwann mit ihrer Geduld am Ende sei.

Währenddessen war Kugel auf dem Fußboden auf die Knie gegangen und bedeckte die Klappe hastig mit so vielen Kissen und Decken, wie er zusammenraffen konnte, häufte sie darüber zu einem kleinen Hügel auf.

Was in Gottes Namen tust du denn da?, fragte Bree.

Sie kann uns hören, flüsterte Kugel dabei.

Na, großartig, sagte Bree. Einfach großartig. Ich schreie dich an, dass es dir immer nur um deine Mutter geht, und du bedeckst die Heizungsklappe, damit sie mich nicht hört. Großartig, Sol.

Er hielt inne, hockte sich auf die Fersen und sah zu ihr hoch.

Es ist nicht Mutter, flüsterte er.

Wer dann?, fragte Bree. Jonah? Der weiß mehr, als du denkst.

Kugel stand auf und fuhr sich mit der Hand durch die Haare. Es war Zeit.

Es ist … jemand anderes, sagte er dabei.

Jemand anderes, sagte sie und verschränkte die Arme. Was redest du da? Vögelst du eine andere, willst du mir das sagen?

Kugel zog den Stuhl von seinem Schreibtisch und setzte sich darauf, den Kopf schwer in den Händen. Er rieb sich das Gesicht und schaute auf.

Es ist Anne Frank, sagte er.

Bree starrte ihn eine Weile an, die Hände in den Hüften.

Du vögelst Anne Frank?, fragte Bree. Ist die nicht ein bisschen jung für dich, Sol?

Gestern Nacht, begann er. Da habe ich was gehört.

Er erzählte ihr alles. Dass sie da oben sei, dass sie alt sei, grotesk alt, und dass sie behaupte, Anne Frank zu sein. Dass Wilbur Junior glaube, dass sie es sei. Bree starrte ihn an, mal sprachlos, mal ungläubig, aber Kugel ging es nun schon besser. Warum hatte er es ihr nicht gleich erzählt? Es war so, wie Professor Jove immer sagte – in der Hoffnung, sie schützen zu können, hatte er sie nur verletzt, sie belogen, wo sie ihn doch immer nur unterstützte und ermutigte.

Tapp, tapp-tapp.

Verdammt, sagte Kugel. Das ist sie.

Er kickte die Kissen zur Seite und warf sich auf den Fußboden.

Ruhe da, brüllte er in die Klappe. Ruhe, verflucht!

Bree trat zurück, eine Hand auf dem Mund.

Du bist verrückt, flüsterte sie entsetzt. Vom Umzug, vom Geld, vom Stress … Du brauchst Hilfe, Sol, wir werden dir helfen …

Kugel hockte sich wieder auf die Fersen und legte sich die Hände aufs Herz.

Das Wichtigste ist, sagte er, dass wir kommunizieren. Dass wir ehrlich zueinander sind. Nichts kann zwischen uns treten, wenn wir zusammenhalten. Die letzten vierundzwanzig Stunden waren die Hölle, Bree, ich, ich bin einfach fertig.

Tapp, tapp-tapp.

Ruhe, zischte er zur Klappe hin.

Er schaute auf Bree, die nun auf die Klappe starrte.

Sie ist ein bisschen pflegeintensiv, sagte er.

Bree zeigte auf die Klappe.

Jetzt im Moment?, fragte Bree, die Stimme leise und bebend. Da oben ist jemand? Auf unserem Dachboden? Jetzt im Moment?

Kugel nickte.

Beruhige dich erst mal, sagte er.

Beruhigen?

Beruhigen.

Beruhigen?, sagte sie, die Stimme lauter.

Ihre Augen funkelten wütend.

Wie, fragte sie, solle sie sich denn beruhigen? Woher er denn wisse, dass sie nicht gefährlich sei, dass sie keine Kriminelle sei, keine Diebin?

Sie kann sich doch kaum bewegen, Bree.

Woher er denn wisse, dass sie nicht irgendeine Krankheit habe? Er habe schließlich einen Sohn, an den er denken müsse, wenn ihm schon seine Frau egal sei. Ob er wenigstens einen Moment lang an seinen Sohn gedacht habe?

Natürlich bist du mir nicht egal.

Was er überhaupt für ein Mann sei? Was für ein Vater? Ob er deswegen nicht zur Arbeit gegangen sei? Ob er das Wohlergehen seiner Familie mitten in einer Rezession riskiere, um sich um diese alte Wahnsinnige zu kümmern? Was denn seine Prioritäten seien? Ob er die Polizei gerufen habe?

Er stand auf und ging zum Schreibtischstuhl.

Ich habe beim Simon Wiesenthal Center angerufen, sagte Kugel mit einigem Stolz. Schließlich war er ja kein Idiot.

Du hast beim Simon Wiesenthal Center angerufen.

Ja.

Bevor du die Polizei gerufen hast.

Ja, sagte er. Sei doch leise. Um herauszufinden, ob sie tot ist.

Du hast beim Simon Wiesenthal Center angerufen, um herauszufinden, ob Anne Frank tot ist.

Ja.

Und, wie war's?

Sie waren nicht gerade hilfreich.

Das Buch hat sich zwanzig Millionen mal verkauft, Sol.

Zweiunddreißig, sagte Kugel. Das ist schwer zu überbieten.

Bree hatte genug. Das sei genau das Gleiche wie das mit seiner Mutter, sagte sie – immer komme jemand anderes zuerst, immer brauche jemand anderes Kugel mehr als seine Frau und sein Sohn. Sie verlangte, dass er die Frau hinauswarf, auf der Stelle. Und sie bestand darauf, dass er die Polizei rief.

Oder, so wahr mir Gott helfe, ich nehme Jonah und gehe. Ich gehe nach Brooklyn. So einer Sache setze ich ihn nicht aus.

Kugel saß auf seinem Stuhl, außerstande, sich zu wehren, außerstande, zu antworten, den Kopf in die Hände gestützt. So setzte er sich dem Zorn und den Beschimpfungen aus, die sie auf ihn niederprasseln ließ. Er wusste, dass sie recht hatte. Und ebenso wusste er, dass er das, was sie verlangte, nicht tun konnte.

Tapp, tapp-tapp.

Sie hat eine Nummer, sagte er, ohne aufzublicken.

Sie hat *was*?

Sie hat eine Nummer.
Was für eine Nummer?
Auf dem Arm. Eine KZ-Nummer.
Und?
Sie ist also eine Überlebende.
Und?
Erst jetzt sah Kugel sie an, verblüfft von ihrem Mangel an Mitgefühl.
Und?, fragte er. *Und*?
Ich verstehe es nicht, sagte Bree. Wenn morgen Elie Wiesel an die Haustür klopft, sollen wir ihm dann unser Gästezimmer geben?
Nicht, wenn er auftaucht, nein, sagte Kugel, nicht, wenn er an die Tür klopft. Aber wenn wir ihn im Gästezimmer vorfinden?
Vorfinden?
Ja, vorfinden, sagte Kugel. Unterm Bett oder im Schrank oder sonst wo. So wie ich sie vorgefunden habe. Und ich soll dann Elie Wiesel vor die Tür setzen?
Was redest du denn da?, fragte Bree. Wenn ich nächste Woche das Gästezimmer putze und Elie Wiesel unterm Bett entdecke, dann wirfst du ihn nicht raus?
Kugel schüttelte den Kopf.
Nein, sagte er, womit er sogar sich selbst überraschte.
Und warum nicht?
Er ist Elie Wiesel, Schatz.
Du bist wahnsinnig.
Sprich leiser.
Du bist wahnsinnig.
Ich bin wahnsinnig?, sagte Kugel. Du willst Elie Wiesel rausschmeißen und ich bin wahnsinnig.
Wenn also plötzlich Simon Wiesenthal im Trockner hockt, dann bittest du ihn nicht zu gehen?

Er ist tot, Schatz.

Hypothetisch.

Hypothetisch?, fragte Kugel.

Ihm gefiel selbst nicht, was er dachte, auch nicht, was er sich sagen hörte.

Hypothetisch, sagte sie.

Hypothetisch nein, sagte Kugel. Hypothetisch schmeiße ich Simon Wiesenthal nicht aus dem Scheißtrockner.

Und Solschenizyn?, fragte Bree. Wir wollen essen gehen, ich dusche noch schnell, mache den Schlafzimmerschrank auf, um ein Kleid rauszuholen, und auf dem Boden sitzt Alexander Solschenizyn. Darf er bleiben?

Das ist doch lächerlich, sagte Kugel, erleichtert, an seine Grenzen gestoßen zu sein. Solschenizyn würde er sofort hinauswerfen.

Ach, *das* ist also lächerlich?

Solschenizyn war nicht im Holocaust, Schatz.

Aber im Gulag, sagte Bree.

Der Gulag war nicht der Holocaust.

Dann beherbergen wir also speziell Holocaust-Überlebende?

Sprich leise, sagte Kugel.

Er stand kopfschüttelnd auf und ging zum Fenster. Der Wald war dunkel, bedrohlich. Warum hatte er keinen Brandstifter entdeckt, warum keine Mäuseköttel? Er wusste, wie er sich anhörte, und er fand es schlimm, aber wie sie sich anhörte, das mochte er auch nicht. Auch von ihr waren Verwandte im KZ gestorben, wie konnte sie da so kalt sein?

Tapp, tapp-tapp.

Weißt du, sagte Kugel, auch für mich war das kein Picknick. Ich habe versucht, dich zu schützen, dich da rauszuhalten. Ich habe seit Tagen nicht geschlafen, Bree, ich habe mich von Maklern beschimpfen lassen, von einer Holocaust-Stiftung, wer weiß, ob die die ADL kontaktiert haben – das alles war nicht leicht, weißt du?

Tapp, tapp-tapp.

Kugel stieß die Kissen von der Klappe und bückte sich.

Ruhe da endlich, brüllte er. Ich habe Sie gehört, ja? Ich habe Sie gehört!

Und Scharanski?, fragte Bree. Der war nicht im Holocaust.

Bree, sagte Kugel auf dem Weg zur Tür, ich schmeiße doch nicht Scharanski raus.

Wo gehst du hin?, fragte sie.

Kugel stapfte wütend über den Flur und zog die Dachbodentreppe herunter. Er nahm zwei Stufen auf einmal; vielleicht, dachte er, werfe ich die blöde Kuh doch raus.

Auf dem Dachboden war es dunkel.

Was?, rief er.

Nichts.

Was wollen Sie?, rief er noch einmal, als er sich der Kartonmauer näherte. Mir ist nicht nach Scherzen zumute. Mir ist nicht nach diesem blöden Versteckspielscheiß zumute.

Er schaute über die Mauer. Anne Frank lag auf der Seite und schlief. Der Laptop war zugeklappt, und er hörte ihren rauen Atem.

Tapp, tapp-tapp.

Kugel wandte sich zur Klappe im Fußboden. Langsam ging er hin.

Tapp, tapp-tapp.

Kugel kniete sich neben der Klappe auf den Boden.

Mutter?, sagte er.

Ich habe Angst, kam Mutters Antwort.

Kugel schloss die Augen und ließ den Kopf sinken.

Mutter, sagte Kugel, geh schlafen.

Ich höre, wie ihr euch streitet, sagte Mutter. Ich mag es nicht, wenn ihr euch streitet.

Wir streiten doch gar nicht, Mutter.

Ich sollte gehen, sagte sie.

Mutter, du musst nicht gehen. Wir haben nicht gestritten.

Es tut mir leid.

Mutter, geh schlafen.

Ich bin eine Last.

Geh *schlafen*, Mutter.

Kugel stand auf, sah noch einmal nach Anne, ging wieder hinunter und faltete, so leise er konnte, die Dachbodentreppe zusammen. Er legte sich ins Bett. Bree lag, mit dem Rücken zu ihm, am äußersten Rand ihrer Seite.

Sie bleibt nicht, sagte Bree.

Ich zerre Anne Frank nicht die Treppe runter, Schatz. Ich werfe mir die beschissene strampelnde und schreiende Anne Frank nicht über die Schulter und werfe sie auf den Rasen vor meinem Haus, tut mir leid, das mache ich einfach nicht.

Anne Frank ist tot, sagte Bree.

Schön wär's, sagte Kugel.

Bree knipste ihre Nachttischlampe aus und zog die Decke eng um sich. Kugel war dankbar für das Dunkel, das ihn umgab.

Sie bleibt nicht, sagte Bree.

Kugel drehte Bree den Rücken zu und starrte an die Wand.

Warum hatte er nicht einfach Scheiße finden können?

Sie will nur noch ihr Buch beenden, sagte er.

Mir ist nicht, erwiderte Bree, nach Scherzen zumute.

14.

In jener Nacht träumte Kugel, er schaute aus dem Schlafzimmerfenster und erblickte eine lange Prozession abgerissener älterer Männer und Frauen, soweit sein Auge reichte, die sich über seine Einfahrt schleppte. Klapperdürr, verhutzelt schritten sie langsam daher, dabei unablässig greinend und heulend. Sie waren barfuß, ihre schwindenden, ausgemergelten Körper in schmutzige Klinikkittel und gräuliche, verdreckte Schlafanzüge gehüllt. Sie waren gebeugt, gebrochen und bandagiert. Manche hatten einen Mullverband um den Kopf, stützten sich auf eine Gehhilfe, wieder andere gingen an Holzkrücken, manche mit einem Infusionsständer aus Edelstahl, dessen kleine Plastikrädchen über den Kiesweg holperten. Manche strauchelten, stürzten und konnten nicht mehr aufstehen; die anderen nahmen keine Notiz davon, versuchten nicht, ihnen aufzuhelfen, gingen einfach weiter, voran, traten sogar auf sie, trampelten über sie, immer weiter auf ihrem unerbittlichen, mühsamen Zockelmarsch. Sie machten Kugel Angst, ohne dass er wusste, warum, wo sie doch so alt und geschwächt waren. Er lief die Treppe hinunter und zur Haustür hinaus, stellte sich ans Ende des Weges zum Haus und rief ihnen zu, sie sollten sich von seinem Grundstück scheren, sagte, er werde die Behörden informieren, wenn sie nicht auf der Stelle umkehrten, doch sie beachteten ihn gar nicht. Sie ächzten und stöhnten, und wie sie so voranhumpelten, klangen sie eher wie eine Herde abgezehrten Viehs als wie Menschen, und sie kamen dem Haus immer näher. Jonah war Kugel auf die Veranda gefolgt, und Kugel schrie ihm zu, er solle wieder hineingehen, die Türen verschließen und Bree sagen, sie solle die Polizei rufen. Sie kamen näher. Kugel bückte sich, hob einen spitzen Stein auf und warf ihn mit aller Kraft nach ihnen; mit einem hellen, lauten Knall traf der Stein einen alten Mann mit voller Wucht am Schädel, aber der schien es gar nicht zu spüren, und wenn doch, wurde er dadurch zumindest nicht langsamer; sein Kopf prallte zurück, aber er stapfte einfach weiter. Kugel warf einen weiteren Stein und dann noch einen, traf sie an Schulter, Brust, Kopf, aber keiner zeigte mehr Wirkung als der erste. Immer näher kamen sie, bis sie bei ihm waren, und Kugel schrie nach Bree und bedeckte das Gesicht und schloss die Augen in Erwartung der Schläge – selbst jetzt brachte er es nicht über sich, mit den Fäusten auf sie einzuschlagen –, doch die Schläge kamen nicht. Die Augen noch immer geschlossen, spürte er, wie sie ächzend, stöhnend und wehklagend an ihm vorbeistrichen, als wäre er gar nicht da. Ein Gestank von Verfall umwehte sie, wie alte, vergessene modrige Bücher. Er öffnete die Augen, als sie vorbeischlurften – ihre dünnen nackten Beine waren ruß- und schlammbedeckt, ein paar hatten sich alten Lumpen und Zeitungen um die Füße gewickelt, aber es waren keine englischen, es waren ausländische, in einer Sprache, die Kugel nicht identifizieren konnte. Als der Letzte vorbei war, folgte Kugel ihnen um die Hausecke, wo sie zu dem hohen, schroffen Steilhang am Rand des Grundstücks weitergelaufen waren. He, rief er ihnen nach, he, passen Sie auf. Aber auch da beachteten sie ihn nicht. He!, rief er noch einmal. Aber sie gingen weiter, blökend, schreiend, schlurfend, ihrem Untergang entgegen, und schon bald traten sie einer nach dem anderen über den Rand des Steilhangs und stürzten ohne einen Schrei in den Tod.

Kugel schreckte aus dem Schlaf.

Er setzte sich auf und horchte.

Hatte er etwas gehört?

Er legte sich wieder hin, versuchte weiterzuschlafen, schreckte dann aber abrupt hoch, als er glaubte, das Geräusch erneut gehört zu haben.

Vielleicht, wenn ich tot bin, dachte er. Vielleicht, wenn ich tot bin, finde ich verdammt noch mal endlich wieder ein bisschen verdammten Schlaf.

Er überlegte, ob darin letzte Worte lagen.

Schlaf, endlich. Oder: *Endlich Schlaf.*

Schlafen, vielleicht auch irgendwas.

Vielleicht auch schlafen?

Schlafen, vielleicht noch mehr schlafen?

Irgendwas.

Er nahm sein Notizbuch und schrieb es hinein.

Byron sagte auf dem Sterbebett: Jetzt schlafe ich ein. Gute Nacht.

Wie wär's mit: Nicht zum Frühstück wecken.

Oder: Kündigt mein *Times*-Abo.

Oder diesem alten Witz: Bitte nicht weiter stören.

Das war doch nicht schlecht für einen Grabstein:

SOLOMON KUGEL
Geboren.
Gestorben.
Bitte nicht weiter stören.

Wieder dieses Geräusch.

Könnte auch Einbildung gewesen sein.

Könnte eine Tür gewesen sein.

Könnten zwei Bäume gewesen sein, deren Stämme im Wind aneinanderreiben, nichts weiter.

Die Natur, das fiel ihm in letzter Zeit doch auf, versuchte ihn in Angst und Schrecken zu versetzen. Ihn zu verarschen. Ihm fiel auf, dass durch die extremen Temperaturen das Holz des Hauses sich dehnte und zusammenzog, weswegen es klang, als bräche ein Dachbalken, als könnte das Haus einstürzen und sie alle zerquetschen. Ebenfalls fiel ihm auf, dass es Blitze offenbar nur nachts gab, wenn sie am furchterregendsten waren. Ihm fiel auf, dass die Natur, wenn man morgens einmal friedlich auf der Veranda saß, den linden Sommerwind und eine Tasse Tee genoss, PENG, dafür sorgte, dass irgendwo eine Tür zuknallte, eine Zeitung davonflog, ein Tisch umfiel. Sicher, sicher, François-Marie, wir müssen doch nur unseren Garten bestellen. Aber wenn der Garten einen umbringen will, was dann?

Wieder dieses Knarren.

Kugel kroch aus dem Bett, leise, um Bree nicht zu wecken, kniete sich auf den Boden und presste das Ohr gegen die Heizungsklappe. Er versuchte, nicht zu atmen; der Gestank war unerträglich, selbst ohne das Gebläse, das ihn in die Luft spie. Er hörte Jonah, der leise schnarchte, und ein schmerzvolles Stöhnen – das war wahrscheinlich Mutter. Anne hörte er nicht tippen. Um diese Nachtzeit tippte sie doch in der Regel. Vielleicht kam das Knarren ja von ihr? Vielleicht schlich sie im Haus herum? War diese Irre etwa unten und lief durchs Haus?

Anne?, flüsterte er in die Klappe.

Nichts.

Mutter?

Nichts.

Mama?

Kugel schlich auf Zehenspitzen aus dem Zimmer in den dunklen Flur. Zu seiner Erleichterung war die Dachbodenluke geschlossen, und er entschied sich, mal bei Jonah reinzuschauen. Kugel wusste, dass von Eltern erwartet wurde, sich an ihren schlafenden Kindern zu erfreuen, Kugel jedoch tat alles, um diesen Anblick zu vermeiden. Im Schlaf wirkte Jonah noch verletzlicher als tagsüber, dann hob und senkte sich seine zarte Brust, und manchmal sah es aus, als könnte sie leicht, ohne Grund, ohne Vorwarnung oder Symptome einer Krankheit innehalten, von einem Moment auf den nächsten sich nicht mehr rühren. Abends, morgens, es war beschissen.

Kugel überlegte, sich eine Waffe zuzulegen.

Nur eine kleine.

Zum Schutz.

Aber keine zu kleine.

Er schlich nach unten, nahm die Taschenlampe, die neben der Tür zum Garten lag, und ging hinaus.

Hallo, flüsterte er. Hallo?

Oder einen Hund. Was Großes. Aber nicht zu groß.

Er knipste die Taschenlampe an. Der Strahl wirkte in der schweren Finsternis der Nacht lächerlich schwach. Die Luft war kühl. Er fragte sich, ob es jetzt auch auf dem Dachboden kühler war. Vielleicht sollte er ihr einen Ventilator besorgen.

Vielleicht war es ja zu kühl. Schließlich war sie alt. Vielleicht sollte er ihr ein paar Decken besorgen.

Kugel schwenkte den Strahl über die Baumreihe am Waldrand und rief: Ich weiß, dass du da bist, du Wichser.

Er wartete.

Nichts.

Was für eine Welt, dachte Kugel: Wer man auch war, wo man auch war, zu welcher Tages- oder Nachtzeit, man konnte die Hintertür öffnen und hinausrufen, ich weiß, dass du da bist, du Wichser, und neun von zehn Mal hatte man recht. Der Wichser mochte nicht im eigenen Garten sein, auch nicht in dem des Nachbarn, er könnte in der übernächsten Stadt sein, im nächsten Bundesstaat, im nächsten Land. Aber der Wichser war da, und er wollte einem Böses.

Warum lächelte der lächelnde Mann? Hatte er den Verstand verloren? Hatte der Fotograf sich einen Scherz mit ihm erlaubt? Hatte er selbst gescherzt – über seine Nacktheit, seine Gebrechlichkeit?

Welche ist Ihre Schokoladenseite?, mochte der Fotograf gesagt haben.

Auf seine klapperdürre Gestalt hinabblickend, mochte der lächelnde Mann gesagt haben: Sie sehen alle meine Seiten.

Vielleicht lächelte er ja doch nicht.

Warum war es Kugel so wichtig, dass er lächelte?

Weil er eben lächelte, ob wir es wollten oder nicht.

Ich weiß genau, dass du da bist, du Arsch, rief Kugel erneut.

Eine .22er.

Nichts Verrücktes.

Was Kleines.

Nicht zu klein.

Zum Schutz.

Einen Dobermann.

Nur für den Fall.

Mutters Kampf gegen all die Wichser überall war reine Paranoia. Panik ist die Mutter der Porzellankiste.

Wäre eine Theorie, dachte Kugel.

Professor Jove war gegen Waffen, nicht wegen der realen Gefahr, die sie darstellten, sondern wegen der verhängnisvollen Hoffnung, die sie symbolisierten. Überhaupt erfüllte dieser Gedanke des persönlichen Schutzes Jove mit Besorgnis, angefangen bei der Armee eines Landes und abwärts, und er sah eine verstörende Ähnlichkeit zwischen

Waffenbesitzern und Gesundheitsfanatikern, wobei Erstere hofften, sie könnten sich vor der Bedrohung durch den Menschen schützen, und Letztere vor der des Lebens, des Alters, der Natur, des Todes.

Sie werden niemals einen glücklichen Jogger sehen, sagte Professor Love, oder einen glücklichen Waffenbesitzer. Wissen Sie, warum?

Ist das jetzt ein Witz?, fragte Kugel.

Nein, sagte Professor Jove. Der Grund ist, beide wissen, dass sie dem Unmöglichen nachjagen. Also laufen sie mehr Kilometer, stemmen mehr Gewichte, essen mehr Proteine und weniger Kohlehydrate oder mehr Kohlehydrate und weniger Proteine. Also kaufen sie sich eine größere Waffe, eine zweite, eine dritte. Trottel. Hat sich ein Waffenbesitzer jemals in der Geschichte der Waffen mit einer kleinen zufriedengegeben? Wenn mich eine kleine Waffe retten kann, denkt er, was kann dann eine große retten? Was kann die größte retten? Was kann eine Bombe retten? Sagen Sie mir, Kugel: Was machte Helen Keller, als sie in den Teich fiel?

Kugel seufzte.

Ich weiß es nicht, sagte Kugel. Was machte Helen Keller, als sie in den Teich fiel?

Sie ertrank, sagte Professor Jove. Sie strampelte, um an die Oberfläche zu kommen, doch durch die Anstrengung brauchte ihr Körper nur mehr Sauerstoff, und ihre Lungen kontrahierten und erweiterten sich von selbst. Bald ließen die Spasmen in ihrer Brust nach, und sie verlor das Bewusstsein und starb.

Das kapiere ich nicht, sagte Kugel.

Vielleicht war sie an dem Vormittag Joggen, sagte Professor Jove. Vielleicht hatte sie eine .22er in der Schublade ihrer Kommode. Die dumme Kuh.

Kugel bewegte das Licht der Taschenlampe über den Waldrand hin und her. Nichts regte sich.

Du Arschloch, rief er.

Und: Leg dich bloß nicht mit mir an.

Kugel ging wieder hinein und verschloss die Tür.

Vielleicht einen Rottweiler. Mit so einem Stachelhalsband.

Nach der frischen Luft draußen war der Gestank drinnen noch deutlicher. Die von der Rohrreinigung hatten gemeint, vielleicht komme das ja von einem kleinen Tier, das tot in den Wänden liege, dort zum Schutz reingekrochen sei, aber das erklärte nicht, warum der Geruch nach der Reinigung zurückgekehrt war oder warum er in letzter Zeit schlimmer zu werden schien.

Jedenfalls bin ich wach, dachte er. Da kann ich der Sache auch gleich auf den Grund gehen.

Kugel ließ sich auf alle viere nieder, krabbelte schnüffelnd, Nase hoch, aus der Küche ins Wohnzimmer. Dort wurde der Gestank etwas schwächer, aber als er in den Flur und die Diele kroch, witterte er ihn wieder. Beim Zimmer des Mieters schien der Geruch stärker zu werden.

Er hatte es doch gewusst, dass der Kerl etwas im Schilde führte.

Er überlegte, ob er klopfen und fragen sollte, was der Mieter darin trieb, aber es war drei Uhr morgens, also beschloss er, bis zum Morgen zu warten. Bevor er ging, schnüffelte er noch durch den übrigen Flur, und tatsächlich, vor Mutters Zimmertür war der Geruch am schlimmsten.

Er erhob sich leise und klopfte sachte an die Tür, hörte aber keine Reaktion. Er legte die Hand um den Türknauf, drehte ihn langsam und schob lautlos die Tür auf.

Mutter?, flüsterte er.

Nichts.

Er trat ins Zimmer. Das Bett war leer.

Mutter?

Von der anderen Seite des Bettes hörte er aus dem Dunkeln ein Geräusch. Er knipste das Licht an und trat ums Bett herum.

Mama?, rief er.

Und dann sah er sie; sie hockte neben dem Bett über der Heizungsklappe. Erst sah er den Heiligenschein ihrer Haare, während sie zwischen ihren Knien hinabblickte. Wieder sagte Kugel Mutter?, worauf sie aufschaute, und da erkannte er ihren Gesichtsausdruck, es war derselbe, den auch er gehabt hatte, nach Pessach eine Woche lang jeden Tag und jede Nacht, nachdem er dieses verdammte Matze gegessen hatte, dieses verfluchte Leidensbrot, und sie sah ihn da stehen, und sie schüttelte den Kopf und sagte, das Gesicht rot vor Anstrengung: Seit dem Krieg.

Ich weiß, sagte Kugel.

Alan Dershowitz sah zu.

Diese Hundesöhne, sagte Mutter.

Ist ja gut, sagte Kugel.

Ist ja gut.

15.

Kugel erwachte früh am nächsten Morgen und wandte das Gesicht von den grellen Strahlen der eindringenden Sonne ab, die sich durchs Zimmer zogen wie ein gottverfluchtes Ding, das sich über ein anderes gottverfluchtes Ding erstreckt.

Warum malten Kinder die Sonne immer mit einem Lächeln?, fragte er sich. Das ist ein riesiger *Feuer*ball, Kinder. Wut und Raserei. Sie macht alles Mögliche, aber bestimmt nicht lächeln.

Kugel stand auf, zog sich an, ging in den Garten, hinterließ das Gemüse für Mutter in ihrem Garten, zeigte Anne Frank den Finger und beschloss, eine Runde auf dem Fahrrad zu drehen.

Bree hatte ihm das Fahrrad zum Einzug geschenkt, der jetzt schon so lange her schien. Es war aus Titan und Carbon und leuchtend gelb lackiert, und sie hatte gehofft, er werde damit seinen Stress abbauen und dadurch bessere Laune bekommen. Es hatte nicht ganz funktioniert. Er fand Fahrradfahren stressig – die Sorge, einen Platten zu bekommen, die Angst, den nächsten Berg nicht zu schaffen, die Autos und Laster, die nur Zentimeter an ihm vorbeirasten. Dennoch konnte er die Idee nicht loslassen – Fahrradfahren *sollte* doch beruhigend sein, auch wenn es bei ihm nicht so war –, und er wollte nicht, dass Bree dachte, er freue sich nicht über das Geschenk oder, schlimmer noch, dass er nicht in der Lage war, sich daran zu freuen, sich überhaupt an etwas zu freuen (Anhedonie, hatte ihm ein Psychiater einmal im Zuge einer Diagnose gesagt, die Unfähigkeit, Freude zu empfinden. Es ist nicht die Unfähigkeit, hatte Kugel eingewandt, sondern das Wissen, dass Freude nur ein Vorspiel für Schmerz ist. Eben, hatte der Psychiater gesagt). Also fuhr Kugel, und er hoffte, es werde ihn beruhigen, wobei er wusste, dass es das vermutlich nicht tat, hoffte, es werde Brees Zorn besänftigen, wobei er wusste, dass es das vermutlich nicht konnte. Vielleicht, so hoffte er, würde sie ihn auf der Einfahrt zurückfahren sehen und denken: Na, er versucht's wenigstens. Vielleicht würde sie ihn durchs Wohnzimmerfenster beobachten, wie er diese unsägliche Kieseinfahrt hochstrampelte, dann würde sie denken: Deshalb liebe ich ihn. Deshalb habe ich ihn immer geliebt. Gut, er hat seine Fehler, aber er hat sie immer mit den besten Absichten begangen, und tut er denn nicht alles, was er kann, um sie abzustellen und immer wieder neu anzufangen, alles aufs Neue zu versuchen? Das wird ihm ja auch nicht leichtfallen. Vielleicht, würde sie denken, wäre eine Entschuldigung angebracht.

Kugel brach auf und spürte den Wind dort, wo ein paar Jahre zuvor noch seine Haare gewesen waren.

An dem Morgen war alles tot.

Zerdrückte Schildkröten.

Geplatzte Waschbären.

Plattgefahrene Backenhörnchen.

Von allen toten Tieren, an denen Kugel vorbeikam, waren die Backenhörnchen immer am verstörendsten. Vielleicht, weil sie so unschuldig wirkten. Was sie ja gar nicht waren, wie er wusste; hin und wieder hatte er sie im Garten beobachtet, wie sie sich stritten, gegenseitig Nahrung klauten, Vögel angriffen. Es waren reizende, revierfixierte Fieslinge. Es waren Überlebende, und Überleben war nicht niedlich. Aber was war an den plattgefahrenen dann so verstörend? Vielleicht lag es ja daran, dass es immer so verzweifelt wirkte, wie sie überleben wollten, immerzu flitzten, rannten, flohen, daran, dass sie immer so schreckhaft waren, und Kugel fand es furchtbar, wie ihre Ängste künftigen Generationen von Backenhörnchen bestätigt wurden. Dieses Haarbüschel, sagte Mutter Backenhörnchen zu ihren Kindern, war euer Großvater, dieser Blutfleck eure Tante. Vielleicht lag es auch daran, dass es bei ihnen, wenn sie über die Straße flitzten, sicher schien, mehr als bei jedem anderen Tier, dass sie es auf die andere Seite schafften. Bei Rehen, wie bei Kugel, schien es gewiss, dass sie es nicht schafften. Zögernd traten sie auf die Straße, angstvoll, warteten auf den Laster, der sie rammte, auf den Wagen, der sie in zwei Teile riss. Vielleicht, dachte er, während er anhielt und sich neben den felligen Überresten eines solchen, nunmehr zweidimensionalen Backenhörnchens niederkniete, war es eben ihre besondere Art zu platzen. Er nahm einen Stock vom Boden und stupste es an. Die meisten anderen Tiere schienen plattgefahren zu werden, wie ein Frackhemd auf die Straße geplättet, und alles blieb fest und drin und zusammengequetscht. Backenhörnchen dagegen schienen aufzuplatzen, von innen nach außen, wie eine Zahnpastatube, die von hinten nach vorn ausgedrückt wird, wie behaarte kleine Ketchup-Päckchen, und der Rolldruck des mächtigen Fahrzeugs über ihnen presste sämtliche Innereien und das Hirn voll durch den kleinen Kopf hinaus. Peng. Das Backenhörnchen zu Kugels Füßen lag da wie alle anderen Backenhörnchen auch: ein felliger, platter Körper mit einem rot-grauen Ejakulat aus Blut und Hirn, das aus seinem kleinen explodierten Kopf geschossen war. Für Kugel sahen Backenhörnchen aus, als wären sie an einer guten Idee gestorben, einer großartigen Idee, einer so unglaublich revolutionären Idee, dass ihnen davon der liebenswerte kleine Kopf geplatzt war. Als hätten sie eine Krankheit heilen können. Als hätten sie die Existenz (oder Nichtexistenz) Gottes bewiesen. Als wären sie hinter den Sinn des Lebens gekommen.

Ich fass es nicht, Stan, wir sind nur hier, um *zong*.

Das Ironische daran, dachte Kugel, während er das tote Backenhörnchen mit dem Stock von der Straße schälte, war, dass sie in Wahrheit an einer schlechten Idee gestorben waren. Einer schrecklichen Idee. Sie waren an der schlechtesten Idee auf der Welt gestorben, einer Idee, die vorher immer großartig erschienen war: Sie starben an »Überqueren wir die Straße«. Sie starben an »Mal sehen, was da drüben ist«.

Ich möchte wissen, ob das Leben auf der anderen *platsch*.

Das scheint mir hier ein hübsches Plätzchen zu sein, um eine *womm*.

Also, wir können ja jederzeit zurück, wenn es nicht *uff*.

Vielleicht bedrückten sie ihn ja auch, weil sie ihn mit ihrer verzweifelten Hoffnung an ihn selbst erinnerten. Vielleicht hatte Professor Jove doch recht gehabt. Während dieser Kadaver eines hoffnungsvollen Backenhörnchens sich allmählich auflöste, war Backenhörnchen Anne Frank zu Hause, lagerte ihre Nüsse für den Winter ein und ließ all die dummen Backenhörnchenträumer ihr Glück auf der anderen Seite der Straße versuchen.

Und wenn sie stirbt?, fragte sich Kugel.

Anne Frank.

Und wenn sie schon tot ist?

Er schnippte das tote Backenhörnchen an den Straßenrand, froh, dem kleinen Gläubigen, wenn auch erst im Tod, helfen zu können, sein erträumtes Reiseziel zu erreichen, stieg auf sein Fahrrad und fuhr weiter. Er sorgte sich weniger um Anne Franks Ableben als vielmehr darum, dass er dann eine Leiche im Haus hätte, und sei es nur für kurze Zeit. Und wenn sie nun in ihrem Bett starb, direkt über Jonahs Zimmer? Wenn sie an einer großen Idee starb? Kugel registrierte mit Verblüffung, dass er in so kurzer Zeit von dem Wunsch, sie zu töten, zu der Sorge, sie könnte tot sein, gewechselt war. Wer konnte es ihr schließlich verdenken? Vielleicht war es ja gar nicht Wahnsinn, sich das ganze Leben auf einem Dachboden zu verstecken, sondern eher, sich das ganze Leben nicht auf einem Dachboden zu verstecken. Man frage das Backenhörnchen.

Was wohl Anne Franks letzte Worte wären?, fragte er sich beim Fahren.

Mir geht der Sprit aus, sagte Amelia Earhart in ihrem letzten Funkspruch, bevor ihr Flugzeug verschwand. Natürlich waren das bloß die letzten Worte, die sie zu jemandem sagte – ihr wirkliches letztes Wort war, als das Flugzeug abschmierte, vielleicht einfach bloß *Scheiiiißeee* gewesen. Sehr wahrscheinlich war es *Scheiiiißeee*, warum auch nicht? Niemand wird zugeben, dass *Scheiiiißeee* sein letztes Wort sein könnte, obwohl es doch das passendste letzte Wort überhaupt ist. Möglich natürlich auch, dass sie gar nicht beim Absturz starb. Vielleicht ist sie auch sicher auf einer Insel gelandet, hat Gott gedankt und dann entdeckt, dass die Insel unbewohnt war und keine Nahrungsquellen hatte. Letzte Worte: Scheiße, was nun?

Das gefiel ihm.

Was nun?

Er würde es sich aufschreiben, wenn er wieder zu Hause war.

Nun ist es da, sagte Laurence Sterne.

Er meinte *Scheiiiißeee*.

Mehr Licht!, schrie Goethe. Mehr Licht!

Er meinte *Scheiiißeee.*

Scheiiißeee ist keine schlechte Art abzutreten. Zum Teufel mit dem ganzen Tiefsinn, diesen geistreichen und markigen Sprüchen; Anne Frank kam ihm vor wie eine, der es eigentlich ganz lieb wäre, wenn ihr letztes Wort *Scheiiißeee* wäre.

Machen wir's, sagte Gary Gilmore.

Tschü-hüs, sagte Allen Ginsberg.

Kugel geriet beim Nachdenken über letzte Worte und Anne Franks Ableben auf die Straßenmitte. Ein schwarzer Transporter raste hupend vorbei.

Arschloch!, schrie der Fahrer.

Kugel stabilisierte sein Rad und hielt den Mittelfinger hoch. Als Antwort lehnte sich der Fahrer auf die Hupe.

Transporter sind die Fahrzeuge von Mördern, Serienkillern, Vergewaltigern, Dieben. In einem Transporter passiert nie etwas Gutes. Die Polizei sollte Transporterfahrer ohne Grund verhaften dürfen. Der Transporter ist der Grund, du Arschloch.

Kugel verbrachte den Rest der Fahrt in der Angst, der schwarze Transporter könnte kehrtmachen. Er sorgte sich, der Fahrer könnte ihn in den Graben drängen, ihn niedermähen oder ihm im Vorbeifahren in den Kopf schießen. Dann würde er das Fahrrad, das Bree ihm geschenkt hatte, klauen und bei eBay verkaufen. *Wie neu. Einmal gefahren. Leichte Kratzer am Rahmen.*

Das Leben auf dem Dachboden, dachte Kugel, das ist das Leben für mich.

Ich sollte mal mit dem Fahrrad fahren, das wird mir helfen *tsching.*

Ich muss lernen, anzuhalten und die Luft zu rie *deng.*

Das Leben ist wun *karr-umm.*

Kugel trat ins Haus, schweißbedeckt, und warf noch

einen Blick zurück auf die Straße, um zu sehen, ob der schwarze Transporter ihm gefolgt war.

Er verschloss die Tür hinter sich.

Dann schloss er die Tür wieder auf, rollte das Fahrrad hinein und verschloss die Tür wieder.

Er blieb stehen und horchte. Er hörte, wie Bree in der Küche Frühstück machte, mehr aber nicht. Er ging auf die Knie und drückte das Ohr auf die Klappe. Kein Tappen, das war gut. Allerdings hörte er den Mieter telefonieren. Lachen. Worüber lachte der denn? Wahrscheinlich lachte er über Kugel, machte sich über ihn lustig.

Dad?, fragte Jonah.

Kugel schaute auf. Jonah stand vor ihm, noch immer in seinem Spiderman-Schlafanzug, der voller Krümel war.

Oh, sagte er, hey, Kumpel.

Was tust du da?

Ich hab nur nach der Heizung gesehen.

Ist die kaputt?

Nein, nein. Alles bestens.

Dad?

Ja, Kumpel?

Warum ist das Fahrrad im Haus?

Warum? Ich hab mir gedacht, hier drin ist es sicherer. Was isst du denn da?

Jonah hielt das Stück Brot in seiner Hand hoch.

Omas Brot, sagte er.

Omas Brot?, fragte Kugel.

Jonah nickte.

Hat sie das gegessen?, fragte Kugel.

Jonah schüttelte den Kopf.

Ich hab's vom Sofa, sagte er.

Kugel seufzte. Mutter versteckte Brot im ganzen Haus, seit sie gelesen hatte, dass das bei den Holocaust-Überlebenden üblich war. Sie versteckte es unter ihrer Matratze, unter den Teppichen, zwischen den Sofakissen.

Hat Oma gesagt, dass du das haben kannst?, fragte Kugel und stand auf.

Jonah nickte und biss davon ab.

Wirklich?

Ich hab gesehen, wie sie es gestern Abend dahin getan hat, sagte Jonah.

Und sie hat gesagt, du kannst es haben?

M-hm, sagte Jonah. Sie hat gesagt, ich würde ihr dafür dankbar sein.

Joney, sagte Kugel und bückte sich, um Jonah einen Kuss auf den Kopf zu geben, iss nicht Omas Brot. Wenn du Brot willst, frag mich.

Dad?, fragte Jonah.

Ja, Kumpel?

Warum tut Oma Brot ins Sofa?

Tja, sagte Kugel, sie ist eben alt, Kumpel.

Tust du auch Brot ins Sofa, wenn du alt bist?

Wahrscheinlich, sagte Kugel.

Ich auch?

Hoffentlich nicht.

Da kam Mutter in den Raum, auf dem Kopf den Sonnenhut, mit ihrem Korb voller Gemüse. Kugel sagte zu Jonah, er solle in die Küche frühstücken gehen.

Ich habe dich gebeten, sagte Kugel zu Mutter, nachdem Jonah gegangen war, das nicht hier zu tun.

Was nicht zu tun?

Brot verstecken.

Mutter winkte verärgert ab.

Gibt's in Stockton etwa keine Holocauste?, fragte sie.

Nein, sagte Kugel.

Werden wir ja sehen.

Mutter, ich hatte dich gebeten, es nicht zu tun. Ich hatte Sorge, mein Sohn könnte es entdecken.

Und?

Und er hat es entdeckt.

Und?

Und ich will ihm jetzt noch nicht erklären, was Völkermord ist, Mutter.

Warum denn nicht?

Er ist drei.

Na und?

Ich will nicht, dass er Angst bekommt.

Er wird es mir danken, wenn sie ihm die Tür eintreten.

Wenn wer ihm die Tür eintritt?

Irgendwer.

Irgendwer?

Ist doch egal, wer. Eine eingetretene Tür ist eine eingetretene Tür. Ist es dir so wichtig, wer sie eintritt?

Und da beschloss Kugel, dass er einmal als glücklicher Mensch sterben und sein kümmerliches Leben als Erfolg betrachten würde, wenn in einigen Jahren, irgendwo, irgendwann, jemand bei Jonah die Tür eintrat und Jonah überrascht war. Geschockt. Baff. Lass ihn völlig verstört sein, lieber Gott. Lass ihn verwundert sein, die Augenbrauen heben, lass ihm die Kinnlade runterfallen. Jetzt werden Türen eingetreten? Seit wann denn das? Moment, Moment – Leute werden in *Öfen* gesteckt? Ist nicht dein Ernst. Seit wann stecken denn Leute andere Leute in *Öfen*?

Wenn du es schon verstecken musst, dann bitte in deinem Zimmer.

Mutter winkte erneut ab und ging Richtung Küche.

Ach, bitte, sagte sie. Da suchen sie doch als Erstes.

Lass ihn vollkommen platt sein, o Herr, dachte Kugel.

Lass ihn niedergeschmettert sein.

Lass ihn von den verdammten Socken sein.

Nachdem er sich überzeugt hatte, dass die Haustür abgeschlossen war, betrat Kugel die Küche. Bree stand am Herd und machte Rühreier. Jonah saß am Tisch, den Bree gedeckt und auf den sie Teller mit Brot und Muffins gestellt hatte. Durch das Fenster sah Kugel, dass Mutter wieder im Garten war, wo sie einen zweiten Korb mit dem gekauften Gemüse füllte und sich an den reichen Gaben erfreute, die sie da geerntet hatte.

Kugel sah Bree zu, wie sie am Herd arbeitete; ihre Hüften wiegten sich leicht, und ein frisches Begehren durchströmte seine Adern.

Kugel hatte in seinem Leben nur noch eine andere Frau geliebt, eine Afroamerikanerin namens Aleeyah, die von Mutter abgelehnt wurde, weil sie keine Jüdin war. Sie werde, jammerte Mutter, noch das Ende der Kugels sein, weswegen Kugel Aleeyah nur noch mehr wollte. (So sehr wollte er sie, dass er bereitwillig darüber hinwegsah, dass ihr Name auf Hebräisch *Hinaufziehen* bedeutete, der idiomatische Begriff, mit dem man die Auswanderung nach Israel umschrieb. Kugel hasste die überhebliche Wertung, die in diesem Begriff steckte, und obwohl er Aleeyah liebte und große Stücke auf sie hielt, hatte er doch die Sorge, dass ein Teil von ihm, wie klein auch immer, bloß einfach nur »Aleeyah ficken« wollte.) Leider war Aleeyah ein ungeheuer politischer Mensch und Mitglied der afroamerikanischen Community, und sie wollte mit Kugel immerzu über die Leiden ihres Volkes sprechen, über die Sklaverei, über Tuskegee und Birmingham.

Können wir auch mal über was anderes reden?, hatte er eines Abends gebeten.

Ob wir mal über was anderes reden können?

Ich will nicht ständig über die Vergangenheit reden.

Die Vergangenheit, sagte Aleeyah, ist die Gegenwart.

Dann reden wir doch über Auschwitz, sagte er. Lassen wir ein heißes Bad ein, tun Schaumzeug rein, ziehen uns aus, steigen rein und reden über Auschwitz.

Ich hab diese Holocaust-Scheiße so satt, sagte Aleeyah.

Als er einige Monate später Bree kennenlernte, wurde der Umstand, dass sie Jüdin war, durch den Umstand gemildert, dass ihre Verbindung zu jenem Teil ihrer Geschichte eher lose war. Sie hasste ihn nicht, schwelgte aber auch nicht darin. Sie dachte einfach nicht weiter daran. Das bewunderte er an ihr, er eiferte ihr nach, wollte werden wie sie; wie viel glücklicher könnte er sein, dachte er, wenn er aus seiner Ambivalenz nur eine Indifferenz machen könnte.

Und?, fragte Bree, als Kugel sich an den Tisch setzte.

Was und?, fragte Kugel.

Bree warf einen Blick auf Jonah.

Hast du mit i-h-r geredet?, fragte Bree.

Kugel setzte sich neben Jonah an den Tisch.

Sie ist eine Ü-b-e-r-l-e-b-e-n-d-e, Schatz.

Bree kam mit dem Rühreiteller und knallte ihn scheppernd vor Kugel hin.

Wer ist das nicht, sagte sie.

Bree war als Kind missbraucht worden – ihr Vater war gewalttätig gewesen und hatte ein Alkoholproblem gehabt, ihre Mutter war schwach gewesen und hatte ein Selbstwertproblem gehabt –, und an ihrem sechzehnten Geburtstag zog sie aus und ging nach New York. Seitdem hatte sie kein Wort mehr mit ihnen gesprochen. Am Beginn ihrer Beziehung wollte Bree darüber sprechen, und Kugel wollte ihr zuhören. Wie seine Mutter fand er allerdings, dass er, verglichen mit Bree, nicht genug gelitten hatte und nicht geeignet war, ihr Ratschläge zu geben oder sich gar mit ihr zu identifizieren. Was war ein abwesender Vater schon verglichen mit einem missbrauchenden? War ein guter Vater, der ging, so schlecht wie ein schlechter Vater, der blieb?

Welcher ist schlimmer?, hatte Kugel gefragt.

Beide sind schlimm, hatte Bree gesagt.

Ja schon, sagte Kugel, aber welcher ist schlimmer?

Es genügt, wenn du zuhörst, hatte Bree gesagt, doch Kugel wollte ihr unbedingt helfen, selbst wenn die einzige ihm vorstellbare Art, ihr zu helfen, war, ihr zu helfen, sich selbst zu helfen. Mit Büchern. Bücher waren immer seine Antwort gewesen, und er kaufte ihr so viele Ratgeber-Bücher – Dieses überwinden, Jenes aufarbeiten, Mit seinem Sonstwas zurechtkommen –, dass sie bald gar nicht mehr über sich reden wollte, denn sie fürchtete, dass dieser Teil ihrer Vergangenheit, über den sie einfach nur reden, den sie ihm mitteilen musste, für Kugel nun zu ihrem bestimmenden Merkmal wurde. Sie war nicht mehr Bree, sie wurde zu Bree der Leiden, Bree des Ledergürtels, Bree des geworfenen Schuhs, zu Bree, der Schutzheiligen erwachsener Kinder von Alkoholikern.

Ich habe einmal gelitten, erklärte Bree. Aber ich bin keine Leidende.

Kugel wusste nicht recht, ob er die Unterscheidung begriff.

Der Mieter erschien in der Tür. Kugel war nicht in der Stimmung für ihn. Er wollte nichts über den verdammten Dachboden hören. Überall auf der Straße lagen tote Backenhörnchen. Wusste das dieser Esel überhaupt? Juckten ihn diese armen, toten, optimistischen Backenhörnchen überhaupt?

Der Mieter kam nicht herein, sondern blieb in der Tür stehen, die Arme vor der Brust verschränkt.

In diesem Haus, Mr Kugel, riecht es nach *Scheiße.*

Kugel spürte, wie in seinem Herzen eine sengende Wut

wuchs, eine Wut, die er im ganzen Körper spürte, in den Fingern, in den Zehen. Vielleicht verdankte sich diese Wut ja dem Schlafmangel, vielleicht einfach allem – Anne und Mutter, Bree und Eve, Fahrrädern und Backenhörnchen, der Vergangenheit und der Gegenwart –, aber auf einmal hatte er die Gewissheit, dass seine Lage nicht so verzweifelt geworden wäre – ja, es gäbe überhaupt keine Schwierigkeiten –, wenn dieser verdammte Mieter nicht wäre, wenn nicht seine verdammten Klagen, seine verdammte Frechheit, seine verdammte Arroganz wären; wenn nicht seine verdammte Habgier, Falschheit und Selbstsucht wären, wäre die Situation dann überhaupt so aus dem Ruder gelaufen oder so vollkommen aussichtslos geworden?

Es würde mich ja nicht überraschen, fuhr der Mieter fort, nichts von dem Hass ahnend, der sich in dem Mann vor ihm aufbaute, dass es nach Pisse riecht. Als ich hier einzog, roch es nach Pisse. Aber dieser Scheißegeruch, Mr Kugel, der ist kein …

Kugel stand unvermittelt auf, stieß dabei den Stuhl um und zeigte zornentbrannt auf den Mieter.

Raus!, brüllte er.

Der Mieter wich zurück.

Raus, wiederholte Kugel laut, wobei er einen Schritt auf ihn zuging, oder halten Sie das Maul. Hören Sie auf, mich zu bedrohen, sich bei mir zu beschweren, hören Sie auf mit allem, oder so wahr mir Gott helfe, ich setze Sie mit ihrem Arsch vor die Tür.

In Kugels Ohren hämmerte das Blut. Wenn es zu einem Handgemenge kam, dachte er, könnte er den Hundesohn womöglich umbringen.

Solomon!, sagte Bree.

Jonah fing an zu kreischen.

Der Mieter drehte auf dem Absatz um und ging.

Bree nahm Jonah auf den Arm, und nun hatte Kugel einen zornigen Finger vor der Nase.

Sorg du lieber dafür, dass er nicht geht, zischte Bree. Dann zeigte sie an die Decke und fuhr fort: Und sorg dafür, dass sie geht.

Sie schnappte Jonahs Brotdose vom Küchentresen und stürmte aus der Küche.

Bree, sagte Kugel, ihr folgend.

An der Haustür blieb sie stehen und funkelte ihn an.

Und wenn deine Mutter nicht bald s-t-i-r-b-t, sagte sie, dann t-ö-t-e ich sie eigenhändig.

Sie knallte die Tür hinter sich zu.

Kugel stand da, die Hände in den Hüften, den Kopf gesenkt. Die Stille, die hinter ihnen hereinströmte, beruhigte ihn immerhin.

Tapp.

Kugel schloss die Augen.

Tapp-tapp.

Nicht auf die Klappe klopfen, sagte Kugel laut.

TAPP.

TAPP-TAPP.

Nicht auf die Klappe klopfen, sagte er wieder, diesmal lauter. Er warf sich auf den Fußboden und brüllte in die Klappe, Tränen des Zorns und der Frustration verschlierten ihm den Blick.

Nicht auf die Klappe klopfen! Nicht auf die Klappe klopfen! Verlassen Sie bitte mein Haus, ja? Wir haben alle unsere Probleme. Sie sind nichts Besonderes! Sie sind Durchschnitt, Sie sind normal – wissen Sie das? Sie sind todlangweilig, Sie haben gekniffen, Ihre Probleme sind Vergangenheit, Sie haben den verdammten Dachboden, also hören Sie auf zu klagen. Ich bin hier unten, ich versuche zu leben, versuche, mit der wirklichen Welt klarzukommen, während Sie sich verstecken, rumzicken und jedem seine Scheiße versauen, bloß nicht die eigene, also seien Sie still, seien Sie einfach *still.* Zweiunddreißig Millionen Auflage, zweiunddreißig Millionen Auflage, das haben Sie für Ihre Schmerzen gekriegt. Was kriege ich für meine? Was kriegt überhaupt irgendwer für seine? Nichts, einen Scheißdreck, man kriegt wieder einen neuen gottverfluchten Tag lang Scheißdreck und danach wieder einen, also seien Sie still, ja? Seien Sie einfach still!

Kugel hörte die Hintertür aufgehen. Gleich darauf erschien Mutter.

Der Mais kommt so schön, sagte sie. Und die Avocado – wer hätte das gedacht? Ich hab's ja immer gewusst, ich habe einen grünen Daumen. Aber wer kann sich schon um einen Garten kümmern, wenn man immerzu rennen muss, immer fliehen, wenn man immer gejagt wird? *Bah.* Und es nimmt kein Ende, kein Ende. Sie lassen uns keinen Augenblick Frieden.

Sie seufzte schwer.

Was machst du auf dem Fußboden? Mit wem sprichst du?

TAPP.

Was ist das für ein Lärm?, fragte Mutter.

TAPP-TAPP.

Und da erkannte Kugel – auf dem Fußboden, auf allen vieren, in eine stinkende Klappe brüllend, so vor seiner Mutter kauernd, die vor ihm stand und sich an einem Arm voller Gemüse freute, das sie gar nicht gezogen hatte – die Lösung seines Anne-Frank-Problems.

Sie stand direkt vor ihm.

Er hatte es ja schon vorher erwogen – Mutter musste immer die größte Leidende im Raum sein –, aber jetzt war er sich ganz sicher. Ihm laufen die Tränen über die Wangen, und sie redet nur davon, dass sie aus ihrem Garten gejagt wird.

Mutter, sagte er und richtete sich langsam wieder auf, ich muss dir etwas sagen.

Er führte sie ins Wohnzimmer zum Sofa und setzte sich neben sie.

Wer ist gestorben?, fragte sie.

Niemand ist gestorben, sagte Kugel. Ich will dir ja keine Angst einjagen, aber neulich Nacht habe ich eine Frau entdeckt, viel älter als du – die sich auf unserem Dachboden versteckt hält.

Mutter hielt die Luft an.

Auf *unserem* Dachboden?

Kugel nickte. Oben gab es einen lauten Schlag.

Das ist sie, sagte Kugel.

Du nimmst mich auf den Arm, sagte Mutter.

Kugel schüttelte den Kopf.

Und noch etwas sollst du wissen.

Kugel betrachtete ihr Gesicht aufmerksam, als er die nächsten Worte sagte: Es ist eine Überlebende, Mutter.

Mutter runzelte die Stirn und erstarrte, verschränkte die Arme vor der Brust.

Bingo.

Eine Überlebende?, sagte Mutter. Ach komm. Wovon?

Eine Holocaust-Überlebende, Mutter. Sie hat Zahlen. Und sie sagt – und da brauche ich jetzt deine Hilfe, Mutter –, sie sagt, sie ist Anne Frank.

Um Himmels willen, sagte Mutter. Soll das ein Scherz sein?

Kugel schüttelte langsam den Kopf. Er erklärte ihr, er habe versucht herauszufinden, ob sie auch wirklich die war, für die sie sich ausgab, er habe gewisse Anrufe getätigt, gewisse Erkundigungen eingezogen, aber es sei nicht einfach, und sie sehe auch aus wie Anne Frank, und ihre Geschichte enthalte auch ein gewisses Maß an Plausibilität.

Hast du die Polizei angerufen?, fragte Mutter.

Nein.

Hast du das Simon Wiesenthal Center angerufen?

Ja.

Und?

TAPP, TAPP-TAPP. TAPP, TAPP-TAPP.

Kugel blickte hinab zur Klappe.

Sie ruft mich, sagte Kugel.

Wie?

Sie klopft auf die Klappen.

Warum klopft sie denn auf die Klappen?

Sie ist sehr pflegeintensiv, sagte Kugel. Komm, wir gehen mal rauf.

Jetzt?

Mutter hatte Angst, aber Kugel versicherte ihr beim Hinaufgehen, es sei schon okay, und wenn sie sich wirklich unwohl fühle – nun, es sei ja auch ihr Haus, dann solle sie der alten Frau nur ruhig sagen, sie solle gehen, bloß verschwinden, sich einen anderen Dachboden suchen. Er setzte noch hinzu, aufgrund ihrer Zeit im Krieg sei sie sicher besser in der Lage als er, herauszufinden, ob die Frau lüge. Nicht nur ob sie Anne Frank, sondern ob sie überhaupt im Krieg gewesen sei. Falls sie finde, beruhigte Kugel Mutter, die alte Frau sei eine Betrügerin und dass sie sofort gehen müsse, nun, dann würde er ihren Wünschen entsprechend handeln. Schließlich sei das ja auch ihr Haus.

Kugel zog die Dachbodentür herunter und klappte die Treppe auseinander.

Ich habe Angst, sagte Mutter.

Dazu gibt es gar keinen Grund, Mutter, sie ist ganz alt. Sie könnte keiner Fliege was zuleide tun.

Kugel rief die Treppe hinauf nach Anne, sie solle herunterkommen.

Anne?, rief er. Anne, sind Sie da?

Nichts.

Tagsüber schläft sie, sagte er zu Mutter.

Das ist doch absurd, sagte Mutter.

Er wartete noch einen Augenblick.

Anne, rief er, ich bin's. Ich habe Sie klopfen hören. Ich habe gedacht, ich komme mal nachsehen, ob Sie was brauchen.

Er lächelte Mutter an, zwinkerte ihr zu und machte mit dem Finger die »Sie ist bekloppt«-Geste, indem er ihn seitlich am Kopf rotieren ließ.

Alles in Ordnung, Anne, rief er wieder. Ich möchte Ihnen gern meine Mutter vorstellen, ich habe ihr alles über Sie erzählt. Sie findet Ihr Buch toll.

Es kam noch immer keine Antwort, und Mutter fragte Kugel, ob er sie auf den Arm nehme, ob der Umzug vielleicht zu viel für ihn gewesen sei. In dem Moment erscholl ein lautes Krachen, als polterte eine der Aufbewahrungskisten auf den Fußboden über ihnen; Mutter fuhr zusammen und packte Kugel am Arm.

Alles ist gut, sagte Kugel.

Über ihnen schlurfte nun etwas, schleppte sich zur Treppe, und endlich spähte die hässliche Frau über die Kante.

Mutter ächzte.

O du lieber Gott im Himmel, sagte sie.

So weit, so gut, dachte Kugel. Bei Tag war sie, wie er wusste, noch abstoßender, als wenn sie sich in die dunklen Nischen drückte. Kugel hörte, wie Mutter der Atem in der Kehle stockte.

Anne Frank, sagte Kugel, das ist meine Mutter. Mutter, das ist Anne Frank.

Mutter schlug sich die Hände auf den Mund, die Augen weit aufgerissen. Anne Frank, auf eine Hand gestützt, hielt den halb gegessenen Laib Hesekielbrot in der anderen.

Was zum *Teufel,* sagte Anne Frank, soll das denn sein?

Hesekielbrot, sagte Kugel.

Habe ich um Hesekielbrot gebeten?, schrie sie plötzlich. Hm?

Nein, sagte Kugel, von ihrer Heftigkeit verblüfft. Aber ich …

Natürlich nicht, brüllte Anne Frank, weil ich auch gar nicht weiß, was das ist. Aber ich weiß, was es nicht ist, Mr Kugel. Es ist nicht Matze!

Damit holte sie aus und warf das Brot die Treppe hinunter. Kugel musste sich ducken, um nicht von ihm getroffen zu werden, und so knallte es hinter ihm auf den Boden.

In Auschwitz hätten Sie keine fünf Minuten überlebt!, schalt Anne Frank ihn. Keine fünf Minuten!

Kugel richtete sich auf und sah dem Brot nach, wie es hinter ihm über den Flurboden kollerte. Dann drehte er sich zu Anne Frank um.

Bergen-Belsen, sagte Kugel.

Erst war ich in Auschwitz, Sie Idiot, sagte Anne Frank. Sie haben ja wohl auch mein Tagebuch gelesen.

Mutter sah ihn vorwurfsvoll an und seufzte.

Ich habe *Nacht* gelesen, sagte Kugel. Als es bei Oprah war. Also, in ihrem Buchclub.

Daraufhin kreischte Anne Frank auf, nahm die schwere Glasflasche mit den Multivitamintabletten für Senioren, die neben ihr stand, und warf sie ebenfalls nach Kugel. Und dieses Projektil traf sein anvisiertes Ziel bedauerlicherweise genau zwischen die Augen, und Kugel fuhr ein stechender Schmerz durch den Schädel. Erst wusste er nicht, ob die Flasche oder seine Knochen gebrochen waren. Dann stellte sich heraus: beides. Er fiel auf die Knie, hielt sich einen Moment beide Hände vors Gesicht und dann vor die Augen, als betete oder flehte er, verblüfft von dem Blut, das seine Handflächen bedeckte.

Wenn ich um Matze bitte, sagte Anne Frank, dann will ich auch Matze. Ich versuche zu schreiben, Mr Kugel. Prosa zu formulieren, etwas zu schildern, das … Glauben Sie denn, das ist einfach? Zweiunddreißig Millionen Auflage, Mr Kugel. Und was bekomme ich von Ihnen dafür? Elie Wiesel. Oprah Winfrey! Kein Matze! Keinen Hering! Keinen Borschtsch! Vitamine! Vitamine!

Sie nahm einen Strick, der Kugel noch gar nicht aufgefallen war und den sie so an die Treppe gebunden hatte, dass diese sich, wenn sie, wie jetzt, daran zog, angehoben wurde und sich zusammenlegte. Und dann wurde die Dachbodentür knallend zugezogen.

Sie hörten, wie Anne Frank über ihnen zu ihren Kartons zurückschlurfte.

Noch immer auf den Knien, merkte Kugel, dass seine Stirn schon anschwoll. Das Blut aus der Wunde von der zerschellenden Glasflasche rann ihm an der Nase herunter, und sein Kopf pochte vor Schmerzen.

Er blickte zu Mutter hoch, die zur geschlossenen Dachbodentür schaute, Augen und Mund weit geöffnet, die Hände auf die Brust gepresst.

Sie ist ein wenig pflegeintensiv, murmelte Kugel.

Mutter schüttelte den Kopf.

Sie ist großartig, ächzte sie.

Verdammt, dachte Kugel.

16.

Es war schon weit nach Mittag, als Wilbur Messerschmidt sen. in Bademantel und Hauslatschen die Haustür öffnete.

Kugel, sagte er.

Senior, sagte Kugel. Die Einheimischen nannten ihn immer nur Senior, und Kugel, der sich schon auf einen Streit und Leugnungen eingestellt hatte, hielt es für hilfreich, zunächst eine Vertrautheit herzustellen.

Senior beugte sich vor, um die golfballgroße Beule auf Kugels Stirn und das violette, halb geschwollene Auge darunter besser sehen zu können. Die Risswunde war fast drei Zentimeter lang. Am Vormittag hatte er sie eine Zeitlang mit Eis gekühlt, während Mutter auf der Suche nach Matze mit Feuereifer jeden Lebensmittelladen der Stadt anrief. Er erwog sogar, ins Krankenhaus zu fahren, um den Riss nähen zu lassen, dachte dann aber, dass *Anne Frank hat mich mit Vitaminen beworfen* in der Notaufnahme nicht allzu gut ankäme. Auch Folgendes dachte er:

In Auschwitz wurde niemand genäht.

Da hatten sie auch kein Paracetamol.

Da wurde morgens um vier zum Appell angetreten, und der hat stundenlang gedauert.

Ich hätte keine fünf Minuten überlebt.

Senior schnalzte kopfschüttelnd mit der Zunge.

Sieht mir fast so aus, als hätten sie sich mit den falschen Leuten angelegt, sagte er.

Die Vergangenheit ist die Gegenwart, sagte Kugel.

Da kann ich Ihnen nicht folgen, sagte Senior.

Kugel roch den Whiskey in seinem Atem.

Es ist wegen des Hauses, sagte Kugel.

Was ist mit dem Haus?

Kugel seufzte.

Wegen der alten Schachtel, die ich darin entdeckt habe, sagte Kugel.

Er wartete auf eine Antwort, etwas Verräterisches, ein bestätigendes Flackern in den Augen. Nichts kam.

Die alte Schachtel?, sagte Kugel. Auf dem Dachboden?

Senior schüttelte den Kopf.

Nerven wie Drahtseile, dachte Kugel. Müsste man sich auf einem Dachboden verstecken, dann wäre Senior keine schlechte Adresse.

Hat Ihr Sohn Ihnen gegenüber etwas erwähnt?, fragte Kugel, wegen der alten Schachtel, die ich auf dem Dachboden gefunden habe?

Ach, der, der kommt und geht, wie er will, sagte Senior und wedelte zornig mit der Hand. Ständig, kommt und geht. Kümmert sich um alles, bloß nicht um seine verdammte Familie.

Haben Sie nicht etwas dagelassen?, fragte Kugel in dem Versuch, wieder zum Thema zurückzukommen. Auf dem Dachboden, Senior, haben Sie da nicht was vergessen?

Eine alte Schachtel etwa?

Genau.

Nö. Kann mich nicht erinnern, eine alte Schachtel dagelassen zu haben. Was war denn drin?

Ich rede, sagte Kugel, von einem gewissen bekannten Holocaust-Opfer.

Senior neigte den Kopf.

Auf dem Dachboden, fügte Kugel hinzu.

Elie Wiesel?, fragte Senior.

Kugel verschränkte die Arme vor der Brust.

Sie haben mir ein Haus mit Anne Frank drin verkauft, sagte er.

Senior blickte zu Boden und seufzte tief. Dann nickte er langsam, drehte sich um, ging ins Haus und bedeutete Kugel, ihm zu folgen.

Die Messerschmidts wurden zu einer der Gründerfamilien Stocktons, nachdem sie mit der großen Einwandererwelle Mitte des 19. Jahrhunderts in die Staaten gelangt waren. Sie waren mit dem Schiff nach New York gekommen, aber eigentlich waren sie, wie viele deutsche Einwanderer, Bauern und Baumeister. Jene ersten Jahre waren schwierig, daher zog die nächste Generation aufs Land, wo sich geeignetere Arbeit fand. Sie nahmen alles Geld, was sie hatten, und erwarben ein steiniges, trockenes Stück Land, dem sie einige dürftige, aber doch begehrte Feldfrüchte abrangen. Binnen kurzem war aus ihrem kleinen Besitz eine stattliche Farm geworden. Die Familie wuchs und das Geschäft florierte, und so kauften die Messerschmidts noch mehr Land, auf dem sie noch mehr Bauernhäuser errichteten, und viele der Häuser, die sie bauten, stehen heute noch. Die ursprüngliche Messerschmidt'sche Farm – ein Foto davon hing in Seniors Wohnzimmer überm Sofa, eine gerahmte Reproduktion hängt noch immer im Stocktoner Rathaus – und eine zweite, noch größere, von ihrem Sohn Angus erbaut, gehörten zu den Häusern, die der Brandstifter angezündet hatte. Diese Anschläge trafen die Einwohner von Stockton besonders schwer, und sie hatten eine kleine Spendenkampagne gestartet, um genaue Nachbildungen der beiden Häuser an genau den Stellen zu errichten, an denen die Originale einmal gestanden hatten.

Egal, sagte Senior – sie waren im Wohnzimmer seines kleinen Ranch-Hauses, und Senior stand am Tisch hinterm

Sofa und schenkte sich ein weiteres Glas ein –, die Messerschmidts, die hierherkamen, wollten eigentlich nichts weiter, als in Ruhe gelassen zu werden. Das war damals die wahre Verheißung Amerikas. Die Leute waren auf nichts weiter aus als ein bisschen Raum und Einsamkeit.

Die Whiskey-Flasche in der einen, das Glas in der anderen Hand, ließ Senior sich schwer in den Ohrensessel am Kamin fallen.

Meine Vorfahren waren keine stolzen Amerikaner, fuhr er fort, das gebe ich zu, aber stolze Deutsche waren sie auch nicht. Nichts ist gefährlicher, als auf Boden stolz zu sein, sag ich immer. Dreck ist Dreck, alles ziemlich dasselbe. Na, damals lief alles ziemlich gut für sie mit ihrem Bauen und Pflanzen und so weiter und so fort. Dann kam der Erste Weltkrieg. Teddy Roosevelt, dieses fette Schwein, machte dann einen Aufstand wegen der, wie er sie nannte, *Bindestrich-Amerikaner.* Und schon bald entfernten die Büchereien alle ihre deutschen Bücher, deutsche Straßennamen wurden umbenannt. Verflucht, wir Bindestrich-Amerikaner sind durch die Gegend gerannt und haben Kriegsanleihen gekauft, bloß um unsere Loyalität zu beweisen, haben unsere Namen geändert, haben uns für etwas ausgegeben, was wir nicht waren, wo wir doch von Anfang an weder das eine noch das andere waren, so wie diese ganzen Islamer, die nach dem 11. September Fähnchen und so weiter und so fort ans Auto klebten. Nichts ändert sich. Meine Urgroßeltern machten aus Messerschmidt Messersmith, was meine Großeltern dann ein paar Jahre später sogar bis zu Smith verkürzten. In ungefähr fünf amerikanischen Jahren ging's von Messerschmidt zu Smith, da kannst du mir den Arsch segnen. Kannst du sie nicht schlagen, schließ dich ihnen an, so heißt's doch, aber ich sag Ihnen, was ich sag: Ich sag, die meiste Zeit kann man sie nicht schlagen, und die übrige Zeit lassen sie einen sich eh nicht anschließen, was bleibt einem dann also? Whiskey?

Nein, danke, sagte Kugel. Aber wegen Anne Frank.

Tja, fuhr Senior fort, der Krieg ging zu Ende, und mein Vater und seine Frau beschlossen, ihren Namen wieder zu Messerschmidt zurückzuändern, gerade rechtzeitig für den Zweiten Weltkrieg, und dann alles wieder von vorn. Deutsche wurden in Lagern interniert, aber wir hatten das Glück, dass die Amis die Japsen noch mehr hassten als uns, vielleicht haben wir auch bloß mehr wie sie ausgesehen, also sind wir ein bisschen besser weggekommen. Meine Eltern waren inzwischen Amerikaner der dritten oder vierten Generation – mein Vater hat das Haus gebaut, in dem Sie jetzt wohnen –, und hatten verdammt noch mal mehr Yankee als Nazi in sich, aber eins sag ich Ihnen – als die Geschichten rumgingen, was die Nazis mit den Juden gemacht haben und so, also, da haben sie sich genauso gefühlt, als wenn sie's selber getan hätten. Schlimme Sache das, werd ich nie vergessen. Zu der Zeit war ich ein kleiner Junge, aber sie haben mir die ganzen Bilder von den Lagern und den Leichen gezeigt. Schlimme Sache. Ich wette das ganze Geld, das ich nicht hab und nie hatte, dass es im Umkreis von tausend Meilen um unser Haus keine Menschenseele gab, die die Deutschen mehr gehasst hat als meine Eltern. Wollten keinen Tropfen mehr von dem deutschen Blut in sich. Mit Anfang zwanzig hab ich meine geliebte Esther kennengelernt, möge sie in Frieden ruhen, und einige Zeit später haben wir geheiratet. Hat nicht lange gedauert, dann ist mein Vater gestorben, und meine Mutter ist ihm ziemlich bald hinterher. Ja, und dann haben wir halt das Haus gehabt. Ich und meine Frau, wir haben dann ihre Habseligkeiten zusammengepackt, haben geputzt und so weiter und so fort, tja, und da haben wir sie dann auf dem Dachboden entdeckt.

Die alte Frau.

Senior nickte und leerte sein Glas.

Anne Frank, sagte er.

Sie ist doch gar nicht Anne Frank.

O doch, doch, Sir. Das weiß ich genau. Sie ist es wirklich, sagte Senior. Und ein verrücktes Huhn. Kann's ihr aber nicht verdenken, nach allem, was sie durchgemacht hat. Schlimme Sache das, ganz schlimm. Sie können sich ja denken, dass Esther wollte, dass ich sie vor die Tür setze, und zwar pronto, aber Esther war ja auch keine Deutsche. Ich bat sie, mich nicht dazu zu zwingen. Wie kann man als Deutscher Anne Frank vom Dachboden vertreiben?, hab ich sie gefragt. Kannst du dir die Schlagzeilen vorstellen? *Nazi schlägt wieder zu? Einheimischer bringt es auf sechs Millionen und eine?* Nein, nein, vielen Dank. Ich leb lieber zurückgezogen. Also, ich hab Esther dann das Tagebuch zu lesen gegeben, und das hat sie ziemlich mitgenommen, und sie hat eingewilligt, Anne Frank noch ein bisschen bleiben zu lassen, bis sie das Buch fertig hatte, an dem sie damals schrieb.

Sie arbeitet immer noch dran, sagte Kugel.

Senior zuckte die Achseln.

Dürfte nicht einfach sein, sagte er. Zweiunddreißig Millionen Auflage, das ist kein Pappenstiel. Aber diese ersten Jahre waren gar nicht so schlecht. Sie hat Tag und Nacht gearbeitet. Ich hab ihr immer mal wieder Essen gebracht, das war's. Als dann Wilbur Junior daherkam, na, da wurd's ein bisschen stürmischer. Junior weinte viel als Baby und spielte viel als kleiner Junge, und mit dem ganzen Lärm hat er die arme Anne Frank verrückt gemacht. Er hat sie dann aber Tante Frank genannt, und als er dann bisschen älter war, sind sie miteinander ganz vertraut geworden. Esther ist verstorben, als Junior fünfzehn oder so war – schwache

Pumpe –, und, na ja, das ist mir ziemlich an die Nieren gegangen. Ziemlich. Ich bin nicht perfekt, Mr Kugel, und wohl noch nicht mal ein besonders guter Mensch. Zu viel getrunken, nicht genug nachgedacht, was soll ich sagen? Bin nicht anständig mit dem Jungen umgegangen, leider, wahrscheinlich wird er mir das auch nicht mehr verzeihen. Kann's ihm nicht verdenken. Schlimme Sachen hab ich mit ihm gemacht, schlimme Sachen.

Sie haben mich angelogen, sagte Kugel und stand auf. Sie haben gesagt, mit dem Haus ist alles in Ordnung.

Wollen Sie mich verklagen?, sagte Senior. Sie sehen hier alles, was ich hab. Ich hatte nicht vor, sie Ihnen aufzuhalsen, Mr Kugel. Als die Frau vom Maklerbüro sagte, Sie sind Jude, dachte ich, der Herr persönlich hat Sie geschickt, so wie seinen jüdischen Sohn Jesus. Ein Deutscher kann Anne Frank nicht aus dem Haus werfen, ein Jude aber verdammt noch mal sehr wohl.

Ein Jude kann Anne Frank auch nicht aus dem Haus werfen, sagte Kugel.

Jedenfalls eher als ein Deutscher, das steht fest, sagte Senior. Sehen Sie, Mr Kugel, es tut mir leid, wirklich. Aber verdammt, ich habe mein Päckchen getragen. Ich hab die besten Jahre meines Lebens damit verbracht, für etwas zu büßen, was ich nicht getan hab, was meine Eltern nicht getan haben, was getan wurde, bevor ich überhaupt geboren war. Ich will mich nicht beklagen, aber ich bin so ziemlich ausgebüßt, und dabei hab ich noch nicht mal für die Sachen gebüßt, die ich getan hab. Sie werden vergessen, dass sie da ist. Es dauert vielleicht ein bisschen, aber bald werden Sie sie vergessen. Gut, Sie müssen ein bisschen mehr für Essen ausgeben, vielleicht hören Sie nachts mal das eine oder andere, aber das war's dann auch schon. Sie hält sich ganz gut da oben, macht nicht viel außer schlafen und schreiben.

Unglaublich, murmelte Kugel.

Senior goss sich noch einen Whiskey ein.

Wir haben alle unser Kreuz zu tragen, Mr Kugel. Wollten Sie sich noch nie einfach mal verstecken? Haben Sie noch nie gedacht, die Welt ist zu verdammt hässlich, als dass Sie ihr noch einen Tag gegenübertreten wollten? Haben Sie sich noch nie gefragt, in was für eine Welt man Sie da gezerrt hat, in was für eine Welt Sie Ihr Kind gezerrt haben? Man kann die Kleinen nicht beschützen, vor keinem, nicht mal vor sich selber. Nee, ich kann's ihr nicht verdenken, kein bisschen. Nicht, dass sie sich versteckt, und schon mal gar nicht, dass sie schreibt. Wir machen alle Fehler, Mr Kugel. Gott weiß, ich hab Fehler gemacht. Dann kommt man an einen Punkt, da merkt man, das war's jetzt, jetzt ist der größere Teil der eigenen Lebensgeschichte geschrieben, und man ist nicht sonderlich begeistert über die Seiten, die man schon zusammenhat. Vielleicht kommt sie Ihnen zu traurig vor, und Sie wünschten, sie wäre glücklicher, vielleicht kommt sie Ihnen zu glücklich vor, und Sie haben ein schlechtes Gewissen und wünschten, sie wäre trauriger. Also fangen Sie an, sie umzuschreiben. Wie wir alle. Hier ein bisschen was dazu, da ein bisschen was weg. Vielleicht sind Sie ja noch nicht alt genug, Gott segne Sie, aber kommenden Januar werd ich zweiundsiebzig. Alle in meinem Alter, die ich gekannt hab, sind tot, und jeder Jüngere, den ich kenne, wartet darauf, dass ich abtrete. Ich schließe meine Türen zweimal ab, bin immer zu Hause, bevor es dunkel ist. Ich nehm keine Brieftasche mehr mit. Meine Brieftaschentage sind vorbei. Wussten Sie, dass es ein Ende der Tage gibt, an denen man eine Brieftasche mitnimmt? Daran denkt man nie. Das ganze Leben lang sorgt man sich, wie viel man in der Brieftasche hat, wo man sie gelassen hat, wo hab ich diese Quittung hin, wo ist meine Kreditkarte, warum find ich nie meinen Führerschein in diesem verdammten Ding, und nie denkt man daran, dass der Tag kommen wird, an dem man so schwach und verletzlich ist, dass man dieses gottverdammte Ding nicht mehr mitnehmen kann. Ich hab bisschen Bares dabei, paar Scheine – man muss immer ein paar Scheine dabeihaben, für den Jungen, der einen überfällt. Die sind brutaler, wenn man gar nichts hat, heißt es jedenfalls. Ich weiß nicht, ob das stimmt, aber ich bin nicht besonders scharf drauf, es rauszufinden. Und dabei hab ich ja nicht das durchgemacht, was Anne Frank durchgemacht hat. Ich hab nie ein echtes Todeslager oder eine Gaskammer gesehen, aber Angst bleibt Angst. Wünschen Sie sich nie, Sie könnten Ihre hübsche Frau und diesen unschuldigen kleinen Jungen nehmen und euch alle irgendwo auf einem Dachboden einschließen? Wünschen Sie sich nicht manchmal, Sie müssten nie wieder raus und hätten den einen Menschen gefunden, der so nett ist – und ein netter Mensch würde ja reichen –, der Ihnen ab und zu mal was zu essen bringt? Na, ich schon. Glauben Sie's einem, der's wissen muss, Mr Kugel, das einzig Goldene an den goldenen Jahren ist, dass er fast vorbei ist, der ganze Scheiß. Wenn ich einen fände, der mich auf seinen Dachboden lässt, wo ich meine Lebensgeschichte umschreiben und aufs Ende warten kann, ich würd's auf der Stelle tun.

Kugel hörte eine Autotür zuknallen und trat ans Fenster. Draußen war Will mit seinem Pick-up vorgefahren und lief nun den Weg zum Haus heran.

Ich habe schon überlegt, mir einen Hund anzuschaffen, sagte Kugel.

Ich hab schon überlegt, mir eine Waffe anzuschaffen, sagte Senior.

Was Großes, sagte Kugel.

Was Kleines, sagte Senior.

Will kam herein, erst mürrisch, aber, als er Kugel sah, lächelte er und sagte: Hey, Mr K, wie geht's?

Gut, sagte Kugel.

Senior stellte unauffällig Whiskey und Glas auf den Boden, wo Will sie nicht sehen konnte.

Freut mich zu hören, sagte Will, freut mich zu hören. Sieht ja aus, als hätten Sie einen Ball da an die Birne gekriegt, Mr K.

So was Ähnliches, sagte Kugel.

Was macht unsere Freundin?

Kugel zuckte die Achseln.

Sie ist ein bisschen pflegeintensiv.

Dann bestellen Sie ihr mal Grüße von mir, sagte Will.

Kugel versprach es. Will ging zur Küche, ohne seinen Vater auch nur mit einem Wort zu bedenken. Senior sah ihm nach.

Yep, sagte Senior und nahm sein Whiskeyglas. Würde selber auch gern bisschen was umschreiben.

17.

Kann ich Ihnen behilflich sein?, fragte die junge Frau am Infostand der Buchhandlung.

Ich suche *Das Tagebuch der Anne Frank*, sagte Kugel.

Das … Tagebuch … der … Anne … Frank, sagte sie, während sie den Titel in den Computer tippte. Hab ich nicht gelesen, setzte sie hinzu. Sollte ich aber.

Mm.

Aber den Film hab ich gesehen, sagte sie. Der war toll.

Kugel nickte.

Welcher Film war das?, fragte er.

Ach, na ja, sagte die junge Frau. Der mit dieser, wie heißt sie noch gleich? Ich kann mich nicht mehr an den Namen der Schauspielerin erinnern … ihre Lehrerin, wissen Sie, und am Ende bringt sie ihr die Zeichensprache bei?

Das ist Helen Keller.

Sie schnippte mit den Fingern.

Ja, sagte sie, ja, genau. Helen Keller. Das ist vielleicht eine Geschichte, wie? So, na ja … einfach wow.

Anregend.

Ja. Sehr anregend. Sie stirbt dann, ja?

Das ist Anne Frank.

Okay, gut, sagte sie fröhlich, dann hab ich also nicht völlig danebengelegen. Hier ist es, es ist in der Memoirenabteilung. Ich bringe Sie hin.

Er hatte nicht vorgehabt, das Tagebuch zu kaufen, doch nach seinem Gespräch mit Senior war Kugel zu der Ansicht gelangt, dass er Anne Frank wohl am besten loswerden konnte, wenn er ihr half, das Buch zu Ende zu schreiben. Er wollte es ihr nicht so direkt sagen, aber vielleicht war ein Roman ja nicht ganz dasselbe wie ein Tagebuch. Vielleicht brauchte sie Hilfe. Er suchte ein paar Bücher über Kreatives Schreiben für sie heraus – Ein Leitfaden für dies, das Handbuch des Sonstwas – und beschloss dann, noch das eine oder andere Buch über den Holocaust mitzunehmen.

Eins hätten wir da, sagte die junge Frau am Infostand und schaute angestrengt, wie unter Schmerzen, auf den Computerbildschirm. *Butcherworld: Eine Geschichte*.

Buchenwald, sagte Kugel.

Er überlegte, ob Anne Frank Hunger hatte.

Und eins, sagte sie, über Austerlitz.

Auschwitz, sagte Kugel.

Er überlegte, ob sie mehr Druckerpapier brauchte.

Und da fragte er dann nach dem Tagebuch.

Kugel bezahlte für die Bücher und ging (die Holocaust-Bücher waren, wie ihm auffiel, um zwanzig Prozent reduziert). Auf dem Heimweg ging er noch kurz zu Vince's, dem Haushaltswarenladen.

Meine Katze, sagte Kugel zu Vince, hat in die Heizungsklappe gepinkelt.

Schaffen Sie die Katze ab, sagte Vince.

Ist schon in Arbeit.

Hat eine Katze erst mal in eine Klappe gepinkelt, wird sie's wahrscheinlich auch weiterhin tun.

Ist schon in Arbeit.

Vince empfahl, die Klappen und Röhren mit einer Mischung aus Wasser und Essig zu schrubben und dann das verdammte Ding abzudecken.

Besser wäre natürlich, sagte Vince, Sie schaffen die verdammte Katze ab.

Ist schon in Arbeit.

Kugel erwarb einen Plastikeimer, eine Drahtbürste und eine Schachtel Latexhandschuhe und putzte den Rest des Tages einer Katze hinterher, die es nicht gab, und einer Mutter, die es gab und die an den posttraumatischen Nachwirkungen eines Völkermords litt, den es gegeben hatte, aber nicht bei ihr. Danach ging er zu dem kleinen Gartenschuppen am Waldrand, wo er einen alten Hammer mit Holzgriff und ein rechteckiges Stück Kiefernholzbrett fand, das er auf die Heizungsklappe im Boden von Mutters Zimmer nagelte. Er trieb die Nägel durch das Brett, zerquetschte dabei die Holzfasern mit dem Hammerende, befestigte es so gründlich wie einen Sargdeckel. Das Holz tat ihm nicht leid. Die Nägel taten ihm nicht leid. Problem gelöst. Das war der alte Kugel. Herr der Lage, manchmal jedenfalls.

Er mochte diesen Hammer.

Er mochte diesen Hammer sehr.

In jener Nacht brannte ein viertes Bauernhaus nieder.

Es war fast Mitternacht, und Kugel hatte Bree von seinem Gespräch mit Senior erzählt. Er hatte ihr gesagt, Senior glaube, die Frau sei tatsächlich Anne Frank und dass sie seit vierzig Jahren auf seinem Dachboden sei.

Haben denn alle in dieser Stadt, sagte Bree, den Verstand verloren? Was machen wir hier bloß?

Und da war dann die Feuerwehrsirene losgegangen.

Kugel stand am offenen Schlafzimmerfenster und horchte auf das ausgedehnte, trauervolle Sirenengeheul, das in der Nachtluft langsam anschwoll und verebbte. Er war sicher, Rauch zu riechen, aber das konnte ja auch der Holzofen des Nachbarn sein. Er bedauerte das Holz. Er hoffte, die Holzkinder würden es in Erinnerung behalten. Er fröstelte und schloss das Fenster.

Er sagte: Wir werden vergessen, dass sie da ist.

Das klingt ja ganz so, als wärst du mit ihm einverstanden.

Es ist doch bloß etwas Essen und Wasser, sagte er, das ist doch nicht viel. Sie ist eh bald fertig. Wir werden gar nicht merken, dass sie da ist.

Nein, sagte Bree. Weil sie nämlich geht.

Immerhin, argumentierte Bree, habe Kugels Mutter ihn geboren – Bree verstand, warum er sich verpflichtet fühlte, sie zu beherbergen, sich um sie zu kümmern. Was aber habe diese Frau auf dem Dachboden getan, dass Kugel sich ihr gegenüber derart verpflichtet fühle, sogar noch stärker als seiner Familie gegenüber?

Sag's mir, sagte sie, ich will's einfach nur wissen. Okay, dann ist sie also Anne Frank. Nehmen wir es mal an. Was hat sie gemacht, Sol? Sie hat sich versteckt? Ein Tagebuch geschrieben? Sie wurde erwischt? Ich könnte es ja fast noch verstehen, fast, wenn sich Miep Gies da oben verstecken würde. Sie war eine Heldin, hat ihr Leben für andere aufs Spiel gesetzt, sie hat was geleistet.

Sprich leiser, sagte Kugel.

Sie könnte ja verrückt sein, sagte Bree. Sie könnte gewalttätig sein. Sieh dich doch mal an – ein Auge halb zugeschwollen, eine Wunde auf der Stirn. Wie viel musst du denn noch leiden, bevor du mit ihr fertig bist? Sie könnte krank sein, Sol, sie könnte eine schwere Krankheit haben. Dein Kind ist in diesem Haus, deine Familie, deine Zukunft. Was willst du hier in Ordnung bringen? Wofür büßt du? Für das, was sie durchgemacht hat? Und du nicht? Könnte ein anderer Holocaust-Überlebender sie rausschmeißen, ginge das? Könnten wir Elie Wiesel holen, damit der sie rausschmeißt? Vielleicht hat er ja einen Nebenerwerb, etwas, womit er sein Einkommen aufbessert.

In der Ferne hörte Kugel die Sirene des Feuerwehrautos schrillen.

So wie Bree Kugel nicht verstand, so verstand auch Kugel Bree nicht. Dann bleibt Anne Frank also noch eine Weile auf deinem Dachboden, na und? Man wirft ihr ein bisschen Matze hin und tut sich ab und zu ein bisschen was von ihrem nervigen Geschreibsel an, na und? Wenn sie weg ist, wenn sie ihr Buch beendet hat oder bei dem Versuch gestorben ist, können alle da hochgehen, ihren Scheiß wegschmeißen, die Dachbodentür hinter sich abschließen und glücklich bis an ihr Ende leben. Der Sohn eines Nazis hat sich zehn Jahre lang um sie gekümmert, ein Jude schmeißt sie nach achtundvierzig Stunden raus?

Er schaute vom Fenster zu ihr.

Hast du das Buch überhaupt gelesen?, fragte er sie.

Welches Buch?

Das Tagebuch.

Nein, sagte sie. Du?

Nein, sagte Kugel, ich auch nicht. Aber ich kenne die Geschichte.

Jeder kennt die Geschichte, na und?

Daher ist es tragisch.

Nein, sagte sie. Es *war* tragisch. Wir *dachten*, es sei tragisch. Aber sie hat überlebt, oder? Sie ist da oben auf unserem Dachboden, Kugel, das hat Will jedenfalls gesagt, das hat Senior gesagt. Das ist ein beschissenes Happy End.

Das macht es aber nicht weniger tragisch.

Sterben ist immer tragischer als Überleben, sagte Bree. Hör dir doch nur mal deine Mutter dazu an.

Kugel entdeckte etwas an Bree, das er noch nicht gekannt hatte, und es machte ihm Sorge. Er fragte sich, ob diese ganze Sache eine unüberbrückbare Kluft zwischen ihnen offenbart hatte: Wie konnte sie nur denken, dass Sterben immer tragischer war als Überleben? Kugel glaubte fest daran, dass der Tod nicht immer etwas Schlimmes war – dass das

Leben oft einen solchen Grad an Beschissenheit erreichte, dass Sterben dem Überleben vorzuziehen war. Vielleicht lächelte der lächelnde Mann ja deshalb? Vielleicht war ihm ja bewusst, dass es bald vorbei sein würde. Vielleicht war er ja gar nicht glücklich – vielleicht war er *erleichtert*. Vielleicht klammerten sich ja die anderen, während sie ihn in ihrem Elend ansahen, noch immer an die Vorstellung – Brees Vorstellung –, dass jedes Leben besser als der Tod ist, was angesichts ihrer Lage eine ganz schlechte Nachricht war. Vielleicht wusste der lächelnde Mann – ausgezehrt, krank, seine Angehörigen ermordet, seine Welt die Hölle –, vielleicht wusste er, dass es fast vorbei war, und vielleicht war er froh darüber.

Ich scheiß auf euch alle, ihr Arschlöcher.

Tschü-hüs.

Überleben?, sagte Kugel. Während der letzten siebzig Jahre hat sie wie eine Ratte auf einem Dachboden nach dem anderen gelebt. Das ist viel tragischer, als wenn sie ermordet worden wäre.

Wie kann das Leben tragischer als der Tod sein?, fragte Bree.

Wenn man es auf einem Dachboden verbringt, sagte Kugel.

Glaubst du wirklich, sagte Bree, nun lauter, jemand hätte dieses Scheißbuch gelesen, wenn sie überlebt hätte?

Sprich leiser, blaffte Kugel. Er stellte sich Anne Frank vor, wie sie ihnen da oben, das Ohr an der Klappe, zuhörte, wie sie diese Worte hörte. Sie würden sie bis ins Mark treffen.

Aber natürlich, sagte er laut für Anne Frank. Es sei ein Wahnsinnsbuch, tief empfunden und schön geschrieben.

Weil sie *gestorben* ist, sagte Bree. Es gibt noch ein Dutzend andere Bücher von Überlebenden – Dutzende –, und keiner liest sie. Und weißt du, warum? Weil sie von *Über-*

lebenden sind. Anne Frank lesen die Leute, weil Anne Frank gestorben ist.

Worauf willst du hinaus, Bree?

Darauf, dass der Tod tragischer ist als das Leben, als jedes Leben, weil jedes Leben noch irgendeine Hoffnung birgt. Sie lebt, Kugel – und sie muss weg.

Kugel legte ihre Bettkissen auf die Klappen.

Herrgott, sagte Bree.

Stell dir mal vor, sagte Kugel, zornig flüsternd, stell dir nur mal vor, ein Schwarzer würde Martin Luther King junior in seinem Keller finden, lebend, und ihn rausschmeißen. Was würdest du von dem halten?

Du brauchst Hilfe.

Sie haben ihn angeschossen, das schon, aber sie haben ihn weggeschleift, ihn zusammengeflickt. Aber es hat ihn kaputtgemacht, seine Sinne und seinen Verstand verwirrt – er konnte nicht mehr zurück in die Normalität, Bree, also beschloss er, die Welt solle glauben, er sei tatsächlich ermordet worden, dass es manchmal einfacher sei, auf diesem Planeten zu leben, wenn jeder einen für tot hält. Und wir sitzen eines Abends im Wohnzimmer, du und ich, und sehen fern, und dann heißt es in einer Sendung, dass MLK gar nicht tot ist: dass jemand ihn in seinem Keller entdeckt hat. Ein Schwarzer. Und dass der ihn rausgeschmissen hat. Ein Schwarzer, Sohn von Sklaven, hat Martin Luther King vor die Tür gesetzt. Was würdest du da denken, Bree? Du würdest mich ansehen und den Kopf schütteln und sagen: So ein Arschloch. Und du hättest recht.

Geht es denn darum?, fragte Bree. Was andere glauben? Wann wird das wichtig, was deine Familie glaubt?

Es geht darum, was das Richtige ist.

Dann willst du es also Jonah erzählen? Wer sie ist, was ein Nazi ist, was passiert ist, warum sie hier ist?

Nein.

Dann willst du ihn also anlügen. Ist das das Richtige?

Kugel schwirrte der Kopf. Er fand es schrecklich, sich mit Bree zu streiten, das taten sie fast nie. Es war einer der Grundpfeiler ihrer Beziehung, dass sie, egal worüber sie sprachen, rational, ruhig, kompromissfähig blieben.

Ich werde ihm sagen, dass sie seine Tante Frank ist, sagte Kugel.

Einen Dreck wirst du tun, sagte Bree.

Und dann setzte sie mit beherrschter, frostiger Ruhe noch hinzu:

Wenn du mit Anne Frank über deinem Kopf leben willst, von mir aus gern. Aber mein Sohn – nie im Leben.

Und in der Nacht schlief Bree in Jonahs Zimmer auf dem Fußboden.

18.

Am nächsten Morgen ging Kugel wieder ins Büro und versuchte, seinem Leben eine gewisse Normalität zu geben, doch er war in Gedanken woanders, müde und nervös, und das blieb er auch den ganzen Tag. In Sitzungen war er unbeteiligt, und wurde er in der einen oder anderen Sache nach seiner Meinung gefragt, wusste er nicht, worüber gerade gesprochen wurde. Er rief oft zu Hause an, ungefähr stündlich, legte auf, wenn Bree abnahm (wenngleich erleichtert, dass das Haus nicht abgebrannt war), und wenn Mutter dran war, fragte er sie, wie es Anne ging.

Sie schläft, sagte Mutter dann.

Bestimmt?

Soll ich nachsehen?

Nein, nein, dann weckst du sie ja.

Ich glaube, es geht ihr gut. Glaubst du, es geht ihr gut?

Wahrscheinlich schon.

Soll ich nachsehen?

Kannst du was hören?

Moment … nein.

Vielleicht siehst du doch mal nach.

Die jüngste Rezession hatte auf EnviroSolutions ernstzunehmende Auswirkungen gehabt. Die Gewinne und Marktanteile waren geschrumpft. Als Reaktion darauf erweiterte man die Produktpalette um umweltfreundliche, ökologisch verträgliche Büromöbel. Der Druck, Kaufabschlüsse zu liefern, war immens.

Kugel war eine Weile weg gewesen, und er musste einiges an verlorener Zeit aufholen. Er rief seinen Kunden Mr Thomason an, den Hausmeister der größten Schule am Ort, den Kugel einige Zeit davor als einen von EnviroSolutions größten Recycling-Kunden gewonnen hatte. Es war ein Vertrag gewesen, über den die ganze Firma gejubelt hatte, und Kugel wurde zum Helden erklärt. In Wahrheit aber hatte er einfach nur Glück gehabt. Unter dem Druck von Umweltgruppen hatten Staat und Stadt begonnen, jeder Einrichtung, die einen umfassenden Recyclingplan aufstellte, finanzielle Anreize zu bieten, und Mr Thomason hatte mit Kugel einen derart günstigen Vertrag ausgehandelt, dass er mit dem neuen Plan sogar noch Gewinn machte und die zusätzlichen Boni in die eigene Tasche steckte. Aber niemand bot einen Bonus für umweltfreundliche Büromöbel, und allein in der Vorwoche hatte Mr Thomason schon zwei andere Vertreter von EnviroSolutions abgewiesen.

Hallo, Mr Thomason, sagte Kugel ins Telefon, hier ist Solomon Kugel von EnviroSolutions. Wussten Sie schon, dass die Stühle ihrer Schüler deren Verstand beeinflussen können? Ausgasungen aus Plastikstühlen sind ... Ja, natürlich, das verstehe ich. Ja. Natürlich, ja, aber für nur wenige Dollar pro Stück könnten Ihre Schüler auf umweltfreundlichen Bambusstühlen sitzen, die ihren Verstand retten und dazu noch den Planeten.

Kugel seufzte und rieb sich mit den Fingerspitzen der freien Hand die Augen.

Das wäre, ehrlich gesagt, vielleicht doch etwas übertrieben, setzte er hinzu. Aber wäre das denn nicht toll, Mr Thomason, wenn ein paar Stühle den Planeten retten könnten? Wenn Stühle den Planeten retten könnten, dann wäre ich der glücklichste Scheißer auf der Welt, das kann ich Ihnen sagen. Wir haben Bürostühle aus Hanf, Mr Thomason, die aus nachhaltigem Irgendwas gefertigt sind. Kann ich Sie für Büromöbel aus Hanf interessieren, Mr Thomason? Wenn die Meere ansteigen und uns überfluten, dann können Sie die verdammten Dinger wenigstens rauchen. Aber die Meere steigen ja gar nicht an, Mr Thomason, ich will Ihnen da keine Angst einjagen. Gott selbst hat doch nach dieser ganzen Geschichte mit Noah versprochen, da hat er versprochen, er werde uns nicht überfluten, und, Scheiße, Mr Thomason, wenn man nicht mal mehr Gott trauen kann, na, dann sind wir doch alle am Arsch. Wissen Sie, wer die Welt retten wollte? Hitler. Mr Thomason? Hallo?

Die Verbindung war schon seit längerem unterbrochen, doch Kugel redete einfach weiter.

Vielleicht kann ich Sie, fuhr er fort, für handgefertigte Raumteiler aus recycelter Pappe interessieren? Handgefertigt von, na … vermutlich von Händen. Das ist doch besser als Raumteiler, die nicht von Händen gefertigt wurden, meinen Sie nicht auch, Mr Thomason? Wir alle haben ja doch Hände. Wir alle haben Hände, und wir haben Füße, und wir haben einen Kopf. Wussten Sie schon, dass umfunktionierte Druckertische eine tolle Möglichkeit sind, dieses und jenes zu retten? Das Sonstwas zu schützen? Die Sonne? Haben Sie schon einmal an die Sonne gedacht, Mr Thomason? Ja?

Er brüllte nun zunehmend.

Haben Sie schon einmal an die Sonne gedacht, Mr Thomason? Denken Sie doch mal an die Sonne, Mensch, nur einmal, Herrgott, denken Sie an die Sonne!

Wenn Sie gern telefonieren möchten, sagte das Telefon, dann legen Sie bitte auf und versuchen es noch einmal.

Kugel legte auf und rief gleich darauf zu Hause an.

Geht's ihr gut?, fragte er.

Ich glaube schon, sagte Mutter. Sie hat Hunger.

Das hat sie gesagt?

Nein, aber ich nehme es an.

Sie müsste bald da sein.

Wie bald?

Bald.

Okay.

Sag Bescheid, wenn sie da ist.

Okay.

Okay.

Am Abend davor hatte er für Anne Frank im Internet eine Zwölferpackung Streit's Matze bestellt (*4 Sterne – Leicht und knusprig! Tolle Verpackung!*), und nun ging er erneut online und bestellte ihr ein Glas eingelegten Hering (*3 Sterne*) und eine Sechserpackung Gold's russischen Borschtsch (*keine Bewertung*).

Einer der Verkäufer, er hieß Neil, steckte den Kopf in Kugels Büro.

Alles gut?, fragte er. Ich hab jemand schreien gehört.

Kunden, sagte Kugel. Sehen nicht das große Ganze.

Übles Veilchen, sagte Neil.

In dieser finanziell schwierigen Atmosphäre lenkten Vorgesetzte die Aufmerksamkeit schnell auf die Schwächen und Fehler ihrer Angestellten, und die anderen Mitarbeiter ließen ebenjene Vorgesetzten im Vertrauen wissen, bezüglich des Angestellten X oder Y seien sie völlig einer Meinung mit ihrem Vorgesetzten und teilten seine Sorgen vollkommen. Kugel nahm es ihnen nicht übel. Er verstand und akzeptierte das Wesen des Geschäfts und was es für das Verhalten der anderen bedeutete. So läuft das Geschäft eben, sagte Kugel und meinte damit, dass die Menschen im Privaten weniger hinterhältig und auf den eigenen Vorteil bedacht seien. Das bekümmerte Professor Jove, der darauf beharrte, die normale Welt unterscheide sich in nichts von der Berufswelt, und versuchte, auch Kugel zu dieser Sichtweise zu überreden.

Was sind fünf Anwälte im Treibsand für Sie?, fragte Professor Jove.

Kugel zuckte die Achseln.

Am Arsch, entgegnete Professor Jove. Und wenn einer einem anderen auf den Kopf steigen muss, um sich da rauszuziehen, dann tut er es auch.

Weil er Anwalt ist?

Weil er ein Mensch ist. Das Überleben hat seine eigene Moral, Kugel. Nur ein Idiot würde erwarten, dass einer im Treibsand versinkt, nur um sich anders zu verhalten. Und, Bruder, wir alle stecken im Treibsand. Bis zu den Augäpfeln, vom Augenblick unserer Geburt an. Und wissen Sie, wie man aus dem Treibsand herauskommt?

Ist das jetzt ein Scherz?

Nein.

Keine Ahnung, sagte Kugel. Wie kommt man aus dem Treibsand heraus?

Es gibt zwei Möglichkeiten. Die erste funktioniert nie.

Was ist die erste?

Man wartet darauf, dass jemand einen rettet. Man verlässt sich auf die Freundlichkeit von Fremden.

Und die zweite?

Man rettet sich selbst. Man tritt auf etwas. Ob es lebt oder tot ist, man tritt darauf und zieht sich raus.

Zehn Jahre zuvor war Kugel auf einer Verkaufstagung in Los Angeles gewesen, als wegen einer soliden Serie mehrerer solider Stürme die Flüge im ganzen Land gecancelt und die Flughäfen geschlossen wurden. Es war wenige Tage vor Weihnachten, und noch nachdem die Stürme weitergezogen waren und der Verkehrsbetrieb wieder lief, gab es Rückstau und Verspätungen, weswegen viele über die Feiertage fern der Heimat festsaßen. Da entschied sich die Firma, ein kleines Flugzeug von Los Angeles nach New York zu chartern, das einzig für Mitarbeiter mit Familie im Osten reserviert war – Ehefrauen, Ehemänner, Kinder. Das war seitens der Firma eine ungeheure Demonstration von Feingefühl in einer Zeit schrecklicher Ungewissheit. Doch kaum hatte die Nachricht von dem Charterflugzeug die Runde gemacht, beklagten sich leitende Angestellte, die ebenfalls in Los Angeles festsaßen: Warum soll denn ich hierbleiben?, fragte einer. Warum darf dieser Nobody vor mir nach Hause?, fragte ein anderer. Und so benutzten die höheren Tiere ihren höheren Rang und ihr höheres Dienstalter, um sich in das Flugzeug zu drängen, bis nach und nach sämtliche Mütter und Väter der niederen Chargen weggedrängt waren und im Flugzeug nur leitende Angestellte und ihre Assistentinnen saßen.

Man tritt auf etwas.

Man zieht sich raus.

Johannes zufolge, dem Autor des gleichnamigen Evangeliums, sagte Jesus, als er am Kreuz starb: Es ist vollbracht. Vorbei. Mir reicht's.

Bezog er das auf sein Leben? Oder, wie Kugel annahm, auf die Menschheit, die Menschen, die Gattung, die imstande war, so etwas einem der ihren anzutun? Man sieht nie, wie ein Löwe einen anderen Löwen kreuzigt. Man sieht nie, wie ein Bär einfach wahllos Lachse ermordet, außer er frisst sie; Bären stellen keine Armeen auf, fallen nicht in Flüssen ein, reißen männlichen Lachsen nicht den Kopf ab, vergewaltigen keine weiblichen Lachse und versklaven auch ihre Lachskinder nicht.

Es ist vollbracht, klang für Kugel doch ziemlich wie Scheiß auf euch alle, ihr beschissenen Arschlöcher.

Kugel überlegte, ob Miep Gies wohl getan hätte, was sie

tat, wenn sie Kinder gehabt hätte. Hätte ihr jemand einen Vorwurf machen können, wenn sie es nicht getan hätte? Oder im Gegenteil, vielleicht hätte man ihr Verantwortungslosigkeit vorgeworfen, wenn sie es getan hätte?

An jenem Tag fragte Kugel beim Mittagessen Neil: Würdest du mich verstecken?

Dich verstecken?

Mich verstecken. Und meine Familie. Frau und Sohn. Er ist drei. Vielleicht auch noch einen Hund.

Was redest du denn da?

Falls was passiert.

Falls was passiert?

Irgendwas.

Irgendwas?

Irgendwas.

Du machst mich wahnsinnig, Kugel. Die Leute reden schon.

Würdest du uns verstecken? Mehr will ich gar nicht wissen.

Wo denn?

Auf deinem Dachboden.

Ich habe eine Menge Müll da oben, Kugel.

Aber würdest du's? Falls wir uns verstecken müssten?

Vor wem?

Irgendwem.

Irgendwem?

Ist doch egal.

Es ist egal?

Ist doch egal. Würdest du uns verstecken oder nicht?

Ich habe eine Menge Müll da oben, Kugel.

Heißt das Nein?

Alles klar bei dir, Kugel? Du hast da eine schlimme Beule am Kopf.

Von den sieben Leuten in seinem Büro, die Kugel an jenem Tag fragte, ob sie ihn und seine Familie auf ihrem Dachboden verstecken würden, sagten drei, sie hätten eine Menge Müll da oben, einer sagte, sehr gern, allerdings habe er eine Hundeallergie, einer sagte, er habe keinen Dachboden, aber Kugel könne in seinem Gartenschuppen wohnen (unter der Bedingung, dass Kugel, sollte er entdeckt werden, ihm bestätigte, nichts gewusst zu haben), und einer sagte, er könne wohl schon auf seinem Dachboden wohnen, aber momentan wolle er sich zu nichts verpflichten und Kugel solle ihn noch einmal fragen, wenn es so weit sei.

Er klagte über Kopfschmerzen und ging früh von der Arbeit nach Hause. Auf der Heimfahrt erhielt er eine E-Mail von seinem Vorgesetzten:

Ihre Performance ist in letzter Zeit suboptimal.

Ein letztes Wort?

Ein Grabstein:

SOLOMON KUGEL
Seine Performance war
in letzter Zeit suboptimal.
Leider geboren. Schließlich gestorben.

Als Kugel an jenem Abend auf seine Einfahrt bog, war der UPS-Mann gerade da und lieferte Pakete ab.

Kugel wusste nur zu gut, dass es schrecklich wäre, jetzt seinen Job zu verlieren. Niemand stellte momentan ein. Mutter bezahlte keine Miete, und ihr einziger Mieter drohte auszuziehen, wenn er sich nicht schon nach einer neuen Wohnung umsah.

Die Zwölferpackung Matze kostete $ 64,95 und dürfte Anne Frank wohl drei Tage reichen. Die Borschtsch kostete $ 74,95. Ein 24-Liter-Minikühlschrank kostete $ 265,43.

Kugel fragte sich, ob in diesem Zeitalter des Internets eine Miep Gies überhaupt noch gebraucht würde, ob man heutzutage einen Völkermord allein schon mit Smartphone und Kreditkarte überstand, und er war voller Hoffnung, dass er im Fall eines weiteren Holocaust schon irgendeinen Internetzugang finden würde. Trotzdem, einer musste die Pakete quittieren und sie auf den Dachboden bringen, er stand also wieder am Anfang. Auch würden sie wahrscheinlich die Amazon-Bestellungen oder zumindest die UPS-Lieferungen nachverfolgen, also müsste er die Pakete wohl an eine andere Adresse liefern und sich von Miep bringen lassen (vorausgesetzt, Amazon nahm überhaupt Bestellungen von Juden an, wenn die Kacke erst mal losging, und das würden sie wahrscheinlich nicht machen).

Bree betrachtete die auf der Veranda aufgestapelten UPS-Pakete und schüttelte angewidert den Kopf.

Das Haus roch wieder.

Kugel rief Professor Jove an.

Jove war nicht da.

Kugel hinterließ eine Nachricht.

19.

An jenem Abend glaubte Kugel, wie er so im Bett lag und an die Decke starrte, zu hören, wie sachte auf die Klappe getappt wurde, fand dann aber, er habe sich verhört.

Vielleicht aber doch.

Oder nicht.

Die Geräusche aus den Röhren waren nachts am lautesten und beklemmendsten. Unten stöhnte, ächzte und rülpste Mutter; oben tappte, schlurfte, keuchte, tippte, druckte, moserte Anne Frank, und Kugel steckte mittendrin in diesem elenden Leidenssandwich, mit alldem kläglichen Getöse ihrer schwindenden irdischen Verstrickungen – dem Furzen, dem Grunzen, dem Japsen, dem Husten, den Nachtkonzerten des jüdischen Elendsorchesters, eine verstörende Kakofonie von *oi-weis, gwalts* und *Gott im Himmels*, aufgeführt gegen die endlose Lachkonserve, die aus dem Fernseher des Mieters strömte und die in dem großen Finale kulminierte, wenn Mutter das ganze Haus mit den allmorgendlichen Schreien ihrer nicht genügend traumatischen Belastungsstörung weckte.

Rülps.

Ächz.

Stöhn.

Hahaha!

Oi-wei.

Halt, stehen bleiben, Polizei!

Gottenju.

Hier ist *Sixty Minutes.*

Uff.

Gott im Himmel.

Heute bei Jay Leno.

Uhh.

Furz.

Grunz.

Applaus.

Und zu alledem noch das Knarren, das Knacken, das Ploppen, wovon jedes Einzelne wie ein Brandstifter klang, so wie ein Brandstifter eben klang, direkt vorm Fenster, direkt vor der Tür, der Vorkehrungen traf, sie alle bei lebendigem Leib zu verbrennen.

Sag ihnen, ich habe … etwas gesagt.

Aber was, verdammt? Was?

Kugel hatte schon den idealen Grabstein für Mutter. Er hatte ihn schon, seit er Teenager war, hatte ihn sich in einem Sommer bei einer Reise zu einem deutschen Konzentrationslager ausgedacht. Mutter war mit ihm zu seiner Bar-Mizwa nach Jerusalem gefahren (Sie sollten unsere Geschichte kennen, sagte sie zu dem israelischen Soldaten, der sie misstrauisch beäugte und ihre Koffer durchwühlte), und als sie merkte, dass der Rückflug eine Zwischenlandung in Berlin erforderte, beschloss sie, dies sei die ideale Gelegenheit für sie beide, ein Vernichtungslager zu besuchen.

Du mit deinem bequemen amerikanischen Leben, sagte sie. In Auschwitz hättest du keine fünf Minuten überlebt.

Der junge Kugel fragte sich, wie wohl Kulmhof war. Über Kulmhof redete niemand.

Auch in Kulmhof hätte er keine fünf Minuten überlebt.

Sie beschlossen, die Nacht in Berlin zu verbringen, am Vormittag ein Vernichtungslager zu besichtigen und am Nachmittag dann nach Hause zu fliegen. Bedauerlicherweise fand Mutter schnell heraus, dass die ganzen wirklich berühmten Vernichtungslager weit weg waren, viel zu weit für einen Tagesausflug, also musste sie sich mit dem Konzentrationslager Sachsenhausen begnügen.

Sachsen was?, hatte sie den Empfangschef gefragt.

Sachsenhausen, sagte er. Es liegt eine halbstündige Bahnfahrt von Berlin entfernt.

Nie gehört, sagte sie. Und dann sagte sie, die Hand vor dem Mund, zu Kugel: Die wollen nicht, dass wir die *echten* Vernichtungslager sehen.

Der Empfangschef versicherte ihr, dass viele Tausend dort gestorben seien.

Wie viele?

Viele, Miss. Sehr viele.

Gab es dort eine Gaskammer?

Nach einer langen Pause: Natürlich, ja.

Sind Sie sicher?

O ja.

Ich möchte nicht da hinkommen und ein gesäubertes Parkgelände vorfinden.

Nein, nein, überhaupt nicht. Es ist sehr verstörend.

Am nächsten Morgen machten sie sich mit dem Zug auf den Weg, aber da damals weder Mutter noch Kugel von dessen Gluten-Unverträglichkeit wussten, packte sie nur ein paar Flaschen Wasser und einen Laib Brot ein, da mehr als das, wie sie erklärte, das Andenken an die Verstorbenen beleidigen würde. Für so einen Laib Brot, sagte sie, hätten sie getötet.

Als sie dann ankamen, krümmte sich Kugel schon vor Schmerzen, und kaum hatte sie ihm seine Eintrittskarte gegeben, raste er auch schon auf die Toilette.

Und dort, auf dem Klo, blieb er auch den Großteil ihres Aufenthalts.

Er machte ein paar Versuche, die Toilette zu verlassen und zum Lager zu gehen, aber er kam immer nur bis zum Tor – Arbeit macht frei, stand dort geschrieben –, von wo er gleich wieder zurückrennen musste in der Hoffnung, dass seine Kabine noch nicht besetzt war. Als kaum mehr als vierzig Minuten blieben, bis der Zug zum Flughafen abfuhr, schaffte Kugel es, seine bebenden Gedärme einigermaßen in den Griff zu bekommen, dann eilten er und seine Mutter ins Lager. Kugel tat sein Bestes, mit Mutters zornigem, entschlossenem Gang durchs Lagertor Schritt zu halten.

Na, das werde ich mir jetzt nicht alles ansehen können, sagte Mutter mit einem Blick auf den Lagerplan in ihrer Hand, vielen Dank. Die jüdischen Baracken kann ich vergessen, die sind ganz da drüben auf der anderen Seite. Und zum Krankenrevier allein sind es schon zwanzig Minuten Fußweg. Geh schneller, Solomon, Himmelherrgott.

Sie beschloss angesichts der begrenzten Zeit, die sie hatten, sich nur die Gaskammer anzusehen, die auf dem Lagerplan mit einem Z markiert war. Sie folgten exakt dem Plan, doch zu Mutters wachsender Frustration fanden sie nirgends »das verdammte Ding«. Ihnen blieben noch zwanzig Minuten, und so sprach sie den Führer einer kleinen Gruppe an, die mitten im Lager stand.

Verzeihung, sagte sie, können Sie mir sagen, wo es zu den Gaskammern geht?

Ah, sagte er, kein Problem, da gehen wir auch gerade hin.

Er klatschte in die Hände, um sich bei der Gruppe bemerkbar zu machen.

Hier lang zum Gas, meine Damen und Herren, sagte er.

Er führte sie zu einer kleinen Rasenfläche am Ende des Lagers, wo sie sich mit ernsten Gesichtern in einem kleinen Kreis um ihn scharten. Eine Weile herrschte Stille, in der die Besucher die Wirklichkeit des Grauens dessen, was da geschehen war, an genau dieser Stelle, nur wenige kurze Jahrzehnte zuvor, in ihre Gedanken sinken und am Herzen zerren lassen konnten.

Das, sagte der Führer der Touristengruppe, ist der Ort, wo tausende von Männern, Frauen und Kindern systematisch ermordet wurden.

Eine Frau fing an zu weinen. Ihr Mann legte den Arm um sie.

Wo?, fragte Mutter.

Genau hier, sagte der Fremdenführer.

Wo?

Hier. Wo Sie stehen.

Wo sind sie denn hin?, fragte sie.

Sie sind gestorben, sagte er irritiert.

Nicht die Menschen, sagte Mutter, die Gaskammern.

Die wurden abgerissen.

Von wem?

Von der SS, sagte er.

Diese Hundesöhne, sagte sie. Sie quälen uns noch immer.

Der Fremdenführer nickte.

Einer der Besucher legte sich eine Hand auf den Kopf und sprach auf Hebräisch einen Segen. Alle schlossen die Augen, nickten, als sie fertig waren, und sagten amen.

Nach einem Augenblick sagte Mutter: Gibt's hier wenigstens noch Öfen? Die Fahrt sollte doch nicht völlig sinnlos gewesen sein.

Der Führer wies sie zum Krankenrevier, in dessen Keller ein halbes Dutzend stählerne Krematorien in die Grundmauer eingelassen waren. Mutter sagte, Kugel solle sich zum Fotografieren vor einem Ofen aufstellen.

Mach ihn auf, sagte sie zu ihm. Damit wir es sehen können.

Kugel zog die schwere Tür auf und blickte wieder zur Kamera.

Was machst du denn da?, fragte sie.

Was?

Hör auf zu lächeln.

Oh.

Schau in den Ofen. Nicht ganz rein, Solomon, nur mit den Augen.

So?

Trauriger. Gut. Jetzt mach eins von mir.

Sie eilten zurück zum Zug. Wieder musste Kugel schnell laufen, um mit den wütenden Schritten seiner Mutter mitzuhalten.

Ich hoffe, du bist jetzt zufrieden, sagte sie, als sie ihre Plätze eingenommen hatten. Du hast mir das ganze Konzentrationslager versaut, weißt du das? Das ganze verdammte Lager hast du mir versaut.

Kugel hatte ein schlechtes Gewissen. Sie hatte sich so darauf gefreut.

Immerhin haben wir die Öfen gesehen, meinte er. Die waren doch ziemlich cool.

Sie machte eine angewiderte Handbewegung und sah aus dem Fenster.

Ach, sagte sie, ist auch egal. Es dauert bestimmt nicht mehr lange, dann sehe ich eine Gaskammer von innen. Bestimmt bauen sie sie schon und bereiten alles vor.

Wer?, fragte er.

Ist doch egal.

Sie lehnte sich zurück, schloss die Augen und schlief ein. Und da schaute er sie dann an und dachte sogleich an ihren Grabstein:

MUTTER
Hier ruht sie.
Gut so.

Jetzt, dachte er, als er im Bett lag, brauche ich nur noch einen für mich. Und dass Mutter tot umfällt.

Das hätte ich nicht denken sollen, dachte er.

Immerhin habe ich es nicht *gesagt*.

Aber du hast es gedacht.

Das ist nicht so schlimm.

Es ist aber schlimm.

Da war es wieder. Das Geräusch.

Vielleicht war es ja nur der Wind.

Wahrscheinlich war es nur der Wind.

Kugel glitt leise aus dem Bett, kniete sich auf den Boden und drückte ein Ohr auf die kalte Metallklappe.

Anne?, flüsterte er.

Ich habe Hunger.

Mutter?, flüsterte er.

Ich habe Hunger, wiederholte Mutter.

Mutter, geh schlafen.

Ich habe Hunger. Kannst du mir eine Kleinigkeit bringen?

Kugel schaute über die Schulter nach Bree, die sich im Schlaf regte, sich auf die Seite drehte und die Decke über den Kopf zog.

Ich habe Hunger, rief Mutter.

Dann hol dir was.

Ich habe Angst.

Als er herausgefunden hatte, dass Mutter die Heizröhren verschmutzte, hatte sie behauptet, sie habe es getan, weil sie vor dem Mieter Angst habe, weil es ihr unangenehm sei, nachts das Zimmer zu verlassen, und dass sie oft die Tür mit einem Stuhl verbarrikadiere.

Das ist aber gefährlich, Mutter, hatte er gesagt.

Nicht so gefährlich, wie nicht zu verbarrikadieren, hatte sie entgegnet.

Bree drehte sich wieder herum und murmelte im Schlaf.

Bringst du mir denn etwas?, fragte Mutter.

Na gut.

Bring mir was zu essen.

Na gut!

Für eine Nacht der Stille, eine Nacht ohne Stöhnen, Ächzen und *Oj*en tat er alles.

Kugel ging hinab in die dunkle Küche, leuchtete mit der Taschenlampe zur Hintertür hinaus, um zu sehen, ob der Brandstifter da war, zeigte ihm den Finger, falls er da war, bestückte Mutter einen Teller mit Keksen und machte eine Tasse Tee, brachte es ihr aufs Zimmer, fragte sie zweimal, ob sie auf die Toilette müsse, solange er da sei, erfreute sich an der Stille, die darauf folgte, und ging wieder nach oben.

Sol, hörte er Mutter durch die Heizungsklappe im Flur rufen. Solly, ich habe was verschüttet.

Er zog die Dachbodentreppe herunter und stieg hinauf, um nach Anne zu sehen. Er hoffte, sie wählte gerade einen Umschlagentwurf aus und packte ihre Sachen zusammen.

Oben war es dunkel, das einzige sichtbare Licht war der blau-grüne Schein eines Computerbildschirms, der hinter den Kartons der Westmauer hervordrang. Ein positives Zeichen.

Hallo?, sagte er leise. Hallo?

Ein frustrierter Seufzer kam hinter der Mauer hervor.

Der Sohn tritt auf, sagte sie.

Kugel fiel auf, dass die Fenster mit einem schweren schwarzen Stoff verhängt waren. Er ging zum nächsten Fenster und zog daran.

Ihre Mutter, sagte Anne Frank, hat nicht nur überdurchschnittlich viel Zeit zur Verfügung, sie hat auch einen ziemlich düsteren Einrichtungsgeschmack.

Während des Tages, als Anne schlief und Kugel arbeitete, hatte Mutter die Dachfenster mit schwerem schwarzem Tuch verhängt, so wie es, hatte sie gelesen, auch auf dem echten Frank'schen Dachboden gewesen war, wodurch der Kugel'sche Dachboden noch dunkler und bedrückender wirkte als zuvor. Kugel fürchtete, Mutter könnte Anne Frank verärgern, sie stören, sie aufhalten und in ihrer Arbeit unterbrechen.

Ich rede mit ihr, sagte Kugel.

Er linste über die Kartonmauer; der Papierstapel neben dem Computer schien nicht sehr gewachsen zu sein, wenn überhaupt.

Vielleicht war er sogar kleiner geworden.

Er ging zu dem Fenster, das auf die Einfahrt blickte, und betrachtete das dunkle Tuch, das Mutter auf den Rahmen getackert hatte.

Ich bin nur neugierig, sagte Anne Frank. Was meinen Sie? Will sie nicht, dass andere hereinsehen, oder soll ich nicht hinaussehen?

Beides, sagte Kugel. Eigentlich ihre ganze Erziehungsphilosophie.

Komisch, sagte Anne Frank. Meine Mutter und ich sind nie gut miteinander ausgekommen. Wir haben uns über alles Mögliche gestritten. Aber letztlich hat uns dann der Völkermord einander nähergebracht.

Das ist wirklich komisch, sagte Kugel.

Wir weinten in dem Lager, sagte Anne Frank, und hielten einander fest, zitternd, sterbend, und sie sagte mir, dass ich etwas ganz Besonderes sei, und ich sagte ihr, wie sehr ich sie liebte, und wir beide entschuldigten uns immer wieder, dass wir all die Jahre so mit Zank verschwendet hatten.

Zum Schießen.

Was, glauben Sie, wäre passiert, fuhr Anne Frank fort, wenn sie überlebt hätte? Wenn wir nach dem Krieg irgendwo in Europa wieder zusammengefunden hätten, wenn wir uns eine kleine Wohnung in Paris, Mailand, Berlin, irgendwo genommen hätten? Wir hätten einander umgebracht, das wäre passiert, Mr Kugel. Wir hätten einander mehr gehasst als je zuvor.

Was hat das mit meiner Mutter zu tun?, fragte Kugel.

Lassen Sie sich vom Tod nicht täuschen, Mr Kugel. Der Tod hält keinen Rotstift über die Jahrzehnte von Leben, die ihm vorausgingen. Er ändert nichts. Ein freier Mann, sagte Spinoza, denkt zuallerletzt an den Tod. Das sollte für den Tod anderer ebenso wie für den eigenen gelten.

Kugel zog an dem schwarzen Tuch, das das Fenster bedeckte, doch es blieb fest.

Nun, fuhr Anne Frank beim Tippen fort, unsere Eltern lassen uns im Stich, meistens jedenfalls. Sie sollen uns lehren, wie man lebt, schon richtig, aber wichtiger wäre, dass sie uns lehren, wie man stirbt, uns lehren, dass es feige ist, sich mit dem Tod zu quälen, und dass man, wenn man vor dem Tod wegläuft, vor dem Leben wegläuft.

Sagte sie auf ihrem Dachboden, sagte Kugel.

Man beschämt eine Schildkröte nicht wegen ihres Panzers, sagte Anne Frank.

Schweigen. Tippen.

Eigentlich ist es ganz nett hier oben, sagte Kugel. Es hat einen gewissen fatalistischen Charme, ein gewisses *je ne sais kack.*

Wieder zerrte er an dem Stoff, riss ihn ein Stück vom Fenster los und spähte hinaus. Nicht genug Dachböden auf der Welt, dachte er. Nicht genug Dachböden auf der ganzen verfluchten Welt.

Wie läuft's mit dem Buch?, fragte er.

Erst kam keine Antwort, dann sagte Anne Frank: Es tut mir leid, dass ich die Ursache solcher Reibereien in Ihrer Ehe bin. Ich vermute jedoch, dass die Ursachen tiefer liegende Probleme sind, die gar nichts mit mir zu tun haben.

Kugel riss den schwarzen Stoff ganz ab und schaute aus dem Fenster in das Dunkel darunter.

Er sollte sich wirklich einen Hund zulegen.

Ja, sagte er, Sie haben recht. Vermutlich hätten wir schon vor unserer Hochzeit ausdiskutieren sollen, wie wir damit umgehen würden, wenn wir Anne Frank auf unserem Dachboden entdecken. Das tun die meisten Paare, aber wir hatten es eilig. Wir hatten zwar einen Plan für den Fall, dass wir Simon Wiesenthal in unserer Speisekammer entdecken, aber das jetzt ist eine ganz andere –

Simon Wiesenthal, fauchte Anne Frank, war ein Arschloch.

Schweigen.

Und wie läuft's jetzt mit dem Buch?, fragte Kugel.

Ich habe jede Menge Figuren im Kopf.

M-hm.

Ein Roman braucht Raum zum Atmen, Mr Kugel.

Klar.

Zweiunddreißig Millionen Auflage, sagte Anne Frank. Das ist nicht zu verachten.

Habe ich auch gehört.

Alles weniger als das, setzte sie hinzu, bedeutet Scheitern.

Kugel ging zum Fenster auf der anderen Seite des Dachbodens und riss auch da an der Verhüllung, wobei er allerdings merkte, dass er dafür hinter die östliche Kartonmauer treten musste. Dort war es dunkel, und dort zu sein spendete ihm einen merkwürdigen Trost, ein unvertrautes, aber willkommenes Gefühl der Sicherheit. Er war sich nicht ganz sicher, ob er wieder gehen wollte. Er fasste den schwarzen Stoff an der Ecke und zog, doch die Heftklammern hielten.

Legen Sie die Latte da nicht ein wenig hoch?, fragte er.

So viele habe ich schon einmal verkauft, sagte sie.

Ja, aber das war …

Das war was?

Das war was anderes.

Er zog erneut, doch seine Hand rutschte ab. Er musste wohl nach unten und einen Schraubenzieher holen.

Warum war das was anderes?, fragte Anne Frank.

Sie waren tot.

Die Leute haben mein Buch nicht gekauft, weil ich tot war.

Nein, natürlich nicht, ich habe nicht gemeint …

Sie haben es wegen der Qualität meines Werks gekauft.

Natürlich. Ich dachte nur … Ich glaube, die Leute lesen heute nicht mehr so viel, weiter nichts.

Beim Zurücktreten trat er auf etwas Kleines, Hartes, wie die Schale einer Walnuss, nur größer.

Was soll das denn heißen?, fragte sie.

Er hob den Fuß und tastete mit der Schuhspitze nach dem Gegenstand herum. Er fühlte mehrere dieser schalenartigen Dinger, worauf er fest an dem Stoff zog, damit Licht hereinfiel. Endlich gab die Ecke ein wenig nach, und ein kleiner Lichtkreis fiel auf den Fußboden.

Vielleicht sollten Sie ein Drehbuch daraus machen, sagte er.

Ein Drehbuch?, sagte sie. Ich bin *Schriftstellerin*, Mr Kugel. Prosakünstlerin. Ich erschaffe Welten mit Sprache, mit Bildern, mit Figuren. Ich schaue in den Abgrund und begrüße den Abgrund, wenn er in mich zurückschaut.

M-hm, sagte Kugel und bückte sich; mit einem Holzsplitter, der neben ihm auf dem Boden lag, stupste er die

Dinger unter seinen Füßen ins nahe Mondlicht, bis er sehen konnte, was es war: hier ein Häufchen kleiner weißer Knochen, da der abgetrennte Kopf eines Eichhörnchens, dort der ausgenommene Kadaver einer Krähe, dessen verbranntes Fleisch von den Knochen abgezogen war.

Pulitzer, fuhr Anne Frank fort, nicht Oscar. Die Kunst ist nicht bequem, Mr Kugel, die Kunst ist nicht sicher.

Kugel erhob sich, die Hand auf dem Mund; der Gestank war unerträglich. Erneut zog er an der schwarzen Fensterabdeckung, und nun erhellte das Mondlicht eine Anzahl kleiner Nagerkadaver – Mäuse, Eichhörnchen und, dessen war er sich sicher, der gekochte Leib der vermissten Amberson'schen Katze, Sunshine. Neben den Kadavern war ein kleiner Haufen ihrer Köpfe, abgerissen oder -geschnitten, sowie ein Haufen Innereien in unterschiedlichen Stadien der Verwesung.

Jeder will einen van Gogh im Wohnzimmer, Mr Kugel, fuhr Anne Frank fort, aber keiner will van Gogh im Wohnzimmer. Das ist der Preis des Genies …

Kugel würgte. Natürlich leuchtete das ein; jeder, der so lange auf einem Dachboden lebte – doch die Galle stieg in seiner Kehle hoch, und alles drehte sich um ihn.

… und den bezahle ich gern, erklärte Anne Frank.

Kugel hörte gar nicht mehr zu, er musste nur noch weg, an die Luft, und er taumelte von der Wand weg, schnell, weg, weg – war das sein Haus?, war das er?, war das sie?, war das Überleben? – er geriet ins Stolpern, und plötzlich strauchelte er, fiel, und der Dachboden schien ins Dunkel zurückzuweichen, als er rückwärts die Dachbodentreppe hinunterstürzte.

Solomon!, rief Bree aus dem Schlafzimmer.

Jonah fing an zu weinen.

20.

Es bestand kein Zweifel – in den Tagen, seit Kugel Mutter erzählt hatte, dass Anne Frank auf dem Dachboden war, bemerkte er deutliche, irritierende Änderungen in Mutters Verhalten. Zunächst einmal sammelte sie das Gemüse nicht mehr ein, das Kugel jeden Morgen in ihren Garten legte. Sie habe jetzt, sagte sie mit beunruhigender Miene, weit Wichtigeres zu tun. Dessen ungeachtet legte Kugel das Obst und Gemüse weiterhin hinaus, aber nun hatte er eine zweite, noch lästigere Aufgabe, nämlich dasselbe Obst und Gemüse jeden Abend wieder einzusammeln. Und seine neuen Verletzungen machten das alles nicht einfacher.

Die meisten der Schrammen, die Kugel sich beim Sturz von der Dachbodentreppe zugezogen hatte, waren Quetschungen und Kratzer, einige leicht, andere schwerer. Sein rechter Schenkel war vom Gesäß bis zum Knie mit einem großen lila-roten Fleck überzogen, der schmerzte, wenn er das Bein belastete. Mit dem Fuß auf dieser Seite aufzutreten war so schmerzhaft, dass er glaubte, er habe sich den Knöchel gebrochen, doch die Röntgenaufnahme ergab keinerlei Fraktur in den Beinen, sodass die Ärzte ihm lediglich ein paar Schmerzpillen und einen Stock mitgaben, um ihm das Gehen zu erleichtern. Am schlimmsten geschädigt war sein linkes Handgelenk: Haarrisse an zwei der Mittelhandknochen und ein Bruch am unteren Ende der Speiche. Vom Ellbogen bis zu den Fingerspitzen trug er einen Gips, dessen Ende wie ein flaches Paddel geformt war, um Handgelenk und Finger gerade zu halten. Dank der Schmerzpillen hatte er dennoch nach längerer Zeit wieder tief schlafen können, allerdings fand er die unterschwellige christliche Ethik in den Räumen der Notaufnahme verstörend: Leidet man genug, bekommt man das Vicodin; leidet man nicht ganz so sehr, bekommt man das Kodein, leidet man gar nicht, bekommt man Paracetamol und eine Rechnung. So tief war sein Schlummer in jener Nacht, dass er sich, als er am nächsten Morgen erwachte, an keinen einzigen Traum erinnerte, und auch dafür war er dankbar. Wie herrlich, dachte er, sich an gar nichts zu erinnern.

Bree war schon aufgestanden und angezogen, räumte das Schlafzimmer auf und verstaute Sachen. Kugel mimte stöhnend Qualen in der Hoffnung auf ein Zeichen der Anteilnahme.

Nichts.

Er stand auf, ging zur Kommode, nahm eine Pille aus dem Fläschchen, ließ sie sich, als Bree sich in seine Richtung wandte, mit großer Geste in den Mund fallen und verzog das Gesicht von den unerträglichen Schmerzen, die schon die kleinste Bewegung auslöste.

Bree ging an ihm vorbei zur Tür hinaus.

Verdammt, dachte Kugel.

Er rief im Büro an und bat darum, seinen Vorgesetzten zu sprechen.

Tampons, sagte die aufgezeichnete Bandansage. Nagelschnipsel. Urin.

Sein Vorgesetzter würde nicht begeistert sein, dass er schon wieder einen Tag fehlte, aber er konnte von Glück sagen, dass er sich nicht den Hals gebrochen hatte, und bestimmt wären sie sicher auch erleichtert, das zu hören.

Ja, sagte Kugel zu seinem Vorgesetzten, ich weiß … Natürlich, ja … eigentlich war ich selbst schuld … schlimmer

Sturz, allerdings, voll die Dachbodentreppe runter ... Das linke Handgelenk, Sir, ja ... Ha, ha, nein, nein, das dürfte kein Problem sein. Ja ... ja, es sind schwere Zeiten, das verstehe ich, meine Ungeschicklichkeit ist nicht Ihr Problem, nein ... Na, es sollte nicht länger als ein Tag sein, nein ... Ja, morgen natürlich ... Danke, Sir, ja.

Er ging hinunter in die Küche und füllte eine Tasche mit Gemüse für Mutters Garten. Er legte zwei Tomaten und eine Zucchini hinein.

Ihre blöde Schuld, dass ich mir den Arm gebrochen habe, dachte er.

Er legte eine Handvoll Erdbeeren und ein Päckchen Putenbrust in Scheiben hinein.

Wenn ich ihr nicht den Tee gemacht hätte, hätte ich nicht Anne besucht.

Er legte ein Päckchen tiefgefrorene Spargelspitzen und eine Schale California Rolls hinein.

Er schob den gesunden Arm durch die Taschengriffe, nahm seinen Stock und humpelte zu ihrem Garten. Dieses ganze verdammte Ritual war jetzt viel komplizierter geworden. Bei jedem Stück musste er einen Schritt vorwärts machen, den Stock ans Bein lehnen, die Tasche auf die Erde stellen, etwas herausnehmen, die Tasche wieder über den Arm hängen, Anne Frank den Finger zeigen, den Stock nehmen, ein wenig weitergehen und den ganzen Vorgang wiederholen. Doch als er einige Durchgänge dieses höchst komplizierten Ablaufs absolviert hatte, fiel ihm etwas Seltsames in Mutters Garten auf: Leben. Etliche junge Grassämlinge stießen sich, allen Widrigkeiten zum Trotz, durch die Erdoberfläche. Erst hielt er sie für Unkraut, bestimmt waren sie das auch, doch die ein- und zweiblättrigen Schösslinge standen in perfekten, vollkommen parallelen Reihen zueinander; ohne Mutters beständiges Graben und

Scharren hatten sie endlich die Chance erhalten zu wachsen.

Kugel setzte den Stock auf den ersten Schössling und stieß ihn in die Erde. Mit den übrigen machte er dasselbe; es dauerte eine Weile, aber nach einer Stunde war er sicher, dass alle tot waren. Er schmiss das Päckchen Putenbrust auf die Erde, verstreute ein paar California Rolls über die Beete und hinkte wieder hinein.

In Mutters Verhalten gab es noch verstörendere Änderungen, seit sie von Anne Frank erfahren hatte: Sie wirkte verjüngt, belebt, zu Kräften gekommen, und diese beunruhigende Lebendigkeit zeigte sich an jenem Vormittag, indem sie in der Küche geschäftig ein Tablett mit Essen für Anne Frank herrichtete. Der Anblick quälte Kugel: Sie war unermüdlich, wo sie doch eigentlich im Endstadium sein sollte. Sie schritt schneller durchs Haus, umtriebiger, die Haltung aufrechter, zeigte eine untypische Zielstrebigkeit und Entschlossenheit. Genau dieselbe Treppe, bei der sie noch vor wenigen Tagen vor Schmerzen gestöhnt hatte, auf der sie alle paar Stufen mit einem tiefen Seufzer und einer Hand im Kreuz stehengeblieben war, stieg sie nun flink, ohne Pause, ohne Klagen, mit der Energie einer Frau, die halb so alt war wie sie, hinauf und hinab. Morgens, für Anne Frank also abends, räumte Mutter ihren Müll und ihr Geschirr der Nacht davor weg, nachmittags, wenn Anne Frank schlief, ging sie mit Bree in die Stadt und kaufte Essen und Schreibmaterial, abends richtete sie Annes Frühstück und Kaffee her und überprüfte gründlich, dass sie auch alles hatte, was diese für die Nacht des ach so wichtigen Schreibens, die vor ihr lag, brauchte.

Positiv daran war, dass Mutters unerklärliche Wendung zum Besseren auch Bree mit Sorge erfüllte. An jenem Morgen meinte Bree beim Kaffee (Hast du die Putenbrust in

Scheiben gesehen?, hatte sie Kugel gefragt), man solle doch vielleicht Mutters Arzt anrufen, einen bedeutenden Geriatriker namens Dr. Lamb. Wenn es Mutter so gut gehe, dass sie sich um Anne Frank kümmern könne, meinte Bree, dann gehe es ihr doch auch so gut, dass sie sich um sich selbst kümmern könne – dann könne sie vielleicht endlich aus dem Haus verschwinden und sie in Ruhe lassen, dann könnten sie vielleicht endlich das zweite Zimmer vermieten, könnten endlich wieder ihr eigenes Leben leben. Kugels Toleranz gegenüber Mutter nahm hingegen immer weiter ab, je größer seine neu entdeckte Toleranz gegenüber Anne wurde, und er war erleichtert, dass es etwas gab, bei dem er und Bree sich einig waren. Als Mutter daher ihr Frühstück beendet und auf ihr Zimmer gegangen war – Das Album, seufzte sie, stellt sich schließlich nicht von selbst zusammen –, saßen Kugel und Bree gemeinsam am Küchentisch und riefen Dr. Lamb an.

Dr. Lamb hatte Mutter erstmals vor vielen Monaten untersucht. Er war ein großgewachsener Mann, an den Kugel sich wegen seiner seltenen, ungetrübten Ehrlichkeit erinnerte. Als Mutter im Klinikbett lag, hatte Dr. Lamb Kugel in den Flur hinausgebeten, um sie nicht aufzuregen, und dort mit mitfühlender Nüchternheit zu Kugel gesagt: Ihre Mutter liegt im Sterben. Es tut mir leid. Wir können nichts mehr für sie tun. Wir können versuchen, es ihr erträglich zu machen. Wir können versuchen, ihre Beschwerden zu minimieren. Wir können versuchen, ihr Leiden zu lindern.

Nein, hatte Kugel geantwortet.

Wir wollen nur, dass es ihr besser geht.

Aber je besser es ihr geht, desto schlechter geht es ihr.

Dr. Lamb blickte Kugel sorgenvoll an.

Wovon geht es ihr dann besser?, fragte er.

Wenn es ihr schlechter geht, sagte Kugel.

Dr. Lamb nickte.

Ich verstehe, sagte er. Wir können die Schmerztherapiebehandlung abbrechen. Wir können die Antidepressiva absetzen. Wir können ihre Nachtische einschränken und ihr für jeden Tag Stunden zermürbender Übungen verordnen.

Ich glaube, das würde ihr gefallen, hatte Kugel gesagt.

Kugel drückte die Freisprechfunktion, Bree saß mit einem Notizblock neben ihm.

Es ist wegen Mutter, sagte Kugel.

M-hm, sagte Dr. Lamb. Was ist das Problem?

Also, sagte Kugel, es scheint ihr immer besser zu gehen ... Ich weiß auch nicht ... besser.

Besser?

Ja, besser. Sie wirkt sehr ... energetisch. Für eine, die dem Tode nahe ist, wie Sie meinten. Sie sagten wirklich »dem Tode nahe«.

Ich sagte »kurz davor«.

Stimmt.

Ich verstehe, sagte Dr. Lamb. Und jetzt soll ich Ihnen sagen, dass es wieder gut mit ihr wird, dass sie übern Berg ist, dass sie aus dem Gröbsten raus ist? Das werde ich Ihnen nicht sagen, Mr Kugel.

Bree kritzelte auf den Block: Ausziehen.

Also, nein, ich wollte nicht ... Ich habe nur gedacht, ob Sie glauben, sie könnte wieder allein leben, wieder zur Normalität finden. Ich glaube, das würde ihr gefallen.

Und Ihnen würde es auch gefallen, sagte Dr. Lamb. Wenn es vorbei wäre.

Also, ich glaube, sie wäre glücklicher. Ich liebe sie, und ich möchte einfach, dass sie, na ja, glücklich ist.

Mr Kugel, sagte Dr. Lamb, die Krankheit, die Ihre Mutter

hat, ist degenerativ, davon kann sie und auch sonst niemand sich wieder erholen.

Kugel warf Bree einen Blick zu und hob hoffnungsvoll eine Braue, auch wenn er wusste, dass weiteres Warten nicht der Rat war, den Bree hören wollte.

Ich verstehe, fuhr Dr. Lamb fort, wie schwierig es für ein Kind sein kann, dies bei einem Elternteil zu akzeptieren. Und gewiss gibt es experimentelle Behandlungsmethoden, die Sie probieren können. Es gibt Pillen und Spritzen, Ultraschall und Oszilloskop. Sie können es mit Akupunktur, Homöopathie, Bioresonanz, Massagetherapie versuchen. Sie können ihr kolloides Silber, Haifischknorpel, Affenhirn und Elefantensamen geben. Das alles wird ihr nicht schaden. Es wird ihr aber auch nicht helfen, seien Sie versichert. Es könnte ihr Leben für einige Zeit verlängern, ja, es wird das Unvermeidliche aber nur verzögern und auch ihr Leiden dabei verlängern.

Elefantensamen?, fragte Kugel.

Mein Rat ist, sagte Dr. Lamb, lassen Sie die Krankheit ihren Lauf nehmen. Könnten wir etwas tun, dann würden wir es auch tun; wir tun alles, was wir können, und genau deswegen tun wir nichts. Es gibt eine Zeit der Geburt und eine des Todes. Et cetera.

Energie?, schrieb Bree auf den Block. PARANOIA?

Aber woher kommt diese Energie, fragte Kugel, und diese Paranoia?

Es ist nichts Ungewöhnliches, sagte Dr. Lamb, dass Leidende im Zustand Ihrer Mutter gewisse Ausbrüche von Energie oder Lebendigkeit zeigen; bedauerlicherweise kündigen diese keine Genesung an, sondern den Anfang vom Ende. Ein letztes Hurra.

Kugel blickte zu Bree hin und zuckte die Achseln.

Die Paranoia, sagte Dr. Lamb, scheint dies zu bestätigen.

Dann können wir also nur warten?, fragte Kugel.

Bree schüttelte den Kopf und verschränkte die Arme vor der Brust.

Wir können nicht weitermachen, sagte Dr. Lamb. Wir werden weitermachen.

Und was dann?, fragte Kugel.

Dann sterben wir zum Glück. Ja, wenigstens und schlussendlich kommt das dann.

Das war nicht die Prognose, die Bree sich erhofft hatte, und mit einem frostigen Ich gehe in die Stadt lief sie nach oben, um Portemonnaie und Schlüssel zu holen.

Mutters Paranoia hatte sich vor kurzem erst gezeigt. Kugel war aufgefallen, dass sie nun nachts die Fenster verriegelte, und jede Unterhaltung, egal worüber gesprochen wurde, beendete sie, wenn der Mieter oder Bree auch nur ins Zimmer kamen. Sie wurde zunehmend misstrauisch – gegenüber Nachbarn, die winkten, Nachbarn, die nicht winkten, Anrufern, die auflegten, Autos, die zu schnell vorbeifuhren (oder zu langsam, was noch verdächtiger war), wenn sie die Straße entlangging. Doch bei niemandem kniff sie so sehr die Augen zusammen wie beim UPS-Mann, der dieser Tage ziemlich regelmäßig erschien. Jeden zweiten Tag trafen Päckchen mit Matze und Gläser mit Borschtsch und Hering ein und an den Tagen dazwischen Päckchen mit Büchern über Vernichtungslager und darüber, wie man seine eigenen Texte am besten redigierte. Mutter beobachtete ihn vom Schlafzimmerfenster, vom Wohnzimmerfenster, durch den Spion in der Haustür.

Beim inzwischen vertrauten Hupen des UPS-Transporters humpelte Kugel rasch ins Wohnzimmer, denn das tägliche Eintreffen der Pakete – Pakete, die sie sich kaum leisten konnten – machte Bree wütend, und Kugel war es nur recht, wenn er wieder weg war, bevor sie herunterkam.

Mutter war schon am Wohnzimmerfenster und spähte durch die Jalousie. Sie schnalzte mit der Zunge und schüttelte den Kopf, als Kugel hinter sie humpelte.

Nicht gut, sagte sie.

Mutter, sagte Kugel.

Wir sollten ihr ein elektrisches Buch besorgen.

Ein was?

Ein elektrisches Buch.

Sie sprach von einem E-Book-Reader.

Wir kaufen ihr kein elektrisches Buch, Mutter.

Dann könnte sie alles runterladen, was sie braucht, sagte Mutter. Diese Anlieferungssache ist zu riskant. Das gefällt mir nicht.

Vergiss es, sagte Kugel.

Für einen E-Book-Reader war kein Geld da. Für gar nichts war Geld da.

Er ist uns auf der Spur, setzte Mutter hinzu.

Auf welcher Spur?

Er weiß zu viel. Ich traue ihm nicht.

Da gibt's nichts zu wissen, Mutter.

Der UPS-Mann stellte die Pakete auf die Veranda und checkte seinen Scanner. Mutters Stimme wurde zu einem Flüstern, und sie sagte: Er weiß, dass wir ganz plötzlich viele Pakete bekommen.

Und?

Und wenn er nun zwei und zwei zusammenzählt?

Zwei und zwei macht Anne Frank auf unserem Dachboden?

Mutter blickte ihn an.

Die andere Frau hat auch ein bisschen rumgeschnüffelt, sagte sie.

Die andere Frau ist meine Ehefrau, Mutter.

Ich traue ihr nicht.

Der UPS-Mann klopfte an die Tür. Kugel ging hin, um sie zu öffnen, und Mutter folgte ihm auf den Fersen.

Vorsichtig, flüsterte sie, als er die Tür öffnete.

Morgen, sagte Kugel.

Morgen, sagte der UPS-Mann und lächelte. Aua, sagte er noch mit Blick auf Kugels diverse Verletzungen. Haben Sie die Nummer von dem Laster?

Sie sollten mal den anderen sehen, sagte Kugel.

Der UPS-Mann lachte und reichte Kugel den Scanner und einen Stift, den er aus der Tasche seines braunen Hemds gezogen hatte.

Das ist weit genug, sagte Mutter.

Kugel warf ihr einen kurzen Blick zu.

Sie kriegen neuerdings ja einiges an Büchern, sagte der UPS-Mann.

Bin halt eine Leseratte, sagte Kugel.

Oh, ich auch, sagte der UPS-Mann. Bücher sind aber leider Vergangenheit. Meine Frau hat mir eins von diesen E-Reader-Dingern für die Ferien dieses Jahr gekauft. Das ist schon was anderes.

Hab ich auch gehört, sagte Kugel, während er die Pakete quittierte.

Hab gesehen, dass Sie Ihre Dachfenster verhängt haben, sagte der UPS-Mann.

Mutter stupste Kugel.

Zugig, sagte Kugel.

Jaja, sagte der UPS-Mann. Man muss heutzutage ja leider jeden Penny sparen. Na, dann bis morgen.

Bis dann, sagte Kugel.

Der UPS-Mann stieg wieder in seinen Transporter, winkte und fuhr die Einfahrt hinab.

Er weiß Bescheid, sagte Mutter.

Er weiß gar nichts.

Wahrscheinlich hat er uns schon gemeldet.

Bei wem denn?

Bei irgendwem.

Mutter, bitte.

Sie drehte sich um und ging hinein. Kugel sah dem UPS-Transporter nach, der mit einem freundlichen Hupen davonfuhr.

Kugel lächelte und winkte.

Er hat aber doch schon eine Menge Fragen gestellt.

21.

Mutter beschloss, Bree auf ihrer Fahrt in die Stadt zu begleiten. Hannah und Pinkus kamen zum Essen, und Bree musste noch in den Supermarkt und zum Metzger. Anne Frank braucht Druckerpapier, sagte Mutter.

Und eine Mikrowelle, fügte sie noch hinzu.

Kugel brachte sie zur Haustür, erleichtert, sie aus dem Haus zu haben und eine Zeitlang allein mit Jonah zu sein. Das letzte Mal war schon eine Weile her.

Wir kaufen Anne Frank keine Mikrowelle, sagte Kugel.

Weißt du, was sie isst?, fragte Mutter.

Der Gedanke daran verfolgte ihn noch immer.

Mir ist klar, was sie isst, sagte er.

Und?

Und deshalb kaufen wir ihr keine Mikrowelle.

Dann besorg ihr ein Bett.

Ein Bett?

Diese Frau, sagte Mutter und zeigte an die Decke, schläft auf *Lumpen*. Und das soll Anne Franks Totenbett sein? Ein Haufen verdreckter Lumpen?

Bree drängte wortlos vorbei und strebte zum Wagen.

Mutter, sagte Kugel, wir haben einfach kein Geld für ein Bett.

Sie sah Kugel mit großer Trauer in den Augen an.

Meine Mutter, sagte sie. Weißt du, was *ihr* Totenbett war? Ein Holzbrett in Auschwitz. Aber was sollte ich tun? Ich war doch ein Kind, verstehst du, ein unschuldiges Kind. Ich wollte ihr Essen bringen, aber woher sollte ich es nehmen? Wir hungerten doch, wir alle.

Kugel stampfte mit seinem Stock auf den Fußboden.

Mutter, sagte er durch die zusammengebissenen Zähne, was sogar ihn selbst überraschte, du warst nicht in Auschwitz. Und auch Oma nicht. Sie ist im St. Vincent's Hospital in New York auf der Herzstation gestorben, im Kreis ihres Mannes und ihrer Kinder.

Mutter sah ihn einige Augenblicke lang entsetzt an, dann weinte sie. Kugel seufzte.

Die Vergangenheit, schluchzte sie. Sie löst sich auf wie Marienfäden vor meinen versagenden Augen. So wie das Gekrakel eines Kindes auf einer … auf der …

Sie schüttelte den Kopf, versuchte, ihrem Gedächtnis auf die Sprünge zu helfen. Kugel wartete einen Moment, dann schlug er Tafel? vor.

Mutter nickte.

Bree drückte auf die Hupe.

Alles verschwindet, schluchzte Mutter.

Schön für dich, dachte Kugel. Ein bisschen Vergessen konnte er jetzt auch gut gebrauchen. Sie vergessen, Vater, alles vergessen, nur für einen Tag, ein Wochenende. Im Himmel gibt es keine Erinnerungen, keine Geschichte, keine Vergangenheit; sicher, neben den schlechten Erinnerungen würden auch ein paar gute geopfert, aber alles in allem wäre es doch ein Fortschritt. Ein Schritt in die richtige Richtungslosigkeit.

Für ein Bett ist kein Geld da, Mutter.

Wie kann denn kein Geld da sein?, fragte Mutter. Das ist Anne Frank. zweiunddreißig Millionen Auflage, das sind nicht gerade Kinkerlitzchen.

Sie kommt nicht dran, Mutter.

Warum denn nicht?

Weil sie tot ist.

Bree stieg auf die Hupe.

Mutter drohte ihm mit dem Finger.

Wenn ich wieder zu Hause bin, sagte sie, rufe ich Alan Dershowitz an.

Du rufst Alan Dershowitz nicht an.

Und ob ich ihn anrufe, rief Mutter auf dem Weg zum Wagen zu ihm zurück. Kein Rückgrat, genau wie dein Vater. Wenn du in dir wenigstens so viel Mut hättest wie Alan Dershowitz im kleinen Finger.

Mutter, schrie Kugel zurück, du rufst Alan Dershowitz nicht an. Und wenn du Anne Frank eine Mikrowelle holst, bringe ich sie wieder zurück.

Genau das, sagte Mutter und zog vor dem Einsteigen noch den Gürtel ihres Mantels fest, würde Alan Dershowitz *nicht* sagen.

Kugel machte Jonah ein schnelles Mittagessen aus Erdnussbutter, Wackelpudding und Schokomilch und ging nach einigen Keksen mit ihm nach draußen, um ein paar Bälle zu werfen.

Ich bin die Yankees, sagte Jonah, und du bist die Mets.

Warum muss ich denn die Mets sein?, fragte Kugel. Die Mets sind doof.

Jonah lachte.

Obwohl Jonah noch klein war, konnte jeder erkennen, dass er ein äußerst aufgewecktes Kind war, doch seine Intelligenz verschärfte nur noch das schlechte Gewissen, das Kugel hatte, weil er ihn in die Welt gesetzt hatte. Es war ja schon verwerflich genug, überhaupt ein Kind zum Leben zu verurteilen, aber diese Strafe, saßen Idioten einfach leichter ab.

Herzlichen Glückwunsch, sollte die Geburtshelferin sagen, Ihr Kind ist ein Idiot.

Ach, danke, Frau Doktor. Wir haben uns ja solche Sorgen gemacht.

Brauchen Sie nicht. Er ist ein Trottel.

Zu viel Gehirn, schrieb Gogol, ist manchmal schlimmer als gar keines.

Vielleicht, schrieb Dostojewski, sollte der normale Mensch dumm sein. Vielleicht wäre das sogar sehr schön.

Vielleicht, dachte Kugel, war der lächelnde Mann ja dumm. Vielleicht lächelte er nur, weil er einfach zu blöd war, um zu wissen, wie fertig er war. In Buchenwald konnte man von keinem sagen, dass er Glück hatte, aber die Dummen hatten doch mehr Glück als die Schlauen, die Sensiblen, die Bewussten, das ließ sich mit Sicherheit sagen. In Auschwitz wollte man wirklich nicht sein, aber schon gar nicht wollte man als Dichter in Auschwitz sein.

Oder in Kulmhof. Kulmhof war auch schlimm.

Den Gemüsegarten hinter Jonah als Bande, warf Kugel ihm den Ball zu. Er sah Jonahs kleinen Beinen nach, wie sie dem Ball ins Unkraut hinterherjagten.

Ich hätte ihn fallen lassen sollen, dachte Kugel. Als er noch ein Baby war. Wenn ich ihn wirklich geliebt hätte, hätte ich ihn nehmen sollen, umdrehen und auf seinen zarten Eierschalenschädel fallen lassen. Dann hätte ich ihn geschüttelt. Ein wahrhaft guter Vater, ein fürsorglicher Vater, ein beschützender Vater würde das Kind den ganzen Tag vor den Fernseher setzen und seinen scharfen, neugierigen Verstand zu einer schwammigen, begriffsstutzigen, geistlosen Mansche werden lassen. Das wäre das Mindeste gewesen, was ich hätte tun können. Schließlich habe ich ihn ja auf die Welt gebracht. Ich hätte wenigstens den Anstand haben können, dafür zu sorgen, dass er sie in einem gedankenlosen, sabbernden Stumpfsinn wie der Rest der verdammten Spezies durchläuft. Zweieinhalbtausend Jahre später wurde unbestreitbar offenkundig, dass nur ein *un*geprüftes Leben es wert ist, gelebt zu werden. Geprüftes Leben hing sich eher in der Dusche auf. Lebensprüfer nuckelten eher am Lauf einer Schrotflinte.

Leben: Prüfen auf eigene Gefahr.

Letzte Worte?

Nicht schlecht.

Der Ball traf Kugel in den Weichteilen, und Jonah kreischte vor Schadenfreude.

Pscht, machte Kugel mit einem raschen Blick zu den Dachfenstern.

Er wollte nicht, dass Anne Frank sie hörte, und diese Sorge um sie überraschte ihn. Er befürchtete, dass ihr beider Glück sie traurig machte, und wollte ihr einen möglichen Schmerz über seine Freude ersparen.

Komm, Kumpel, sagte Kugel, gehen wir auf den Rasen an der Seite.

Jonah schnappte sich den Ball und rannte ihm voraus, um die Hausecke herum. Kugel fragte sich, warum Anne Frank nach dem Krieg nicht ihren Vater kontaktiert hatte, nachdem sie erfahren hatte, dass er noch lebte. Würde er seinen Vater kontaktieren, wenn er erfahren hätte, dass er noch lebte? Vermutlich schon. Und vermutlich wäre Professor Jove dagegen.

Die Nordseite des Hauses war die einzige, die vollständig vor Anne Franks Blick verborgen war. Auf dieser Seite des Hauses war allerdings auch nicht viel, bloß ein paar Brombeersträucher und eine kleine Rasenfläche; Jonah wollte wieder zurück auf die andere Seite.

Er schnappte sich den Ball und rannte schreiend nach hinten.

Nicht so laut, rief Kugel ihm nach. Die Nachbarn …

Keine Lyrik nach Auschwitz, sagte Theodor Adorno.

Und wie steht's mit Lachen, Ted? Mit Kichern? Mit Sex? Das ist alles viel schlimmer als Lyrik, und Lyrik war ohnehin tot (endlich mal ein Tod, den man nicht den Nazis zuschreiben konnte). Kugel bezweifelte, dass es Anne Frank sehr stören würde, wenn Jonah draußen säße und das eine oder andere Sonett laut lesen würde, war dagegen aber überzeugt, dass ein Kinderlachen sie bis ins Mark träfe. Vielleicht würde es sie an glücklichere Zeiten erinnern. Ob es glücklichere Zeiten gegeben hatte oder ob sie sich überhaupt noch daran erinnern konnte, vermochte er nicht mit Gewissheit zu sagen. Er wusste nicht einmal, ob sie jetzt unglücklich war – sie war entstellt, sicher, halb verrückt, vielleicht, aber geistige Gesundheit war noch nie eine Voraussetzung für Glück gewesen, häufig schien sie ihre größte Hürde zu sein –, er konnte also auch nicht mit Sicherheit sagen, dass es sie traurig machte, wenn sie das Glück anderer mitbekam. Aber das Risiko wollte er nicht eingehen.

Dad, rief Jonah. He Dad, komm mal.

Kugel ging um die Hausecke herum, und Jonah winkte ihn zu sich, da er etwas im Gras gefunden zu haben schien. Kugel ging hin und kniete sich nieder.

Nicht anfassen, sagte Kugel. Nicht anfassen.

Im hohen Gras an der Seite des Hauses, wie friedvoll schlummernd, lag der abgetrennte Kopf von Sunshine, der vermissten Nachbarkatze. Kugel blickte zu Annes Fenster hinauf, das direkt darüber war.

Wo ist der Rest von ihr?, fragte Jonah.

Keine Ahnung, sagte Kugel.

Was ist da passiert?

Kugel schüttelte den Kopf.

Jemand muss sie getötet haben, sagte er.

Hat der sie gehasst?

Kugel schüttelte den Kopf.

Hatte bloß Hunger, sagte er.

Mit Hilfe zweier Stöckchen, die sie im Gras fanden, gruben Kugel und Jonah ein kleines Loch im Boden, um darin Sunshines Kopf zu beerdigen. Jonah hockte sich neben den Kopf der Katze und hob ihn an einem Ohr hoch.

Ich will nicht, dass du stirbst, sagte er und schaute Sunshine ins Gesicht.

Ich werde nicht sterben, sagte Kugel.

Jonah ließ Sunshines Kopf in das flache Grab fallen, und gemeinsam bedeckten sie ihn. Dann saßen sie noch eine Weile da und redeten. Jonah fragte Kugel, was passiert, wenn man stirbt, und wohin man dann geht und wie es ist. Kugel antwortete, so gut er konnte, häufte weiter Erde über Sunshines Kopf, wobei er noch erklärte, manche Leute glaubten, nach dieser Welt gebe es eine andere, in der wir uns alle wiedersehen, und dass andere Leute an die Wiedergeburt glaubten, wo wir dann alle wieder als etwas anderes weiterlebten. Jonah machte ein beunruhigtes Gesicht.

Jemand hat mal gesagt, sagte Kugel zu Jonah, dass ein freier Mann als Letztes an den Tod denkt.

Was bedeutet das?

Woher soll ich das wissen?, sagte Kugel und lächelte. Frag doch den, der's gesagt hat.

Jonah lachte – du machst Quatsch, Dad – und legte ein Steinchen auf das Grab von Sunshines Kopf.

Ich will als Bonbon wiederkommen, sagte Jonah.

Als Bonbon?

Jonah zuckte die Achseln.

Jeder mag Bonbons, sagte er.

Wenn Kinder nicht etwas unglaublich Dummes sagen, was wir in unserem Bedürfnis nach Antworten für unglaublich klug halten, sagen sie etwas, worauf wir sie hochheben wollen, sie fest in die Arme schließen, auf den Dachboden steigen und nie mehr wieder herunterkommen wollen.

Auch Jonah würde Auschwitz nicht überstehen, dachte Kugel. Keine Chance.

22.

Nach sechs gemeinsamen Jahren waren Hannah und Pinkus noch immer kinderlos, was allerdings nicht an einem Mangel beharrlicher, unerbittlicher Versuche lag. Ohne Rücksicht auf ihre Umgebung und bei jedem Anlass war ihr Umgang miteinander auf schamlose Weise körperlich – vielleicht weil sie noch immer versuchten, Kinder zu bekommen (dachte Kugel), vielleicht auch weil sie sich ihres bislang erbärmlichen Scheiterns schämten (sagte Mutter) –, und es fiel schwer, einmal einen Moment zu erwischen, in dem sie einander nicht in irgendeiner sexuellen Weise anfassten, nahe beieinanderstanden, dem anderen die Kleidung zurechtzupften oder mit den Haaren des anderen spielten. Familienmitglieder und überhaupt alle, die das Pech hatten, Zeugen solchen öffentlichen Vorspiels zu sein, gaben entweder vor, es nicht zu bemerken, oder versuchten, was häufiger vorkam, sie abzulenken, indem sie Pinkus oder Hannah in eine nüchterne Unterhaltung über ein ganz anderes Thema verwickelten.

Vollkommen natürliches Verhalten, verkündete Pinkus, stets der Evolutionsbiologe, der er war, wenn er Hannah in der Küche begrapschte, ihr den Nacken knutschte und ihr mit den Händen über Hüften und Beine strich. Ich bin einfach ein Männchen unserer Spezies, das seinem natürlichen Imperativ folgt.

Was machen denn eigentlich die Yankees gerade, sagte Kugel dann zum Beispiel.

So dringend sie sich fortpflanzen wollten, wünschte sich doch keiner der beiden ein eigenes Kind so sehr, wie Kugel es ihnen wünschte, da ihre Glücklosigkeit Jonah zum einzigen Fokus von Mutters heftigem Melodram machte. Als Jonah noch ein Säugling gewesen war, hielt Mutter ihn auf den Armen, sah ihm in die Augen, schüttelte den Kopf und flüsterte: Der letzte Kugel.

Womit sie Jude meinte.

Dasselbe hatte sie auch zu Kugel gesagt, als der noch klein war.

Der letzte Kugel.

Natürlich hatten sie Vettern und Basen und Onkel und Neffen auf der ganzen Welt. Aber irgendwie war seit tausenden von Jahren jeder Kugel der letzte Kugel, so wie jeder Jude der letzte Jude war, Tewje der Todkranke, jeder Einzelne von ihnen. Dennoch, wie Kugel nicht umhinkonnte festzustellen, in all der Zeit – kein letzter Jude. Es hatte einen letzten Assyrer gegeben. Es hatte einen letzten Ammoniter gegeben. Es hatte einen letzten Babylonier gegeben, einen letzten Mesopotamier, einen letzten Mohikaner. Aber keinen letzten Juden. Es hatte einen finalen Azteken gegeben, einen scheidenden Maya, einen beendenden Phönizier, einen abschließenden Ottomanen, einen endgültigen Akkader. Es hatte einen Inka gegeben, der das Licht ausmachte und beim Hinausgehen die Tür schloss. Aber keinen letzten Juden. Rocky Balboa hat allerhand Prügel eingesteckt, aber am Ende hat er doch gesiegt. Oder unentschieden geboxt. Oder einfach: nicht verloren. Man frage einen Arawaken, wer verloren und wer gewonnen hat, man frage einen Pequot, einen Herero. Wo waren die Geschichten über *nicht*-letzte Juden, fragte Kugel sich – über diejenigen, die Erfolg hatten, diejenigen, die wohlhabend waren, diejenigen, die heirateten und Kinder hatten und nicht in einem Pogrom, an Zyklon B, bei Inquisitionen starben, sondern an Altersschwäche? Bestimmt sind doch auch ein paar Juden an Altersschwäche gestorben. Dafür gibt's schließlich Florida.

Pinkus hatte in etlichen Büchern zu beweisen gesucht, historisch und mathematisch, dass die Welt stetig besser wurde. Wir werden, behauptete er in seinem letzten Werk, bessere Menschen – menschlicher, fürsorglicher, weniger gewalttätig. Das Buch mit dem Titel *You've Got to Admit It's Getting Better, A Little Better All the Time* war ein großer Bestseller. Professor Jove hatte ein Buch mit dem Titel *Hello, Darkness, My Old Friend* geschrieben. Er suchte noch immer einen Verlag dafür.

Während Bree Mutter die Kartoffeln reichte und Mutter Kugel das Huhn, erklärte Pinkus allen, wie wir immer besser würden, und das schon seit Jahrhunderten. Es war das Thema seines nächsten Buches, *Here Comes the Sun, and I Say It's All Right*.

Es klingt doch absurd, sagte Pinkus, so etwas zu behaupten, nicht? Es wäre doch Wahnsinn, so etwas angesichts von Ruanda, angesichts von Darfur, von Kambodscha oder des Holocaust zu behaupten, bestenfalls naiv, schlimmstenfalls kriminell. Aber es sind einfach die *Fakten*. Es sind die *Zahlen*; so etwas kann man nämlich messen und eindeutig feststellen: Sind wir gewalttätiger als vor hundert Jahren, fünfhundert Jahren, tausend Jahren? Oder ist das Gegenteil der Fall? Werden wir schlechter oder besser? Die Antwort ist, wir werden besser. Diese Antwort will niemand hören, was an sich schon faszinierend ist, aber heute wird nicht mehr getötet als damals, das ist eine Tatsache. Es wird nur mehr darüber berichtet.

Bree fragte Hannah: Was machen deine literarischen Sachen?

Hannah sagte: Ich hatte nicht viel Zeit.

Meine Urgroßeltern, fuhr Pinkus fort, durchlebten den armenischen Völkermord, ich weiß, wie unmenschlich diese Geschehnisse waren. Ich sage ja gar nicht, dass sie es nicht waren. Aber verglichen mit dem Leben in der Vergangenheit – der alltäglichen Brutalität und Gewalt, den endlosen Konflikten und Massakern –, also, da war der Holocaust gar nicht so schlimm.

Kugel warf einen nervösen Blick auf die Heizungsklappe neben ihm im Fußboden.

Ich sollte den Nazis dankbar sein, sagte Mutter zu Pinkus, dass sie so fortschrittlich dachten.

Pinkus, sagte Hannah, du tust Mutter weh.

Damit will ich sagen, fuhr Pinkus fort, dass wir etwas richtig machen. Ich weiß, es hat den Holocaust gegeben, Hiroshima, My Lai und die Killing Fields, ich weiß. Aber die Zahlen verraten doch, wie es wirklich ist. Wir werden besser. Wir sind fürsorglicher, großzügiger, moralischer. Wir sind weniger gewalttätig, weniger herzlos, weniger hasserfüllt. Vor zehntausend Jahren standen die Chancen, dass ein simpler Jäger und Sammler durch die Hand eines anderen starb – Krieg, Gebietsstreitereien, Stammeskonflikte –, bei bis zu sechzig Prozent. Das ist eine Tatsache. Im letzten Jahrhundert dagegen, dem vermeintlich schlimmsten Kriegsjahrhundert überhaupt, lagen sie unter einem Prozent. Dabei gab es immerhin zwei Weltkriege. Und man muss sich nur mal die Mordstatistiken ansehen, die Zahlen des wahllosen Tötens im Rahmen eines Verbrechens: Im Europa des Mittelalters gab es pro hunderttausend Einwohner hundert Morde. Heute, im modernen Europa, ist das auf weniger als einen pro hunderttausend zurückgegangen. Weniger als eins. Sollten wir da nicht fragen, warum? Sollten wir nicht das Wesen dieses Fortschritts verstehen, um seinen Fortgang sicherzustellen?

Diese wunderbare europäische Erde, sagte Mutter, ist mit dem Blut meiner Eltern getränkt.

Pinkus schüttelte den Kopf.

Bree sagte zu Hannah: Williamsburg ist bestimmt toll.

Hannah sagte: Schon, aber hier habt ihr Bäume.

Und genau das fasziniert mich, Mutter, fuhr Pinkus fort. Wir machen doch etwas *richtig*. Wir *werden* doch besser. Wir sollten versuchen herauszufinden, warum das so ist und wie sich das vollzieht, aber wenn man auch nur andeutet, dass wir besser werden, werden die Leute sauer. Es ist fast so, als *wollte* die Menschheit, dass die Welt schlechter wird, obwohl sie ja besser wird. Natürlich geben wir gern zu, dass es für andere besser wird, aber wir weigern uns hartnäckig, uns in diese Gruppe einzubeziehen. Nein, nein – bei uns wird's immer schlechter. Ich glaube Folgendes: Wir träumen zwar von einem Utopia, könnten es aber nie ertragen. Die Unmöglichkeit des Himmelreichs ist meiner Meinung nach weniger eine Funktion der Theologie als vielmehr eine der Natur – *unserer* Natur. Wie viele Tage im ewigen Reich der Güte würde es dauern, bis man sich beschwert, bis man auf einen trifft, der einen hasst, der einen unterdrückt? Einen Tag? Eine Woche höchstens. Wir können nach Glück streben bis in alle Ewigkeit, wie wir wollen, aber verhüte Gott, dass wir es je erreichen. Nie würden wir uns elender fühlen als im Angesicht der Freude. Was hätten wir nur ohne Hitler gemacht?

Wieder warf Kugel einen Blick auf die Klappe im Fußboden. Er ließ seine Serviette vom Schoß fallen und schob sie mit dem Fuß über die Klappe.

Mutter warf ihre Serviette erbost auf ihren Teller.

Ich habe jetzt genug gehört, sagte sie.

Hör doch, sagte Pinkus, niemand behauptet, dass es nicht grauenhaft war. Ich habe einen Aufsatz über die Auswirkungen des ruandischen Völkermords noch Jahre nach seinem Ende …

Völkermord?, sagte Mutter und machte eine wegwerfende Handbewegung, bitte. Das ging einen Sommer. Ein paar schlimme Monate. Für die UNO ist ja alles ein Völkermord. Der Holocaust hat Jahre gedauert, Jahre des Leidens und des systematischen Mordens. *Das* war ein richtiger Völkermord.

Mutter, sagte Kugel.

Pinkus, sagte Hannah.

Und was ist dann mit dem armenischen Völkermord?, fragte Pinkus. Der hat auch Jahre gedauert. Macht ihn das so schlimm wie den Völkermord der Nazis?

Armenischer Völkermord?, sagte Mutter. Wie viele sind denn da gestorben? Eine Million?

Anderthalb, sagte Pinkus.

Sag Bescheid, wenn du bei drei Millionen bist, sagte Mutter. Dann unterhalten wir uns mal. Völkermord, von wegen.

Sie stand auf und zeigte mit dem Finger auf Pinkus.

Vielleicht müsstest du selber mal leiden, sagte sie, bevor du so locker beschließt, dass alles besser wird. Du bist mir ein schönes Beispiel für die Arroganz der Wissenschaft, der Dreistigkeit der Mathematik. Wenn du vielleicht drei Jahre mit mir verbracht hättest, dich auf einem abgedunkelten Dachboden vor den blutigen Händen dieser verdammten Deutschen versteckt hättest, vielleicht würdest du das Leben dann ja nicht durch die rosarote Brille sehen, die du dir auf den Kopf geschnallt hast. Ich war ein Kind, nichts weiter, und ich habe in einem kalten, kahlen Hinterhaus vor Angst gezittert, ohne zu wissen, zu welcher Stunde der Tod kommen würde, aber zu wissen, ja, zu wissen, dass er kam.

Tapp, hörte Kugel. Tapp-tapp.

Kugel nahm Mutters Serviette von ihrem Teller und ließ auch sie über die Klappe im Fußboden fallen.

Tapp, tapp-tapp.

Aber du sitzt hier, fuhr Mutter fort, nachdem du in deinem schicken Studierzimmer am MIT oder in Stanford oder Harvard wegen was – Noten? Abschlüssen? – gezittert hast, und du wagst es, mir zu erzählen, dass das Leben besser wird? *Bah!*

Und damit stürmte Mutter aus dem Zimmer.

Mutter, rief Hannah und sah Kugel hilfesuchend an.

Seht ihr?, sagte Pinkus zur übrigen Familie. Deshalb schreibe ich dieses Buch. Faszinierend! Es ist so, als ginge einer zum Arzt und kriegt, als er erfährt, dass seine Tests negativ sind, dass er nicht nur nicht krank ist, sondern bester Gesundheit, einen Wutanfall. *Sie lügen! Sie Quacksalber! Sehen Sie denn nicht, dass ich blute, sehen Sie nicht, dass ich geblutet habe? Sehen Sie denn nicht die Narben? Die Verletzungen?* Ich besitze die Kühnheit zu sagen, dass der Patient Mensch nicht so hoffnungslos schwindsüchtig ist, wie wir dachten, und sie fordern meinen Kopf. Wir sind krank!, sagen sie. Uns geht's gar nicht so schlecht, sage ich. Wir sterben!, sagen sie. Was hätten wir nur ohne Gaskammern und Öfen gemacht?

Tapp, tapp-tapp.

Was hätten wir gemacht, fuhr Pinkus fort, ohne Dresden, ohne Srebrenica, ohne den Wald von Katyn und die Killing Fields? Ich sage euch, was mir Sorgen macht: Meine Sorge ist nicht, dass wir gewalttätiger werden. Im Gegenteil, meine Sorge ist, dass wir eines Tages ein derart verstörendes Friedensniveau erreichen, ein solches Niveau von Glück und Freude, dass wir den brutalsten aller Kriege anfangen, einen Holocaust hoch tausend, weil der Frieden uns Angst macht.

In Erwartung der Hölle sind wir schlecht auf den Himmel vorbereitet. Es ist, als würde man zwei Männern zusehen, die eine Glasscheibe über eine viel befahrene Schnellstraße tragen: Wir erwarten, dass sie kaputtgeht, wir wissen es ja, die Situation ist so prekär, dass wir schon fast sehen *wollen*, wie ein Auto durchfährt, und wir nehmen einen Stein und zerdeppern sie selbst. Schon kaputt! Ich weiß, sie wird zu Bruch gehen, ich weiß, sie bleibt nicht so, hör auf, also mach mir keine Hoffnung, lass mich nicht glauben!

Tapp, tapp-tapp.

Mutter, rief Kugel, stand auf und lief aus dem Zimmer. Aber kaum war er vom Esstisch aus nicht mehr zu sehen, schwenkte er von ihrer Zimmertür ab und lief nach oben.

Eines Vormittags, erinnerte er sich, als er die Treppe hinaufging, ein paar Wochen nach Jonahs Krankheit, saß er in der U-Bahn, schon zu spät für einen Termin bei Professor Jove, als der Zug kreischend anhielt. Der Zorn im Waggon war mit Händen zu greifen. Scheiße, murmelte der Mann zu Kugels Linken. Mist, verfluchter, hatte Kugel erwidert. Nach einer Weile machte der Fahrer eine Durchsage: Der Zug habe tragischerweise einen wartenden Fahrgast angefahren, und man werde eine Weile stehenbleiben, bis Polizei und Notarzt eingetroffen seien und sich um den Fahrgast kümmerten. Die Stimmung im Waggon änderte sich daraufhin beträchtlich, und jeder, einschließlich Kugel, schien beschämt, so herzlos und vorschnell gewesen zu sein. Bald wurden weitere Fakten bekannt: Das Opfer war eine ältere blinde Frau, sie hatte schon Jahre in dem Bahnhof gearbeitet, sie hatte die Orientierung verloren und war über die Bahnsteigkante geraten, als gerade ein Zug einfuhr.

F Train?, stellte sich Kugel vor, was muss sie gedacht haben. *So sterbe ich also? Durch den F Train?*

Die grausige Nachricht machte alle noch betretener; einige sprachen ihr Genesungswünsche aus, einige beteten, andere erzählten Geschichten von ähnlichen Tragödien: von dem Freund, der bei den Angriffen aufs World Trade Center ums Leben gekommen war, von dem Familienangehörigen, der durch den Hurrikan Katrina alles verloren hatte, von dem Kind, das an der Schweinegrippe gestorben war. Es ärgerte Kugel, dieses Suhlen, diese billige Pseudotrauer. Haltet die Klappe, alle miteinander, dachte er, behaltet eure verdammten Horrorgeschichten für euch.

Doch es war nicht nötig, es auszusprechen, denn ihr Mitleid währte nur so lange wie ihre Geduld, was nicht sehr lange war. Und indem die Minuten vorübertickten, wurde aus ihrem Mitgefühl wieder Zorn. Wieder grummelten sie über verpasste Termine und wütende Kunden. Nach einer Viertelstunde war die Stimmung im Zug wieder genauso empört und nörgelig wie zuvor geworden. Warum dauert das denn so lang?, murmelte einer. Lächerlich, seufzte ein anderer. Kugel, der seine teure Sitzung bei Professor Jove inzwischen verpasst hatte, dachte: Scheiße, fahrt einfach weiter, toter wird sie auch nicht mehr. Endlich schlich der Zug weiter, und die Fahrgäste, einschließlich Kugel, atmeten erleichtert auf.

Kugel zog die Dachbodentür herab und stieg vorsichtig die Stufen hinauf; er fürchtete, von fliegenden Borschtsch-Dosen und Heringsgläsern begrüßt zu werden. Zu seiner Erleichterung hörte er Anne Frank hinter ihrer Mauer tippen.

Es tut mir leid, sagte er zu Anne Frank, als er sich der Mauer näherte. Er ist eben Wissenschaftler, seine Welt besteht aus Fakten, nicht aus Gefühlen.

Das Tippen brach ab. Kugel schaute über die Mauer, und Anne sah ihn an. Der Stapel Manuskriptseiten neben ihrem Computer war gewachsen.

Was soll das, sagte Anne Frank, will sie mir meine Story klauen?

Was?

Ihre Mutter, sagte Anne Frank. Was soll der Scheiß mit dem Dachboden?

Kugels unmittelbare Sorge galt nun Jonah; wenn Anne Frank seine Mutter hören konnte, dann auch Jonah.

Wenn sie was klauen will, sagte Anne Frank, dann bitte bei Wiesel.

Wie viel muss man dem kleinen Kerl denn noch zumuten?, dachte Kugel. Einen abgetrennten Katzenkopf pro Woche zu begraben genügte doch. Muss er sich auch noch mit Nazis und Dachböden beschäftigen?

Ich weiß nicht, was schlimmer ist, fuhr Anne Frank fort, die Autohagiografie Ihrer Mutter oder Leute wie Sie, die zulassen, dass sie geschrieben wird.

Sie tippte weiter.

Nicht mal die Brüder Grimm, brummelte sie, waren so grimmig.

Kugel fragte sich oft, wie er Jonah das alles überhaupt erklären sollte. Andere Väter fürchteten sich vor dem »großen Gespräch«, aber Sex ist immerhin noch leichter zu erklären als ein Massenmord. Wie sollte er das angehen? *In Worten, die sie verstehen können*, rieten die Bücher, die er gekauft hatte, wie man mit kleinen Kindern über den Tod redete. *Also, Jonah,* würde er sagen, *du magst doch SpongeBob, ja? Also, manche mögen SpongeBob nicht, wie Plankton. Plankton hasst SpongeBob, ja? Dann stell dir jetzt mal vor, dass es einen ganzen Haufen Planktons gibt und einen ganzen Haufen SpongeBobs, und die Planktons versammeln sich alle und sagen: In Bikini Bottom wäre es für alle besser, wenn wir die SpongeBobs los wären. Weißt du, was ein Optimist ist? Jedenfalls haben dann eines Tages die Planktons alle SpongeBobs zusammengetrieben und sie in ein, also eine Art Lager gesteckt. Was für ein Lager? Also, ein Todeslager. Und dann, also, dann haben die Planktons versucht, die SpongeBobs auszurotten. Weißt du, was ausrotten bedeutet? Weißt du, was vernichten bedeutet? Jedenfalls hat es ein sehr mutiger SpongeBob geschafft, sich vor den Planktons zu verstecken, auf Mr Krabs Dachboden. Ob es gut ausgegangen ist? Also, da wird's jetzt ein bisschen knifflig, mein Sohn …*

Ich muss nach Jonah sehen, sagte er.

Anne tippte weiter.

Haben Sie ihm schon von mir erzählt?, fragte Anne Frank.

Ich wollte ihm erst was übers Vögeln erzählen, sagte Kugel und schickte sich an, wieder hinunterzugehen.

Ein Kind vor der Außenwelt zu schützen ist einfach, sagte Anne Frank, als Kugel sich mühsam an den Abstieg machte; sein Bein schmerzte, und er konnte sich nur so eben mit der heilen Hand festhalten.

Es vor seiner Innenwelt zu schützen, fuhr Anne Frank fort, ist doch ein bisschen komplizierter.

Und ein weiterer Erziehungstipp, dachte Kugel, von einer hässlichen Bekloppten, die nie das Haus verlässt.

Manche Eltern, die vor dem Krieg schrecklich waren, erwiesen sich im Krieg als tolle Eltern, sagte Anne Frank. Die Annehmlichkeit eines Feindes, Mr Kugel: Kein Land hat mehr Feinde im Ausland als dasjenige, das im Innern scheitert, kein Vater brüllt den Jugendtrainer lauter an – Er war an der Base! – als der Vater des Kindes, das zu Hause total unsicher ist.

Wie läuft's mit dem Buch?, fragte er.

Doch es kam keine Antwort.

Kugel stieg die Dachbodentreppe hinab.

Der Vorfall in der U-Bahn – oder vielmehr seine Reaktion und die der Mitreisenden darauf – hatte Kugel nicht losgelassen, also erzählte er Professor Jove davon, als er verspätet in dessen Sprechzimmer bei ihm ankam.

Warum lässt Sie das nicht los?, hatte Professor Jove gefragt.

Es war schrecklich, sagte Kugel, *wir* waren schrecklich. In unserer Wut waren wir gefühllos und in unserem Mitgefühl ichbezogen.

Und?

Wir sollten besser sein.

Aber wir sind es nicht.

Aber wir sollten es sein.

Was, fragte Professor Jove Kugel, sagte der Barkeeper zum Homosexuellen?

Verdammt, dachte Kugel.

Keine Ahnung, sagte er, was sagte der Barkeeper zum Homosexuellen?

Er sagte: Hier gibt's nichts Warmes.

Das kapiere ich nicht, sagte Kugel.

Er baute sich vor ihm auf, fuhr Professor Jove fort, zeigte zur Tür und sagte: Raus. Wahrscheinlich unterstützten ihn andere Gäste. Der arme Mann wehrte sich nicht, er wollte keinen Ärger, sondern nur ein Bier, doch es war zu spät. Sie schlugen ihn halb tot. Sie schlugen ihm die Zähne ein. Sie zogen ihn nackt aus. Sie schoben ihm einen Pömpel in den Arsch. Sie ritzten ihm mit einem Messer Homo auf den Rücken und schmissen ihn raus in den Rinnstein, wo er starb.

Ich kapiere es immer noch nicht.

Da gibt's nichts zu kapieren. Wir sind eben übel. Waren Sie in letzter Zeit im Zoo? Sollten Sie mal. Nehmen Sie Jonah mit, es wird ihm guttun. Schauen Sie sich das friedliche Zebra an, wie es in seinem Gehege rumläuft. Oder den mächtigen Löwen, wie er in der Sonne döst. Lächeln Sie das triefäugige Kamel an, das sich gerade einen Happen Gras schmecken lässt. Dann gehen Sie zum Affenhaus. Schauen Sie sich Ihre Ahnen an. Sie sind die bei weitem gefährlichsten Tiere im Zoo. Sie vergewaltigen, sie töten, sie bilden Banden. Sie sind erschreckend, Ihre ursten Großeltern. Schauen Sie sich die Warnschilder an den Affenkäfigen an, da wird gewarnt wie sonst nirgendwo: Bitte nicht die Affen reizen. Bitte nicht den Gorilla anstarren. Bitte nicht die Hand in den Käfig stecken. Vor keiner anderen Gattung muss man sich so sehr in Acht nehmen wie vor der, von der wir abstammen. Nur ein Schild fehlt da noch, das wichtigste: Entwickeln Sie sich bitte nicht aus dieser Gattung.

Das ist ja deprimierend, sagte Kugel.

Nur, sagte Professor Jove, wenn Sie dachten, wir seien besser. Hören Sie auf, mehr von uns zu erwarten, als wir nur je erfüllen können, dann sind Sie auch nicht mehr so enttäuscht.

Jonah schlief tief und fest, und Kugel kehrte ins Esszimmer zurück.

Wie geht's ihr?, fragte Hannah.

Ihr?

Mutter.

Ach. Okay.

Bald darauf kehrte auch Mutter ins Esszimmer zurück, in den Händen den Lampenschirm, den sie Kugel geschenkt hatte, als er ein Kind war.

Verdammt, dachte Kugel.

Mutter schritt kummervoll, mit einer Miene würdevoller Trauer zum Kopfende des Tischs.

Wir blieben in dem Hinterhaus, solange wir konnten, sagte Mutter.

Kugel stellte den Fuß auf die Heizungsklappe.

Aber bald, fuhr Mutter fort, verriet uns ein Mann, den wir für einen Freund hielten. Ich werfe es ihm nicht vor, er schützte nur seine Familie. Was ist schon ein weiterer toter Jude, im ganzen großen Zusammenhang gesehen?

Sie hielt den Lampenschirm in beiden Händen und präsentierte ihn Pinkus, wie man einem König eine Krone überreicht.

Aus Dornen, dachte Kugel.

Das, mein lieber Pinkus, sagte Mutter, ist meine Tante.

Kugel schüttelte den Kopf.

Pinkus nahm den Lampenschirm entgegen.

Sag *ihr* doch mal, sagte Mutter, um wie viel besser alles geworden ist. Sag *ihr* doch mal, was für eine wunderbare Welt das ist.

Pinkus drehte den Lampenschirm herum.

Da steht Made in Taiwan, sagte er.

Na, sie werden ja wohl nicht Made in Buchenwald draufschreiben.

Mir hast du erzählt, das sei mein Großvater, Mutter, sagte Kugel.

Wo ist denn da der Unterschied?, sagte Mutter. Du bist mit diesem Lampenschirm verwandt, und plötzlich ist es dir so wichtig, wie?

Später, als Bree und Hannah den Tisch abräumten, ging Kugel hinaus in den Gemüsegarten und sammelte die Sachen auf, die er am Morgen hingelegt hatte.

Als er ins Bett kam, sagte Bree: Sie müssen weg.

Hast recht, sagte Kugel.

Alle beide.

Hast ja recht.

Bree drehte sich um und schloss die Augen.

Anne Frank abzocken, sagte Bree. Das ist eine neue Stufe, sogar für sie.

Vielleicht hatte Jove ja recht. Vielleicht erwartete er nicht nur zu viel von den Leuten, vielleicht erwartete er auch zu viel von sich selbst. Mutter verschonen, Anne abschirmen, Jonah schützen. Vielleicht sollte er einfach ein Arschloch sein. Vielleicht war die Antwort auf ein glückliches Leben, dachte Kugel, ein Schwein zu sein.

Leicht wäre es nicht.

Er hoffte, er könnte eines sein.

23.

Als Kugel am folgenden Morgen zur Arbeit fuhr, sah er, als er um eine Ecke bog, auf der anderen Straßenseite eine kleine Gruppe Rehe stehen – offenbar warteten sie auf etwas. Ein Rehbock und mehrere Weibchen standen am Straßenrand, wo das hohe Gras in den dunklen Fichtenwald überging, hinter ihnen drei nervöse Kitze. Kugel drosselte das Tempo und erwartete jeden Moment, dass sie über die Straße liefen oder sich im Wald zerstreuten, doch keines rührte sich, selbst die ansonsten schreckhaften Kitze standen starr da. Langsam fuhr er heran, bis er fast auf ihrer Höhe war, doch die kleine Versammlung blieb weiter reglos stehen, die Aufmerksamkeit auf das Buschwerk auf der anderen Straßenseite gerichtet.

Kugel fuhr rechts ran und schaltete die Warnblinkanlage an. Er tippte leicht auf die Hupe. Der große Bock wandte sich ihm kurz zu, schaute dann aber wieder mit einem wegwerfenden Zucken auf das Gebüsch. Sie wirkten ängstlich, die Körper angespannt, unsicher, ob sie bleiben oder flüchten sollten, und in ihrer Angst und Hin-und-Her-Gerissenheit stampften sie nur auf und schlugen mit dem Schwanz.

Kugel öffnete die Wagentür und stieg aus.

Noch immer regten sie sich nicht.

He, sagte er und knallte die Tür zu, um sie zu verscheuchen.

Nichts.

Kugel ging zu dem Gebüsch, auf das die Rehe zu schauen

schienen, und dort, in den Gräsern und dem Brombeergestrüpp, nur einen Meter vom Straßenrand entfernt, lag der gekrümmte, blutige Körper eines kleinen Kitzes, am Bauch eine tiefe, klaffende Wunde.

Kugel schob das Unkraut beiseite und kniete sich hin. Die Augen des Tiers waren weit aufgerissen, starr geradeaus gerichtet, wie auf die mit einem Mal schwierige Aufgabe des Atmens konzentriert. Es bewegte sich nicht, konnte es nicht, die Beine zerschmettert, das Rückgrat gebrochen. Kugel sah den leichten Schlag des Herzens und erinnerte sich mit einem Stich in seinem eigenen an Jonah in dem viel zu großen Klinikbett – es schien jetzt lange her, aber nie weit weg, vielleicht heute, vielleicht morgen. Er hatte so stark abgenommen, dass Kugel fast durch die Haut hindurch sehen konnte, wie sein winziges Herz pochte. Es erschien ihm als ein solch unzulängliches Gerät, dieses Herz – so heikel, so leicht anzuhalten, so japanisch, wo es doch so deutsch sein sollte. Im einen Moment schlägt es, im nächsten nicht mehr. *Und sie lebten. Ende.* Kugel streichelte das Kitz seitlich an der Nase und flüsterte ihm die ältesten Unwahrheiten des Planeten zu: es werde schon wieder, er werde ihm nichts tun, er werde Hilfe holen. Es jaulte auf, versuchte, den Kopf zu heben. *Pscht.* Die Rehe gegenüber beobachteten ihn genau, Hoffnung in den Augen – weniger als das war es sicher nicht. Er legte dem Kitz zwei Fingerspitzen auf die Brust – *pscht* – und fühlte ihm das Herz darunter, das verzweifelt raste; langsam, sachte schob Kugel ihm die zwei Finger in die offene Wunde am Bauch. Es blinzelte, leckte sich die Lippen. Es war warm dort drinnen, nass. Kugel schob die Finger ein Stückchen weiter, drückte sie tiefer hinein, bis das angstvolle Herz gegen seine Fingerspitzen hämmerte. Kugel blickte zu den Rehen hin, die ihn von der anderen Straßenseite aus beobachteten. Anscheinend glaubten sie, er helfe ihm oder dass zumindest diese Möglichkeit bestand, und einen Augenblick lang bereute er, ihnen Hoffnung gemacht zu haben. War das denn so ein Verbrechen, Herr Professor? Machte denn ein Augenblick der falschen Hoffnung ihren Verlust größer? Was war die größere Freundlichkeit? War es denn nicht das Mindeste, was er tun konnte? So zu tun, als ob? Zu lügen, ihnen etwas vorzuspielen, die Fingerspitzen auf dem Herzen des Kitzes, die Stirn in Falten gelegt? Die wenigen Augenblicke, in denen er die Finger in ihm hatte – und nichts tat –, waren ein paar Augenblicke mehr, in denen sie an etwas glauben konnten. Und war das nicht das Freundlichste, was er für sie tun konnte?

Der Herr ist mein Hirte, mir wird nichts mangeln.

Bittet, so wird euch gegeben.

So sehr hat Gott die Welt geliebt, dass er seinen einzigen Sohn gab, auf dass alle, die an ihn glauben, nicht verloren gehen, sondern das ewige Leben haben.

Blödsinn, klar, aber guter Blödsinn. Der beste Blödsinn. Eine Lüge, aber es war ja eh alles eine einzige Lüge, was war da schon eine weitere, um den Schmerz zu lindern?

Und dann seufzte das Kitz tief auf und ließ den Kopf sinken, und Kugel drückte die Finger auf das Herz, und es blieb stehen. Nach einem Augenblick nahm Kugel sachte die Finger aus der Wunde; sie waren warm, nass, mit dunklem, fast schwarzem Blut bedeckt. Kugel hielt sich die Finger an die Nase und inhalierte tief, dann steckte er sie sich langsam, langsam in den Mund und schloss die Augen.

Scheiß auf euch Arschlöcher, dachte er.

Tschü-hüs.

Und dann lautes Hupen, die Rehe stoben auseinander, Reifenquietschen, splitterndes Glas.

Niemand wurde verletzt, allerdings war Kugel leicht geschockt und der andere Fahrer wütend. Die Polizei kam (Sind Sie verletzt, fragte er Kugel. Ja, antwortete Kugel. Der Polizist schaute auf seinen Gips und den Stock. Von einem früheren Unfall, fragte er, oder diesem? Einem früheren, sagte Kugel. Frühere Unfälle interessieren mich nicht, sagte der Polizist. Schön für Sie, sagte Kugel), Versicherungsdaten wurden ausgetauscht, und nachdem er Strafzettel ausgestellt und Kugel geholfen hatte, die hintere Stoßstange auf die Rückbank seines Wagens zu laden, sagte der Polizist, sie könnten jetzt weiterfahren. Allerdings war es da schon fast elf Uhr, und nach Mittag, als Kugel schließlich ins Büro kam. Sein Vorgesetzter hatte ihm eine Nachricht auf den Schreibtisch gelegt.

Wenn Sie nicht da sind, lesen Sie das, wir nehmen an, es ist Ihnen egal.

Ein Indianerhäuptling namens Isapwo Muksika Crowfoot sagte Folgendes auf seinem Sterbebett: Ein kleines Weilchen, dann werde ich von euch gegangen sein. Wohin, kann ich nicht sagen. Aus dem Nirgendwo kommen wir, ins Nirgendwo gehen wir. Was ist das Leben? Es ist das Aufblitzen eines Glühwürmchens im Licht. Es ist der Atem des Büffels zur Winterszeit. Es ist wie der kleine Schatten, der übers Gras huscht und sich im Sonnenuntergang verliert.

Für einen letzten Moment steckte da eine ganze Menge drin. Kugel stellte sich vor, er würde noch die ersten paar Worte herauswürgen – Ein kleines Wa… – und sterben, bevor er noch den Rest sagen konnte. Ein kleines Wa, würde sich Bree wundern. Was das wohl heißen sollte? Ein kleines Warum? Bedenkt die letzten Worte eures Großvaters, würde Jonah zu seinen Kindern sagen: Das Leben ist nichts als ein kleines Warum.

Kugel fand, dass die Nachricht des Vorgesetzten einen guten Grabstein abgab:

SOLOMON KUGEL

Nur dass ich nicht hier bin,
heißt nicht, dass es mir egal ist.
Geboren. Gestorben.

Nach dem morgendlichen Vorfall mit dem Kitz war Kugel, trotz des tragischen Ausgangs, in verblüffend aufgeräumter Stimmung. Vielleicht hatte dieses Hoffnungsding doch was für sich. Scheiß auf Jove, dachte er. Er stellte sich den Professor am Unfallort vor, wie er mit dem entsetzten Rehbock redete: *Es ist halt hinüber*, würde er sagen. *Verzweifelt hier rumstehen? Davon würde ich abraten.* Und so fand Kugel, dass es, auch wenn er sich wegen der drohenden Nachricht seines Vorgesetzten zunächst Sorgen machte, rückblickend, bei genauerem Hinsehen, unterm Strich eine positive Entwicklung war. Er war nämlich nicht gefeuert worden – sondern abgemahnt. Sie hätten ihn feuern können – andere hatten sie schon wegen weniger gefeuert –, aber sie hatten es nicht getan, weil er zweifellos ein wertvoller Mitarbeiter war und weil sie zweifellos verstanden, dass es für ihn zu Hause momentan schwierig war. Natürlich hatte jeder gute Wille mal ein Ende, und natürlich musste er sich aufs Neue anstrengen, ihnen beweisen, dass ihr Vertrauen in ihn berechtigt war. Beunruhigend? Im Gegenteil, das war nur der Tritt in den Hintern, den er gebraucht hatte. Schließlich musste er auch an seine Familie denken. Von Montag an, beschloss er, würde er sich mit Konzentration und Entschlossenheit anstrengen, und am Ende der folgenden Woche würden sie ihm Dankes- und Ermunterungsbriefe hinlegen, dafür würde er sorgen. Er brauchte eben nur einen kleinen Schubs – das ist nur natürlich, jeder braucht das von Zeit zu Zeit –, und sein Vorgesetzter hatte es gespürt (er war ein sehr guter Vorgesetzter) und ihn ihm endlich gegeben.

Nun gut, dachte er. Ich bin geschubst, und geschubst werde ich sein. Ein neuer Anfang. Ein frischer Start.

Als Kugel an jenem Abend nach Hause kam, standen Bree und der Mieter auf der Veranda und stritten sich. Der Mieter hatte seine Koffer in der Hand, und Bree versuchte, ihm den Weg zu versperren. Als Kugel vom Auto zur Veranda schritt, rief der Mieter ihm zu, er verlangte, den Dachboden zu sehen, um einige Sachen auf den Dachboden hinaufzubringen, sonst werde er sein Zimmer auf der Stelle räumen.

Ich habe für diesen Platz bezahlt, Mr Kugel, sagte der Mieter, als Kugel vor ihm stand. Das ist Diebstahl, und das lasse ich mir nicht mehr gefallen.

Kugel, durch die positive neue Richtung, die er im Büro eingeschlagen hatte, im Hochgefühl und entschlossen, einen solchen Schritt endlich auch zu Hause zu tun, versuchte, den Mieter zu beruhigen, und fragte höflich, ob sie das Thema nicht wie Erwachsene besprechen könnten. Allerdings wurde schnell klar, dass der Mieter tatsächlich ausziehen würde, und zwar sofort, wenn er nicht die Gelegenheit bekäme, sich den Dachboden anzusehen.

Sir, sagte Kugel, Sie wissen, dass meine Mutter bei uns wohnt, weil sie alt und krank ist.

Das geht mich nichts an, sagte der Mieter.

Das stimmt allerdings, sagte Kugel. Jeder hat seine eigenen Probleme und kann nicht immerzu die Welt retten. Aber die Welt wird besser, wir werden bessere Menschen, wussten Sie das schon? Die Zahlen lügen nicht, sie lügen nicht, weil es schließlich für alles einen Grund gibt, finden Sie nicht auch? Aber was ist nun der Grund für diese Verzögerung, werden Sie fragen. Es ist, wie ich gerade erwähnt habe, die Krankheit meiner Mutter, die es notwendig machte, dass sie hier, bei uns, eingezogen ist. Niemand ist weniger glücklich darüber als ich, das versichere ich Ihnen, aber da wir das Zimmer, in dem nun meine Mutter wohnt, nicht vermieten können und wir den Erlös aus diesem Zimmer brauchen, um unsere Auslagen zu decken, muss ich Ihnen sagen, dass wir gezwungen waren, auch den Dachboden zu vermieten.

Bree schaute Kugel verblüfft an.

Sie haben den Dachboden vermietet, sagte der Mieter.

Leider ja, sagte Kugel.

Blödsinn.

Ich hätte es Ihnen schon früher sagen sollen, sagte Kugel. Es tut mir leid, aber die Ärzte haben uns versichert, dass Mutter eigentlich schon verstorben sein müsste, und ich hatte gehofft, die neue Mieterin könnte dann in ihr Zimmer ziehen, damit Sie endlich den Raum bekommen, den Sie brauchen und der Ihnen, wie Sie betonen, auch zusteht.

Der Mieter verschränkte die Arme über der Brust.

Dann ist also jemand auf dem Dachboden, sagte er.

Ja.

Jetzt im Moment.

Absolut.

Ich glaube Ihnen kein Wort, sagte er.

Warum ist denn dein Wagen so verbeult?, fragte Bree Kugel.

Warum, warum – das Leben ist ein einziges kleines Warum, nicht wahr? Ein kleines Warum hier, ein kleines Warum da. Mehr Warums als Weils, herzlich wenige Weils, und ein Berg von Dahers, die eigentlich nichts bedeuten. Sie ist ganz alt, sagte Kugel zum Mieter, und recht gebrechlich. Die Frau auf dem Dachboden, meine ich, nicht meine Frau, haha. Ich hatte Vorbehalte, den Raum zu vermieten, ohne es Ihnen zu sagen, aber ihre Lage war ziemlich verzweifelt. Möchten Sie sie kennenlernen? Dann werden Sie sehen, was ich meine. Sie ist nicht mit vielen Sachen eingezogen, und ich habe auch starke Zweifel, dass sie viele hat, und sie schläft fast den ganzen Tag auf einem Häufchen Decken, aber sie ist da, falls Sie sie sehen möchten.

Das, sagte der Mieter, würde ich sehr gern.

Nun gut, sagte Kugel.

Kugel ging hinauf, der Mieter dicht hinter ihm und Bree wiederum dicht hinter dem Mieter. Kugel machte sich keinen Kopf, er wusste, dass Anne Frank, da es ja Tag war, schlafen würde, und wenn nicht, desto besser. Mit dem Mieter konnte er dann hinterher diskutieren, sie würden ihrem jeweiligen Groll Luft machen, und Kugel war sich sicher, dass er den Mieter zum Bleiben bewegen konnte – Mutter wie auch Anne Frank waren schrecklich alt, und sobald eine starb, würde der Mieter seinen Platz auf dem Dachboden bekommen.

Ich nehme an, die arme Frau hat auch ihr eigenes Bad?, fragte der Mieter, und seine Stimme triefte von Sarkasmus.

O nein, sagte Kugel. Auch keinen privaten Eingang. Es ist überhaupt nicht sehr bequem. Sie werden bald sehen, Sir, das Zimmer, das Sie haben, ist das beste aller möglichen Zimmer.

Kugel war überrascht, dass ihm dieser Plan nicht schon früher eingefallen war. Manchmal erscheinen Probleme furchtbar haarig, dabei gibt es eine einfache Lösung, die man schon die ganze Zeit vor der Nase hatte. Seine einzige Sorge war, dass Bree Anne Frank zum ersten Mal sehen würde, und er erwartete, dass sie absolut negativ reagierte, wie er es ja zugegebenermaßen auch getan hatte. Aber wer wusste das schon? Vielleicht würde sie, wenn sie Anne in Fleisch und Blut sah, Mitleid haben, mit ihm, wenn schon nicht mit ihr, und dann würde sie alles verstehen, was passiert war.

Kugel zog die Dachbodentür herunter, legte einen Finger zum Schweigen mahnend auf den Mund und stieg die

Dachbodentreppe hinauf. Langsam kletterten sie hinauf. Kugel schob sich auf den Fußboden, während der Mieter und Bree bang auf der Leiter stehenblieben und lediglich den Kopf durch die Luke reckten. Kugel bedeutete ihnen, ihm zu folgen, froh, dass in wenigen Momenten wenigstens eines seiner Probleme gelöst sein würde. Und da sah er sie: Anne Frank, auf der anderen Seite vom Treppenschacht, sehr wach, sehr grotesk, über der Abluftklappe hockend, den Rock um die Hüften, das Gesicht rot vor Anstrengung.

Seit dem Krieg, sagte Anne Frank.

Bree und der Mieter sahen sie an.

Ich hau ab hier, sagte der Mieter.

Bree stolperte die Treppe hinunter und rannte ins Bad. Der Mieter war dicht hinter ihr, flüchtete die Treppe hinunter und aus dem Haus.

Sie ist eine Überlebende!, rief Kugel hinter ihm her. Eine Überlebende!

Kugel stand allein im Flur, die Hände in den Hüften, und sog tief die Luft durch die Nase ein.

Na, wenigstens wusste er jetzt, wo der Rest des Gestanks herkam.

Er war nicht verrückt.

Das war doch auch schon mal was.

24.

Samstagvormittag ging Kugel noch einmal in den Haushaltswarenladen, um weitere Latexhandschuhe und eine neue Bürste zu kaufen. Als er hinkam, merkte er, dass er seine Brieftasche vergessen hatte, und musste noch einmal nach Hause, um sie zu holen.

Vielleicht hatte er ja jetzt die gleiche Vergessenskrankheit wie Mutter. Vielleicht würde er bald alles vergessen.

Sie hat's wieder gemacht, was?, sagte Vince.

Wer?

Die Katze. Sie hat in die Klappen gepinkelt.

Geschissen.

Geschissen?

Geschissen.

Sie müssen die Katze loswerden.

Diesmal empfahl Vince einen Industriereiniger – Wir haben Miracle-Away, sagte er, und Forever-Gone, aber ich würde Erase nehmen, giftig wie Sau, aber schafft praktisch alles weg, sagte er – und eine Doppelpackung Wegwerf-Atemschutzmasken mit Duftfilter.

Und werden Sie die Katze los, setzte er hinzu.

Es war das letzte Juniwochenende. Am folgenden Wochenende war der Unabhängigkeitstag, der 4. Juli, und auf dem Weg zum Wagen fiel Kugel auf, dass die ganze Stadt – die Autos, die Geschäfte, die Häuser – mit Fahnen, Wimpeln und großen Schildern geschmückt war. Der 4. Juli hatte schon immer zu Kugels Lieblingsfeiertagen gehört, und schon als Kind hatte er ihn stets mit einem Gefühl erfüllt, das über Patriotismus hinausging – eher von Zugehörigkeit, des Einsseins mit einer ganzen Nation voller Fremder.

Was also hatte sich verändert?, fragte er sich auf dem Weg zum Wagen. Warum machten ihn diese Banner und Fahnen heute plötzlich nervös, warum war er angespannt? Lag es am Land oder an ihm? Heute erschien ihm der 4. Juli als die niederste Form von Patriotismus; nicht Stolz, sondern Furcht, nicht feierlich, sondern argwöhnisch, furchtsam. Lag es an der Nation – einer Nation im Krieg? – oder lag es an ihm? Lag es an Anne Frank? All die Symbole schienen keine Einheit mehr auszudrücken, sie wirkten wie Drohungen, Risiken, Provokationen. Sie waren, als packten sie einen Fremden am Kragen, statt das eigene Rückgrat zu stärken.

Wir stehen vereint.

These Colours Don't Run.

Love It or Leave It.

Eine schwarze Silhouette der Zwillingstürme und die Worte Niemals vergessen in Blutrot.

Warum denn nicht?, dachte Kugel. Warum nicht vergessen? Haben sie nicht genau das gewollt, die Terroristen, dass wir nie vergessen? Wahrscheinlich haben sie genau das gedacht, als sie den ganzen Plan entwickelten: Scheiße, sagte einer, das werden die NIE vergessen. Das, sagte ein anderer, werden die NIE vergessen.

Also vergiss es.

Weg.

Vorbei.

War daraus etwas zu lernen? Aber was? Wussten wir am Tag danach etwas – ein Körnchen Weisheit, Wahrheit oder Erkenntnis –, was wir am Tag davor nicht gewusst hatten?

Dass das Leben kurz ist? Wer wusste das schon? Dass die Menschen töten und im Gegenzug getötet werden? Was?

Nichts.

Verdammt nochmal gar nichts.

Ich sehe Überschwemmungen, sagte Nostradamus, und Feuersbrünste und Kriege.

Was, ehrlich?

Also vergiss es.

Mein Freund Mohammed hier und ich gehen zum Giants-Spiel.

Mohammed? Erinnerst du dich nicht mehr an 9/11?

Nein, warum?

Was ist so schlimm am Vergessen? Was macht Erinnern? Kugel hatte gelesen, dass der Balkankrieg auch als der Krieg der Großmütter bezeichnet wurde, dass nach fünfzig Jahren Frieden die Großmütter ihre Nachkommen daran erinnert hatten, einander zu hassen, dass die Großmütter sie an frühere Gräuel erinnert hatten, an längst vergangene Demütigungen. Niemals vergessen!, schrien die Großmütter. Und so erinnerten sich ihre Enkel, und so starben ihre Enkel. Er hatte gelesen, dass Darius der Große, um das Leid, das die Athener ihm zugefügt hatten, nicht zu vergessen, einem Pagen befahl, ihm jedes Mal, wenn er sich zu Tisch setzte, dreimal ins Ohr zu flüstern: *Erinnere dich an die Athener*.

Arschloch.

Lernt man nicht aus der Vergangenheit, sagte jemand, ist man dazu verurteilt, sie zu wiederholen. Aber wenn wir nun als Einziges aus der Vergangenheit lernen, dass wir so oder so dazu verdammt sind, sie trotzdem zu wiederholen? Die Narbe ist offenbar häufig schlimmer als die Wunde. Gäbe es doch nur ein Miracle-Away für die Vergangenheit. Ein Forever-Gone für Brutalität, Gräuel, für Demütigungen, große wie kleine. Ein Leben mit Zitronenduft, das wollte er;

für Jonah, für Bree, für Mutter, für Anne. Ein gereinigtes, poliertes, revitalisiertes Leben mit Kieferduft. Hinterlässt keine Rückstände. Widersteht Fingerabdrücken. Zwei Kilo Neu, Preis bei Amazon? Egal. Ab in den Einkaufswagen. Premiumversand.

Vergiss Alamo.

Scheiß drauf.

Es ist vorbei.

Diese Form von Patriotismus machte Kugel Sorgen, eine Sorge, die er von Mutter geerbt hatte, die ihm immer sagte, es könne auch hier passieren.

Was?

Es.

Was es, Mutter?

Es es.

Kugel stellte die Tüte auf den Rücksitz des Wagens, und als er sich wieder aufrichtete und die Tür zuschlug, fiel ihm an einem der oberen Fenster eines weißen Häuschens ein kleines Zu-vermieten-Schild ins Auge.

Er klopfte an die Haustür, doch niemand reagierte. Er spähte in die Fenster, klopfte erneut und ging um das Haus herum nach hinten, wo er die Hintertür unverschlossen fand. Er öffnete sie einen Spalt.

Hallo?, rief er.

Er trat in die Küche und rief erneut.

Hallo? Ich bin wegen des Zimmers hier.

Das Haus war sauber und gepflegt, das Geschirr gespült, es stand aufrecht im Gestell neben der Spüle. Er ging weiter ins Wohnzimmer und ins Arbeitszimmer, dann nach vorn in die Diele.

Hallo, rief er die schmale Treppe hinauf.

Hallo?

Langsam stieg er die Treppe hinauf. Oben waren drei

Zimmer, eins davon vollkommen leer geräumt, es roch nach frischer Farbe. Hier hing auch das Zu-vermieten-Schild. Das Zimmer war klein, aber sehr hell, und durch das große Fenster in der Mitte blickte man auf die Straße.

Kugel setzte sich auf den Fußboden. Er legte sich auf den Rücken und faltete die Hände über der Brust. Er schloss die Tür und öffnete sie wieder. Er trat in den Flur hinaus, schaute zur Decke und sah eine Dachbodentür zum Herunterziehen.

Hallo, rief er erneut.

Kugel zog die Dachbodentür herunter und stieg hinauf.

Der Dachboden war klein, viel kleiner als seiner und so vollgestellt mit den Sachen des Eigentümers, dass es schwierig war, sich an den Schreibtischen, Stühlen, Teppichen, Fahrrädern, Kisten und alten Überseekoffern vorbeizuschlängeln, die alle wahllos durcheinanderstanden. Es gab kein Fenster, und das einzige Licht kam von den dünnen Sonnenstrahlen, die durch die Giebelklappe drangen.

Kugel entdeckte eine Kiste, um die ein langer Strick geschlungen war. Er nahm den Strick ab, stieg die Treppe hinunter und band ihn, wie er es bei Anne Frank gesehen hatte, an die unterste Sprosse. Er stieg wieder hinauf und zog an dem Strick, worauf sich die Tür hinter ihm mit einem befriedigenden Tschock schloss. Er bahnte sich einen Weg über den Dachboden, zu einem alten Esstisch, der an der hinteren Wand stand. Er kroch darunter, legte sich hin, schloss die Augen und schlief ein.

Als er einige Zeit später wieder erwachte, hörte er unten Stimmen. Die Eigentümer. Ein Mann, eine Frau, ihre Worte gedämpft. Kugel presste ein Ohr auf den Boden, doch außer hin und wieder einem Wort konnte er lediglich Intonation, Tonfall, Rhythmus ausmachen. Er erkannte die langen Pausen, die unbeteiligte Sprechweise, den lustlosen Austausch bequemer Vertrautheit. Die waren schon länger verheiratet.

ER: Mmm mm mm mmm mm?
Lange Pause.
SIE: Mmm mmm mm.
Eine Tür ging zu.
Schritte.
SIE: Mmm mm mmm.
Der Fernseher ging an.
ER: Mmm. Mmm mmm mmm.
Sie stritten wegen etwas. Zankten.
SIE: Mmm mmm mmm?
Eine Schranktür wurde zugeschlagen.
ER: Mmm! Mmm mmm mmm!
Kugel kicherte.
SIE: Mmm mmm. Mmm!

Er hielt sich eine Hand vor den Mund, mühte sich, nicht laut aufzulachen, aber es war alles so komisch, dass er schon bald in lautlosem, unbändigem Gelächter den Kopf zurückwarf.

Jemand ging langsam die Treppe herauf, durch den Flur, war nun unter ihm.

Stille.

Kugel riss sich zusammen.

Ein Licht ging an. Und dann, direkt unter ihm, Stöhnen, Furzen.

O Gott, hörte er sie ächzen.

Kugel kicherte wieder.

Sie war auf der Toilette.

Weiteres Furzen, weitere Anrufungen des Herrn im Himmel.

Kugel mühte sich verzweifelt, nicht laut aufzulachen, aber die Toilettenspülung war dann zu viel, er gab auf. Er vergrub das Gesicht in einer Steppdecke und hoffte, das Geräusch der spülenden Toilette würde seine Lachgeräusche übertönen. Tränen liefen ihm übers Gesicht, und die Rippen taten ihm weh. Dann das Knarren von Bettfedern, ein Stöhnen. Dann eine Weile lang nur der blecherne Ton des Fernsehers unten.

Minuten vergingen, zehn, vielleicht fünfzehn.

Kugel presste das Ohr auf den Fußboden.

Er hörte Schnarchen.

Kugel kroch unterm Tisch hervor und schob lautlos einige Kisten in die Ecke, bis er eine kleine Mauer errichtet hatte, dann legte er ein paar Decken dahinter. So leise wie möglich ging er zur Dachbodentür, drückte sie langsam auf und stieg hinab.

Er schlich durch den Flur zum Schlafzimmer. Die alte Frau lag auf der Seite und schlief tief. Kugel lächelte wieder; er erinnerte sich an alles. Er ging auf Zehenspitzen ins Zimmer und küsste sie sachte, ganz sachte auf den Kopf.

Er dachte, dass er sie vielleicht liebte.

Unten saß ein alter Mann in einem Ruhesessel vor dem Fernseher, er war eingeschlafen. Kugel schritt langsam durchs Haus, in die Küche und zur Hintertür hinaus.

Die Sonne ging bald unter.

Kugel lief ums Haus herum und klopfte an die Tür.

Moment, rief der alte Mann.

Nach einer Weile ging die Tür auf.

Ich komme wegen des Zimmers, sagte Kugel.

Der alte Mann schüttelte den Kopf.

Schon vergeben, sagte er. Tut mir leid.

Großer Mann?, fragte Kugel. Bart?

Der alte Mann nickte.

Was in der Art, sagte der alte Mann, plötzlich argwöhnisch.

Kugel schaute ins Haus.

Na, sagte er, dann bis dann.

Bis dann, sagte der alte Mann.

Er schloss die Tür, und Kugel hörte die Schlösser hinter ihm zuklicken.

Kugel verbrachte den Großteil des folgenden Tages damit, die Klappen und Ventile zu reinigen. Er schleppte einen Eimer Wasser und Reinigungsmittel auf den Dachboden, schrubbte erst die Gitter, dann die Seiten der Röhren und goss den Rest der Mixtur hinein, damit sie durchs ganze Haus laufen konnte. Noch immer hing der Geruch in der Luft, der Geruch Anne Franks, ebenso an seinen Fingern und Händen, gleich wie sehr er sie schrubbte.

Als er sich Sonntagabend dann ins Bett legte, war Bree schon eingeschlafen. Wir denken meist an die offensichtlichen Zeichen der Liebe – Zärtlichkeit, Sorge, Anteilnahme –, und dennoch sagt irgendwie nichts so viel über die Gesundheit einer Beziehung aus, wie ob man gleichzeitig ins Bett geht oder nicht.

Kugel legte sich voll bekleidet aufs Bett und schloss die Augen.

Vielleicht hatte Mutter ja recht, dachte er. Vielleicht sollte sie wirklich nicht auf einem Haufen Lumpen sterben.

Spinoza sagte: Denjenigen nenne ich frei, den einzig die Vernunft leitet.

Spinoza sagte auch noch: Wahre Tugend ist ein Leben unter der Anleitung der Vernunft.

Kugel fragte sich, ob Spinoza diese Dinge gesagt hatte, bevor oder nachdem er das Sterbebett seiner Mutter quer durch die Niederlande gezogen hatte. Kugel hatte gelesen, dass er es überallhin mitgenommen hatte. Er nahm es von

Amsterdam nach Rijnsburg mit, von Rijnsburg nach Voorburg, von Voorburg nach Den Haag. Das erschien Kugel nicht so ganz vernünftig; eigentlich erschien es ihm sogar ziemlich unvernünftig. Es war ja kein aufblasbares Bett. Es war kein Futon. Es war ein richtig großes Holzbett. Soweit wir wissen, könnte es auch eine Sprungfedermatratze gehabt haben.

Die Geschichte verwirrte Kugel. Wäre sie gestorben, als Spinoza schon ein wenig älter war, dann hätte man vielleicht noch sagen können, dass sie ihm wohl mehr als alles andere auf der Welt bedeutete, dass es ihm der Verlust einer Mutter war, die mehr als nur einfach eine verstorbene Mutter war, nämlich ein notwendiges, getreues und weises Leitbild, und dass es Spinoza schwerfiel, sich von ihr zu verabschieden. Trotzdem wäre es, ehrlich gesagt, immer noch merkwürdig gewesen, verdammt merkwürdig, aber man könnte doch ein wenig Nachsicht walten lassen. Aber Spinozas Mutter starb, als er erst sechs Jahre alt war. Wenn selbst der Hohepriester der Vernunft bei einem Sterbebett so unvernünftig sein konnte, dann sollte er selbst vielleicht noch einmal überlegen. Und so hielt Kugel am folgenden Morgen auf der Fahrt zur Arbeit beim Matratzenladen im Ort.

Alles, brüllte das Schild im Schaufenster, muss raus.

Du weißt nicht, was du da sagst, sagte Kugel zum Laden.

Es war ihm nicht ganz wohl bei dem Gedanken, Anne Frank ein reduziertes Sterbebett zu kaufen – für so etwas sollte man eigentlich nicht auf Schnäppchenjagd gehen. Aber er hatte auch keine Lust, ein Vermögen dafür auszugeben.

Gott segne Amerika, brüllte ein anderes Schild.

Hieß das: Gott, segne Amerika? Wie eine Aufforderung? Wie ein Befehl? Es schien Kugel nicht klug, Gott so herumzukommandieren. Und legte das nicht nahe, dass Gott

Amerika noch nicht gesegnet hatte? Dass Amerika ungesegnet war? Wenn Er uns gesegnet hätte, dann würden wir doch nicht noch einen Segen brauchen? Oder hieß das: Behüt dich Gott, Amerika? Wie: Tschüs, Amerika? Wie: Du bist am Arsch. Wie: Such dir einen Dachboden. Und zwar schnell.

Rasch trat ein Verkäufer zu ihm.

Ich schau mich nur um, sagte Kugel zu dem Verkäufer.

Kein Problem, kein Problem, sagte der Verkäufer. Nur zu Ihrer Orientierung, alle reduzierten Dinge sind mit einem gelben Stern gekennzeichnet.

Perfekt, dachte Kugel. Ich kaufe Anne Frank ein judiziertes Sterbebett mit einem gelben Davidstern darauf.

Spinoza.

So ein Esel.

Natürlich kauft man kein Sterbebett. So etwas gibt es nicht. Man kauft ein normales Bett und verreckt darin. Ein Sleep Master oder ein Dreamweaver oder ein NightCloud, gefertigt aus Hochentwickelten Polykarbonat-Progressiv-Federn, Bioreaktiven TemperPads und keimabweisendem, weichem PermaSoft-Memory Foam, die highste Tech, das toppste Aktuellste. Sogar die billigen kosteten hunderte von Dollar, manche tausende. Es leuchtet ein, dachte Kugel, als er auf die Preise schaute, dass ein im Niedergang befindliches Imperium sein bestes wissenschaftliches und intellektuelles Kapital ins Schlafen investiert. Fürs Schläfchen. Fürs Nickerchen. Warum verkaufen die eigentlich keine Sterbebetten?, fragte er sich. Ausgewiesene Sterbebetten. Ein Sealy Schwanengesang. Ein Tempur-UltraHops mit neuartiger Sterbefeder-Technologie. Etwas Ordentliches, etwas Bequemes, aber nichts, was mehr als ein paar Monate hielt, höchstens. Diese Nichtsterbebetten hatten über zwanzig Jahre Garantie, warum sollte er für neunzehneinhalb Jahre

Schlaf bezahlen, für die er keinerlei Verwendung hatte? Er jedenfalls würde sich auf keinen Fall in ein Bett legen, in dem schon mal jemand gestorben war. Vielleicht konnte er es einfach zurückgeben, wenn sie gestorben war? Konnte man denn ein Bett zurückgeben, in dem jemand gestorben war? Wie sollten die das erfahren?

Hitler war Optimist.

Je mehr Kugel über Spinoza nachdachte, desto wütender wurde er. Der Kerl war ja kein Idiot. Welche Hoffnung gab es für uns andere noch, wenn so ein großer Geist emotional so ein Trottel sein konnte? Und nicht nur ein Trottel, sondern ein total durchgeknallter Spinner. Wenn die klarste Logik, deren der menschliche Geist fähig ist, immer noch geradezu jämmerlich unzureichend ist, wozu dann noch die Mühe? Welche Hoffnung besteht dann noch?

Möchten Sie heute Gepäck aufgeben, Mr Spinoza?

Nur die beiden Koffer. Das Sterbebett ist mein Handgepäck.

In Ordnung, Sir.

Kugel streifte durch den Laden. Von der Auswahl wurde einem schwindlig. Latex, Schaum, Federkern, Doppelbett, Doppelbett XL, Queensize, Kingsize. An die Größe hatte er noch gar nicht gedacht. Welche Größe brauchte sie denn wohl? Queensize? Die Einzelbetten waren am günstigsten, vielleicht sollte er einfach so eines nehmen, und gut ist. Sie war klein, was sollte sie mit einem Queensize?

Kugel legte sich auf eines der Betten, faltete die Hände auf die Brust und schaute an die Decke.

Es könnte einen Todeskampf geben.

Um sich schlagen oder so was.

Im Augenblick.

Ihres Todes.

Vielleicht doch ein Queensize.

Stan Laurel auf dem Sterbebett: Lieber würde ich jetzt Ski fahren.

Fahren Sie denn Ski, Mr Laurel?, fragte die Schwester.

Nein, sagte er, aber ich täte es lieber als das hier.

Sagte der Kaplan zu Chaplin: Soll der Herr sich deiner Seele erbarmen?

Sagte Chaplin zum Kaplan: Warum nicht? Immerhin gehört sie ihm.

Kugel schloss die Augen. Er wollte nicht, dass Anne Frank aus ihrem Sterbebett fiel.

Es tut mir sehr leid, Mr Spinoza, aber dieses Sterbebett passt nicht ins Gepäckfach.

Bald schlief Kugel ein. Wieder träumte er von den alten, todkranken Patienten in Klinikhemden und Verbänden, die seine Einfahrt heraufhumpelten. Wieder gingen sie an ihm vorbei, nur versuchte er dieses Mal nicht, sie aufzuhalten. Er sah einfach zu, wie sie an ihm vorbeischlurften und hinkten, stöhnten und keuchten und greinten und furzten, und wieder folgte er ihnen in den Garten, wo sie, einer nach dem anderen, über den Rand des Abgrunds traten. Dieses Mal aber drängte sich Kugel nach vorn, bahnte sich einen Weg zum Rand und schaute hinunter. Er meinte, wissen zu müssen, was dort aus ihnen wurde, dort im Abgrund. Am Fuß des Steilhangs hatten sich die Toten zu einem Hügel aus blutigen, zerschmetterten Leibern aufgetürmt, aus Gehstöcken, Infusionsständern aus Edelstahl, verbogenen Gehhilfen, zertrümmerten Rollstühlen. Um den Fuß des Hügels herum war eine einzige riesige Blutlache. Keiner gab einen Laut von sich, keiner versuchte sich aufzurappeln. Kugel bekam weiche Knie, denn plötzlich packte ihn die Angst vor dem Abgrund, und er wollte vom Rand zurücktreten, doch es ging nicht, es waren jetzt zu viele, die an ihm vorbeidrängten, ihn immer näher an den

Abgrund schoben, obwohl er sich ihnen entgegenstemmte.

Kugel erwachte, als der Verkäufer ihn an die Schulter stupste.

Das ist ein Qualitätsprodukt, sagte der Verkäufer. Ein Serta Perfect Sleeper mit Memory-Foam-Auflage.

Was kostet es?, fragte Kugel.

Mit dem da leben Sie um Jahre länger, sagte der Verkäufer. Eine Nacht, und Sie fühlen sich zehn Jahre jünger.

Kugel machte sich im Geist eine Notiz: So eines auf keinen Fall Mutter kaufen.

Wie viel?, fragte er.

In Queensize, sagte er, wären wir bei roundabout achthundert, acht fünfzig, und den Rahmen bekommen Sie gratis dazu.

Achthundertfünfzig Dollar?, fragte Kugel. Wie spät ist es?

Halb elf, sagte der Verkäufer.

Scheiße, murmelte Kugel.

In fünf Minuten hätten wir es Ihnen fertig eingepackt und zur Mitnahme bereit, sagte der Verkäufer.

Was kostet der Futon?, fragte Kugel.

Hundertfünfzig, sagte der Verkäufer.

Ich nehme den Futon, sagte Kugel.

Als der Verkäufer den Futon schließlich aufs Dach von Kugels Wagen gebunden hatte, war es kurz vor elf Uhr. Als Kugel vom Parkplatz fuhr, stellte er sich Anne Frank vor, wie sie starb. Er stellte sich vor, wie sie auf dem Rücken lag, in dem düsteren Abenddämmer seines Dachbodens, ins Leere starrte, zu sprechen versuchte, noch etwas zu sagen versuchte, aber dann nur noch zu einem letzten Atemzug fähig war, ein letztes Mal, und wie ihr erbärmliches Leben endlich zu Ende ging.

Auf einem Futon.

Hätte Spinoza den Futon seiner Mutter mit sich herumgetragen?

Furcht kann nicht ohne Hoffnung sein und Hoffnung nicht ohne Furcht. Nun packen Sie bei diesem Futongestell doch mit an, das ist verflucht schwer.

An der nächsten Ampel machte Kugel kehrt, fuhr zurück in den Matratzenladen und legte über tausend Dollar für das Serta Perfect Sleeper mit Memory-Foam-Auflage hin.

Scheiß drauf, dachte er.

Er bog auf den Firmenparkplatz ein, auf dem Wagendach festgebunden eine Matratze im Queensize-Format und mit Bettkasten, und es war zehn Minuten nach zwölf. In seinem Büro erwarteten ihn schon sein Vorgesetzter, ein Mann vom Wachdienst und eine Frau aus der Personalabteilung. Auf seinem Schreibtisch standen ein paar leere Pappkartons.

Wir können es uns nicht mehr leisten, sagte der Vorgesetzte, wegzusehen.

Letzte Worte?

Die würde er sich aufschreiben.

25.

Fast eine Woche hatte es keinen Brand mehr gegeben. Kugel verbrachte die Abende unten, las Bücher über Anne Frank und den Holocaust, während Bree oben über Haushaltsbudget und Rechnungen brütete. Es hieß, die Polizei sei einem Verdächtigen auf der Spur, allerdings verlauteten keine Einzelheiten, da noch ermittelt werde und der Verdächtige noch auf freiem Fuße sei. Dann, gegen Ende der Woche, schlug der Brandstifter erneut zu, bei der alten Farm an der Sawmill Road, einem der prächtigsten, eindrucksvollsten Farmhäuser der ganzen Gegend; er hatte den Pferdestall und den Lagerschuppen angezündet. Zum Glück gab es in dem Stall schon lange keine Pferde mehr – die jetzigen Besitzer waren Manager aus der Stadt, die nur das Haupthaus nutzten –, und die Feuerwehr war zur Stelle, bevor allzu viel Schaden entstanden war. Zwei Tage später schlug der Brandstifter erneut bei derselben Farm zu. Diesmal zündete er die vordere und die hintere Veranda des Farmhauses an. Wieder reagierte die Feuerwehr schnell. Gerüchte kamen auf, wonach jemand vom Brandort weggerannt sei, jemand in die Wälder verfolgt worden sei, dass Sicherheitskameras ein Foto von dem Brandstifter gemacht hätten, wenngleich die Polizei ihn nicht habe fassen können. Am folgenden Tag war die ganze Stadt in heller Aufregung, denn die Polizei hatte den Namen eines Hauptverdächtigen genannt: Wilbur Messerschmidt jr.

Die Bürger waren geschockt. Keiner mochte es glauben.

Wilbur Junior war doch bei der freiwilligen Feuerwehr und ein geschätztes Mitglied der Gemeinde. Die Familie lebte seit fast zweihundert Jahren in der Gegend. Warum sollte der so etwas tun? Senior, Wills Vater, gab nur dem örtlichen Rundfunksender ein Interview, in dem er versuchte, die Taten seines Sohnes zu erklären, ein Interview, das Kugel hörte, als er, eine Matratze auf dem Dach und die Entlassungspapiere in der Tasche, nach Hause fuhr.

Die Messerschmidts, sagte Senior, seien Bauern gewesen. Jahrelang hätten sie erfolgreich von ihrem Land gelebt, bis die industrielle Landwirtschaft mit ihren großen Subventionen von der Regierung sie nach und nach vom Markt gedrängt habe. In letzter Zeit hätten sie, wie sie in der Familie oft sagten, auf dem Land gelebt, aber nicht mehr vom Land. Einer nach dem anderen hätten sie ihr Haus verloren, zweite Baukredite nicht mehr bezahlen können, Steuerrückstände gehabt, mit ansehen müssen, wie ihre Geschichte Stück um Stück an junge reiche Familien verkauft wurde, von denen immer mehr die Städte verließen. Was einst Familienschätze gewesen seien, in denen Generationen von Messerschmidts geboren und aufgezogen worden seien, stehe nun die ganze Woche leer, da die Besitzer nur am Wochenende kämen, Klimaanlagen und eingelassene Swimmingpools einbauten und sich über den langsamen Boiler beschwerten. Und daher, sagte Senior, habe Wilbur Junior beschlossen, wenn schon die Messerschmidts ihre Farmen nicht haben könnten, dann eben niemand.

Wilbur Messerschmidt jr., merkte der Interviewer an, sei noch immer auf freiem Fuß.

Ich kann es zurückgeben, sagte Kugel.

Wir werden untergehen, sagte Bree, Tränen der Wut in den Augen.

Das wird schon.

Sag das nicht.

Okay.

Es ist nicht okay.

Tut mir leid.

Ist mir egal.

Es ist dir egal?

Es ist mir egal, sagte Bree. Nicht egal ist mir, dass wir uns dieses Haus nicht leisten können. Nicht egal ist mir, dass du unseren einzigen zahlenden Mitbewohner vergrault hast. Nicht egal ist mir, dass die dir wichtiger sind als wir.

Das stimmt doch gar nicht.

Doch.

Nein.

Kugel konnte ihre Wut über die Situation verstehen, nicht aber ihre Wut auf ihn. Welche Möglichkeiten hatte er denn? Selbst wenn er Anne Frank hinauswerfen wollte, würde Mutter das nie zulassen. Und Mutter war selbst fast schon tot, das hatten ihm die Ärzte praktisch garantiert. Bald würde alles vorbei sein. Gab es denn ein besseres Omen dafür als ein nagelneues Sterbebett?

Wie viel hat es gekostet?, fragte sie.

Ich kann es zurückgeben.

Wie viel hat es gekostet?

Er sagte es ihr.

Sie schlug ihm ins Gesicht, fest, und stürmte davon.

Ich kann es zurückgeben, sagte er.

Matratze und Bettkasten blieben über Nacht und bis in den nächsten Vormittag hinein auf Kugels Wagen, als Pinkus sich erbot, vorbeizukommen und es mit ihm auf den Dachboden zu schaffen – bei seinen Verletzungen konnte Kugel sie beim besten Willen nicht allein tragen. Mutter, die mit ihrem Album beschäftigt war, konnte nicht helfen, und Bree, die wütend war, wollte nicht. Sie ließen ihn mit der

Sache allein, und darüber war er froh – Bree brachte Jonah zur Kita, Mutter ging etwas einkaufen.

Sie bräuchte frische Bettwäsche, sagte Mutter.

Kugel wartete auf der Veranda auf Pinkus. Die aufs Autodach gebundene Matratze ließ ihn an Flüchtlinge denken. Ans Flüchten. Wohin würden sie gehen, wenn etwas passierte?

Wenn was passierte?

Er erinnerte sich, etwas über Papiere gelesen zu haben, darüber, dass Papiere gebraucht wurden – die Leute in den Holocaust-Büchern und -Filmen sorgten sich ständig um ihre Papiere: dass sie sie bekamen, dass sie sie nicht bekamen, dass sie sie erst bekamen, wenn es zu spät war, dass sie sie gerade noch rechtzeitig bekamen, dass sie sie fälschten, sie versteckten, sie verloren. Hatte er überhaupt Papiere? Was waren Papiere überhaupt? Papiere wie was, wie ein Pass? Papiere wie eine Geburtsurkunde? So viele Leute hatten Probleme mit diesen Papieren, dass Kugel von den Geschichten, in denen die Leute ihre Papiere *hatten*, immer überrascht war. Wirklich, Sie haben Papiere? Woher wussten Sie, dass Sie Papiere brauchen? Wer hat Ihnen die Papiere gegeben? Hatte Bree Papiere? Hatte Jonah Papiere? Brauchten sie Papiere?

iPod (Kopfhörer/Ladegerät)
Autoinjektoren
Zyrtec
Papiere (?)

Er wusste es, wie er nur ungern zugab, seit dem ersten Mal, als seine Mutter ihm Bilder von den Leichenbergen in Dachau gezeigt hatte. Sein erster Gedanke war gewesen: Das würde ich nicht schaffen. Er war nicht der Typ des

Überlebenden. Er war ein Unterlieger. Ein Umkommer. Ein Krepierer. In das Flugzeug in L. A. würde er es nie schaffen. Er hatte keine Ahnung, wie man aus Treibsand herauskam. Bree war eine Überleberin. Bree war eine Widersteherin. Bree wäre aus dem Treibsand heraus, hätte geduscht und sich umgezogen, bevor Kugel auch nur festen Stand gefunden hätte. Kugel hoffte, Jonah hätte etwas von Bree. Mehr Bree, weniger Kugel. Dann könnte er es schaffen. Aber Kugel? Niemals. Er hätte keine Chance. Er würde sich umbringen. Er würde den Verstand verlieren. Er könnte keinen Tag in Auschwitz aushalten, keine Stunde, keine Minute. Und verdammt, Junge, Auschwitz passiert.

Tschü-hüs.

Kanada.

Er könnte wahrscheinlich nach Kanada, vorausgesetzt, das, was hier passierte, passierte nicht auch dort. Aber das hatte doch auch Otto Frank gedacht, nicht wahr? Das war Ottos Plan gewesen. Go North hatte bei ihm nicht gerade geklappt, oder?

Go Nowhere, das wollte Kugel. Er, Bree und Jonah im Wagen, volles Rohr, Bleifuß auf dem Nowhere Highway, und sie singen Lieder und halten an Drive-ins.

Sind wir gleich da, Dad?

Gleich, Kumpel, gleich.

Er hatte nicht einmal einen Dachträger, dachte Kugel mit Blick auf seinen Wagen. Herrgott noch mal, welcher Idiot hat auf dieser Welt eigentlich keinen Dachträger? Er erinnerte sich an eine Legende, die man ihm an der hebräischen Schule erzählt hatte, von einem Engel, der die Babys in der Gebärmutter besucht. Der Engel setzt sich zu dem Kind und lehrt es alle Weisheit der Welt, alles, was es überhaupt wissen muss, um zu überleben. Dann, kurz vor der Geburt, drückt der Engel dem Kind die Fingerspitze auf die

Oberlippe, womit er eine kleine Delle hinterlässt und alles wieder fortnimmt, was er ihm beigebracht hat. Kugel hatte das nie verstanden, jetzt aber, dachte er, wusste er genau, was der Engel zu jedem Kind sagen müsste, das im Begriff steht, ein Leben auf der Erde zu beginnen: Hör genau zu, Kleiner: Dachträger.

In einer Limousine entkommt man keinem Völkermord. In einer Limousine entkommt man gar nichts. Mit einer Limousine kann es gar nicht gut gehen. Er sollte sie gegen ein SUV eintauschen. Vielleicht einen Jeep.

Militärisch.

Vorbereitet.

Eine Liste.

Hör genau zu, Kleiner: Allradantrieb.

Und bestell nicht den Fisch.

Endlich kam Pinkus. Die beiden brauchten fast eine ganze Stunde, um Matratze, Bettkasten und Metallrahmen die Treppe hochzutragen und über die schmale Leiter auf den Dachboden zu zwängen. Pinkus verabschiedete sich zur Arbeit, und Kugel machte sich daran, den Rahmen zusammenzubauen und das Bett aufzustellen.

Als er fertig war, legte er sich darauf und schaute zu den Pappnägeln hinauf, die auf ihn herabzeigten. Er hörte ein leichtes Scharren hinter der Kartonmauer und dann die grimmige Krächzstimme.

Was zum Teufel, sagte Anne Frank, soll das denn?

Gern geschehen, sagte Kugel.

Ich will es nicht.

Keine Ursache, sagte Kugel. Das ist ein Qualitätsprodukt.

Bringen Sie es zurück.

Es ist nicht für Sie. Sondern für meine Mutter.

Dann stellen Sie's in ihr Zimmer.

Stille.

Haben Sie Geld?, fragte er.

Ein neuerliches Scharren, dann ein tiefes Stöhnen, als legte sie sich wieder auf ihren Lumpenhaufen.

Der erste jüdische Hausbesitzer seit sechzig Jahren, sagte Anne Frank, und er will Miete von mir. Toll.

Kugel schaute auf seinen rechten Arm. Da entwickelte sich irgendein Ausschlag. Er kratzte sich mit dem Gips des linken Arms daran, dann juckte es ihn auch noch im Nacken.

Wie läuft's mit dem Buch?, fragte er.

Keine Antwort.

Wie sind Sie damals eigentlich rausgekommen?, fragte er.

Wieder Stille.

Ich habe Sie etwas gefragt, sagte er.

Kugel setzte sich auf, schwang die Beine vom Bett und presste sich die geballte Faust gegen die Stirn.

Vielleicht sollte er sie *doch* umbringen.

Wer würde es schon erfahren?

Er versuchte, seinen Zorn zu beherrschen.

Hitler war Optimist.

Affen sind Arschlöcher.

Dachträger.

Vater, ich etwas etwas mein Etwas.

Ich habe gelesen, sagte Kugel. Über Sie.

Er hatte sie alle bestellt und gelesen, nach Antworten gesucht: all die Zeugnisse von Anne Frank, die Geschichten, die Biografien, die Märtyrologien, die Hagiografien. Ihnen könnte auch, sagte Amazon, *Ruanda: Porträt eines Völkermords, Pol Pots blutiges Regime* und *Das Aushungern der Ukraine in Wort und Bild* gefallen.

Masel-tow, sagte Anne Frank. Lesen ist elementar.

Man hat Sie gesehen, sagte Kugel.

Scheiß Spinoza.

Im Lager, fuhr er fort. Leute haben Sie gesehen. Sie waren krank. Sie lagen im Sterben.

Er stand auf und ging zur Kartonmauer.

Leute, sagte er. Viele Leute. Die haben Sie gesehen. Anne Frank.

Stille.

Sie waren tot, Anne. Mause.

Er stand an der Mauer, wartete, schnaufte durch die Nase, die Hände in den Hüften.

Ach, sagte die alte Frau hinter der Mauer. Ich habe diese ganze Holocaust-Scheiße so satt.

Kugel holte mit seinem gesunden Bein aus und trat gegen einen Abschnitt der Mauer, der krachend umstürzte. Der gebrochene Arm, der Job, der Ausschlag, Bree, Jonah, der Mieter, das Geld – das alles kochte nun über. Brüllend trat er einen weiteren Abschnitt der Westmauer ein, dann noch einen. Anne wuselte durch die Schatten, duckte sich tief in die dunklen Nischen, während Kugel mit seiner gesunden Hand einen Besen in der Nähe packte und damit nach den Kartons auf den zwei verbliebenen Mauern schlug und schrie und brüllte und wieder und wieder mit dem Besen bis über den Kopf ausholte und ihre Kisten kaputt schlug, ihre Lampe, ihren Tisch; alles wurde zerstört, die Küche umgestoßen, die Bettdecken verstreut. Anne Frank kauerte in der Nische, die knochige Hand zu einer schwachen Faust geballt, und endlich hörte Kugel auf zu randalieren, und er stand erschöpft da. Nachdem er einige Augenblicke so verharrt hatte, warf er den Besen auf den Fußboden und ging zur Dachbodentreppe.

Ich war wirklich kurz vorm Tod, sagte Anne Frank.

Ist mir egal, sagte Kugel.

Das waren alle, sagte Anne Frank.

Schreiben Sie Ihr Buch zu Ende, sagte Kugel, und verschwinden Sie.

Auschwitz war anders, fuhr sie fort. Auschwitz war eine Fabrik – eine Todesfabrik, das schon, aber präzise, ordentlich.

Kugel blieb an der Treppe stehen.

Belsen dagegen, fuhr Anne Frank fort, war ein Klo. Das war nämlich der Plan von Belsen, das ganze Konzept. Schmutz und Krankheiten. Überall lagen Leichen, nicht begraben. Die Menschen starben schneller, als man sie beseitigen konnte. Ich lag auf dem Holzbett neben der Tür zu unserer Baracke, neben Margot, und zitterte trotz der Hitze jedes Mal, wenn die Tür aufging. Sie war tot, ich weiß nicht, wie lange schon, und ich wartete voller Hoffnung, dass der Tod auch zu mir kam. Aber er kam nicht. Mein Fieber ging zurück. Die herrliche Freiheit meines Deliriums verging, und ich war wieder Gefangene meines gesunden Verstandes. Ich beschloss, bei den Toten zu bleiben. Ich regte mich nicht, wie lange, weiß ich nicht. Die anderen Häftlinge hielten uns beide für tot, trugen uns aus der Baracke und legten uns auf die Erde neben die anderen Leichen. Wieder regte ich mich nicht. Nachdem ich dort einige Zeit gelegen hatte, wagte ich, langsam ein Auge zu öffnen, und da sah ich, dass auch einige der anderen Toten nicht tot waren – dass andere dasselbe wie ich machten, sich tot stellten. Wir erkannten einander – eine Leiche, die sich plötzlich zu bewegen schien oder die man dabei erwischte, wie sie einen kurz ansah, um dann das Auge schnell wieder zu schließen. Nachts, im Schutz der Dunkelheit, erhoben sich einige der anderen Nichttoten und liefen lautlos über den Hof auf der Suche nach etwas Brot oder Wasser, und morgens, bevor sich die Dunkelheit hob, brachten sie den anderen, von denen sie wussten, dass sie sich tot stellten, ein Stück Rübe oder einen

Brotkanten. Eine Schwesterschaft der Toten. Die Bedrohung durch die SS bestand weiterhin, größer aber war die Gefahr durch hungernde Häftlinge, die dazu übergegangen waren, Körperteile der Toten zu essen – sie schnitten eine Nase ab, eine Zunge, um noch eine Stunde, einen Tag weiterzuleben. Ich habe selbst gesehen, wie so etwas einer Frau passierte, die mir eines Morgens eine Rübe gebracht hatte – mitten in der Nacht kam so eine Hungergestalt, kniete bei ihrem Körper, riss ihr das Ohr ab und steckte es sich verzweifelt in den Mund. Doch die Frau regte sich nicht, schrie nicht auf. Erst als die Gestalt davongelaufen war, rollte sie sich auf die Seite, die Seite des blutenden Ohrs, weil das Blut sie verraten konnte, und ich hörte sie leise wimmern. So viel Kummer gestattete sie sich. Zu Beginn dauerte es nur rund eine Stunde, bis eine Leiche zu den Massengräbern gezerrt wurde; in den letzten Wochen hatten wir aber gehört, dass der Krieg zu Ende ging, dass Russen und Briten schon auf deutschem Boden standen. Solche Gerüchte hatten wir auch schon vorher oft gehört, aber nun verhielten sich die SS-Leute seltsam, wie verängstigte Vögel, sie vernachlässigten ihre Pflichten – sogar der heilige Appell fiel manchmal aus –, und es hatte den Anschein, dass die Gerüchte diesmal vielleicht stimmten. Als sich die Toten dann schon stapelten, konnte jeder Idiot sehen, dass es dort sicherer war; die SS-Offiziere beschäftigten sich mehr mit ihrer eigenen Flucht als mit Leichen vergraben oder verbrennen. Viele Offiziere zogen sich einfach Zivil an und gingen, liefen davon, und da begann auch ich, an Flucht zu denken. Bei der Ankunft in Belsen hatte man uns gewarnt, eine Flucht sei unmöglich, dass die Straßen um das Lager herum, selbst wenn man an den Wachen, den Hunden und den elektrisch geladenen Toren vorbeikam, vermint seien, aber von da aus, wo ich lag, konnte ich sehen, dass die Laster und Autos vor dem Tor sicher und ohne Zwischenfälle ein und aus fuhren. Volle zwei Tage lag ich neben der Leiche meiner Schwester, dann, eines Nachts, als eine Verlegung stattfand, ergriff ich meine Chance und stand auf, erst wacklig, denn ich hatte längere Zeit nicht gestanden und auch nichts gegessen, und rannte, so gut ich konnte, zum Tor, nahm einen hinausfahrenden Verpflegungswagen als Deckung. Meine Schwester war tot, meine Mutter war tot, und ich vermutete, auch mein Vater. Ich wartete darauf, dass mich die Kugel in den Rücken traf; ich wartete darauf, dass die Mine mich zerriss, auf die Granate, die Hunde. Aber nichts davon geschah. Ich rannte durch Wälder, ohne eine Ahnung, wohin ich lief oder warum. Ich weiß nicht mehr, wie lange ich unterwegs war. Nachts zog ich weiter, am Tag bedeckte ich mich mit Laub oder versteckte mich unter Felsen und schlief. Eines Nachts, als ich durch einen Wald lief, kam ich an ein altes Bauernhaus. Ich versteckte mich in den Büschen, regte mich nicht, schaute nur, und als endlich die Sonne aufging, kam der Mann des Hauses heraus, stieg in sein Auto und fuhr fort. Bald danach fuhren seine Frau und seine Tochter ebenfalls weg. Ich wartete, bis sie auch wirklich fort waren, und durchstöberte dann das Haus. Im Badezimmer fand ich einen Wäschesack und füllte ihn mit allem, was ich finden konnte: Kleider, Essen, Medikamente. Ich dachte, vielleicht träume oder halluziniere ich. Ich wusch mich an ihrem Waschbecken, zog mir Sachen der Tochter an – sie war viel jünger als ich, aber ich war ja ganz dünn, daher passten sie mir. Ein neues Kleid, so lange war das her. Ich schnappte meinen Sack mit den Vorräten und rannte aus der Haustür auf die Veranda … und blieb stehen. Ich erstarrte. Ich wollte nicht wieder da hinaus, Mr Kugel. Die Welt erschien mir so ungeheuer grausam und gefährlich. Ich hatte nur vage Erinnerungen an das Leben vor dem Krieg. Der einzige

Ort, an dem ich mich je sicher gefühlt hatte, war der Dachboden in Amsterdam, dieses winzige, stickige Hinterhaus, zusammen mit Margot, Vater und Mutter. Also machte ich kehrt, ging wieder hinein, nach oben und versteckte mich auf dem Dachboden. Es war ein schöner Dachboden, nicht viel anders als der hier. Wie froh ich war, wie sicher ich mich fühlte. Ein paar Tage später entdeckten mich die Besitzer, und sie brachten mir Essen, Wasser und Kleidung. Denn sie hassten sich, und deshalb hatten sie Mitleid mit mir. Ja, ja, ich weiß, Mitleid ist Verachtung, aber man nimmt eben, was man kriegen kann. Jahre später, als sie nach Amerika übersiedelten, trafen sie auch Vorkehrungen für meine sichere Überfahrt, mittels einiger zugegeben illegaler Kniffe. Der Mann starb, und bald darauf wurde auch die Frau krank, und sie sorgte dafür, dass ich in eine neue Familie kam, auf einen neuen Dachboden, und so ging es weiter mit mir, hierhin und dorthin, von Haus zu Haus, Familie zu Familie – erst, für kurze Zeit, zu einer polnischen Familie, dann zu einem älteren österreichischen Paar –, bis ich schließlich hierherkam, vor dreißig oder vierzig Jahren, wo die Messerschmidts sich um mich kümmerten. Ich bin seit sechzig Jahren die glückliche Nutznießerin von Schuld- und Reuegefühlen der Menschheit, Mr Kugel. Hat Ihnen der Teil mit den Kannibalen und dem Ohr gefallen? Oder der mit dem kleinen Kleid, das meinem ausgemergelten Körper passte? Das sind wahre Details, glauben Sie mir, aber ich weiß sie zu betonen, ich bin nicht blöd. Ich weiß auch um meine eigene Schuld, Mr Kugel. Meine Schwester starb neben mir. Meine Mutter starb, meine Freundinnen. Ich habe überlebt. Das ist auch nicht einfach. Vielleicht stimmt es ja, dass ich gern beides haben möchte: Ich möchte Anne Frank ohne den Holocaust sein, aber ich benutze den Holocaust auch, um zu existieren, um zu bekommen, was ich brauche: Obdach,

Essen, einen Arbeitsplatz. Dessen bekenne ich mich schuldig. Aber hätten Sie mich bleiben lassen, wenn ich Ihnen nicht gesagt hätte, wer ich bin? Das bezweifle ich stark. Ich bin eine Überlebende, Mr Kugel – nicht dieses oder jenes Krieges, sondern als Typus. Ich überlebe. Ich tue, was ich tun muss. Ich habe den Tod in meiner Jugend überlebt, und seitdem überlebe ich das Leben.

Kugel wartete einen Augenblick und ging dann die Dachbodentreppe hinunter.

Sagen Sie, Mr Kugel, rief Anne Frank. Haben Sie mein Tagebuch wirklich nicht gelesen?

Nein, sagte er.

Darf ich fragen, warum nicht?

Am Fuß der Treppe angekommen drehte er sich um.

Ich habe diese Holocaust-Scheiße satt, sagte er.

Kugel klappte die Treppe ein und meinte, während er die Dachbodentür schloss – auch wenn er glaubte, er könne sich durchaus auch irren –, dass er Anne Frank lachen hörte.

26.

Bree nahm eine Stelle bei Mother Earth's Bounty an. Der Laden brauchte eine Aushilfe für das bevorstehende Wochenende des 4. Juli, und eine Freundin aus ihrer Schreibgruppe hatte beim Filialleiter ein gutes Wort für sie eingelegt (Sieh's doch einfach, hatte sie zu Bree gesagt, als die dunkle Nacht in der Seele deiner Hauptfigur, bevor sie in eine neuere und hellere Lebensphase eintritt). Die Bezahlung deckte nicht den Verlust von Kugels Einkommen, aber sie konnten damit ihre Krankenversicherung weiter bezahlen und verhindern, dass sie zu tief in Schulden versanken, wenn sie noch ohne größeren Verzug die zwei Zimmer und vielleicht sogar den Dachboden vermieteten. Nicht minder wichtig war der Angestelltenrabatt, der ihnen bei ihren Lebensmittelkäufen zugutekam, und so ernährten sich Jonah, Mutter und Anne Frank mit einem Lohn, der kaum für einen von ihnen reichte.

Kugel hatte ein furchtbar schlechtes Gewissen wegen der Situation und überlegte, ob es vielleicht besser wäre, wenn Bree für eine Weile woanders hinging, vielleicht in Mutters Wohnung in Williamsburg, bis er wieder auf die Beine gekommen war. Die freie Zeit, die sie bis dahin zum Schreiben genutzt hatte, war vorerst passé, und das war für Kugel das Schlimmste. Die Spannungen zwischen ihnen waren beträchtlich; Bree sprach nur gelegentlich mit Kugel, und auch dann nur, um vor Jonah den Schein zu wahren und ihre schwindenden Finanzen zu erörtern.

Noch komplizierter wurde die Sache dadurch, dass Kugel keinerlei Möglichkeit gesehen hatte, Pinkus zu erklären, was er mit einer Matratze und einem Queensize-Bettgestell auf dem Dachboden wollte, ohne ihm von Anne Frank zu erzählen. Pinkus bekundete zwar erhebliche Skepsis, ob die Geschichte der alten Frau überhaupt stimmte, erzählte sie dann aber doch Hannah. Für Hannah waren die eigenen Überzeugungen und Zweifel irrelevant. Wenn Mutter glaubte, dass es Anne Frank war – oder dass der Lampenschirm ihr Vater oder die Seife ihre Tante waren –, und wenn dieser Glaube Mutter gestärkt und mit neuem Leben erfüllt hatte, dann war das Hannah mehr als genug. Ob es nun tatsächlich Anne Frank sei, sagte Hannah, sei Nebensache. Jedenfalls sei sie nicht ohne Grund in dieses Haus gelangt, und wenn es der Grund war, Mutters letzten Tagen neue Impulse und einen Sinn zu geben. Allein schon dafür verdiene sie ihre Unterstützung. Und so zog Hannah am Freitagnachmittag in das leere Zimmer neben Mutters, um ihr mit der armen Frau auf dem Dachboden zu helfen, und auch, um noch etwas Zeit mit ihr zu verbringen, bevor sie starb. Pinkus kam mit, und nachts unternahmen sie dann in ihrem Zimmer laute, geschmacklose Zeugungsversuche, deren Geräusche und Dialoge durch die Heizungsröhren waberten und neben Kugels Bett herausdrangen, wo er und Bree getrennt durch Stapel von Tabellenkalkulationen und Berge von Holocaust-Büchern lagen, bis endlich, nach Stunden, wie es schien, der eine oder andere der nie werdenden Eltern mit lautem Schrei und großem Trara den Vollzug ihres jüngsten und größten Versuchs, einen weiteren Kugel zu produzieren, verkündete.

Mutter war unterdessen auf dem Dachboden gewesen und hatte die Schäden behoben, die Kugel an Annes Mauer angerichtet hatte – Mein eigener Sohn, sagte sie, greift Anne

Frank an. Willst du Elie Wiesels Adresse? Vielleicht willst du ja auch sein Schlafzimmer demolieren? –, und richtete das Bett her, das Anne Frank zu benutzen sich weigerte. Mutter stattete das Bett mit rosaroten Laken und Kissenbezügen aus und legte eine weiße Daunendecke darauf, das Fußende des Bettes behängte sie mit einem rosaroten Rüschenvolant, und auf beide Seiten stellte sie kleine weiße Tischchen, inklusive gedrechselten Beinen und geblümten Knöpfen. Auch war Kugel aufgefallen, dass Mutter, die anfangs noch ohne größere Gedanken an ihr Äußeres auf den Dachboden gegangen war, sich nun recht förmlich kleidete, bevor sie die Treppe hinaufstieg: Kleider, Blusen, geputzte und polierte Schuhe. Bald bedeckte sie sich davor noch die Haare, manchmal mit einem schlichten weißen Spitzendeckchen, manchmal mit einem pelzbesetzten Filzhut samt passenden Handschuhen, und äußerte ihr Missfallen (wenngleich nie mit erhobener Stimme; in der Nähe des Dachbodens oder wenn sie die Dachbodentreppe hinauf- oder hinunterging, flüsterte sie nur), dass Kugel sich bei seinen Besuchen immer so gewöhnlich kleidete.

Das willst du tragen? Um Anne Frank zu besuchen? Eine Jogginghose? Eine Latzhose? Für einen Besuch bei Anne Frank ziehst du dich so an?

Am Sonntagnachmittag ging Kugel mit Jonah zur Unabhängigkeitsparade nach Stockton. Die Polizei hatte die Hauptstraße für den Durchgangsverkehr gesperrt, und auf den Gehwegen drängten sich die Menschen, schwenkten Fahnen und bliesen in Tröten, während die betagten Kriegsveteranen langsam vorbeimarschierten.

Sechzig Jahre früher und ein paar tausend Kilometer weiter östlich, dachte Kugel, und ich bin in einer vollkommen anderen Geschichte. Da marschiert Hitler durch die Stadt und nicht die Old Timer's Band von Stockton. Da werden Hakenkreuze und nicht die Stars and Stripes geschwenkt.

Gott segne Deutschland.

Ein dreifach Hoch auf Schwarz-Weiß-Rot.

Eine schwarze Silhouette von der Somme-Schlacht und in Blutrot die Worte Niemals vergessen.

Menschenmassen verstörten Kugel. Wir sind Gemeinschaftswesen, hatte Pinkus einmal zu ihm gesagt, uns treibt es zusammen zu einer Einheit, das ist eines unserer schönsten bestimmenden Merkmale.

Das machen auch Affen, dachte Kugel.

Und Kojoten.

Und Wölfe.

Go Nowhere.

Wilbur Senior erhielt den Ehrenplatz in der Paradelimousine des Bürgermeisters, direkt neben dem Bürgermeister selbst.

Wir lieben dich, Senior, riefen die Leute.

Bist ein guter Mann, Senior.

Mach sie fertig, Senior.

Senior lächelte durch seinen Kummerschleier hindurch und winkte der Menge zu. Sogar die diversen politischen Demonstranten, die sich an den Straßenecken entlang der Paraderoute aufgestellt hatten, jubelten Senior zu. Schließlich hatte Gott nie etwas darüber gesagt, dass die Sünden der Söhne auf die Väter übergingen. Aber kaum war er vorbeigefahren, ballten sie wieder zornig die Fäuste und schwenkten wütend ihre Plakate hin und her, um Aufmerksamkeit auf die einstige Misere der amerikanischen Ureinwohner und die Opfer aktueller Kriege zu lenken. Protagonisten, Antagonisten, keiner wusste es genau. Alle waren sie aber Agonisten, so viel stand für sie fest.

Johannes zufolge waren Jesu letzte Worte nicht: Vater,

ich befehle meinen Geist in deine Hände. Johannes zufolge waren Jesu letzte Worte folgende:

Es ist vollbracht.

Oder: Feierabend.

Oder: Hol mich hier raus.

Oder: *Bah*.

Matthäus und Markus wollten sich an diesem ganzen Jesu-letzte-Worte-Streit zwischen Johannes und Lukas nicht beteiligen. Beide stimmen lediglich darin überein, dass Jesus irgendwann am Kreuz sagte: Mein Gott, mein Gott, warum hast du mich verlassen?, aber nicht als letzte Worte, auch wenn das bessere letzte Worte gewesen wären als die letzten Worte, die Lukas und Johannes behaupteten (natürlich hatte er sie bei David geklaut, aber es gibt eben nicht so viele gute letzte Worte).

Ein kleines Feuer.

Eine kleine Wut.

Schrei, wenn du brennst, sagte Bukowski.

Oder wenn du ans Kreuz genagelt wirst.

Tja, so ist das Leben, dachte Kugel. Man verbringt sein ganzes Leben damit, sich die perfekten letzten Worte zu überlegen, und dann macht sich keiner die Mühe, sie verdammt nochmal auch aufzuschreiben.

Montagmorgen rief ein Sergeant Frankel von der Polizei an. Sergeant Frankel teilte Kugel mit, es gebe keinen Grund zur Sorge, allerdings habe der Brandstifter in der vergangenen Nacht einen dritten Versuch unternommen, die Farm in der Sawmill Road niederzubrennen. Als Vorsichtsmaßnahme und ausschließlich aus diesem Grund rufe der Sergeant nun die Besitzer der verbliebenen rund halben Dutzend Messerschmidt'schen Farmen an, um zu sehen, ob auch alles in Ordnung sei, und um ihnen zu versichern, dass die Stocktoner Polizei sich dem Fall mit allem Nachdruck widme.

Sollte ich mir denn Sorgen machen?, fragte Kugel.

Sie sollten sich nur Sorgen machen, sagte Sergeant Frankel, über die Dinge, auf die Sie Einfluss haben.

Wenn ich auf etwas Einfluss habe, sagte Kugel, macht es mir auch keine Sorgen.

Eben, sagte Sergeant Frankel.

Winston Churchills letzte Worte waren: Das alles langweilt mich dermaßen.

Sinnlos, schrieb van Gogh in seinem Abschiedsbrief, diese Depression werde ich nie los.

Wiedersehen, schrieb Sid Vicious.

Man muss sich kurz fassen. Zum Punkt kommen. Rein und wieder raus. So ist die Gefahr von Druckfehlern auch kleiner. Das könnte natürlich sein perfektes Ende sein, dachte Kugel: denn er, der sein ganzes Leben mit Lesen verbracht hatte, umgeben von Büchern und außerstande, seinen widerwilligen Respekt für das geschriebene Wort zu erschüttern, er, der so viel Zeit und Überlegung auf den Versuch verwendet hatte, die perfekten letzten Worte zu ersinnen, jene Worte, die auf so kleinem Raum so viel sagten, das beste Letzte, das je ein Mensch gesagt hatte, er würde diese Worte dann, wenn er diesen perfekten Gedanken in seinem Abschiedsbrief endlich schrieb, komplett verhauen.

Es ist vollbrycht.

Leb wohl, grausame Welf.

Scheiß auf euch Arschlächer.

In jener Nacht saßen Kugel und Bree im Bett und versuchten, die Geräusche forcierter Leidenschaft aus Hannahs Zimmer zu ignorieren. Bree arbeitete an ihren Zahlen, Kugel las über die Befreiung von Buchenwald. Endlich hörten die Sexgeräusche auf, nur um von den Geräuschen Mutters ersetzt zu werden, die lebte und litt: *Oj, au, mein Rücken, aargh, bah, furz, rülps, oj.*

Hier ruht sie. Gut so.

Bree schüttelte seufzend den Kopf über die Zahlen und erklärte Kugel, in welchen Schwierigkeiten sie genau steckten.

In zwei Monaten ist wieder eine Kreditrate fällig, sagte sie. Und wir haben noch nicht mal die letzte gezahlt.

Mit zwanzig ganzseitigen Fotos, versprach der Umschlag des Buchenwald-Buchs.

Jetzt noch grausiger.

Zwanzig Prozent deprimierender.

Bild sieben der versprochenen zwanzig war das vom lächelnden Mann.

Wir könnten das Geld aus Jonahs College-Fonds leihen, sagte Bree, aber das reicht uns dann auch nur bis September. Die Lebensmittelkosten treiben uns in den Ruin.

Vielleicht war er ja religiös, dachte Kugel. Vielleicht lächelte er, weil er an Gott glaubte, weil er glaubte, danach komme noch etwas. Vielleicht dachte er an sein nächstes Leben. Vielleicht hoffte er, als Bonbon wiederzukehren.

Kugels letztes Gespräch mit Professor Jove betraf den Selbstmord. Nicht dass Kugel ihn erwogen hätte, aber ihn verstörte, wie sinnvoll er ihm erschien, warum nicht mehr Leute es machten, warum es als feige angesehen wurde. Eigentlich fand er den Gedanken ganz vernünftig.

Ich habe, sagte Professor Jove, von einem interessanten Experiment gelesen, das eine kleine Regierungsbehörde durchgeführt hat. Durch verschiedene Studien war ermittelt worden, dass die abschreckende Wirkung der Todesstrafe wegen übermäßiger Anwendung im Lauf der Zeit abgenommen habe und dass sie möglicherweise wieder gestärkt werden könne, wenn es eine Möglichkeit gäbe, diejenigen, die bestimmte Verbrechen – Pädophilie, Mord, natürlich auch Landesverrat – begangen hätten, zweimal zu töten. Sie hinzurichten oder etwas, was dem nahekam, und sie dann gewissermaßen zurückzuholen, nur um sie erneut zu töten. Eine große Summe wurde für Forschung und Entwicklung bereitgestellt, und schon bald war eine Methode gefunden, bei der dem Verurteilten bestimmte Chemikalien zu bestimmten Zeitpunkten in Arme, Hals und Brust injiziert werden sollten, woran er starb, und er nach einer gewissen Zeit wiederbelebt werden sollte. Ein Gefängnis wurde ausgewählt – es war berüchtigt wegen der Brutalität seiner Insassen und folglich auch der Wärter –, und eines Tages wurde dann ein einsitzender Krimineller, der schon zum Tode verurteilt war, ausgewählt und auf diese Maschine geschnallt. Da die Bestrafung nicht nur bestrafen, sondern auch abschrecken sollte, versammelten die Gefängnisvertreter viele der anderen Insassen, um sie den Vorgang mit ansehen zu lassen, natürlich mit dem Ziel, sie davon abzubringen, dieses oder ein anderes Verbrechen jemals wieder zu begehen. Außerdem teilte der Gefängnisdirektor den Häftlingen mit, bestimmte Verbrechen könnten nicht nur mit zwei, sondern auch drei, vier oder noch mehr Toden bestraft werden; für die Qualen, die sie gleich sehen würden, gebe es keine Obergrenze. Damit legte er einen Schalter um, und die scheußliche Maschine surrte los, und einen Augenblick später verkrampfte der Häftling, krümmte den Rücken und sackte tot zusammen. Sein Körper zuckte. Stille erfüllte den Raum, als die Häftlinge begriffen, dass es keine leere Drohung gewesen war. Der Gefängnisdirektor lächelte angesichts ihrer Furcht, denn er wusste nun, dass das der Schlüssel zu Disziplin und Kontrolle war. Die Maschine zählte die vorgegebene Zeitspanne herunter, surrte wieder, worauf der Häftling ruckte, den Rücken krümmte und wieder nach vorn schnellte, und einen Augenblick später schlug er benommen die Augen auf, die voller Entsetzen und Qualen waren. Der Gefängnisdirektor griff wieder nach dem Schalter, um den armen Mann erneut hinzurichten, doch er zögerte um des Effekts willen – die anderen Häftlinge sollten sehen, wie verängstigt dieser einst selbst Angst verbreitende Mann geworden war. Und an dieser Stelle lief das Experiment fürchterlich schief, denn der Häftling, dessen Leben nur als gemein und brutal und nicht annähernd kurz genug beschrieben werden kann, flehte den Gefängnisdirektor unter Tränen an, nicht, wie dieser erwartet hatte, weiterleben zu dürfen, sondern vielmehr zurückgeschickt zu werden, noch einmal und diesmal endgültig hingerichtet zu werden. Es war so schön, rief er. So friedlich, so leicht, so frei, frei von dem hier, von Ihnen, von mir. Und dann bettelte der Häftling: Bitte, Herr Gefängnisdirektor, bitte schicken Sie mich zurück, nehmen Sie mir das Leben, wenn Sie noch ein Körnchen Mitgefühl haben, töten Sie mich jetzt auf der Stelle. Als die anderen Häftlinge das sahen und da sie für diesen Häftling immer nur Respekt empfunden hatten, baten sie nun um dasselbe – um den Tod. Da wurde der Gefängnisdirektor wütend und drückte den Schalter, worauf der Mann sofort starb. Und jetzt raus mit ihnen, brummelte er den Wärtern zu. Die Häftlinge wurden auf ihre Zellen gebracht, und in den folgenden Tagen nutzten viele jede Möglichkeit, sich selbst umzubringen – sie hängten sich in der Zelle auf, nahmen eine Überdosis irgendeines verbotenen Zeugs, das sie hatten, warfen sich gegen den elektrischen Zaun, der den Gefängnishof umgab. Das Programm wurde als absoluter Fehlschlag eingestellt, und die Stellung des Gefängnisdirektors hatte sich deutlich verschlechtert.

Aber zeigt das denn nicht, fragte Kugel, dass Hoffnung etwas Positives ist?

Ich kann mir nicht vorstellen, sagte der Professor, dass irgendetwas, was Menschen dazu bringt, sich das Leben zu nehmen, positiv sein kann. Auch wissen wir ja nicht, was der Häftling tatsächlich erlebt hat. War es wirklich der Tod? War es das Leben nach dem Tod oder waren es nur ein paar verirrte elektrische Impulse – denn mehr sind wir ja schließlich nicht –, die in den Augenblicken, bevor sie ganz aufhörten, in seinem Gehirn herumsprangen? Aber damit endet die Geschichte noch nicht. Denn der Gefängnisdirektor, der sich auf dem Gebiet Bestrafung und menschliches Leiden ganz gut auskannte, fand schließlich doch noch eine wirkungsvolle Anwendung für die Maschine. Einige Zeit später tauchte ein neuer Häftling auf, der sogar noch gefürchteter als der letzte und vollkommen furchtlos war. Er bereitete dem Gefängnisdirektor und seinen Wärtern endlose Schwierigkeiten, und keinerlei Strafen bewirkten eine Änderung bei ihm. Da erinnerte sich der Gefängnisdirektor an die Maschine, und er hatte eine Idee: Er ließ mitten im Gefängnis ein Raum nach genauen Vorgaben errichten – Wände und Fußboden waren mit weicher Polsterung verkleidet, die Decke bestand aus einem Schirm aus Eisengeflecht –, und als der Raum fertig war, ließ er den Häftling auf die Maschine schnallen und hinrichten. Wieder waren die anderen Häftlinge versammelt, wieder surrte die Maschine los, und wieder bettelte der getötete, dann wiederbelebte Häftling, genau wie der andere zuvor, erneut hingerichtet zu werden. An dieser Stelle erhob sich der Gefängnisdirektor, wandte sich an die versammelten Häftlinge und sagte mit klarer, lauter Stimme: Das soll euch allen eine Lehre sein. Daraufhin wurde der Häftling von der Maschine genommen und tretend und schreiend in den gepolsterten Raum mitten im Gefängnis gebracht, wo er keine Möglichkeit hatte, sich umzubringen, wo seine gequälten Schreie ungehindert durch die Gitterdecke gelangten und jedem, der sie hörte, eisige Schauer über den Rücken jagten.

Indem er dem armen Mann Hoffnung gegeben hatte auf etwas nach dem Tod, hatte der Gefängnisdirektor ihn tatsächlich zum Leben verurteilt.

Kugel schaute den lächelnden Mann an. Vielleicht hoffte er ja. Vielleicht wusste er, dass seine Lebensstrafe bald zu Ende war. Kugel dachte an das Kitz. Er dachte an Jonah. Er dachte, wenn man das Glück hat, im Auge des Sturms zu leben, dann sollte man vielleicht doch einfach die Puppen tanzen lassen. Vielleicht wären die Menschen, die in dem Sturm lebten, sauer, wenn sie wüssten, dass man es nicht getan hat, und empört, dass man sein ganzes verdammtes Auge damit verschwendet hat, sich wegen des nahenden Sturms zu sorgen.

Kugel stand auf und sah zum Fenster hinaus.

Hörst du mir eigentlich mal zu?, fragte Bree.

Ob Wilbur wohl da draußen ist?, überlegte Kugel.

Er hielt den Mittelfinger hoch, nur für den Fall.

Fick dich, du Arschloch, sagte Kugel.

Wie bitte?, sagte Bree.

Und dann brüllte Jonah, ein durchdringendes, entsetztes Brüllen, ein albtraumartiges Brüllen voller Panik und Furcht.

Kugel sah zu Bree hin, zu gelähmt, um gleich loszurennen. So brüllte Jonah nie. Erneut brüllte er, und das riss sie aus ihrem Schock. Kugel schoss zur Tür hinaus, Bree dicht hinter ihm, in den dunklen Flur.

Wenn sie ihn auch nur angefasst hat, dachte er, bringe ich sie um.

27.

Jonah zitterte heftig auf Brees Armen. Bei jedem Schluchzer hob sich sein Körper.

Ich hab ein Monster gehört, heulte er.

Als Kugel klein war, erzählte ihm Mutter, in einer Gaskammer könne man überleben, wenn man in ein Taschentuch uriniere und es sich über Mund und Nase halte, wenn das Gas ausströme. Kugel hatte keine Ahnung, ob das stimmte. Wenn es stimmte und man es nicht machte, weil man nicht ohne Grund auf ein Tuch pissen und es sich vors Gesicht halten wollte, dann starb man aus einem ziemlich blöden Grund. Wenn es nicht stimmte und man es versuchte und es nicht funktionierte, dann machte das den Tod sogar noch schlimmer, falls das möglich war, weil man dann nicht nur in einer Gaskammer starb, sondern in einer Gaskammer mit einem pissegetränkten Lappen vorm Gesicht.

Sollte er Jonah diesen Trick verraten?

Wie konnte er nur?

Wie konnte er es nicht?

Und wenn es funktionierte?

Und wenn nicht?

Bree wiegte Jonah sanft auf den Armen. Es gibt Momente, in denen der Zorn abkühlt und zu Akzeptanz wird, und in diesen Momenten ist es nicht einmal mehr nötig, seiner Wut Luft zu machen. Es lohnt einfach nicht mehr die Mühe. Das war der Punkt, so schien es Kugel, den Bree nun erreicht hatte. Sie funkelte ihn nicht einmal mehr böse an, musste sich nicht sichtlich beherrschen oder ging weg; sie rieb Jonah einfach den Rücken, hielt die Augen geschlossen und flüsterte: *Pscht, pscht*, ist ja gut.

Und genau das, dachte Kugel, hatte er zu dem Kitz gesagt.

Kugel wollte Jonah auch den Rücken reiben – der Junge trug seinen Lieblingsschlafanzug, den mit SpongeBob Schwammkopf, und SpongeBobs Freude erschien Kugel als völlig fehl am Platz –, doch der Junge wich vor ihm zurück. Kinder merken alles, und Kugel brach das Herz bei dem Gedanken, dass Jonah diffus verstand, was vor sich ging, wenn auch nicht in allen Einzelheiten: dass sein Vater Mist baute. SpongeBobs Vater hatte gute Arbeit geleistet. SpongeBob war glücklich, zuversichtlich, geborgen. Es war schwer zu sagen, was Patricks Vater gemacht hatte – vielleicht war er so gnädig gewesen, ihn auf den Kopf fallen zu lassen –, aber es war klar, dass Thaddäus' Vater ein Versager war. Thaddäus war verbittert, zornig, neidisch. Er wollte nicht Mr Thaddäus sein.

Monster gibt's doch gar nicht, sagte Kugel.

Doch!, schrie Jonah. Ich hab's gehört!

Okay, sagte Kugel. Okay.

Mutter kam, ihren Morgenmantel zubindend, ins Zimmer gerannt.

Ich habe einen Schrei gehört, sagte sie.

Ist schon gut, sagte Kugel und nickte zur Decke hin. Jonah hat ein Monster gehört.

Mutter gab Jonah einen Kuss auf den Kopf, strich ihm über den Arm und sagte: Aber so etwas sagt man doch nicht.

Mutter, sagte Kugel.

In dem Moment erfüllte ein Geräusch den Raum, das tatsächlich von einem Monster stammen konnte – ein lautes

Röhren, ein Würgen –, und alle fuhren zusammen. Es kam noch einmal, und Kugel blickte hoch.

Das war Anne Frank, er wusste es. Und es klang, großer Gott, es klang, als übergäbe sie sich in die Klappe.

Jonah schrie wieder los. Bree hielt ihn fest umklammert, schnappte seine Decke und lief aus dem Zimmer.

Verdammt noch mal, murmelte Kugel.

Er machte kehrt und ging, zu Anne.

Es ist nicht ihre Schuld, flehte Mutter und packte Kugel am Hemdsärmel. Sie ist doch alt, es geht ihr nicht gut. Mein Gott, was diese Frau …

Kugel riss sich los und stürmte in den Flur, zog die Dachbodentreppe herunter und stampfte hinauf.

Oben war es wieder heiß, feucht. Die Luft waberte schwer durch den Raum, es stank nach Erbrochenem und Scheiße. Kugel hielt die Luft an, als er hineinging, fast wurde ihm selbst übel. Hatte er zugelassen, dass das aus seinem Haus geworden war? Zunächst sah er sie gar nicht, sah nur, dass sie das Schutzgitter von der Klappe abgenommen hatte. Erbrochenes war auf den Boden um die Klappe herum gespritzt und überzog die Wände der Röhre darin.

Er zog sich das Hemd über die Nase und entdeckte sie schließlich hinter der Westmauer, auf ihrem Hügel zerlumpter Decken fötusgleich eingerollt, die Augen geschlossen, neben ihrem Bett eine zweite, noch größere Lache Erbrochenes.

Anne, sagte er sanft.

Sie rührte sich nicht.

Soll ich jemanden holen?, fragte er.

Sie öffnete kurz die Augen, gab aber keine Antwort und schloss sie wieder.

Soll ich jemanden holen?, fragte er erneut. Wen soll ich holen? Anne, ich … wen soll ich holen?

Er zog die Decke von ihrem Bett und legte sie über sie, da er dachte, es sei ihr vielleicht kalt. Sollte er einen Arzt holen? Wie? Wo? Er nahm die Decke wieder von ihr weg, da er dachte, es sei ihr vielleicht zu warm. Er stand eine Weile dumm da, dann würgte sie erneut, und Kugel sprang zurück.

Ich hole einen Eimer, sagte er. Ich hole Tee.

Er stieg die Treppe hinunter, das Bein tat ihm weh, und im Flur lief er an Bree vorbei.

Er schläft, sagte Bree.

Sie stirbt, sagte er.

Er brachte ihr eine Tasse Tee und eine Thermoskanne mit heißem Wasser. Er stellte beides neben sie und öffnete eines der Fenster, damit frische Luft hereinkam. Er ging wieder nach unten, holte einen Eimer, ein paar Rollen Papiertücher und eine Flasche Reinigungsmittel. Mutter lief nervös im Flur auf und ab.

Soll ich zu ihr?, fragte sie.

Lass sie, sagte er.

Geht's ihr gut?

Sie wird wieder.

Vielleicht kann ich doch kurz zu ihr.

Mutter, sagte Kugel. Bitte.

Es dauerte eine Weile, bis Kugel das Erbrochene von Klappe und Röhre gewischt hatte. Um neben ihrem Bett zu putzen, musste er alle Kartons der Westmauer beiseiterücken – und das mit nur einer Hand – und es dann, neben ihrer schlafenden Gestalt kniend, so gut er konnte aufwischen. Er ließ den Eimer neben ihr stehen, dazu eine Rolle Papiertücher. Er nahm sich vor, ein weiteres Brett zu holen und es ebenfalls auf die Klappe zu nageln. Danach schob er die Kartons wieder zurück und knipste die kleine Lampe neben dem ungenutzten Bett an.

Tappen Sie, wenn Sie was brauchen, sagte er. Anne? Tappen Sie.

Er stieg wieder vom Dachboden hinunter, klappte die Treppe aber nicht ein, nur für den Fall.

Nur für welchen Fall?

Nur für den Fall.

Es war zwei Uhr morgens.

Und Bree und Jonah waren weg.

28.

Am nächsten Morgen ging Kugel mit einer Tüte voll Obst und Gemüse in Mutters Garten, obwohl er sich das eigentlich nicht mehr leisten konnte. Er hatte versucht, ihr die Sachen weiter so regelmäßig wie nur möglich jeden Morgen rauszulegen – in dem Ritual, in jedem Ritual, lag etwas, aus dem er zunehmend Trost zog –, es aber mit weniger Beständigkeit abends wieder eingesammelt. Jetzt verrotteten das Fleisch, das Gemüse und das Obst von letzter Woche und wurden braun; vieles war mit Ameisen und Maden überzogen. Kugel machte sich nicht die Mühe, die alten Sachen wegzuschaffen, er warf einfach die neuen auf die alten und ging wieder.

Bree war, wie Hannah ihm gesagt hatte, mit Jonah in Mutters Wohnung in Brooklyn gezogen.

Vielleicht gehen sie ja ins Kino, dachte er. Vielleicht kommt sie ein bisschen zum Schreiben. Vielleicht läuft sie einem berühmten Schriftsteller über den Weg, der ihr alle Träume erfüllen kann.

Er wünschte es ihr.

Im Schlafzimmer fiel ihm dann auf, dass der Ausschlag sich jetzt weiter den Arm hinauf ausgebreitet hatte; durch die Sonne schien das Jucken stärker geworden zu sein.

Er sollte sich eine Zinkoxydsalbe besorgen. Oder Aloe. Aloe ist für vieles gut.

Er nahm sein Letzte-Worte-Notizbuch, blätterte auf die letzte Seite und ergänzte seine Liste:

iPod (Kopfhörer/Ladegerät)
Autoinjektoren
Zyrtec
Papiere (?)
Aloe / Zinkoxyd

Kugel hörte Anne Frank husten. Es war ein tiefer, keuchender Husten, und er machte ihm Sorgen. Sie lag im Sterben.

Wir geben Ihnen eine Doppelsuite, Mr Spinoza, aber wie ich sehe, haben Sie Ihr eigenes Bett mitgebracht. Donald hier hilft Ihnen mit Ihrem Gepäck.

Kugel bedauerte die Sterbenden, aber die Toten beneidete er. Immer wenn er Fotos betrachtete – von JFK, von Elvis, vom lächelnden Mann –, dachte er: Na, du hast es wenigstens hinter dir. Wenigstens das kannst du von der Liste streichen. Er stellte sich vor, dass es am Himmelstor ähnlich war wie an der Ziellinie eines langen, aufreibenden Marathons: Alle klatschen sich ab, umarmen sich, brechen zusammen, heilfroh, dass es vorbei ist, ja, es ist endlich vorbei, sie gießen einander Becher mit Wasser über den Kopf und sagen: Mann, verdammt, das war ganz schön brutal. So was mache ich *nie* wieder.

Das Haus war, abgesehen von Anne Franks Husten und Brechgeräuschen, schrecklich still. Kugel ging nach unten, verzweifelt auf der Suche nach Gesellschaft. Als er in die Küche kam, ging Mutter gerade.

Das tut mir leid, sagte Mutter zu ihm. Sie kommt bestimmt zurück. Es wird ihr in Brooklyn gefallen.

Kugel nickte.

Glaubst du, sie ruft die Polizei?, fragte Mutter. Das würde sie doch nicht tun, oder? Anne Frank verraten, nur um zu dir zurückkommen zu können?

Mutter bewegte sich wegen Anne Franks bevorstehendem Tod mit einem verzweifelten, trauervollen Ernst durchs Haus. Sie trug ein langes schwarzes Kleid und hatte ihre silbernen Haare zu einem festen Dutt zurückgebunden, sie seufzte laut und kaute an den Fingernägeln, und als Kugel wieder ins Wohnzimmer kam, hatte sie alle Spiegel mit schwarzen Tüchern verhängt. Sie stand am Fenster und spähte durch die Jalousie hinaus.

Hast du gesehen?, sagte sie zu Kugel, als er eintrat. Die Polizei, fuhr sie fort, ohne sich umzudrehen. Gerade sind sie zum vierten Mal vorbeigefahren.

Kugel versicherte ihr, dass sie nur nach Wilbur Messerschmidt jr. Ausschau hielten, aber auch er hatte sie schon vom Schlafzimmerfenster aus gesehen und insgeheim ähnliche Befürchtungen gehegt. Ob ein Nachbar sie gemeldet hatte? Der UPS-Mann? Anne Frank war illegal im Land. Was war wohl die Strafe dafür, dass man eine Illegale beherbergte? Auch hatte Jonah in der Nacht davor geschrien. Vielleicht hatte das jemand gehört, vielleicht war jemand besorgt, vielleicht glaubte jemand, dass da etwas nicht stimmte? Vielleicht hatte Mutter ja recht, vielleicht hatte Bree ihn angezeigt? Sie hätte bei der Polizei anrufen können, sagen, sie sei eine Nachbarin, sagen, auf dem Dachboden gehe etwas vor sich. Viermal an einem Vormittag schien doch übertrieben. Und warum patrouillierten sie am Tag, wo alle Brände doch nachts geschehen waren?

Er hörte Anne Frank husten.

Ich finde, wir sollten einen Arzt rufen, sagte Kugel.

Mutter drehte sich zu ihm um. Ihre Miene machte deutlich, dass sie anderer Meinung war.

Sie ist sehr krank, Mutter.

Sie war auch schon vorher krank.

Mutter, sie braucht einen Arzt.

Und was dann?, fragte Mutter. Sie wird vom Dachboden gezerrt, dem einzigen Ort, wo sie sich sicher fühlt, dem einzigen Ort, wo sie sein will? Weißt du, dass ein Arzt, der sie besucht, rechtlich verpflichtet ist, sie ins Krankenhaus einzuweisen, wenn er es für nötig hält?

Wenn es schlimmer wird, sagte Kugel, werden wir einen rufen müssen.

Mir ist es übertragen worden, sie zu retten, sagte Mutter.

Selbst wenn es bedeutet, dass sie stirbt?

Ja.

Ich gehe zur Apotheke.

Aber weswegen, überlegte er, als er die hell erleuchteten, mit bunten Flaschen gesäumten Gänge durchschritt. Was hatte Anne Frank überhaupt? Grippe? Eine Erkältung? Ein Virus? Er hatte Angst, dass er das Falsche kaufte oder das Richtige mit Falschem darin – ein Irgendwas/Sonstwas mit extra Wer-weiß-schon-was, wo sie doch nur das Sonstwas brauchte, das Irgendwas konnte ja für Alte tödlich sein, und gegen das Wer-weiß-schon-was war sie allergisch. Als Kugel ein Kind war, hatten Apotheken ihn mit freudiger Erregung erfüllt. Sie waren endlose Verheißungen, zahllose Möglichkeiten gewesen: Flaschen, die einem glänzendes Haar verliehen, längere Wimpern, rosigere Wangen. Wir waren formbar, dachte Kugel, wandelbar, wir hatten unseren Körper vollkommen unter Kontrolle. Jetzt dagegen erinnerten ihn dieselben Gänge und Regale nur daran, was alles schiefgehen konnte. Brauchte sie etwas Schleimlösendes? Einen Hustenblocker? Eine Grippemedizin? Ein Erkältungsmedikament? Eine heiße Kompresse? Eine kalte Kompresse? Eine heiß-kalte Kompresse? Eine Tablette? Eine Filmtablette? Eine Gel-Tablette? Eine Creme? Eine Salbe? Etwas zum Einreiben? Etwas gegen Durchfall? Etwas gegen Entzündungen? Etwas zum Abschwellen? Einen Luftentfeuchter? Einen Einlauf? O Gott, wenn sie nun einen Einlauf brauchte? Die Gänge, die einst endlose Verheißungen und Macht – Unsterblichkeit! – bereithielten, erschienen ihm nun lächerlich schwach und unwirksam. All diese Balsame gegen kleinere Schrammen und Kratzer. Wo waren der Krebsreiniger, die Alzheimer-Salbe, die Kardiomyopathie-Creme? Er stellte sich vor, wie er in dem Laden um eine Ecke bog und vor einem Auschwitz-Insassen in Häftlingskluft und mit Armbinde stand, der in der einen Hand einen Einkaufskorb hatte und mit der anderen an den Lippen die Regale betrachtete.

Wissen Sie, wo hier das Typhus-Gel ist?, erkundigt er sich höflich bei Kugel. Haben Sie die Unterernährungsriegel gesehen? Das Rachitisspray? Dr. Becketts Weiter-Lotion für Leute, die einfach nicht mehr weiterkönnen?

Das ist es, Jonah, mein Junge, meine Liebe, mein Herz, meine Seele, mein Traum. Das ist das Beste, was wir haben, um die Flut von Krankheit und Tod einzudämmen: MediNait mit Kirschgeschmack. Etwas Besseres haben wir nicht, Kleiner. Wenn du stirbst und schnell was brauchst, hiermit können wir nach hundert Jahren Forschung aufwarten: Maalox.

Tums.

Auafreies Pflaster.

Beim Hinausgehen war ihm ganz schwindelig, als würde er selbst sterben, als erläge er schon einer Sache, gegen die es keine Tablette oder Filmtablette gab, kein flüssiges Gel, und stattdessen ein Zwei-für-eins-Angebot für Rennie Kautabletten im Laden. Aus demselben Grund widerstrebte es Kugel, in den Autozubehörladen zu gehen; die ganze Woche danach verbrachte er in der Angst, die Einspritzdüsen wären verstopft, die Ventile locker, die Zündkerzen durchgeschmort.

Als er nach Hause kam, war alles dunkel, obwohl es erst Nachmittag war. Einen Augenblick lang dachte er, sie hätten einen Stromausfall – was im Sommer seltsam wäre –, aber schon bald nach dem Eintreten sah er, dass Mutter nun auch alle Fenster mit schwarzem Stoff verhängt hatte.

Es war nicht sicher, sagte Hannah.

Was war nicht sicher?, fragte Kugel.

Es ist eine kleine Stadt, sagte Hannah. Da reden die Leute.

Kugel sah, dass Hannah geweint hatte.

Wo ist Mutter?

Oben, sagte Hannah.

Die Dachbodentreppe war unten, und Kugel stieg sie langsam hinauf, das Schlimmste fürchtend, fürchtend, dass er zu spät gekommen war, dass Anne Frank sich schon jenseits der Macht von MediNait und Theraflu befand.

Mutter kniete still vor der westlichen Kartonmauer und befestigte leise schluchzend einen kleinen gelben Haftzettel an einem der Kartons. Schon mindestens ein halbes Dutzend klebten an der Mauer, einige waren in die winzigen Ritzen zwischen den Kartons gestopft.

Mit geröteten Augen drehte sie sich zu Kugel um.

Sie reagiert nicht, sagte sie leise. Sie ist zu schwach zum Reden. Ich wollte sie nicht allein lassen.

Wir sollten einen Arzt rufen, sagte Kugel.

Mutter schüttelte den Kopf.

Es könnte ihre einzige Hoffnung sein, sagte Kugel.

Uns sind die Hände gebunden, sagte Mutter.

Kugel ging zu Mutter und half ihr auf. Er sagte ihr, sie solle sich keine Sorgen machen, Anne werde schon wieder, er habe ihr Medikamente gebracht, sie brauche jetzt nur Ruhe. Mutter nickte und ging nach unten, und Kugel zog die Treppe herauf.

Der grauenhafte Gestank auf dem Dachboden bildete einen krassen Kontrast zu der pastoralen, engelhaften Schlafzimmerszene, die Mutter dort geschaffen hatte. Sie hatte das Bett hergerichtet, als wäre Anne Frank noch ein junges Mädchen – auf die Kissen hatte sie einen Teddybären gesetzt, daneben einen einteiligen Schlafanzug in Kindergröße gelegt. Auf den Nachttisch hatte sie einen Hello-Kitty-Wecker gestellt, dazu einige Kinderbücher, die von einer Schachtel Matze gestützt wurden. Eine Kinderlandschaft, dachte Kugel, ein Tableau des Nicht-Loslassens. Kugel hatte den ganzen Tag noch nichts gegessen, daher nahm er, Scheiß auf den Darm, ein Stückchen Matze aus der Schachtel, legte sich aufs Bett und knipste die Nachttischlampe an. Mutter hatte, wie ihm auffiel, den rosa Lampenschirm durch Kugels Großvater ersetzt.

Er schloss die Augen.

Er brauchte dringend Schlaf.

Ist sie weg?, hörte er Anne Frank sagen.

Sie ist weg, sagte Kugel.

Anne Frank hustete wieder, ein heftiger Husten, der selbst Kugel durch den ganzen Körper bis in die Knochen fuhr.

Wie läuft's mit dem Buch?, fragte er, als sie aufgehört hatte.

Sie lässt mich einfach nicht in Ruhe, sagte Anne Frank.

Sie will doch nur helfen.

Ich will doch nur arbeiten.

Kugel biss von dem Matze ab.

Wie läuft's mit dem Buch?, fragte er.

Ich habe Ihren Rat befolgt, sagte sie. Ich habe es aufgegeben.

Kugel schloss die Augen und schüttelte den Kopf.

Okay, sagte er. Okay.

Wieder hustete sie, und Kugel stand auf und reichte ihr die Tüte mit den Erkältungs- und Schmerzmitteln über die Mauer.

Danke, sagte Anne Frank.

Kugel wandte sich um und sackte auf den Fußboden, lehnte sich mit dem Rücken an die Westmauer.

Anne Frank, sagte Anne Frank, ist die prominenteste Verkörperung jüdischen Leidens und Sterbens überhaupt.

Ein Buch knallte dumpf auf den Boden.

Das Tagebuch der Anne Frank, las Anne Frank, ist das bekannteste Tagebuch, und sie wurde zum Symbol für alle Kinder, die durch diesen Völkermord gestorben sind.

Ein zweites Buch fiel mit einem Schlag auf den Boden.

Ich bin, sagte sie, zum Tod geworden.

Kugel sagte nichts, sondern griff hinter sich und löste einen von Mutters Zetteln von der Mauer. Darauf stand: Ich habe Hühnersuppe gemacht.

Auf einem anderen stand: Sagen Sie Bescheid, wenn ich die Heizung aufdrehen soll.

Helen Keller, sagte Anne Frank, war Sozialistin. Wussten Sie das?

Das habe ich nicht gewusst, sagte Kugel und zog einen weiteren Zettel ab. Darauf stand: Ich habe Fehler gemacht.

Kugel erhob sich auf die Knie und drehte sich zur Mauer.

Das weiß niemand, sagte Anne Frank. Sie war Suffragette. Pazifistin. Radikal. Eine Frau mit Ideen, voller Leidenschaft.

Die Zettel oben an der Mauer schienen am längsten dort zu kleben. Es waren überwiegend Angebote für Nahrung oder für irgendeine andere Hilfe oder Besorgung. Zur Mitte und dem unteren Ende hin wurden sie dann persönlicher. Auf einem ganz unten an der Mauer stand: Auch ich sterbe.

Sie wollten, dass sie ihr blindes Mädchen war, fuhr Anne Frank fort. Ihr tauber Engel. Ich aber, ich bin die Leidende. Ich bin das tote Mädchen. Ich bin Miss Holocaust, 1945. Der Preis ist eine Dornenkrone und ewige Opferschaft. Jesus war Jude, Mr Kugel, aber ich bin der jüdische Jesus.

Bitte antworten Sie mir, stand auf einem Zettel.

Kugel zog einen der Zettel zwischen den Kartons hervor. Darauf stand: Ich habe meinen Mann vergrault.

Ich habe mein Bestes getan, auf einem anderen.

Kugel heftete die Zettel wieder an, vorsichtig, erfühlte mit den Fingern die Klebereste an der Mauer, versuchte, die genauen Stellen zu finden, wo Mutter sie angeklebt hatte.

Ich bin für die Abtreibung, sagte Anne Frank, haben Sie das gewusst?

Das habe ich nicht gewusst, sagte Kugel.

Das weiß niemand, sagte Anne Frank. Ich liebe Gott und hasse seine Anhänger. Ich glaube, Amerika ist die größte vertane Chance in der Geschichte der Menschheit. Ich glaube, die Antwort für Frieden im Nahen Osten ist, alles kaputt zu bomben; keinen töten, aber alles zerstören – jede Moschee, jede Synagoge, die ganze Geschichte, die ganze Vergangenheit, keinen Stein auf dem anderen lassen, nichts Heiliges zurücklassen. Ich glaube, nie den Holocaust zu vergessen ist nicht dasselbe, wie nie das Maul davon zu halten. Ich würde Abraham Foxman gern die Augen auskratzen.

Sie sind eine Frau mit Ideen, sagte Kugel. Voller Leidenschaft.

Soll ich Ihnen sagen, was ich glaube, Mr Kugel? Ich glaube, wenn man stirbt und in den Himmel kommt und sich dem Allmächtigen zu Füßen wirft und Ihn mit tränenerstickter Stimme bittet, einen nicht in die Hölle zu schicken, so wie man sie sich eben vorstellt, einem die Qualen und Schmerzen und Leiden zu ersparen, dann lacht Gott, schüttelt den Kopf und sagt: Dich in die Hölle schicken? Mann, da kommst du doch gerade her.

Ich habe da einen Professor, der wäre bestimmt was für Sie, sagte Kugel.

Kugel heftete den letzten Zettel dahin, wo er ihn weggenommen hatte, stand auf und wandte sich zur Treppe.

Sie sollten sich ein wenig ausruhen, sagte er.

Hier, sagte sie und legte ihr Manuskript auf die Mauer.

Ich habe Ihren Rat befolgt, sagte sie, und über mich geschrieben. Gefühle, Meinungen, Haltungen. Es ist nur eine erste Fassung.

Kugel nahm es.

Man wird es hassen, sagte Anne Frank.

Kugel stieg die Treppe hinab.

Halten Sie Ihre Mutter von mir fern, sagte Anne Frank.

Sie will doch nur helfen.

Ich will einfach nur meine Ruhe haben.

Letzte Worte, dachte Kugel.

Vielleicht ein Grabstein.

SOLOMON KUGEL
Ich will einfach nur meine Ruhe haben.

Das war nicht schlecht.

Das war überhaupt nicht schlecht.

Er ging nach unten, wo er Mutter im Flur begegnete. Sie hatte ihr Kissen in den Händen.

Wie geht's ihr?

Wir sollten einen Arzt rufen, Mutter.

Das können wir nicht riskieren. Ich werde die Nacht bei ihr verbringen.

Mutter, sie will einfach ein bisschen Ruhe haben.

Was ist das?, fragte sie und zeigte auf das Manuskript.

Das hat sie mir zum Lesen gegeben.

Mutter machte ein gekränktes Gesicht, wobei Kugel nicht sagen konnte, ob es daher rührte, dass Anne Frank Ruhe haben wollte oder dass Anne Frank ihr Geschriebenes Kugel und nicht ihr gegeben hatte.

Ich sehe nur mal kurz nach ihr, sagte Mutter.

Habe ich gerade gemacht, lass ihr ein wenig Luft, Mutter.

Na schön.

Gut.

Mutter ging wieder hinunter, Kugel ging ins Schlafzimmer und rief Professor Jove an.

Jove war nicht da.

Kugel hinterließ eine Nachricht.

29.

In jener Nacht lag Kugel im Bett, das Kopfkissen überm Kopf, um die Geräusche abzuwehren, die das Zimmer erfüllten – Hannah und Pinkus beim Sex, Mutters Stöhnen, Anne Franks Husten, Schlurfen, Tippen.

Ihr Manuskript lag unberührt auf dem Nachttisch.

Nach einiger Zeit waren Hannah und Pinkus fertig, hörte Mutter auf zu stöhnen, hatte die Arznei Anne Franks Husten gestillt.

Schweigen.

Endlich.

Kugels Magen grummelte. Das Matze, das Giftsymbol der Freiheit von diesem Urlaub des Nicht-Vergessens, tat sein Werk an den Darmwänden. Kugel nahm das Manuskript und ging damit ins Bad, wo er sich auf die Toilette setzte und zu lesen begann.

Einige Stunden später, wieder im Bett, war er damit durch; seine Augen waren rot, seine Wangen tränennass.

Sie hatte recht, dachte er.

Es würde ihnen nicht gefallen.

Er ging erneut ins Bad, sein Magen weiter in Aufruhr.

Sollte Christus je wiederkommen, hatte er mal jemanden sagen hören, dann bringen ihn diesmal die Christen um. Und neben ihnen, das wusste Kugel, würden die Römer wie Weicheier aussehen.

Christen?, wird Christus im Augenblick seines zweiten Todes denken. *So sterbe ich? Christen?*

Kugel hörte eine Tür knallen und fuhr zusammen.

Draußen.

Ein Scheunentor?

Hastig zog er die Hose hoch – so werden sie mich finden, wenn der Völkermord kommt, dachte er. Alle meine Fantasien von Widerstand und Schießereien werden eben nur Fantasien sein, wenn sich die Wirklichkeit der Lage heranschleicht. Sie werden die Türen eintreten, und ich hocke auf dem Klo mit der schlimmsten Scheißeritis der Menschheitsgeschichte.

Er humpelte ins Schlafzimmer, warf das Manuskript auf den Nachttisch und nahm Stock und Taschenlampe, die neben dem Bett lagen.

Ich hätte mir doch einen Hund anschaffen sollen.

Ich hätte mir doch eine Waffe anschaffen sollen.

Was Großes.

Leise schlich er die Treppe hinunter.

Konnte es sein, sinnierte er, zum Beispiel zwischen Voorburg und Den Haag, dass Spinoza gedacht hat: He, Moment mal – ich schleppe da das Sterbebett meiner Mutter mit mir herum. Das ist doch idiotisch. Nicht ein Mal? Hat er darin geschlafen? Allmächtiger, hat Benedictus de Scheiß-Spinoza im Scheiß-Sterbebett seiner Scheiß-Mutter geschlafen?

Vorsichtig glitt er durch die Diele, durchs Wohnzimmer und die Küche. Neben der Gartentür blieb er stehen und riss sie dann auf.

Es war Vollmond, und er warf einen unheimlichen Schein auf den Garten. Die Türen des Gartenschuppens schlugen im Wind und knallten gegen den Rahmen. Er ging zum Schuppen und verschloss sie.

Vielleicht war es ja nur wieder die Natur, die ihm Angst einjagen wollte.

Wahrscheinlich.

Wahrscheinlich nicht.

Er spähte ins Dunkel des dichten Waldes. Nichts regte sich. Selbst der Wind schien sich zu legen.

Will?, flüsterte er.

Ein Streichholz wurde angerissen, eine Flamme schoss hoch auf, keinen halben Meter von Kugel entfernt. Geblendet stolperte Kugel rückwärts, den Gipsarm zur Abwehr erhoben.

Nabend, Mr K, hörte er Will sagen.

Allmählich konnte er wieder etwas erkennen: Vor ihm stand Will und rauchte eine Zigarette so ruhig wie an dem Tag, als sie sich vor dem Lebensmittelladen getroffen hatten.

Wie geht's, Mr K, sagte Will.

Er trug wie üblich seinen Overall und das karierte Hemd, doch der Bart war länger geworden, und seine Haare standen wild ab.

Sie starrten einander eine Weile an, bis Will zu den Dachfenstern hinauf nickte.

Wie geht's ihr?, fragte er.

Brennen Sie jetzt mein Haus nieder?, fragte Kugel.

Will nickte.

Ja, sagte er. Das mach ich.

Hören Sie mal, Will, sagte Kugel. Hören Sie. Ich mag dieses Haus genauso wie Sie. Ich weiß ja, wie Ihnen zumute ist, es ist schrecklich, die eigene Geschichte zu verlieren, aber ich sorge gut dafür.

Also, warum, Mr K, fragte Will, sollte ich wohl etwas niederbrennen, was ich mag?

Weil Sie empört sind, sagte Kugel. Weil die Leute Ihre ganzen Farmen kaufen und Ihre Vergangenheit verscherbelt wird.

Sie haben sich meinen Alten angehört, sagte Will.

Anne Frank hustete wieder, sie hörten es deutlich bis zum Waldrand.

Es geht ihr schlechter, sagte Will.

Und sie wollen Sie auch mit verbrennen? Sie wollen Anne Frank verbrennen?

Ich brenne es nieder, Mr K, weil ich es hasse. In dem Haus steckt einiges von meiner Geschichte, Mr K, die Details erspare ich Ihnen, aber Sie können sie sich ja denken. Mein Alter hat nicht erst gestern mit dem Saufen angefangen, das kann ich Ihnen sagen.

Dann brennen Sie doch *sein* Haus nieder, sagte Kugel.

Das ist sein Haus, sagte Will. Ehrlich gesagt gab's keinen Einzigen in der Familie, der nicht wusste, was er vorhatte, und keiner hat ein Wort gesagt. Man hält die Lüge am Leben, weil den Nachbarn die Wahrheit nicht gefallen wird.

Mein Vater, sagte Kugel, ist verschwunden, als ich sechs war.

Tja, das ist schade, Mr K. Vielleicht aber auch ein Segen, kann man eben nicht richtig wissen. Wär meiner bloß verschwunden, kann ich Ihnen sagen, am besten gleich in die Hölle. Vielleicht war Ihre Tragödie ja ein Segen. Mein Segen eines Vaters war eine einzige Tragödie, kann ich Ihnen sagen. Hab mir als Kind geschworen, dass ich eines Tages wiederkomme und den ganzen verdammten Scheiß niederbrenne, jede einzelne verdammte Messerschmidt-Scheune im Bezirk.

Wieder hustete Anne Frank.

Wie lange geben Sie ihr?, fragte Will. 'n Tag, zwei?

Und darauf warten Sie?

Ja.

Warum?

Na, wie säh das denn aus, Mr K, sagte Will, ein Deutscher brennt Anne Franks Haus nieder?

Nicht gut, sagte Kugel.

Verdammt richtig, sagte Will. Außerdem, Mama ist gestorben, als ich noch klein war, also ist Anne Frank so ziemlich alles, was ich an Eltern hatte. Das mit ihr war ja auch nicht besonders eng, aber die hat mich wenigstens nicht angerührt, weder zum Schlagen noch zum Umarmen. Das wird manchmal wohl das Beste sein, was man sich erhoffen kann, lieber keins von beiden. Wenn sie tot ist, komm ich wieder.

Wollen Sie sich von ihr verabschieden?, fragte Kugel.

Will schüttelte den Kopf.

Nö. Wahrscheinlich schreibt sie gerade oder so was. Das kam bei ihr immer an erster Stelle. Könnt selber auch die eine oder andere Neufassung gebrauchen. Aber bestellen Sie ihr Grüße von mir, Mr K.

Und damit machte Will kehrt und verschwand im Wald.

Kugel ging wieder hinein und setzte sich aufs Bett.

Er überlegte, ob er die Polizei rufen sollte, aber Anne Frank war illegal hier, und außerdem, welchen Sinn hätte es? Will war schon wieder über alle Berge. Und auch wenn ihn die Begegnung mitgenommen hatte, kannte er nun wenigstens die Spielregeln. Solange Anne Frank lebte, brauchte er keine Angst zu haben, dass das Haus niederbrannte.

Das war tröstlich.

Solange Anne Frank lebte, konnte auch er es beruhigt tun.

Vielleicht besorgte er ihr ja eine Mikrowelle. Vielleicht auch einen E-Reader. Auch beschloss er, als am nächsten Morgen die Sonne aufging, einen Arzt anzurufen. Zum Teufel mit Mutter und ihrer Paranoia. Die Rettung stand doch bevor. Nach allem, was er für seine Mutter geopfert hatte, war das Einzige, was er nun noch für seine Familie tun konnte – für seine Frau, sein Kind und ihre Zukunft –, ihr Haus intakt zu halten. Ein Dach, unverbrannt, überm Kopf. Bald würden sie Will schnappen, das taten sie ja immer, und bis dahin brauchte Kugel nur dafür zu sorgen, dass Anne Frank am Leben blieb. Bald danach würde sie dann zweifellos sterben, und auch Mutter würde sterben, und das Haus stünde noch und wartete darauf, mit Erinnerungen, mit Gelächter und Leben erfüllt zu werden. Dann wäre die Vergangenheit vergangen. Vielleicht bekämen sie ja noch ein Kind! Ja – einen neuen letzten Kugel!

Er lachte über diesen Gedanken.

Sie würden ihn Fin nennen.

Fin Kugel.

Gleich morgen früh würde er einen Arzt rufen. Er würde die schwarzen Vorhänge von den Spiegeln nehmen, er würde die Fenster öffnen, Licht hereinlassen, frische Luft.

Er knipste die Nachttischlampe aus und sah dabei, ohne sich allzu große Gedanken zu machen, dass das Manuskript, das auf dem Nachttisch gelegen hatte, verschwunden war.

30.

Wie sich zeigte, hatte Solomon Kugel in der Nacht, in der er einen flüchtigen Brandstifter im Wald hinter seinem Haus entdeckt hatte, so gut wie seit Wochen nicht geschlafen.

Endlich waren Annes Geräusche, das Husten und das Tippen in der Nacht beruhigend, denn er wusste, solange sie lebte, war er sicher. Dann würde sein Haus nicht abbrennen, sein Leben ihm nicht genommen. Er schaffte es sogar, lange auszuschlafen, da Mutter zur Abwechslung einmal nicht schreiend aufwachte. Vielleicht hatte der Umstand, dass sie Anne Frank geholfen hatte, ihre Schuldgefühle, keine Holocaust-Überlebende zu sein, gemindert. Vielleicht war sie ja auch tot.

Nur nicht so vorschnell, mein lieber Kugel.

Kugel stand auf und streckte sich im schönen Licht der Morgensonne, und dabei fiel ihm beim Blick aus dem Schlafzimmerfenster auf, dass das Gemüse und Obst, das er am Vortag für Mutter hinausgelegt hatte, verschwunden war. Am Abend hatte er vergessen, es hereinzuholen, dessen war er sich sicher; hatte Mutter es tatsächlich eingesammelt? Das hatte sie doch seit Wochen nicht mehr gemacht.

War das also ein gutes Zeichen?

Beschleunigte sich ihre Demenz?

Zum ersten Mal seit ewigen Zeiten war Kugel, nun ja, glücklich. Der Neuanfänger fing neu an.

Er überlegte, ob er Bree anrufen und ihr die gute Nachricht mitteilen sollte. Nein, Mutter war ja noch nicht auf und Anne Frank auch nicht, aber die Familie war vor dem Feuer sicher, wenn man Anne nur noch ein wenig am Leben hielt – Bree würde zugeben müssen, dass er recht gehabt hatte, sie auf dem Dachboden bleiben zu lassen! –, und dann, wenn Will gefasst und weggesperrt wäre, würde sie sterben, da sie ja schon schrecklich krank war.

Von Fin erzählte er Bree aber erst – vielleicht bei einem ruhigen Diner bei Kerzenschein und einer Flasche Champagner –, wenn sie zurück war, und danach würden sie ins Bett fallen, endlich wieder vereint.

Er überlegte kurz, ob er Professor Jove anrufen sollte, um ihm die gute Nachricht zu erzählen. *Bah*!, dachte er. Zum Teufel mit Professor Jove! Der würde doch nur Wege finden, Kugels gute Stimmung zu ruinieren, den Wolkenstreif an seinem silbernen Sonstwas zu finden, und ihm dann eine happige Rechnung schicken. Und überhaupt, was wusste Professor Jove denn schon so richtig von Fleisch und Blut und Leben und Tod? Philosophie? Der Geist? Die Psyche? Alles Luxus. Als würde man, dachte Kugel, die Fenster eines Hauses putzen, das schon verfällt und bald abgerissen wird. Er stellte sich vor, wie Professor Jove neben einer sterbenden Anne Frank irgendwo in Bergen-Belsen saß:

Mir ist kalt, würde Anne Frank sagen.

Natürlich, würde Professor Jove antworten. Sie liegen ja im Sterben.

Aber ich will leben, würde Anne Frank sagen, ich bin doch noch ein Kind.

Klopf-klopf, würde Professor Jove antworten.

Was?

Klopf-klopf.

Wer ist da, würde sie matt murmeln.

Der Tod.

Welcher Tod?

Der Tod, Anne. Der Tod. Du liegst im Sterben.

Das kapier ich nicht.

Da gibt's nichts zu kapieren. Es ist vorbei. Du bist erledigt.

Nein, Professor Jove brauchte er nicht, nicht heute, vielleicht nie mehr. Vielleicht stimmte es ja, dass es geradezu lächerlich optimistisch war zu glauben, dies sei die beste aller möglichen Welten. Aber war es dann nicht auch ebenso lächerlich optimistisch zu glauben, dies sei die *schlechteste* aller möglichen Welten? Zu glauben, es gebe nirgendwo eine schlechtere? Bestimmt konnte, musste es sie geben – selbst wenn es genau dieselbe war wie diese, wo aber nur, sagen wir, Schokoladeneis fehlte. Eine Welt, die genau wie unsere war, in der es eben nur kein Schokoladeneis gab, wäre doch viel schlechter als diese, und irgendwo musste es doch noch schlechter sein, noch viel schlechter als hier. Da, wo es keinen Jonah gab und auch keine Bree.

Vielleicht würde er ja endlich das Große Gespräch mit Jonah führen. Vielleicht würde er ihm Anne Frank vorstellen. Es ist nicht die beste Welt, Kleiner, aber auch nicht die schlechteste. Vielleicht erscheint Godot ja im dritten Akt, mein Sohn, vielleicht geht das Publikum einfach nur zu früh.

ESTRAGON: Wo sind sie denn alle hin?
VLADIMIR: Gerade waren sie noch da.
GODOT: Kommen sie wieder?
Sie warten.
Vorhang.

Das Letzte, was Lou Costello aß, bevor seine Seele diese Welt verließ, war ein Erdbeereisbecher. Mit zwei Kugeln. Seine letzten Worte:

Das war der beste Eisbecher, den ich je gegessen habe.

Lou gewinnt, dachte Kugel.

Der lächelnde Mann gewinnt.

Tritt man lächelnd ab, gewinnt man.

Gogols Grabstein: Und ich werde bitter lachen.

Mel Blancs Grabstein: Das war's, Leute.

SpongeBob Schwammkopf: Ich bin ein taubes Nüsschen, yeah, du bist ein taubes Nüsschen, yeah, wir alle sind taube Nüsschen.

Nicht weiter stören.

Kugel zog sich an und ging hinunter in die Küche, wo Mutter am Tisch saß und eine Tasse Tee trank.

Ich rufe jetzt einen Arzt an, sagte er. Ich weiß, du bist dagegen, Mutter, aber wir sind verantwortlich für sie, und ich habe mich nun dazu entschlossen. Wir können nicht zulassen, dass Anne Frank unter unserer Aufsicht stirbt.

Mutter schwieg einen Moment und sagte dann leise, wütend: Schmeiß diese verfluchte *Hure* aus dem Haus.

Kugel drehte sich zu ihr um.

Was?

Ich sagte, wiederholte Mutter mit anschwellender Stimme, schmeiß diese verfluchte HURE aus dem Haus.

Sie stand auf, Anne Franks Manuskript in der Hand.

Mutter, sagte Kugel, jetzt beruhige dich erst mal.

Mutter warf ihm das Manuskript hin, die Seiten flatterten wild auf den Fußboden. Dann zeigte sie zur Decke.

Ich weiß nicht, wer diese Schlampe ist, sagte sie, aber ich weiß, sie ist nicht Anne Frank. Anne Frank würde solche Sachen niemals schreiben. Anne Frank würde solche Sachen nicht mal *denken*.

Sie schlug sich die Hände vors Gesicht und lief, zitternd vor Wut, auf und ab.

Wenn ich nur daran denke, sagte sie. Den Namen eines armen, ermordeten Kindes zu missbrauchen, um sich Gefälligkeiten zu erschleichen, kostenlos Essen zu bekommen, Bücher zu verkaufen. Es widert mich einfach nur an.

Sie trat gegen die Manuskriptseiten auf dem Fußboden.

Schmeiß sie raus, Solomon. Schmeiß diese verlogene alte Hure raus hier, oder ich schwöre bei Gott, ich zerre sie an den Haaren die Treppe herunter und setze sie eigenhändig vor die Tür.

Mutter, sagte Kugel. Beruhige dich. Wer sie auch sein mag, sie ist eine Überlebende.

Eine Lügnerin ist sie, Solomon, wahrscheinlich hat sie sich diese Zahlen selber auf den Arm gemacht.

Das ist doch lächerlich, sagte Kugel. Wir können sie nicht rausschmeißen.

Mein Gott, fuhr Mutter fort, was ich nicht alles für sie getan habe, was ich ihr nicht erzählt habe, über mich, meine persönlichsten ... und du! Du willst ein Vater sein? Du willst ein Ehemann sein? Du lässt diese Frau zwischen dich und deine Frau kommen, dich und dein Kind – und noch immer verteidigst du sie? Diese Gaunerin, diese Schlawinerin, diese, diese ... Nazi!

Mit Hass in den Augen wandte sie sich zu Kugel um.

Schmeiß sie raus, sagte Mutter. Schmeiß sie auf der Stelle aus dem Haus.

Hannah kam in die Küche und versuchte, Mutter zu beruhigen.

Was ist denn passiert?, fragte sie Kugel, während sie Mutter auf einen Stuhl half. Mutter setzte sich schwerfällig hin; nachdem ihr Ausbruch nun vorüber war, schien sie jede Energie verloren zu haben, jeden Willen. Mit leerem Blick starrte sie auf den Boden, zusammenhanglos vor sich hin murmelnd.

Das letzte Hurra, sagte Kugel. Der Arzt hat gesagt, es werde so kommen.

Komm, wir bringen dich ins Bett, Mutter, sagte Hannah. Sollen wir an dem Album arbeiten? Mutter? Mutter, hättest du das gern, dass wir an deinem Album arbeiten?

Hannah half Mutter auf und führte sie in ihr Zimmer, wo sie bei ihr blieb, Sachen aus Zeitungen und Geschichtsbüchern ausschnitt und auf die Seiten des Albums klebte, bis Mutter schließlich müde wurde und einschlief.

Unterdessen hatte Kugel einen Arzt aus dem Ort angerufen, der sich nach vielen Einwänden doch noch bereit erklärte, am Abend auf einen Hausbesuch vorbeizukommen.

Kugel legte auf und hätte fast die Hände zum Siegesjubel in die Luft gereckt. Er war bester Stimmung. Keine Branddrohung, eine fast fertig geschriebene Erstfassung und Mutter offenbar in den letzten Zügen. Konnte der Tag noch besser werden?

Sol, hörte er Hannah sagen.

Er drehte sich zu ihr um. Neben ihr stand Pinkus.

Ich glaube, es wäre besser, sagte sie, wenn wir ausziehen.

Unglaublich, sagte Kugel.

Es tut uns leid, sagte Pinkus.

Un-*glaub*-lich, sagte Kugel noch einmal.

Auch Hannah entschuldigte sich. Aber wenn sie blieben, meinte sie, würde das die Behauptungen der Frau auf dem Dachboden bestätigen, was Mutter nur noch mehr aufregen würde.

Kugel nickte.

Dann lasst mich euch wenigstens, sagte er, packen helfen.

Hannah umarmte ihn, und er umarmte sie. Pinkus erbot sich, Kugel zu helfen, die Matratze vom Dachboden herunterzutragen, doch Kugel versicherte ihm, das werde nicht nötig sein.

Mutter stand während der ganzen Zeit, in der sie packten, nur einmal auf, und zwar, um auf die Toilette zu gehen. Ihr Zustand hatte sich eindeutig verschlechtert. Sie bewegte sich wieder langsam, und ihre ganze Haltung schien sich verändert zu haben, von aufrecht und getrieben noch gestern zu gebeugt heute. Das tröstliche alte Gewicht von Sonstwas lastete endlich wieder auf ihren krummen Schultern. Kugel sah sie sich an und kam zu dem Schluss, am nächsten Morgen seinem Vorgesetzten eine E-Mail zu schreiben, um zu sehen, ob nicht eine kleine offene Aussprache möglich wäre. Er würde ihm alles erklären, was passiert war, alle Schuld auf sich nehmen und darum bitten, seine alte Stelle wiederzubekommen; sie seien doch ein tolles Team und hätten schon tolle Arbeit zusammen geleistet, und es wäre doch schade, wenn das alles nur wegen ein paar Wochen Stress und Anspannung kaputtgehen würde. Ich war doch seit den Komposttagen hier, würde er sagen. Ob der Vorgesetzte denn wisse, dass der Umzug in ein neues Haus als eines der stressigsten Dinge gelte, die ein Mann durchmachen könne, gleich nach einem Todesfall in der Familie? Noch stressiger als eine Scheidung? Das würde er ihm sagen, und es sind weiß Gott schon merkwürdigere Dinge passiert.

Es wurde ein ganz schön toller Tag. Am Nachmittag schienen sogar die Medikamente, die er Anne gebracht hatte, zu wirken; ihr Husten hatte nachgelassen, er hörte sie durch die Klappen wie gewöhnlich tippen und brummeln. Er half Hannah und Pinkus, ihre Sachen zum Auto zu tragen, hievte die Koffer in den Kofferraum und schloss ihn mit einem befriedigenden Knall.

Dank doch bitte Bree für uns, sagte Hannah.

Na sicher, sagte Kugel, na sicher. Sie ist bald wieder da, vielleicht schon morgen. Hey, wisst ihr, was? Kommt doch am Sonntag auf ein Barbecue, was meint ihr?

Hm, sagte Hannah. Erst mal sehen, wie's Mutter geht.

Na sicher, sagte Kugel, na sicher.

Er winkte ihnen nach, als sie die Einfahrt hinausfuhren, und er lächelte. Er zog sein Handy hervor und wählte Mutters alte Nummer in Brooklyn.

¿Sí?, sagte eine Frau am anderen Ende.

Hallo?, sagte Kugel.

¿Sí?

Ist Bree Kugel da? Hier spricht ihr Mann.

Nein, nein, sagte die Frau, Miss Bree nicht da. Ich bin da, mit Jonah.

Oh, sagte Kugel.

Sie ist Mann lesen hören, sagte die Frau.

Sie ist zu einer Lesung gegangen, sagte Kugel.

Ja, ja, Lesung. Berühmte Mann.

Philip Roth?

Ich weiß nicht.

Nicht Philip Roth?

Ich weiß nicht.

Kugel lächelte. Er freute sich für sie.

Das ist ja toll, sagte Kugel, ganz toll. Würden Sie ihr sagen, sie möchte mich gleich anrufen, wenn sie wieder da ist?

Ja, *sí*.

Und würden Sie Jonah sagen, dass wir uns bald sehen?

Sí, sí.

Kugel klappte das Handy zu und holte tief Luft. Leise pfeifend schlenderte er am Haus vorbei nach hinten auf den Rasen. Weitere Sämlinge waren im Gemüsegarten gewachsen.

Will?, rief er.

Er brauchte jemanden, dem er die gute Nachricht erzählen konnte.

Will?

Na, dann sagte er es ihm eben später.

Erst als Kugel wieder auf dem vorderen Rasen war, roch er den Rauch.

Etwas brannte.

War es der Herd der Nachbarn? Verbrannte jemand Laub? In seinem Kopf raste es, und dann sah er den Rauch unter der Haustür hervorkriechen.

Will!, brüllte er, als er zur Tür rannte. Will!

War Anne gestorben? Das war doch absurd. Wie sollte Wilbur das so schnell erfahren haben, selbst wenn sie tatsächlich tot war?

Hatte Mutter sie umgebracht?

Kugel riss die Haustür auf. Schon füllte Rauch den unteren Flur aus, und er sah Flammen, die zornig unter Mutters Zimmertür hervorzüngelten.

Mutter!, schrie er.

Er rannte zu ihrer Tür und versuchte, sie zu öffnen, doch der Türknauf, heiß von den Flammen dahinter, versengte ihm die Hand. Er trat mit aller Kraft dagegen, doch es zeigte keinerlei Wirkung.

Mutter!, schrie er.

Er rannte wieder hinaus – der Rauch war nun im gesamten Erdgeschoss – und raste ums Haus zum Fenster von Mutters Zimmer. Darin war dichter Rauch, trotzdem konnte er Mutter sehen, die am Bett mit dem Gesicht nach unten auf dem Boden lag. Er hämmerte an die Scheibe, doch sie regte sich nicht. Das Fenster stand leicht offen, und er griff hinein und drückte es ganz nach oben; der Sauerstoffschub fachte die wütenden Flammen an, sie schlugen nach ihm und versengten die Hausverkleidung. Er wartete einen Augenblick, bis sie nachgelassen hatten, dann stieg er hinein.

Mutter!, schrie er, als er drin war, doch sie regte sich nicht.

Er rannte zur Tür – wie immer hatte sie einen Stuhl unter den Knauf gekeilt, damit sie nicht geöffnet werden konnte.

Er trat den Stuhl beiseite, zog den Ärmel über die Hand und riss die Tür auf, versuchte, den Rauch aus der Luft zu wedeln, doch die Flammen brausten nur wieder auf und brandeten als gewaltige Feuerwelle in den Flur. Er streckte den Kopf durch die Haustür und mühte sich hustend, kontrolliert zu atmen. Schon brannte das Mieterzimmer lichterloh, und an der Flurdecke leckten Flammen. Schwarzer Qualm wallte Richtung Küche und die Treppe hinauf, auch das hölzerne Treppengeländer hatte schon Feuer gefangen.

Er lief wieder zu Mutter, die sich noch immer nicht regte; um sie herum lagen verbrannte und geschwärzte Seiten von Anne Franks Manuskript. Die übrigen lagen auf dem Rost des versiegelten Kamins, wo Mutter es angezündet hatte.

Mutter, sagte er leise, Mutter, was hast du getan?

Doch sie antwortete nicht.

Mit seinem unverletzten Arm zog er sie in eine sitzende Position, legte sie sich über die Schulter und richtete sich mühsam auf. Er humpelte mit ihr aus ihrem Zimmer, durch den lodernden Flur zum Wohnzimmer. Die Decke über der Haustür war herabgestürzt, so blieb als Ausweg nur noch die Gartentür in der Küche.

Auch die Treppe brannte jetzt. Er musste sich sofort entscheiden. Wenn er Mutter hinausschaffte, würde er auf keinen Fall Anne Frank retten können. Rettete er Anne Frank, würde er auf keinen Fall Mutter retten können.

Er kniete nieder und rollte Mutter von der Schulter auf den Fußboden. Ihre Beine waren geschwärzt, blutig und voller Blasen, ihre Kleidung an manchen Stellen versengt, an anderen brannte sie. Auch ihr Hals war so stark verbrannt, dass die Haut schon Blasen warf und blutete. Ihre Atmung war flach, und obwohl auch ihr Gesicht große Blasen und Verbrennungen aufwies und ihre Lippen aufgeplatzt waren, konnte Kugel sehen, dass Mutter lächelte. Das hatte er so lange nicht mehr gesehen – überhaupt je einmal? –, dass er es zunächst für eine Entstellung durch die Verbrennungen hielt, aber dann beugte er sich näher zu ihr, und da lächelte sie noch breiter. Sie war, in Todesqualen, endlich glücklich.

Diese Hundesöhne, sagte sie leise.

Ich weiß, sagte Kugel.

Seit dem Krieg.

Ist ja gut, Mutter, sagte Kugel und küsste sie auf die Stirn. Ist ja gut.

Dann löste Kugel sich von ihr und lief die Treppe hoch, hangelte sich an den Stellen, wo die Stufen schon weggebrochen waren, am Geländer weiter. Er hatte keine Ahnung, wie er wieder hinunterkommen sollte, aber das würde er sich später überlegen – vielleicht würde inzwischen ja die Feuerwehr da sein und sie konnten durch ein Dachfenster aussteigen.

Hörte er Sirenen?

Er glaubte, Sirenen zu hören.

Wahrscheinlich waren es Sirenen.

Er zog die Dachbodentür herunter, von oben quoll ihm schwarzer Rauch entgegen. Er stieg die Treppe hinauf, rief hustend nach ihr, fand es immer schwieriger, überhaupt etwas Luft in die Lungen zu bekommen. Hier oben war der Rauch viel schwerer. Er blieb stehen, überlegte einen Augenblick, ob er wieder hinuntergehen sollte, doch er konnte sie ja nicht da liegen lassen. Er hievte sich auf den Dachboden, versuchte, dicht am Fußboden zu bleiben, machte man das nicht so?, dicht am Boden bleiben, oder war es das Gegenteil, sollte er sich vom Fußboden fernhalten? Er wusste es nicht mehr, allerdings wusste er, dass der Verkäufer gesagt hatte, die Auflage mit dem Memory Foam sei ein wenig entflammbar, und nun sah er sie lustig brennen, ein Feuerbett, ein Flammenbett, als wäre es mehr als alles andere ein Kohlenbett, ein Bett in der Hölle, und er überlegte, ob sie es jetzt überhaupt noch zurücknehmen würden, ob sie es ihm erstatten würden, aber das bezweifelte er, und Bree würde sich auch aufregen, und dann sah er plötzlich, wie die Kartonmauer einstürzte, und er glaubte, das komme vom Feuer, glaubte, sie sei bestimmt schon tot, aber durch den Qualm sah er die Gestalt – wirklich? ja – eines Mannes, ein Feuerwehrmann, dachte er, nein, der Mann hatte ja gar keinen Helm, keinen Mantel. Kugel konnte ihn nicht richtig erkennen, das Feuer war so heiß, der Rauch brannte ihm in den Augen, vielleicht war es ein Feuerwehrmann, vielleicht war es auch Will, war es Will? Er wusste es nicht, aber jemand stand da aufrecht, er war kleiner als Will und schmal, aber er trug Anne Frank auf den Armen, trug sie zum Dachfenster an der Ostseite des Hauses, und da hörte Kugel sie, Anne Frank, und sie lachte ihn aus.

Sie hätten es nie geschafft, Mr Kugel!, rief sie. Sie hätten in Auschwitz keine fünf Minuten überlebt. Ich bin eine Überlebende, Mr Kugel!

Kugel kroch vorwärts, versuchte, zum Fenster zu kommen, zu erkennen, wer das war, vielleicht war es ja Professor Jove. War Professor Jove endlich gekommen? Oder würde er sagen, dass Kugel gar nicht erst versuchen solle zu überleben, dass er aufgeben solle? Was sagte der Barmann zum Huhn? Warum überquerte die Ziege die Farm? Was kriegt man, wenn man am Kreuz ist? Aua. Trottel. *Bah*. North. Sag ihnen, ich hab was gesagt. Dachträger. Waren das Sirenen? Hörte er Sirenen?

Kugel erreichte Annes Schlafstelle, die alten Decken brannten, loderten, heiß, und obwohl sie schon am Fenster war und der, der sie da trug, sie schon fast zum Dach hinaus hatte, nahm Kugel ihren Laptop und hielt ihn ihr hin, und da lachte sie erneut.

Nein danke, Mr Kugel, rief sie, ich habe diese Holocaust-Scheiße satt. Ich wende mich wieder meinem Roman zu, Mr Kugel, ich bin Schriftstellerin, keine blöde Essayistin! Zweiunddreißig Millionen Auflage, das ist kein Pappenstiel …

… und während der Mann ihr durchs Fenster half, erhaschte Kugel einen Blick auf ihn, nur für einen kurzen Augenblick, im Sonnenlicht, und er überlegte: Konnte das denn, konnte das denn wirklich er sein, war das überhaupt möglich, wie konnte das möglich sein? Kugel rappelte sich auf, nur ein bisschen noch, nur das kleinste bisschen, doch er hatte keinen Atem mehr, keine Luft, und mit der letzten verbliebenen Kraft in seinem verbrannten und blutenden Körper zog er sich auf die Knie, und da sah er ihn endlich, ja, tatsächlich, mein Gott, er war es, war er es? Konnte er es denn sein? Und er streckte die Hand nach ihm aus, um Hilfe, um Rettung, doch der Mann wandte sich ab und verschwand, und Kugel rief ihm nach, und die Worte, die Solomon Kugel ihm zurief, waren die letzten beiden Worte, die Solomon Kugel noch sprach:

Alan, japste Kugel. Dershowitz.

Die Flammen brausten um ihn herum, die Welt wurde gelb und orange und schwarz, und es gab nur noch Feuer und dann Dunkelheit, und Kugel legte den Kopf nieder und schloss die Augen, denn er war sehr, sehr müde, und er wollte dringend, dringend schlafen.

Anne Frank?, dachte er.

Komisch.

EPILOG

Eve ließ ihr Fenster herab, als sie auf den Kiesweg einbog, der zum Anwesen des alten Herschkopf führte, und damit das Knirschen, das die Reifen auf den losen Steinchen erzeugten, in den Innenraum des Wagens. Sie blickte im Rückspiegel auf die Cohens – Nick und Sharon –, die auf der Rückbank eng beieinandersaßen und Händchen hielten. Sharon lächelte Nick an.

Ich mag das Geräusch, flüsterte Sharon.

Nick lächelte und küsste sie.

Ich auch, sagte er.

Da wären wir, rief Eve und lächelte.

Sie hielt im kühlen Schatten der großen alten Eiche, die vor dem imposanten alten viktorianischen Bau stand. Nick zeigte auf die Reifenschaukel, die an einem Ast hing, und wieder lächelte Sharon. Eve lächelte Sharon an, die Nick anlächelte, der Eve anlächelte.

Eve hatte das verdammte Ding erst gestern aufgehängt; es war die vierte Reifenschaukel innerhalb ebenso vieler Monate, die sie hatte ersetzen müssen. Kinder aus der Nachbarschaft hatten die letzte in der Halloween-Nacht abgeschnitten, fast eine Stunde hatte sie den angrenzenden Wald danach abgesucht, aber ohne sie zu finden, sodass sie schließlich den Ersatzreifen aus ihrem Kofferraum nehmen musste. Ihn zu ersetzen würde sie hundert Dollar kosten, aber bei Nick und Sharon ging sie kein Risiko ein. Ein Vierteljahr hatte sie nun an diesem Verkauf gearbeitet und keine

Lust, dass er ihr wegen eines verdammten Reifens durch die Lappen ging.

Eve hatte Nick und Sharon im vergangenen Juni kennengelernt. Das Herschkopf'sche Haus war das erste, das sie ihnen gezeigt hatte; genau an dem Tag, erinnerte sie sich, hatte sie zum letzten Mal mit dem armen Mr Kugel gesprochen, nur wenige Wochen bevor er bei diesem schrecklichen Brand ums Leben gekommen war. Ebenfalls erinnerte sie sich, dass Sharon an jenem Tag mit Mr Kugel gesprochen hatte und dass Sharon, als sie zum Herschkopf'schen Haus gefahren waren, aufgebracht gewesen war.

Dieser Mann, hatte Sharon zu ihr gesagt, hat uns gefragt, ob er sich auf unserem Dachboden verstecken könnte.

Ihrem Dachboden?, hatte Eve gefragt.

Im Fall eines *Holocaust*, hatte Sharon hervorgestoßen. Ist das zu glauben?

Na, hatte Eve gesagt, er macht gerade so einiges durch.

Ich habe auch Verwandte im Holocaust verloren, hatte Sharon gesagt und die Arme über der Brust verschränkt. *Viele* Verwandte.

Nick hatte ihr den Arm um die Schultern gelegt und sie an sich gedrückt.

Diese Hundesöhne, hatte er gesagt.

Reden wir nicht über die Vergangenheit, hatte Eve aufmunternd gesagt. Reden wir über die Zukunft. *Ihre* Zukunft.

Alles in allem war das jetzt ihr fünfter Besuch auf dem Herschkopf'schen Anwesen. Das Haus war in gutem Zustand, aber nicht in dem, wie er Nick und Sharon vorschwebte, von außen gefiel es ihnen, nicht aber von innen. Eve verhandelte noch mit einem zweiten Paar, dem es von innen, nicht aber von außen gefiel, und einem dritten, dem die Lage gefiel, das Haus selbst dagegen überhaupt nicht (die Vorstellung, dass es auch nur eine Immobilie gab, die jedem selbstsüchtigen, kleinlichen, Korinthen kackenden Menschen in der Geschichte der Welt gefiel, genügte, um für Eve die Vorstellung eines Himmels für alle Zeiten hinfällig zu machen). Aber leider war das Herschkopf'sche Haus vom Stocktoner Denkmalschutzverband als historisch ausgewiesen worden, daher waren Nick und Sharon das einzige der drei Paare, das damit machen konnte, was es wollte. Zwar verfügten die Cohens über die Mittel, es im Innern nach ihren Wünschen zu verändern, allerdings hatten sie Horrorgeschichten über stressige Hausrenovierungen gehört: Einst schwer verliebte Paare waren nun getrennt oder Schlimmeres, die Beziehung systematisch zerrüttet, während ihr Haus mit aller Sorgfalt gebaut wurde und am Ende ein zweihundertfünfzig Quadratmeter großes, Millionen Dollar teures Medaillon für eine Liebe war, die nicht mehr existierte.

Home sweet home, sagte Eve, als sie sie über den Weg zur Haustür führte. Ich lasse Sie jetzt mal allein.

Eve wartete im Wohnzimmer, während Nick und Sharon exakt denselben Rundgang durchs Haus wie die Male zuvor machten: stumm, fast feierlich betrachteten sie erst die Küche, dann das Esszimmer, nickten, zuckten Schultern, flüsterten, bevor sie dann stirnrunzelnd die Treppe hinaufstiegen, die Schlafzimmer betrachteten, den Schrankraum erörterten und einen flüchtigen Blick auf den Dachboden warfen, um dann wieder herunterzukommen und noch flüsternd auf dem Treppenabsatz zu verharren – Meinst du … Ich finde nicht … Aber wenn … Das bringt doch … –, bis sie wieder zu Eve im Wohnzimmer stießen, tief seufzten und den Kopf schüttelten.

Wir sind …, sagte Sharon. Wir sind nur ein wenig besorgt.

Wegen der Renovierung.

Wegen dem Stress.

Ein wenig besorgt?, fragte Eve, zündete sich eine Zigarette an und blies den Rauch aus dem Mundwinkel. Sie sollten mehr als nur ein wenig besorgt sein. Ich bin nicht religiös, Mrs Cohen, da können Sie sicher sein, aber ich habe keinen Zweifel, dass Gott die Welt in sechs Tagen geschaffen hat – schließlich ist Er ja ein irrsinniger Baumeister. Der beste. Aber eines sage ich Ihnen: Wenn diese sechs Tage die Arbeit mit dem Architekten, das Erarbeiten der Pläne, die Ausschreibung für die Bauunternehmen, das Hickhack mit dem örtlichen Planungsamt einschließt, also dann, Gott sei meiner Seele gnädig, dann ist die Genesis nichts als ein Haufen Pferdescheiße. Bauen ist Mist, und ich muss es ja wohl wissen, ich habe mehr Häuser renoviert, als mir lieb ist. Glauben Sie mir – noch bevor Sie die endgültigen Pläne haben, wollen Sie den Architekten umbringen, einander erwürgen und die modernden Leichen im neuen Fundament vergraben, das heißt, falls der verdammte Maurer überhaupt kommt. Und ich will Ihnen auch sagen, warum: Baupläne.

Baupläne?, fragte Nick.

Architekten, sagte Eve, sind berufsmäßige Lügner. Das ist nichts Persönliches, es ist ihr Job. Wir bezahlen sie, damit sie uns belügen, und wenn die Lügen nicht ausgefeilt genug sind, schicken wir sie wieder weg, damit sie neue, größere zeichnen, Lügen mit Infinity-Pools, Kücheninseln aus Speckstein und einer Strahlungsheizung. Baupläne sind Lyrik, Mr Cohen. Sie sind Schwindel. Sie sind Träume, Hoffnungen, Lügen. Deshalb mögen wir sie ja auch so – sie sind totaler Quatsch. Das Sonnenzimmer kommt da hin, und hier haben wir die Nachbarn zum Essen, der Jacuzzi kommt nach hinten und die Kinderzimmer nach oben gleich neben unseres, damit sie wissen, dass wir da sind, neben ihnen, ständig und immer und mehr. Also gibt man sich die Hand, unterschreibt Schecks, es geht los, und ab da läuft alles schief. Ab da, Mrs Cohen, wird aus dieser herrlichen Lyrik schreckliche, fürchterliche Prosa. Denn wenn die Lyrik offenbar wird, dann beginnt der Stress. Deshalb lieben die Leute Architekten und hassen Bauleute; die Bauleute befassen sich mit dem öden Mist der Prosa; die Architekten lügen, und den Bauleuten bleibt nichts anderes übrig, als sie zu überführen. Sehen Sie, plötzlich gibt es Probleme mit dem Abfluss. Der Brunnen ist ausgetrocknet. Das Fundament ist nicht plan. Das Sonnenzimmer geht nach Norden, die Sonne darin ist also nicht der Rede wert, und die Partys können Sie auch vergessen, weil die Nachbarn alle Arschlöcher sind und Ihnen Ihre Bitte um eine Ausnahmegenehmigung abgeschlagen haben. Der Jacuzzi bollert und frisst Strom, und wenn alles schließlich und endlich vorbei ist und die Arbeit fast fertig und auch die Lieferwagen weg sind, merken Sie, dass mit Ihren Genitalien was nicht stimmt: Ihre Röhren sind verstopft oder seine Röhren sind verstopft oder seine Eier sind zu warm oder Ihr Uterus ist zu kalt, also sind diese Extrazimmer, für die Sie Ihren Kredit aufgewendet haben, nun nichts weiter als achtzehn leere Quadratmeter große Mahnungen an die Familie, die Sie nie haben werden. Und daher, angesichts dieser scheußlichen, schrecklichen Prosa, zerbrechen wir. Wir zerbröseln. Und zwar zu Recht. Die Wirklichkeit ist ein Albtraum. Also schreien wir, kreischen wir, versuchen, diese Prosa dem anderen in die Schuhe zu schieben. Und plötzlich merken Sie, dass es einem besser ging, als die Lyrik noch gar nicht geschrieben war. Aber jetzt ist es zu spät, Adam, du kannst nicht mehr zurück, tut mir echt leid, Eva, du kannst den Apfel nicht mehr an den Baum hängen.

Und was ist die Lösung?, fragte Sharon.

Eve drückte ihre Zigarette auf dem Holzofen aus.

Sie können nicht weiter renovieren, seufzte sie, aber Sie renovieren weiter. Denn wenn Sie sich irgendwie durch wursteln, geschieht etwas Erstaunliches. Nach einem Monat oder zwei oder drei kehrt die Lyrik zurück. Dann sitzen Sie plötzlich vor dem Holzofen, betrachten die Flammen, trinken ein Glas Wein und sehen Ihre Zeit in dem Haus als die beste, die Sie je hatten. Man schreibt alles um: Weißt du noch, das erste Mal, als der Strom lief?, sagen Sie lächelnd. Weißt du noch, wie aufregend es war, als sie mit dem Schlafzimmer fertig waren, weißt du noch, wie viel Spaß wir hatten, als wir die Badezimmer gestrichen haben, weißt du noch, der Abend, als die Küchengeräte kamen und wir unser erstes Essen in unserem neuen Haus gekocht und danach in der Küche gevögelt haben? Manche schreiben sich die Vergangenheit besser, als sie war, manche schreiben sie sich schlechter – der Bauleiter war Antisemit, der schwule Architekt hat uns gehasst, weil wir Normalos waren –, aber so oder so, ich verspreche Ihnen, die Lyrik kehrt zurück, wenn auch nur, weil die Prosa zu verdammt schwer zu ertragen ist.

Sie hob die Hand und ließ die Hausschlüssel zwischen Daumen und Zeigefinger baumeln.

Sind wir uns einig?, fragte sie.

Nick sah Sharon an, drückte ihr die Hand und lächelte.

Sharon lächelte Nick an.

Nick lächelte Eve an.

Eve lächelte Sharon an.

Sharon atmete tief durch die Nase ein.

Und was ist das für ein Geruch?, fragte sie.